[日]叶真中显 著
林佩瑾 译

绝叫

絶叫

北京联合出版公司

图书在版编目（CIP）数据

绝叫 /（日）叶真中显著；林佩瑾译. -- 北京：北京联合出版公司，2020.7（2023.10 重印）
ISBN 978-7-5596-4118-2

Ⅰ. ①绝… Ⅱ. ①叶… ②林… Ⅲ. ①推理小说—日本—现代 Ⅳ. ① I313.45

中国版本图书馆 CIP 数据核字（2020）第 056568 号

《ZEKKYOU》
©Aki Hamanaka, 2014
All rights reserved.
Original Japanese edition published by Kobunsha Co., Ltd.
Publishing rights for Simplified Chinese character arranged with Kobunsha Co., Ltd. through KODANSHA LTD., Tokyo and KODANSHA BEIJING CULTURE LTD. Beijing, China.

绝　叫

作　　者：（日）叶真中显
译　　者：林佩瑾
出 品 人：赵红仕
责任编辑：管　文
产品经理：杨　凡
特约编辑：郭　梅
封面设计：熊琼 粤中 DESIGN WORKSHOP
版式设计：刘龄蔓

北京联合出版公司出版
（北京市西城区德外大街 83 号楼 9 层　100088）
北京联合天畅文化传播公司发行
凯德印刷（天津）有限公司印刷　新华书店经销
字数 318 千字　880 毫米 ×1230 毫米　1/32　13.75 印张
2020 年 7 月第 1 版　2023 年 10 月第 26 次印刷
ISBN 978-7-5596-4118-2
定价：58.00 元

版权所有，侵权必究
未经书面许可，不得以任何方式转载、复制、翻印本书部分或全部内容。
如发现图书质量问题，可联系调换。质量投诉电话：010-88843286/64258472-800

目 录

楔子
1。

踏入玄关后，他们看到的是连接厕所和浴室的走廊，然后是开放式厨房，之后是约八叠的西式卧房。

只要整理干净，这房子应该很适合单身女子居住，如今却宛如一片死海。

地上遍布着腐烂风干后的动物肉块和繁殖在腐肉上却熬不过冬天的死蛆跟死苍蝇，当中还掺杂着大量动物毛发。几具猫尸如海上孤岛般散落四处，周遭则围绕着更多虫尸。

9。

诞生于如此珍贵的日子，当然只是偶然中的偶然。不过，若世上少了偶然，还剩下什么呢？人类这种生物，或许就是喜欢将偶然解读为命运或缘分。

33。

由于尸体支离破碎，因此，警方没有呼叫法医，而是请警察医院来回收人骨和人肉，之后再调查组织碎片，以推测出最接近事实的死亡时间。

铃木阳子已死亡多时，家猫又多，弄得现场乱七八糟，应该是孤独死吧——绫乃此时仍抱着这个想法。

1

41

人的思绪与行为本来就是这样，没有道理可言。其实，人在想什么，该做什么，连当事人自己都搞不懂。

人类以为自己的行为是由自己掌控的，但其实都是无意中随着环境产生的反应。

57

她是不是离婚后患了心病，躲在家里自我封闭，最后只得将养猫视为寄托？

这当然只是绫乃个人的猜测，而且也无从确认真伪。

不过，一想起铃木阳子的惨况，绫乃便感到脊背发凉。

65

同年播放的电视剧也跟着煽风点火，除了剧名中就有"东京"二字，女主角还是一个能对意中人大方说"上床吧"的职场女性。她在运动用品公司勤奋工作，住在宽敞又时髦的公寓里，尽管最后没和意中人修成正果，但她直到最后一刻都忠于自我。

你不认为自己有像她那样的本事。你只是想在东京一个人生活，在东京的公司工作，和东京人相恋。

现实是残酷的，你没有去东京的方法。

85

可以确定的是，她生前至少结过两次婚，说不定还有第三段婚姻。……

还有一点也令人在意：前夫新垣清彦过世才短短半年，铃木阳子便和沼尻太一再婚了。

99

因缘、牵绊、情分、血缘关系……你找不到确切的形容词，但就是觉得自己和母亲之间有着斩也斩不断的牵系。就算换地方住，你们两人今后也会在人生路上相互扶持，一如之前的三十年岁月。

直到搬迁期限只剩下两个月时，你才得知你母亲打从一开始就不打算跟你同进退。

119

"呃……她又离婚了啊。"

山崎更吃惊了，整个人呆若木鸡。

山崎先生，其实啊，铃木小姐再婚过很多次。更玄的是，和她结过婚的人，只有你活了下来——要是说出这个事实，不知道他会露出什么表情。

129

三十岁以上、单身、独居——从定义来看，你完全符合新时代女性的条件。但为什么杂志上写的那些信息，对你来说却像另一个世界？

杂志上介绍的新时代女性范本，都像你以前向往的偶像剧女主角，不是在大企业上班，就是自己开公司，或者拥有厉害的证照。她们全都是"特别"的人，和你这个"凡人"不一样。

151

看到脚边有一本女性杂志，她意识到自己读着杂志时想起了离别的丈夫和女儿……便不知不觉地睡着了。

绫乃捡起杂志，塞回前方的置物袋。

她轻轻伸了个懒腰，靠在椅背上，茫然地望着窗外。

161

跟你年龄相仿的女性，不论是已婚还是未婚，没有人不对未来感到彷徨不安。只要掌握住对方的弱点，你便能乘胜追击。

"所以才说人一定要买保险啊。""我自己也投保了。""我们家

III

的保险真的很棒。""用过的客户都说满意。""储蓄险绝对不吃亏。"

这些都是你的肺腑之言。

189。

在孤独死案例暴增的现代，在独居者家中发现"没有明显犯罪痕迹"的遗体的概率，可能远远超过在深山和树海中的。

起初，绫乃也以为铃木阳子是单纯的孤独死。

但是，调查其生平经历后，她嗅到了浓浓的犯罪气息。

199。

当时你完全没发现——

他所给你的，都是你母亲没给你的东西。

芳贺会责骂你，鼓励你，督促你成长，用力赞美你，并对你投注关爱。

从那天起，你与他变成了地下情侣。

219。

三田知道铃木阳子的父亲失踪的消息，也知道她与偶然重逢的初中学长结婚去了东京，没几年便以离婚收场，却没听说她后来还结了好几次婚。谈到铃木阳子的母亲，三田说她见过本人，但是不曾交谈，当然也不知道她目前的下落。

……三田说，几年前过年的时候，她突然接到阳子的电话，说自己回来Q县过年，想见见老朋友。

229。

自从芳贺离开后，一股无以名状的不安便缠上了你。

你时常感到孤单寂寞，静不下来。你的内心深处仿佛沾上了沥青，黑暗黏稠，也不再认为自己是独当一面的女人。

唯有花钱能带给你慰藉，让你感到充实、与众不同。

曾几何时，你变成了一个无法忍受平凡的人。你明明从小就

IV

和平凡的自己相处，处了三十年以上，怎么会这样呢？

245
。

房门没锁，房里还残存着生活的迹象，时间仿佛静止在了铃木妙子还住在这里的时候。换个角度想，她可能只是想稍微出去一下就回来，却就此失踪。

257
。

你不想被说成卑鄙小人，也不想被当成受人操弄的傀儡。

经理毫不留情地继续攻击。

"就是因为有你这种女人，女性在职场上才一直抬不起头。我就直说吧，我看到你就不爽，请你马上从我眼前消失。"

她的语气依旧僵硬，但话中充满了对你的恨意。

283
。

三人的尸体检验书上的死因类别栏中都写着"意外死亡、交通事故"，具体死因则都是"脑挫伤"，简直一模一样。此外，备注栏的内容大致都是"半夜醉倒路边，头部遭车碾过，当场死亡"。

293
。

你不知道究竟该从哪里开始懊悔才好。

是否不应该向怜司提议同居？可是当时是情势所逼。还是说，不应该接下那通电话，搭救怜司？可是他那般绝望地向你求救，谁能忍心拒绝？那么，是否当初不该跟着怜司去牛郎店？但你那时非常渴望慰藉。那就是不该在应召站工作了？可是那时……

追本溯源，最后只能怪自己不该被生下来。然而，出不出生本来就由不得你，所以你无从怪起。

V

319

"我还顺便告诉他'上一任房客自杀了',结果,那天铃木小姐回来后,隔壁传来'搞什么鬼''想害我丢脸是不是'之类的怒骂声……呃,我是不是不应该告诉他?这样好像很对不起铃木小姐……"

327

无论如何审视自己,你内心还是无法冷静地将一切视为自然现象;无论再怎么努力保持达观,你心中还是会燃起热情,产生渴望。

这是很自然的想法。每个人都想寻根,想知道自己降生于这个时代、这片土地、这副躯体,究竟有什么意义。

343

进一步调查后,警方发现与神代同住的人之中有一名女子,是他的情妇,案发当晚他们独处一室,后来该女子便消失无踪。

353

如果世界上有神,假如他从天上看人间,大概是一条单行道吧。世界是自然现象的集合体,星球的运转轨迹早已注定,万事万物的结局也早已定案。没有分歧,没有选择,只是一条单行道,而人类就是在单行道上滚动的石头。

这就是神眼中的世界,但人类不是神,无法预知万事万物的结局。换个角度想,就是任何事都未成定局。

379

绫乃的耳机里忽然传出声音。

"目标已离开房间。"发话者是守在八木房间所在楼层的町田。

大厅里弥漫着一种一触即发的紧张感。

井上将香烟捻灭,对绫乃使了个眼色。绫乃点头,两人同时起身。

"各就各位！"负责发号施令的井上一声令下，搜查员纷纷就位。

387

铁锈味来自血液中的血红素……

吼叫声来自空气的振动……所有的现象都能从物体与物体之间的关系得到解释。

那声音应该是某种话语……听起来像是在生气，也像愤怒，也像在笑。

391

我看过一大堆为钱杀人的人，倒是从来没见过为了良心而杀人的。

399

快了。

快结束了。

有开始，就有结束。

四十年前，从你的出生开始说起的这个故事，将以你的死亡作结。

届时，将不会再有人呼喊你的名字。

阳子——

403

所有人都坦承涉案，但也强调自己不是主谋，只是遭到了利用。

绫乃为自己排休，想尽量来法庭旁听。由于这是她挖掘出来的案子，她当然希望能见证到最后一刻。

但是，她更想知道铃木阳子是什么样的女人，做了些什么。

VII

409

你活在世上的这四十年，铃木阳子这个女人从生到死的经历，一幕幕闪现在我脑海中。

我听见了。

我听见有人在呼唤你。

——阳子。

419

月亮浮在公寓对侧的天空，轮廓浑圆，接近满月。

你就在那里吧？

绫乃伸出手来，当然，她什么都够不着。

空空如也。

尾声

423

我连声再见都没说，便把她的尸体丢下了悬崖。

只见人偶般白皙的身体缓缓下沉，但我还没来得及眨眼，它便倏然没入黑暗之中。

楔　子

　　踏入玄关后，他们看到的是连接厕所和浴室的走廊，然后是开放式厨房，之后是约八叠的西式卧房。
　　只要整理干净，这房子应该很适合单身女子居住，如今却宛如一片死海。
　　地上遍布着腐烂风干后的动物肉块和繁殖在腐肉上却熬不过冬天的死蛆跟死苍蝇，当中还掺杂着大量动物毛发。几具猫尸如海上孤岛般散落四处，周遭则围绕着更多虫尸。

江户川非营利组织代表理事遇害　同居女子失联

　　根据警方消息，非营利组织"Kind Net"代表理事神代武（五十四岁）于江户川区鹿骨民宅遇害，其同居人目前下落不明。

　　22日清晨，一名女子拨打110向警方报案，表示"家里有人死了"。警方前往现场后，发现神代倒在客厅，血流满地。报案者并不在现场，神代的脖子、胸部、腹部合计有二十多处刺伤，在警方抵达前就已死亡。

　　神代与数名工作伙伴及熟人同住在这幢民宅内，案发后，有一名女子失踪。由于报案者是女性，因此，警方认为这名女子熟知内情，正积极调查其下落。

——《每朝新闻》2013年10月26日早报

　　房间里宛如一片死海。

　　从国分寺车站南口步行不到十分钟，便可抵达位于住宅区一隅的五层楼建筑——单身公寓"Will Palace 国分寺"。其建筑风格是近年来流行的低调摩登设计风，外墙以白色为基底，缀以深咖啡色墙板。

奥贯绫乃带着四名男子来到门口，自动门倏然开启。

一对四十多岁的夫妻站在小小的门厅中，旁边有位年轻的制服女警陪着。

绫乃带头向三人问好："敝姓奥贯，来自国分寺分局刑事课。"

同行的几位男子在绫乃身后点头致意。

女警朝他们一鞠躬："敝姓小池，是地域课的。"

小池脸上稚气尚存，看起来就像十几岁的女孩。想必是邻近派出所的警员吧。

"这两位是这里的房东，八重樫夫妇。"小池介绍。

两人微微点头，面色苍白。

绫乃语气轻柔地开口："辛苦两位了。我们想先勘查现场，然后再请教发现尸体时的详细情况。这段时间，能不能请你们在此稍等？"

"好的，麻烦您了。"

八重樫太太挤出声音。

虽然她受到了不小的打击，但沟通看来不成问题。

"是505号房吗？"

绫乃向小池确认。

"是的，搭电梯上五楼后，走廊尽头那间房间就是了。一位姓佐藤的警员正在封锁现场。"

"好。那么，麻烦你继续在这里陪着八重樫先生跟太太。"

"好的。"

绫乃与随行的男子搭上了位于门厅角落的电梯。

今天（2014年3月4日），大约下午两点，警方接到有人在市区大楼里发现尸体的报案通知。多摩勤务指挥中心表示，报案者是一位姓八重樫的男子，自称是屋主，应该就是门厅那位八重樫先生。

八重樫先生表示，他是因为住户失联而上门确认，这才发现了尸体。当时房间上了锁，他是利用万能钥匙进入的。报案内容没有提到什么重点，尸体的详细状况与死因也不明朗，只知道住户已死亡一段时间。

绫乃一行人搭电梯上楼，走向笔直的走廊尽头，恰巧看见穿制服的警员摊开蓝色帆布，遮住房门。

身着制服的警员见他们靠近，倏然停下动作，抬手致意："辛苦了。"

"辛苦了，我姓奥贯，是刑事课的人。"

"我姓佐藤，来自地域课。"

佐藤比绫乃年长一些，约莫四十出头。他应该跟楼下的小池一样，任职于离这里最近的派出所。

一旦在公寓大厦等民宅发现死因不明的尸体，最先抵达现场的多为派出所地域课的值班警员，他们的首要任务就是维持现场，并留住第一发现者，等像绫乃他们这样的辖区分局搜查员抵达后，再判断是否为他杀。

这次局里派来了五个人。

他们分别是隶属于刑事课强行犯组的巡查部长奥贯绫乃、与绫乃同组的国分寺分局刑事课最年轻的巡查町田、鉴识组资深组员野间，以及野间的两名部下。

其中，位阶最高、年龄仅次于野间的绫乃负责指挥现场。

这五人将针对现场进行调查，若发现有他杀的可能，就会通知警视厅设立搜查总部，进行大规模搜查。

然而，这类案子几乎与上述情况无缘。

独居者在无人陪伴的情况下死去，多数是病死、意外死亡或自杀，他杀的可能性很低。"孤独死"的案例在东京二十三区以外的多摩地区暴增，国分寺这一带也不例外。

独立套房、门户紧闭、与外界失去联系、尸体被房东发现——这是最典型的"孤独死"案例。接到报案时，身为绫乃上司的搜查组组长还叹了口气，嘀咕道："又来了。"

结婚率下降，不婚族增加，再加上高龄化现象，社会构造的变化使得首都周边的卫星都市在不知不觉中转变为"孤独死之城"。这或许是意料中的结果，但负责善后的警察可头大了。

孤独死并非他杀，所以没有嫌犯可抓，自然也对考绩没帮助，但警方得花费许多工夫才能判断该案是否为孤独死，简直是劳苦功少。说到底，警察这种组织的存在目的，原本就不是为了应付大量的孤独死案件。

此外，孤独死的尸体总令人不忍卒睹。

这不是什么恻隐之心发作，只是因为尸体的状况非常糟糕罢了。

绫乃二十几岁时曾隶属于警视厅搜查一课的女性搜查班。这个部门专门处理以性犯罪为首的女性受害案件，毕竟由女性来调查被害人与关系人，事情比较好办，因此组员全是女性。拜此所赐，绫乃曾经手许多人神共愤的奸杀案件，也看过受害者的尸体。遭到性侵、杀害的同性尸体让她咬牙切齿、无比痛心。与那类案件相比，孤独死死者的尸体并不那么令人痛心，但外观的凄惨程度则更胜一筹。

无论生前遭受多么严重的暴力虐待，只要死后马上被发现，就还能维持人形。但是，被众人遗忘、死后放置许久的尸体，会被虫子或微生物寄生、分解，连人的外观都会消失。

或许，回避这类尸体，正是人类的生理本能。

即使是经历过不少大风大浪的资深刑警，也有不少人对此避之唯恐不及。

这起案子似乎也不例外。佐藤皱着眉头说："里面情况很糟，住户养的猫好像也跟着死了。"

"好，我会留意的。"

鉴识组人员将工具箱放在走廊上，取出鉴识专用的头套、口罩、手套与鞋套。

绫乃迅速着装，打开门，喊了声："那我进去了。"

一股浓重的臭味迎面扑来。

这是人血与肉块、秽物混在一起发臭时特有的味道——尸臭。其中还混杂着动物的臭味。味道完全闷在房里，没飘到外头，由此可见房间里的气密度很高。

"呜！"绫乃身旁的町田惊呼一声。

高头大马、长相剽悍的町田去年才被分派到刑事课，看到尸体还不习惯。

"振作一点！"

绫乃拍拍町田的背，为他打气。

"是！"町田点头。

踏入玄关后，他们看到的是连接厕所和浴室的走廊，然后是开放式厨房，之后是约八叠[1]的西式卧房。

只要整理干净，这房子应该很适合单身女子居住，如今却宛如一片死海。

地上遍布着腐烂风干后的动物肉块和繁殖在腐肉上却熬不过冬天的死蛆跟死苍蝇，当中还掺杂着大量动物毛发。几具猫尸如海上孤岛般散落四处，周遭则围绕着更多虫尸。

就眼前所见，房间中央有一具人尸，旁边围着大约十具猫尸。

尸体的头部只剩下一部分头皮和毛发，不留一点肉屑，四肢也成了白骨。尸体上套着女性长版上衣，趴在矮玻璃桌上，身上还残留着

---

[1]. 日本人称室内铺地的席子为"叠（日文为畳）"，并以叠来计算室内的大小，一叠约为1.65平方米。——译者注

一点风干的肉屑。

或许，这名女性住户是在众多爱猫的陪伴下独自安详地迎接了死亡。不过，看着眼前的景象，绫乃不禁认为，这是精神失常者创造出来的杰作。

"这种是'被吃型'呢。"鉴识组的资深组员野间环顾房间后说道。

"好像是。"绫乃搭腔。

"不好意思，'被吃'是指？"

背后的町田发问。他没遇到过这种状况，所以一头雾水。

"被猫吃掉呀。"绫乃回答，"毕竟它们是肉食性动物嘛，被关到肚子饿的时候，管他是同伴还是饲主，能吃的都会吃下去。这就是被衣服遮住的部分没变成白骨的原因。"

"原来是这样啊……"町田点点头，表情变得严肃。

如野间所言，最近孤独死亡的人被宠物啃食见骨的案例并不少见，已然成为一种类型。

独居者饲养宠物，多少是想填补寂寞。这年头，饲主将宠物当成家人疼爱是很常见的事，但死后被自己的宠物吃掉，这种下场实在很悲哀。

"应该没放很久，对吧？"绫乃询问野间。她问的是死亡时间。

尸体白骨化所需的时间会受到周围环境的很大影响。一般而言，像公寓套房这种气密度高的地方，尸体必须放置一年以上才会变成白骨，不过如果受到宠物啃食，时间就会缩短不少。

"尸体干成这样，说不定已经过了四五个月。"

"暖气没开吧？"

"嗯？啊，对啊。"野间马上就理解了绫乃的意思，点点头。

死于盛夏或严冬的独居者，通常会死在开着空调的房间。既然没开空调，就表示死者死于比较舒适的季节。从尸体身上的衣服来看，死亡时间应该是去年秋天。

"死因是什么？"

"嗯……有点难判断。"

"我想也是……"

如今，尸体大半都被猫吃掉，消化为排泄物，散落在房内各处。在这种情况下，很难断定死因，只能从尸体以外的遗物或房间的鉴识结果来判断是否为他杀。

门边的矮柜上搁着一个收纳杂物的空金鱼缸，里头杂乱无章地塞着一堆水电费收据，以及银行存折。

绫乃翻开银行存折，最后一笔记录是去年十月。果然是死于这时候吗？

存折里并没有大笔金钱异动，只有零碎的收支记录，以及每个月固定二十万元[1]左右的入账。会是薪水吗？不过，如果是普通上班族，尸体应该早就被同事发现了。是打工者吗？汇款人没有标注公司名称，无法从存折上看出她工作的单位。水电瓦斯费是自动扣缴的，房租也是自动转账的。去年十月，存折里的余额还有将近一百万，想必她死后水电瓦斯费与房租仍在持续扣缴，所以拖到现在才被人发现。

存折上的户名是铃木阳子。

绫乃望向塞在金鱼缸里的收据，收件人一栏印着这里的住址，以及与存折上相同的名字。

"喂，你就是铃木阳子吗？"

绫乃将视线移向被猫啃食见骨的女人，暗自问道。当然，她不可能得到答案。

---

[1]. 本书中的货币单位"元"指日元。——译者注

1

◇

　　诞生于如此珍贵的日子，当然只是偶然中的偶然。不过，若世上少了偶然，还剩下什么呢？人类这种生物，或许就是喜欢将偶然解读为命运或缘分。

我听见了。
我听见有人在呼唤你。

阳子——

你出生于1973年10月21日。

当时的年号还是昭和，手机也尚未问世。那年秋天，由于大海另一边那场战争的影响，卫生纸即将缺货的谣言闹得满城风雨，人心惶惶。

你的故乡Q县[1]三美市是个西侧和北侧面朝大海、东侧与南侧紧邻山峦的地方，使得海风带来的潮湿空气容易形成云层滞留，一整年里几乎有半年都在下雨，其他日子也多半乌云罩顶。

然而，那天却是个万里无云的好天气。

诞生于如此珍贵的日子，当然只是偶然中的偶然。不过，若世上少了偶然，还剩下什么呢？人类这种生物，或许就是喜欢将偶然解读

---

[1]. 日本的行政区划单位，相当于中国的省。——译者注

为命运或缘分。

你的母亲说过这样一段话："你出生那天呀，可晴朗得不得了呢！所以，你爸决定将你取名为'阳子'。还取得真随便，笑死我了。不过，这就是你爸的作风。"

这年是第二次婴儿潮的高峰，共有二百零九万名婴儿诞生，"阳子"正是女婴中最普遍的名字。这个你母亲笑称随便乱取的名字，也是最烂大街的名字。

而你母亲说起这件事时，总不忘多加一句惹人厌的话："唉，其实我比较想要男孩子。"

说穿了，"我根本不想要女孩，不想要你"——这就是她背后的意思。她却能若无其事地说出口。

你的母亲就是这样的人。

你的母亲二十四岁时生下你。你的父亲则大她两岁，二十六岁。他们都出生于第二次世界大战后的第一次婴儿潮，也就是俗称的"团块世代[1]"。

两人皆出生于长野县，结婚后才搬到Q县居住。

你母亲从小就擅长读书。初三时，学校的老师勉励她说"将来上大学也不是梦想"，推荐她报考公立名牌高中，她却考上了注重料理、缝纫等家政教育的女校，高中毕业后进入大型建材经销公司的长野分公司就职。

你母亲这么说过："我爸爸——就是你外公——在你出生前就死了，那个人可凶了！他是消防团团长，要是惹到他，保准被他毒打一顿，连女人也照打不误。你外公跟我说：'不用念什么大学啦！女人学

---

[1]. 出自堺屋太一1976年所写的小说《团块的世代》。这个世代的人为了改善生活而默默地辛勤劳动，紧密地聚在一起，支撑日本社会和经济。——译者注

那么多干吗？女子无才便是德！'现在这个时代，要是听到这种话，大概会觉得他是老古板，不过在以前是很正常的。"

你父亲也是高中毕业后就进入社会工作了，他早你母亲两年进公司，两人在公司邂逅。

说起"团块世代"，一般人容易联想到学生运动，但当时男性的大学升学率是百分之二十，女性则只有百分之五。大部分的年轻人根本无暇构筑理想社会的蓝图，早早便进入社会赚钱了。

之后，在你母亲二十岁时，两人开始交往，并最终结为夫妻。

当时没有什么《两性工作平等法》，也没有内勤与外勤之分，许多女性都认为公司不过是另一种形式的联谊场所。至于以倒茶打杂为主的"工作"，也只是换个形式的新娘课程罢了。

交往一年后，你父亲升为总公司的主任，而总公司就位于Q县Q市。两人借此机会结婚，展开夫妻新生活，你母亲也离开职场，变成家庭主妇。

你曾听母亲说过："我跟你爸爸呀，一结婚就搬到Q县来了。那时候Q市刚好开始进行大规模开发，公司接下建案后，人手一下子不够，你爸爸这个高中毕业的二十几岁年轻人才会破格当上总公司的主任。结婚后辞职进入家庭本来就是我的计划，毕竟男主外、女主内才是最好的嘛。"

父母结婚第三年的秋天，你出生了。

算起来，你的身体天生就比较健康，几乎没得过一般婴幼儿常见的急性发烧，却在一岁半的婴幼儿健诊中，检查出患有先天性股关节脱臼。这种疾病的患者多为女婴，而虽然有"先天性"三个字，其实多为后天形成的，主要是婴儿的股关节尚未发育完成，容易因后天因素而脱臼。

你的罹病原因是尿布。当时纸尿布价格昂贵，布尿布较为普及，妇女杂志上还介绍了国外蔚为流行的时髦尿布折法——"三角尿布"。

这种折法是将印花尿布折成三角形，然后缠在胯下。这样确实比较美观，也能减少空隙，防止外漏，但也限制了股关节的活动空间，容易导致脱臼。

你母亲是这么说的："你这孩子真的很让人伤脑筋，不仅不听话，而且只要一哭起来就没完没了。唯一的优点就是长得粗壮，却又生了这种怪病。医生说是尿布的错，可是用三角尿布的孩子那么多，怎么就你有问题？我看你真的有点怪怪的。"

1976年2月，你出生两年后，弟弟纯诞生了。你们的年纪相差三岁，但由于他是年头生的，所以你们在学校只差两个年级[1]。

弟弟的名字并非父亲所取，而是母亲取的。

母亲希望他能天真无邪地成长，所以取名为纯。

你母亲买了好几本命名书，选了二十几个候选名字，例如晃、真司、琢磨、隆一、智仁、谦，然后反复推敲再推敲，才选出"纯"这个名字。

你母亲说："好不容易才盼到一个儿子，我真是开心极了。啊，我甚至觉得生下这个孩子就是我毕生的使命呢。"

纯从小体弱多病，动不动就发烧、呕吐，季节一变就感冒，经常发烧超过三十九度。他三岁时染上了异位性皮肤炎，此后身体便常常出疹子。

你母亲说过："小纯呀，他跟你不同，从小就很娇气，所以才会这么聪明，学说话也比你早得多，才念幼儿园就会背九九乘法表呢。我记得连老师都称赞他：'小纯好聪明。'"

20世纪70年代，地方都市的开发计划进展得如火如荼，你父亲公司的业绩也大幅增长。当年，第二次石油危机造成原油价格高涨，尽管连带着引起了通货膨胀，你父亲的薪水却跟着水涨船高。

---

[1]. 日本是四月开学，因此二月出生的纯与阳子只差两个年级。——译者注

纯出生一年后，你父亲在三美市的住宅区盖了自己的房子。

母亲这么对你说："生下小纯后，我们家就变成了四口之家，当时我就主张应该早点盖自己的房子，可是你爸说什么要等土地价格下降再说。谁知道哪天才会降？而且，房贷也要趁着年轻贷款比较划算嘛。所以，我拼命说服你爸。后来呢，果然，地价跟物价一样，依然一路飙涨。要是那时没盖房子，我们现在的房子可就会变小很多了。"

你几乎没有四岁以前的记忆。

你懂事时已经住在父亲所建的位于三美市住宅区的独幢房屋里了。家中成员有上班族爸爸、家庭主妇妈妈、身为长女的你和身为长男的弟弟，这是当时最典型的核心家庭。

除了母亲告诉你的事情外，你最早的记忆就是上小学前五岁那年夏天的庙会。红色灯笼成排地挂在余晖尚存的蓝色天空里，烟火伴随着"咻——砰！"的声响，在空中绽放出五彩缤纷的巨大花朵。

神社院内罗列着高挂橘色灯泡的摊点，小贩们的吆喝声此起彼伏，空气中飘散着小麦粉和砂糖的焦香味。

你央求父母让你玩捞金鱼，结果一只也没捞到，便当场哭了起来。像不倒翁一样圆滚滚的老板大叔见状，便捞了一只小金鱼装在塑料袋里递给你，说道："小朋友，来，拿去。给你安慰奖，别再哭啦。"

"谢谢！"

你从大叔手中接过装有金鱼的塑料袋时暗暗一惊。

一、二、三、四、五、六——不论数几次，都是六根。大叔略显黝黑的手上长着六根手指。

大叔见你目不转睛地盯着他的手，倏地扬起嘴角。

"嘿嘿嘿，不错吧？老天爷多给我一根手指，跟太阁大人[1]一样。"

你将六指大叔送的金鱼带回家，养在金鱼缸里。

---

[1]. 指丰臣秀吉，据说他的右手有六根手指。——译者注

那只在庙会魔法般的温暖灯光下呈现出亮红色、可爱无比的金鱼，在日光灯的照射下却显得穷酸又不起眼。它总是无精打采地在缸底挣扎，嘴巴一张一阖的，撑起小小的身体。

你母亲看着金鱼的惨状，对你说："这只金鱼跟你有点像啊。"

你并不知道母亲这句话的含意，但幼小的你已将这句话照单全收。

啊，原来这只金鱼就是我啊。

这么一想，一副穷酸样的金鱼突然变得亲切起来。

你每天早上所做的第一件事，就是到金鱼缸前向另一个自己道早安，睡前也不忘对它说晚安。

但是，或许是先天体质不良，那只金鱼不到五天就死了。

"鱼鱼死了。"

你发现金鱼翻着白肚浮在水面后，赶紧告诉在厨房洗碗盘的母亲。

虽然年纪还小，但你知道有生命的东西死了就不会动了，也明白这是一件非常悲伤的事，更知道要将死掉的东西埋在坟墓里。因此，你满心期待母亲在院子里帮金鱼盖一座坟。

然而，你母亲若无其事地说："死了？真讨厌。"然后拿着餐巾纸，像捞脏东西一样把金鱼的尸体捞起来，丢进了垃圾桶。

她把那只她说跟你很像的金鱼丢进了垃圾桶。

你顿时悲从中来，号啕大哭。

你母亲见状苦笑着说："哎呀哎呀，这孩子真是的。明年庙会我们再去捞金鱼嘛。"她根本搞不清楚状况。

你心想，至少要把它埋在土里。于是，你从垃圾桶里捡起金鱼，带着塑料玩具铲子来到院子里。

你把金鱼放在地上，正打算开始挖土，说时迟那时快——

一道黑影一闪而逝，金鱼不见了。

那是一只黑色的四足野兽——猫。

黑猫叼着金鱼飞奔而去，消失在你眼前。

你跟弟弟小时候多数时间是由身为家庭主妇的母亲照顾的。

位于县政府所在地的 Q 市即将建设铁路总站。由于你父亲的工作与周边商圈的开发息息相关，每天他都在你起床前出门、上床后回家，假日也时常加班或在公司过夜，一整个礼拜想在家见到他一面都成问题。

你知道父亲在上班，但不大了解其中的价值意义，对你而言，只有母亲才算得上"父母"。

你的母亲个头儿虽小，五官却称得上标致。好几次有人对你说："你妈妈真漂亮。"

她家务全能，总是把家里打扫得一尘不染，每天都能让你吃到好吃的饭菜。不仅如此，她知识渊博，马上就能回答你的小问题，还愿意陪你做功课。

在幼小的你眼中，美丽、聪明又全能的妈妈就跟天空和太阳一样伟大、神圣。

你和许多小孩一样，认为妈妈的陪伴最令人安心，而且也最喜欢妈妈。

你升小学后，母亲说今后女孩子也得用功读书，因此买了好几本练习题，每天逼你写。

两年后，弟弟小纯也升上了小学。"小纯，你是男生，必须比姐姐加倍努力用功才行啊。你爸爸公司里那些出人头地的人呀，个个都是大学毕业生呢。"弟弟也逃不了被迫写练习题的命运。

你们住所的邻居，每到傍晚五点便会播送《晚霞渐淡》这首曲子。广播一响，你们姐弟俩就必须在书桌前坐好，这是神圣不可违抗的妈妈所下的命令。

渐渐地，做练习题的时间开始令你感到痛苦。

随着年级的上升,你逐渐发现自己并不那么擅长读书。你并不是对学习感到棘手,课堂上的内容也多半听得懂。换句话说就是,你很平凡。

相较之下,弟弟小纯的脑袋就比平凡人好得多。小学课业,他只要读过一次课本,就能融会贯通。

升上高年级后,你和小纯之间的差距更是显而易见。

无论是学校的考试还是母亲买来的练习题,他总是能得满分。母亲笑着称赞小纯:"小纯真不简单!连我都办不到呢。我想,你一定是天才。"

至于你,无论是考试还是练习题,你都考得马马虎虎,虽不至于不及格,但也不是满分。你的母亲对此并不满意。

她常常对你长吁短叹,无奈地露出浅笑。

"不行啦。""为什么你办不到呢?""你看小纯考得多好呀。"

这些责难的话语里并没有怒气,而是笑意,只是,那和称赞小纯时的笑意天差地别。

记忆中,母亲几乎不曾认真称赞过你,也未曾生气地责骂过你。你只记得她常常叹着气,露出无奈的冷笑。

年纪虽小,但你仍能了解你母亲之所以如此对待你,全因为你辜负了她的期望。

最爱的妈妈所给予你的期望,如同世界对你的期望。无法响应这份期望,让你内心既空虚又难过,仿佛破了一个洞。

《晚霞渐淡》这首曲风惆怅、宣告练习题时间到来的曲子,越听越令你悲从中来。

为什么我跟小纯差这么多呢?

有时你不禁认真思量。

和小纯生长于同一个家庭,过着几乎相同的生活,就连用在读书上的时间也相差不远,为什么小纯能考高分,你却比不上他?相比之下，小纯动不动就感冒、发烧，还经常请假，你却不常生病。

老天爷是不是用聪明换走了小纯的健康呢？

可是，这一点也不合理。因为小纯的聪明与虚弱，都令你母亲疼爱不已。

你母亲特别宠爱聪明又体弱多病的小纯。她的爱，等同于世界的爱。

她对体弱多病的小纯照顾得无微不至。"小纯细皮嫩肉的，轻忽不得呀。放心，妈妈会保护你啊。"她每天早上帮小纯量体温，只要稍微超过三十七度，就会向学校请假，背他去医院。

你母亲永远满脑子只有小纯，也永远只会称赞和担心小纯。

脑袋普通、健康尚可的你，她根本不放在心上。

若你难得感冒了，虽然她表面上会照顾你，态度却与对待小纯时的相差甚远。"真是的，真受不了你这孩子。"她只会一脸不情愿地喂你吃感冒药。

说穿了，你感受不到她的爱。

当然，幼小的你无法理解"爱"这种抽象的名词。但即使无法了解氧气，身体也知道少了它会觉得痛苦。你下意识地领悟到，母亲给小纯的微笑里有一股暖流，面对你时则没有。

每当母亲嘲笑你，你总觉得自己宛如溺水般呼吸困难，也觉得自己就像在金鱼缸底苟延残喘的小金鱼。

久而久之，你发现母亲并非看你不顺眼，而是她对世界上的一切都如此看待。

只有小纯例外。

唯有小纯，能使她露出会心的微笑。唯有小纯，能让她赞誉有加。

小纯以外的所有事物，无论是好是坏，她都只会叹口气，一笑置之。

即使幼小如你，也明白她那叹着气的笑容里没有任何喜悦与快乐。

冷笑、失笑、嘲笑——早在你学会这些词汇之前，母亲的态度就已告诉你，世上有一种笑容叫"假笑"。

她的口头禅是"幸福"。

"能跟你爸这么勤奋老实的男人结婚，还生了小孩，住在好房子里，我觉得自己好幸福啊。"

无论吃饭或看电视，你母亲总爱劈头就冒出这句话。

她并没有说谎。

每天加班的父亲确实勤奋老实，他们也生了你和弟弟两个小孩，还拥有一幢带院子的两层独幢楼房。

一切都正如她所说。但她口中的"幸福"两字，你怎么听都觉得不踏实。

幼小的你，肯定下意识地察觉到了这一点。

如果真的幸福，根本不需要动不动就挂在嘴上；如果真的幸福，根本不会叹气，皮笑肉不笑的。

她口中的"幸福"，隐藏着某种不安定的暗潮。

有时候，你母亲也会把小孩拉进那股暗潮中。

"小纯、阳子，生在这么富裕、进步的国家和时代，你们知道自己有多幸福吗？在非洲那些贫苦国家呀，像你们这种年纪的小孩不是饿死就是病死。光是每天能有饭吃，你们就该偷笑了。"

贴在小学走廊上的联合国儿童基金会海报告诉你，这个世界上有些人贫穷得令人难以想象。每每看着海报上那名打着赤膊的黝黑少年与"每三秒就有一名孩童丧生"的句子，你就会感到一阵心痛。

妈妈是正确的。

我比那孩子幸福多了。

"不说别的，就说日本吧！我们小时候也很穷。那时根本穿不起洋装,都穿着劳动裤[1]去上学,每天的午餐都是鲸鱼肉[2]跟脱脂奶粉泡的牛奶——不过,这年头的小孩大概不懂吧,那两样都难吃得要死,光是不必吃那些东西,你们就该谢天谢地了。"

你知道这个国家曾经非常贫穷,因为学校的资深老师常常向你们吐苦水,述说从前的人过得多么辛苦。

妈妈果然是正确的。

和以前的小孩比起来,我幸福多了。

不过,那听起来一点都不真实。

无论你是否比来自远在天边的国家或很久以前的时代的人来得幸福,这样的"幸福"对你而言一点真实感也没有。

你的母亲还没说完。

"我们一家子呀,真的很幸福啊。"

她叹口气,露出假笑。

曾几何时,你觉得妈妈变得好陌生。

那大概是青春期——也就是叛逆期——所带来的影响吧。

随着胸部隆起、初潮来临、身体变得越来越像大人,你开始正视"自我",明白自己是与别人不同的个体。

你从学校和朋友身上所学到的道理远胜于在家庭中所学。与此同时,原本在你心中占有绝大分量的母亲,地位也随之下降。

久而久之,你对母亲产生了怨怼、不满与不信任。

举例来说,小纯得到母亲的关心,你却只得到母亲的假笑。过去你只感到悲伤、落寞,如今却认为她不公平、偏心。

此外,你发觉母亲其实不常认真做家务,而且异常无知。

---

[1]. 腰部和脚踝处束口的宽松长裤。第二次世界大战时,日本政府半强迫性地要求女子穿这种裤子,以方便逃难。——译者注
[2]. 第二次世界大战结束后,日本国内缺乏粮食,鲸鱼曾是营养午餐的蛋白质来源之一。——译者注

她很会做表面功夫，只把玄关和客厅打扫得一尘不染，卧房和二楼的房间却一个月才打扫一次，平常乱得要命；餐桌上的食物则多半是从小吃店或超市买来的熟食。还有，她常常一脸认真地说："美国的首都当然是纽约呀。""月极[1]这家公司旗下的停车场真多呀。"简直匪夷所思。

其实，这也没什么大不了的，只是你母亲老爱在奇怪的地方自鸣得意。明明自己也不大做家务，却沾沾自喜地说："昨天我去了木村太太家，她家简直脏得不得了！我就说嘛，职业妇女就是不行。"不然就是把买来的熟食盛到盘子里，然后说什么"我可是下了一番功夫呢"，仿佛那是她的拿手好菜似的。万一谎言被戳破，她不仅绝不承认，有时还会恼羞成怒地大吼："这种事我也知道！"

这个人是怎么搞的？

随着身心逐渐成长，母亲在你心中的地位也逐渐改变。

升上初中后不久，出生以来第一次，你知道自己坠入了爱河。

学校规定所有学生都必须加入社团，而你决定加入美术社。

其实，你对美术没什么兴趣，说到艺术家，也只认识毕加索和之前曾在电视广告上大喊"艺术就是爆炸！"的大叔[2]，小学时也不算擅长做美工。

硬要说原因的话，你只是觉得社员多半是女生，所以很容易入社；还有走廊上张贴的那张"美术社征求新社员！"海报上的那片海很漂亮，仅此而已。

美术社的社团活动很轻松，只要下课后到美术教室任选主题画张图或做点东西即可，而自己最喜欢的作品将会在秋季文化祭展出。

---

1. 日文中的"月极"是月租的意思，阳子的妈妈却以为是公司的名称。——译者注
2. 这是日本前卫抽象艺术家冈本太郎的口号，他1970年为大阪世界博览会制作的"太阳之塔"是其成名作。——译者注

虽说可以自由发挥，但一年级的社员几乎都是门外汉，根本不知该从何做起。因此，指导老师跟学长学姐决定在第一学期教大家基础素描与相关技巧。

这时候，负责指导你的是二年级的山崎学长。

尽管从名单上来看，美术社社员男女各半，但男生多半只是挂名入社的不良少年，很少出席社团活动。其中，山崎算是少数积极参与社团活动的男生之一。

山崎学长身材瘦小，脸色苍白，戴着一副厚厚的黑框眼镜，你对他的第一印象是"这人真不起眼"。而且，你也比较希望由学姐来指导自己。

然而，和山崎学长接触后，你发现他不但平易近人，教你画画也相当细心。

"听好了，首先，千万别想一夕变成绘画高手。画得差也没关系，心情放轻松，就当是涂鸦吧！不过，你必须仔细观察目标，画不好无所谓，仔细观察就对了。"

从山崎的言谈中，你看出这个人非常喜欢画画。

嘴上说"画不好也无所谓""放轻松画"的山崎，其实是社团数一数二的绘画高手。他个性一板一眼，每天都是第一个到美术教室，然后直到最后一刻才愿意放开素描簿跟画架。

在山崎的指导下，你不仅完全不觉得痛苦，甚至还乐在其中。

山崎家和你家在同一个方向，社团活动结束后，你们俩很自然地一起回家，直到途中才分开。一开始，你们很少在回家的路上开口，但一个月过后，你们敞开了心房，也打开了话匣子。不知不觉，这段时间成为你一天中最快乐的时光。

某天，你一时心血来潮，问了山崎一个问题。

"山崎学长，你小时候学过画画吗？"

"不，我是初中进了美术社之后才开始认真画素描的。"

"这样呀。"

你大吃一惊。毕竟你认为自己绝不可能在一年后追上山崎的画技。

"啊,不过,我从上幼儿园时就开始画插画跟漫画了,算是自学吧……我会读《漫画技法大全》之类的书,自己揣摩。"

"漫画啊。"

经他一说,你才想起,小学时也有同学会在笔记本上画漫画。山崎也做过类似的事吗?

"嗯。我啊,将来想当漫画家。"

山崎略显羞赧。

你很高兴他愿意对你说出这些话。

"欸?"

"总有一天我要用好墨水跟肯特纸[1]画漫画,报名参加出版社的漫画比赛。"

"初中生也能报名吗?"

"当然,不管是谁都能报名。这个嘛,或许无法说得奖就能得奖,可是听说即使落选,只要你的画有特色,就会有人当你的责任编辑,帮你出道。"

"好厉害啊。"

"哪里厉害?我连漫画都还没画,更别说报名了。"

"可是真的很厉害呀。"

这是你的真心话。他明明只比你大一岁,却拥有如此具体的梦想,真不简单。此外,你也认为,像山崎这种绘画高手,当漫画家根本不成问题。

"铃木,你呢?为什么加入美术社?"

这次轮到山崎发问了。

---

[1] 专业漫画用纸,质感平滑。——译者注

"呃,啊……其实也没什么理由……我是看到那张征求社员的海报,觉得很漂亮,所以就加入了。"

你对自己的动机感到心虚,山崎却喜形于色地说:"咦,真的假的?那张海报是我画的!"

"原来是这样呀。"

你本来以为那张图是指导老师画的,仔细想想,论山崎的功力,确实画得出那种水平。

山崎脸上洋溢着笑容。

"我真高兴!这就表示我的画有撼动人心的力量啊。画那张图真是画对了。"

这时候,你发现自己的脸不知怎的开始泛红发烫,这才明白自己的心意。

我喜欢上这个人了。

当时的日本社会正迈入某段景气极佳的时期,后人称之为"泡沫经济"。

东京黄金地段的地价与股价疯狂飙涨,接着逐渐向外扩散,全国各地人人都能赚大钱,只是,这种钱就像泡沫一般。

你父亲的公司业绩节节高升,所以泡沫或许也间接帮了你一把,只是你不过是个初中生,还无法直接感受那团泡沫的力量。

对热恋中的你而言,比起日经平均指数和调降公定利率,无法决定梳什么发型的烦恼要来得重要多了。

每天早上,你都会在镜子前为发型烦恼二三十分钟,却换来母亲的风凉话。

"你本来就长得不怎么样,不管怎么弄都是白搭。"

为什么母亲要说出这种话呢?

"你很烦啊,闭嘴吧!"

即使你回嘴，她也只会不以为意地假笑着说："好啦好啦。"然后隔天早上再同样挖苦你一次。

话说回来，或许你母亲并没说错。

镜中那名少女确实很不起眼。

你觉得自己应该不至于丑，但坦白说，这张脸实在称不上漂亮，最贴切的评语大概就是"平凡"。

美丑真是不可思议。只要五官的平衡稍微出点差错，就能造成巨大的差异。

你的五官和被大家公认为美女的母亲同样端正，但是有点朝天鼻，两眼之间的距离稍微远了点，加上脸形偏圆，结果就变成了一张平凡的脸，无法吸引他人的目光。

我既平凡又不起眼。

为什么我的脸会长成这样呢？

为什么明明妈妈是美女，我却不是？

大概是对自己没自信的缘故吧，你提不起勇气告白，不知该如何面对这份感情。

不久后，你开始在夜里躲在棉被里，排解无处倾泻的情欲。

你在很久以前就知道触摸、摩擦身体的某部分能带来快感。在小学体育课的爬竿练习中，你初尝这种滋味——双腿夹着竿子滑下去时，一股奇妙的快感猛然贯穿全身。

即便幼小如你，也明白这种事只能做不能说，因此默默将它藏在心底。之后你便偶尔假借爬竿的名目，品尝这种愉悦。

不过，运用自己的手指积极发掘快感，是从这一刻才开始的。

光是小心翼翼地摩擦乳头与阴部周围，就能让你既舒服又惆怅。

这段时间，你一直想着山崎。

升上初中后，你已大略了解相爱的男女会做些什么事、如何生小孩，但你无法具体地幻想出山崎的裸体。

浮现在你脑中的，只有山崎的声音、笑容与握着画笔的手指。在你的妄想中，没有形体的"部分山崎"愿意温柔地爱抚你的身体。

意淫意中人固然使你心怀愧疚，但你无法割舍那份愉悦。此外，你也发现健康教育课本上没写的那些女性情欲，已在你体内孕育成形。

然而，才短短一年，你的初恋便画下了句点。

1987年，国铁实施分割民营化[1]，你当时就读初中二年级，山崎初三。

一年来，你几乎从不缺席美术社的活动，画出来的画也越来越像样。

可是，你的程度也仅止于此，画技依然远比不上一年前的山崎。不仅如此，当初和你同样对美术一窍不通的同学中，有些人已经变得比你厉害多了。

就像从小和你一起念书的小纯成绩反而变得比你好一样。一分耕耘，不一定等于一分收获。

不过，你并没有把这件事放在心上。说穿了，你参加社团活动并非为了画画，而是为了和山崎在一起。

虽然你始终隐藏着自己的心意，却一直和山崎维持着良好的学长学妹关系，两人也因此越走越近。

当你在画架前烦恼时，山崎会过来给你建议；当你们俩并肩而行时，山崎会若无其事地走到靠车道那侧。你不禁暗自期待：该不会，山崎对我其实有好感？

当然，他也很可能只是善尽学长的责任罢了。一想到告白可能会破坏现有的欢乐时光，你决定从长计议。

---

1. 中曾根康弘内阁实行的一项政治改革，将国有铁道拆分为七家"JR"铁路公司，借由民营化改善JR各公司业务，出售国铁资产，借此偿还巨额债务、减轻国家财务负担等。　——译者注

可是明年春天,山崎学长就要毕业了……

毕业后,或许就再也没有机会见面了。与其如此,还不如趁毕业当天鼓起勇气告白,告诉他:"我喜欢你。"

毕竟在相处的过程中,你们确实心有灵犀。

人算不如天算,山崎和你分别的日子提早到来,仿佛夏季午后的雷阵雨,令人措手不及。

七月,第一学期的结业式近在眼前,这一天是暑假前最后一次社团活动日。你和平常一样,在美术教室画到傍晚;如平常一样,你们两人一起踏上归途。

已经过了傍晚六点半,马上就要七点了,装载着许多云朵的天空却依然明亮。暮蝉发出叫声。

今年夏天的气温创下近年来新高,一般家庭和公司行号都会陆续装上冷气,不过大家也担心用电量过多会导致缺电。即使白日将尽,走在路上依然让人汗流浃背。

"跟你说,"山崎的语气总是在即将走到分别的交叉口时变得沉重,"今天是我最后一天。"

"咦?"

你一时不明白山崎的意思。今天不是山崎的最后一天,而是第一学期的社团活动结束日。

山崎旋即往下说:"暑假时我要搬家。第二学期我就要转学了。"

他说为了配合父母的工作,一家人必须搬到金泽。

"这样……啊……"

你说不出其他话。金泽。你听过这地名,但从未去过。你只知道金泽位于遥远的其他县市,初中生绝不可能经常去那里玩。

"所以,今天是我最后一次跟你一起走回家。"

交叉口快到了。直走是你家,左转是山崎家。

"好……"

事出突然，你脑袋一时转不过来。今天是最后一天，以后我们再也没有机会一起回家了？快乐的聊天时光，再也回不来了吗？

"铃木……"

山崎停下脚步，唤了你一声。你停下来和他对望。你们两人的身高相近，视线的高度也差不多。

一阵沉默弥漫在你们之间。山崎张口欲言，却又紧闭双唇。

你知道他为何踌躇，也希望他说出真心话。

"……和你在一起很快乐。保重。"

这不是你想听的话。

"啊，好，保重。"

而你，也说不出真心话。

"拜拜。"

山崎略显失望，又似乎松了一口气。他带着五味杂陈的表情在交叉口转弯，一如既往。

你目送他远去，心想自己的表情一定和他的一样复杂。

在那之后，发生了一件事。

你撞见一场赤裸裸的男女交媾，那两人正是你的父母。这与初中生青涩、无法启齿的恋曲恰好形成对比。

盛夏的夜晚闷热。

你在噩梦中惊醒。梦的详细内容已从你脑中消失，只留下挥之不去的黑暗恐惧。

汗涔涔的发丝黏在脸上，睡衣也被汗水濡湿。

你觉得口渴，于是离开房间去找水喝。升上初中后，二楼的四叠半斗室成了你的房间，隔壁则是父母的卧房。他们的房间静悄悄的。

你沿着走廊来到楼梯口，却看见楼下有灯光。一楼客厅里传来父母的说话声，他们似乎还没睡。

母亲尖声大嚷:"过分!你太过分了!"

你也听见了父亲不耐烦的声音:"你这家伙也太夸张了吧?"

"哪里夸张?原来你一直背着我胡搞!"

"你这样就叫夸张!我可是每天都在公司加班啊,偶尔放松一下不为过吧?"

"什么放松?这不就是偷腥吗?"

母亲的声音尖锐而洪亮。你吓得身体一僵,却又忍不住往声音的来源处走去。你踮起脚尖,小心翼翼。

走下两级楼梯后,恰巧能从墙角看见客厅。父亲解开衬衫的扣子,坐在沙发上,母亲则像个母夜叉般站在他面前。即使距离有点远,你也看得出她正泪如雨下。但他们都没发现你躲在楼梯上。

你觉得自己似乎看了不该看的东西,尽管有点罪恶感,却无法移开视线。

"才不是偷腥。泡泡浴是合法的特种行业,跟酒吧没什么两样。"

"差多了好吗?说穿了就是嫖妓嘛!你一定是心里有鬼,才会故意瞒着我!"

你知道父亲所说的"泡泡浴"并非指单纯的洗澡。

不久前,这种特种营业场所还俗称"土耳其浴",但是遭到了土耳其留学生的抗议,因此才改名为"泡泡浴"。你看过类似的报道,但不知道具体的服务内容,只知道这种店的客人都是男人,而店里的女人会提供一些下流的服务。

你母亲发现丈夫去外面洗泡泡浴,因此大发雷霆。

有需求,就有供给。你知道有嫖客就有老鸨,但是当自己的父亲成了嫖客,你心里难免深受打击。

这跟合不合法没有关系,你也不认为那种地方"跟酒吧没什么两样"。你觉得母亲说的没错,那就是偷腥。

"你太过分了!真的太过分了!"

面对妻子的喋喋不休,你父亲原本只是低声咕哝,此时却突然猛力拍桌,大吼一声:"吵死了!说够了没?"

你第一次听见父亲怒吼。明明被骂的人是母亲,挨父亲一掌的是桌子,但痛彻心扉的人是你。

父亲不常在家,在你的印象里,个性温和的他总是对母亲言听计从,但眼前这个人和父亲截然不同,是个坏人。

坏人会说出父亲绝不可能说的话,也会做父亲绝不可能做的事。

"废话一大堆,不说话没人当你是哑巴!"

坏人站起来,甩了你母亲一巴掌。

"啊!"你母亲捂着脸,双腿一软。

坏人揪着你母亲的头发,逼她站起来。

"住手!别这样,有话好说!"

"王八蛋,也不想想是谁供你吃穿!你在家里当少奶奶,我可是每天拼命工作!那么爱计较是想干吗啊!"

坏人一只手揪着她的头发,另一只手则紧紧掐住她的脖子。

"我知道……我知道了,有话好说,原谅我吧。"

母亲气焰大减,窝囊地向他求饶。

坏人将你的母亲推倒在地上。

"那就道歉啊。'对不起,我不应该啰啰唆唆的。'快点说!"

"好……好。"

你的母亲边哭边跪在地上,磕头道歉。

你不寒而栗。

那个总是假笑、死不认错的母亲,居然轻易屈服于暴力之下,令你感到不寒而栗。

"对不起……对不起,我不应该啰啰唆唆的。"

此时的母亲也和以往大相径庭,是个弱者。

坏人望着俯首称臣的弱者,略略压低音调问道:"你知错了吗?"

"是，我错了。"

"把衣服脱掉。"

坏人命令弱者脱衣，语气里混着一丝喜悦。

你知道，弱者这时倒抽了一口气。

"老、老公，你不是认真的吧？这种时候……"

"就是要这种时候！你不是不爽老子去洗泡泡浴吗？老子就顺便让你爽一下。"

"怎么这样……"

"还不快给我脱！双腿打开！欠揍是不是？"

"啊啊！啊啊！呜呜……"

弱者抽抽噎噎地解开自己的衬衫扣子。

好冷，好冷，好冷。

明明是夏天，为什么如此寒冷？

你浑身都是鸡皮疙瘩，觉得自己宛如沉在冷水里，全身已冻僵。

弱者把衣物一件件脱掉，坏人也把自己的衬衫扔到一旁，"喀恰喀恰"地解开皮带，脱下裤子。

好冷，好冷，好冷。

日光灯的冷光照亮了弱者的苍白肌肤。这一幕使你无意中联想起某样东西。

那是什么？如陶瓷般冰凉苍白——啊，是金鱼的肚子。

那一幕紧紧地黏在你的记忆底层。六指大叔给你的那条金鱼浮在鱼缸的水面时，肚子就是那样苍白。

弱者坐在地毯上，朝着坏人张开双腿。

"请……"

坏人上半身只穿着汗衫，光裸着下半身压倒弱者。

你知道这两个人在干什么，毕竟你有两位女性朋友已尝过禁果。

在你的想象中，做爱应该充满爱与温柔，可是眼前所见，却是一场下流、粗野而暴力的交媾。

"噢！""啊！""哈！""哼！""嗯！"喘息声此起彼伏，你分不清哪个是弱者的声音，哪个是坏人的声音。这声音不像人类的话语，倒像兽类的号叫。你仿佛在目睹弱者被坏人吞吃入腹。

好冷！好冷！好冷！

不行，这里太冷了，再待下去我会死掉，像那只金鱼一样死掉！

你双手掩耳，死命挪动僵硬的身体，逃离现场。

好冷，好冷，好冷！

即使捂住耳朵，远方的兽号依然钻入耳膜。

明明满身大汗，你却冷得不得了。

你回到自己的房间，用毛毯代替棉被裹住自己，不久便昏睡过去。

隔天你一觉醒来，父亲已经去上班了。昨晚被坏人吞噬的母亲，也若无其事地烤吐司，倒牛奶。

你一点食欲也没有，吐司只吃了一半。

"阳子，你怎么剩这么多？妈妈特地做早餐给你吃，你还这么不赏脸。"

你的母亲没有生气，也没有关心你的身体状况，只是叹气冷笑。这就是她，一如往常。

昨天那是一场梦吗？

你正觉得纳闷，却看见母亲脖子上有紫红色的瘀痕。那是昨天坏人掐住的部位。

那果然不是梦。

弱者被坏人袭击，然后被吃掉了。

2

由于尸体支离破碎,因此,警方没有呼叫法医,而是请警察医院来回收人骨和人肉,之后再调查组织碎片,以推测出最接近事实的死亡时间。

铃木阳子已死亡多时,家猫又多,弄得现场乱七八糟,应该是孤独死吧——绫乃此时仍抱着这个想法。

"只有我们三个会忙不过来，可以找人来支援吗？"

鉴识组的野间环顾着这间由一个女人和众猫酿成的死海之屋，如此说道。

现场这么混乱，鉴识工作势必得花上不少时间。

奥贯绫乃点点头。

"好，麻烦您了。"

野间用手机给局里打了电话，请求支援。

绫乃和町田小心翼翼地在房内走动，在脑中记下可疑的地方。

从餐具的数量与款式看来，确实是单身女子独居没错；至少放眼看去，他们没看到男人的生活用品。以宠物而言，猫的数量似乎有点多，难道她在让宠物刻意繁殖？不，或许……

绫乃大略看过一轮后，询问町田："大致看过后，有没有什么可疑之处？"

"是的，嗯……"町田若有所思，"我要说的或许和案情无关，但……这些猫好像没有养成用猫砂盆的习惯。"

房里有猫砂盆，却满地都是粪尿，证明饲主没有好好管教自己的猫。

"不，这是很大的发现。"

绫乃从饲主管教猫咪的方式推测被害人的性格，脑中浮现出一种假设。

"好，那我们下楼吧。"

绫乃一边催促町田，一边往屋外移动，临走前还不忘向野间喊道："我们要去向第一发现者问话，接下来就麻烦您了。"

第一发现者屋主八重樫夫妇说，那间套房的住户正是铃木阳子。

根据租屋合同的记录，她的生日是1973年10月21日，如果尚在人世，今年应该是四十岁。她比绫乃大两岁，几乎算是同辈。

在一般人的认知中，孤独死的当事人多为老人，统计数据也显示六十五岁以上的银发族最多，但未满五十岁的案例也不少。

租屋合同上所附的户籍誊本是在埼玉县狭山市印制的。户籍上显示家庭成员只有她一人。搬入这幢公寓前，她独自住在狭山市，户籍地也同样是狭山市。

她搬入这幢公寓的日期是2012年3月12日。一般的租屋合同都是两年，算算也该重新签约了。

"上个月房屋中介本来想通知她重新签约，可是一直联络不到人……"

负责回答问题的不是报案的丈夫，而是太太。联络房屋中介、收房租等房东的分内工作，全由八重樫太太一手包办。

"我自己也来找过她很多次，但按了好几次电铃都没人应门。我看房间门锁着，以为她不在家，可是一楼的信箱里塞满了传单……"

铃木阳子虽然没有订报纸，不过这类住宅区常有人过来投递传单。从信箱的状态来看，那些传单显然有好几个月的量。

换句话说，铃木阳子在这段时间内完全没去收信。

八重樫太太似乎也预想到了最坏的状况。

"房屋中介说,这年头有很多人……那叫作孤独死是吧?所以,我也不敢贸然进去,怕看到不该看的东西。况且,我也不能因为身为房东,就随便乱开房客的门。我不知道该怎么办才好,眼看租约就要到期了,才不得不找丈夫商量……"

八重樫先生点头附和。

夫妻商量后,决定还是先打开房门看看再说。

他们用万能钥匙开了锁,一打开房门就闻到了异味,于是太太留在走廊,由丈夫独自进房查探。

八重樫先生微微皱眉:"我、我才从门口偷瞄一眼,就看到了那副尸、尸骨。说、说来惭愧,我吓得腿都软了,赶紧拨了110报警。"

"其实房间里的状况,连我们看了都倒吸一口气呢。"

绫乃认为,那场景对一般人而言实在太刺激了。况且,警方也希望民众别任意破坏现场,最好能立刻报警。

绫乃再度望向八重樫太太,开口问道:"房间里有很多猫也都死了,不知道您是否听过铃木小姐在刻意繁殖猫之类的传闻?"

"不,完全没有。如果我知道这种事,一定会找她谈一谈的。"

据八重樫太太所言,基本上这幢公寓是允许饲养宠物的,但是合约明令禁止饲养三只以上动物。

"换句话说,铃木小姐违约了?"

"是的。房客若存心偷养宠物,我们也防不胜防。毕竟不可能一间一间地巡看,而且墙壁有隔音功能,邻居几乎听不见声音,也闻不到味道。"这里的套房构造足以阻隔钢琴的噪音,事实上,房门紧闭时,连那股浓厚的尸臭都无法飘到走廊。

"房租是采用转账缴纳?"

"是的,每个月月底缴下个月的房租。"

"铃木小姐到目前为止有迟缴过房租吗?"

"从来没有。"

"上个月，也就是2月底，她也转账了？"

"是的。"

看来房租的自动转账并没有中断。

"铃木小姐平常是什么样的人？"

八重樫太太摇摇头。

"我不大清楚。我跟她只在签约时曾好好谈过一次话。我们住的地方离这里有一段距离，而且房屋中介也说，房东最好不要干扰房客的生活……"

"铃木小姐在签约时是否有什么异样，或是不寻常的地方？"

"没有……我只记得她看起来很正经，说话有条理，应该是个足以信赖的好房客。"

看起来很正经？

"您的意思是，她的打扮与穿着并不抢眼，感觉很沉稳？"

绫乃试着问出更具体的线索。

"是的，没错，"八重樫太太点头，"至少她搬进来时，不像是不爱干净、品行不佳的人。"

绫乃又往下问，得知她留着中长发，身材普通，外表与实际年龄相符，略显朴素。

"啊……对了，"八重樫太太似乎想起了什么，"我突然想起，她说自己离婚了，所以才搬来这里。"

"离婚吗？"

原来我们不只年龄相近，连离过一次婚这点也相同？

绫乃觉得有点尴尬。

十年前，绫乃二十八岁，她选择了结婚，退出警界。

当时她隶属于警视厅本厅搜查一课女性搜查班，那里可以说是女刑警的梦幻职场，但是她毫不留恋，也不后悔离开。她辞去工作，全心投入家庭，不料这段婚姻不到十年就毁了。

前年她刚离婚时，警视厅正积极招募离职的员工回来上班，据说是为了解决团块世代的离职潮所引发的人手不足问题。于是，绫乃顺势加入了辖区刑事课，展开第二次警察人生。

绫乃对警界没什么眷恋，也不认为刑警是自己的天职。她并没有什么冠冕堂皇的理由，说穿了只是为了糊口，反正也没有其他工作能做。

尽管想起了不愉快的回忆，绫乃依旧能冷静地思考。

如果铃木阳子真的离过婚，事情恐怕会变得有点复杂。

只要死者不是自然死亡，无论是否为他杀，警方都必须联络其家属，查明死者的身份。

原则上，死者的后事必须交由其家属处理，而且房里的遗物也将成为遗产，因此警方不能擅自处置。此外，像这种面目全非的遗体，还必须进行 DNA 鉴定，才能确保死者的身份。

基本上，警方会调查死者的户籍以寻找其家属，但离过婚的女性有可能在结婚跟离婚时户籍都出现过变动。如果连小孩都要找齐，势必得调查所有户籍，而这道手续意外地十分费工。

向八重樫夫妇问完话后，绫乃和町田向五楼的房客们简单打听了一番，得到的结果是铃木阳子和邻居完全没有来往。

他们问了 501 号房到 504 号房的四名房客，其中两人从未见过 505 号房的房客，剩下的两人则只在走廊见过她，都不曾跟她好好聊过天，也不清楚她的为人。

虽然手边没有照片，无法详细比对，但那两名见过铃木阳子的人说她是"长发女子""身材普通""年龄大约三十五岁到四十岁""五官端正，但是不太起眼"，和八重樫太太的描述差异不大。

此外，阳子房内从未传出过猫叫声或猫味，邻居们不仅不知道她养了很多猫，就连她养猫这件事都不知道。

和邻居鲜少来往，房间上锁，再加上墙壁的隔音效果好，房间气密度高，难怪尸体到现在才被发现。

鉴识组的野间等人找来了支援人员，虽然大家一直工作到三更半夜，却仍没找到他杀的相关线索。

从尸体的状况、存折的最后补折日、冰箱和厨房收纳柜中所残留的食品的制造日期来看，其死亡时间应该是去年10月左右。

由于尸体支离破碎，因此，警方没有呼叫法医，而是请警察医院来回收人骨和人肉，之后再调查组织碎片，以推测出最接近事实的死亡时间。

铃木阳子已死亡多时，家猫又多，弄得现场乱七八糟，应该是孤独死吧——绫乃此时仍抱着这个想法。

千叶俊范（警员，隶属于警视厅江户川分局地域课，四十四岁）的证词

是的，我是第一个冲到江户川鹿骨那幢宅邸的人。

那天我值班，每隔一小时会骑自行车巡逻一次。我巡逻时刚好接到无线电，说有人死在家里，所以就直接过去了。

一听到住址跟"神代"这个姓，我马上就知道是哪一户人家了。那幢宅邸很大，我巡逻时常注意到它，而且听说因为有不良分子出入其中，这一带的人都知道它。不，我并没有特别留意那一户。是的，虽说是不良分子，但他们也不是暴力组织，没在附近惹麻烦。

地域课随机抽样的巡逻联络卡上只记载了户长神代武的名字及其为自由职业者，除此之外没有任何详细资料，也没提到他创办非营利组织的事情。

我抵达现场时是早上五点二十五分，报告书上也写得很清楚。

是的，我看过手表的时间。

　　大门是开着的，所以我边喊"打扰了"边走进院子。玄关和其他几扇窗户里都亮着灯，可是屋内一点动静也没有。

　　我喊了好几声，也按过很多次门铃，都没人应门，只好拉拉门把看。门没锁，一股浓厚的血腥味迎面扑来，所以我就进去了……是的，我担心里头有人受伤流血，为了不延误送医，我决定立刻进去。

　　过了玄关就是走廊，走廊左侧是雾面玻璃窗，右侧有一排房间。其中一个房间的门没关，血腥味似乎就是从那里飘出来的。

　　我探头偷瞄了房内一眼……其实我已经做好了心理准备，但说来惭愧，我还是忍不住大叫了。老实说，我第一次看到那么残忍的凶案现场。

　　那是一间有壁龛的大客厅，里面血迹斑斑。墙角有张大沙发，沙发前面有个全裸的男人倒在那里……对，是的，神代武倒在血泊中。他毫无生气，一动也不动，脖子那边有个很大的伤口，好像有人想把他的头硬从身体上扯下来一样。我一看就知道他已经死了。

　　尸体的下腹部插着一把短刀，我猜那就是凶器。我怕乱动尸体跟现场会影响鉴识结果，所以只敢远观，然后离开客厅，等待支援。

　　啊，是的，我听说报案者是女性，所以警觉地从客厅隔壁的房间开始，一间间检查，以防凶手还躲在屋内，而且也想找出那名报案人……是的，能找的地方我都找过了，一个人都没有。那幢房子很大，我不敢保证自己滴水不漏，但恐怕在我抵达时，屋内就只剩下神代的尸体了。

3

　　人的思绪与行为本来就是这样，没有道理可言。其实，人在想什么，该做什么，连当事人自己都搞不懂。
　　人类以为自己的行为是由自己掌控的，但其实都是无意中随着环境产生的反应。

阳子——

你是从什么时候开始察觉到弟弟小纯遭到了霸凌呢？

他本人不肯多说，因此，你不知道准确的时间是什么时候，只知道小纯升上小学高年级后，出现了几种明显的征兆。

小纯的东西会在学校不见，回家时，他的四肢上也常常有瘀青，头上还曾经黏着口香糖。

他声称"我不知道东西为什么不见""玩闹时不小心跌倒了""不知道什么时候口香糖就黏在我头上了"，抵死不承认自己受到了霸凌，但恐怕只是嘴硬。

你曾好几次看到小纯在放学时独自帮朋友们提东西。

其实，你隐约感觉到小纯被欺负了，但内心深处认为"爱莫能助"。

小纯原本就具有几项容易在团体中遭到排挤的特征。首先，他身体虚弱，缺乏运动神经。小学及初中时，这种男生在班上的地位总是不高。

其次，小纯的异位性皮肤炎也会发生在脸上，那模样会让小孩子条件反射地产生抗拒,你知道小纯的同学都叫他"僵尸"。

不仅如此,小纯还不知变通,很难相处。比如,吃饭用的碗筷、自己的座位和桌上物品的位置,只要和平常有一点点不同,他就会大吼:"不对!"上下学路上的某个路段因施工而禁止通行时,他也曾打算强行闯关,结果被警卫拦了下来。班上换座位时,他也会歇斯底里地大叫:"不对!"

他不懂得察言观色,跟别人说话时不会看着对方的眼睛,还常常自说自话,偶尔也会口无遮拦,出口伤人。

你记得小学四年级时,小纯曾经对着班上胖胖的女同学喊"胖子",把对方弄哭,掀起一阵风波。

母亲说小纯是"娇气""心直口快",但你怎么想都觉得他是"任性"和"坏心眼"。连身为亲姐姐的你都这么想,其他同学更不可能喜欢小纯了。

他那么难相处,难怪会被欺负。

嫉妒小纯受母亲溺爱、偏袒的你,甚至感到大快人心。

后来……

没错,后来你才知道那件事情,不过为时已晚。

长大后,你看到电视上的发展障碍特辑,不禁大吃一惊。

发展障碍之一——"阿斯伯格症候群"的几项特征,和小纯的情况完全相符。

他们的智能表现很正常,甚或优于常人,但十分不擅长"察言观色",容易产生沟通上的误解。他们听不懂弦外之音,有时会出言不逊;他们个性固执,难以适应生活上的变化。这些特征主要是由大脑构造的差异造成的,当事者可能并无恶意。此外,许多患有此症的人皆感到自己与社会格格不入。

节目中还介绍了许多可能患有此症的历史名人,比如贝多芬、凡·高、爱因斯坦。

你已无从得知小纯是否真的是阿斯伯格症患者。

但或许……

或许小纯并非"任性",也不是"坏心眼"。

或许,被排挤是小纯无法摆脱的命运。

在你们小时候,社会大众几乎不知道有这种病症。

如果当时大家就知道阿斯伯格症候群这种障碍,愿意接纳他、谅解他,小纯是否就不会遭到霸凌呢?

小纯是不是就不会死呢?

那年,你进了本地一所既非升学高中,也非吊车尾学校的普通高中,校内有一群爱玩的放牛班学生,算来那年应该是1989年。那年昭和天皇驾崩,不久后,眼镜大叔当上总理[1],高举写有新年号"平成"的匾额,并在春天开始实行消费税制度,人人结账时都得多付百分之三。

高中也有美术社,所以,你去稍微参观了一下,但没有入社。

初中时,自从山崎在第二学期转学后,你就完全不想参加社团活动了,几乎成了幽灵社员。说穿了,你喜欢的并非美术,而是山崎。

尽管你隐约抱着"还想谈恋爱""想交男朋友"之类的想法,但不知是幸还是不幸,你在高中并没有遇见类似山崎的对象。

此时,对于你将来的出路与课业成绩,母亲几乎可以说漠不关心。

初三时,母亲当着老师和你的面宣告:"我这个做妈妈的对她没什么期望,她上哪所高中都无所谓,考到哪里就念哪里吧。"

当时的班导还说:"令堂很开明,你真有福气。"但你知道母亲跟开明根本沾不上边,只是漠不关心罢了。

这一年,小纯已经升上初中二年级了,他的学校和你当时所念的是同一所。从一年级期末起,小纯就常常请假,但他的考试成绩非常

---

[1]. 指日本第七十五任内阁总理大臣宇野宗佑。——译者注

优秀，经常名列全年级前五名，有几次还拿了第一名。你母亲对此满意得不得了，竟煞有介事地说："县立高中对小纯来说根本没什么，不妨考虑一下东京的名牌学校吧。"

转眼已到了8月30日，再过两天，暑假就结束了。

那天，你父亲一如往常早早地就出门了，而你跟母亲和小纯在家吃早餐。

之后，小纯不发一语，茫然地走到屋外。

母亲发觉小纯不在，问你："小纯人呢？"你在客厅翻阅当年风靡一时的穿越系少女漫画，心不在焉地回答："谁知道，大概是在图书馆吧。"

小纯看起来没什么异样，所以，你并没有放在心上，而你母亲似乎也不大在意。

你们没有不祥的预感，也不觉有异。

不久，电话响了，母亲拿起话筒。

"喂？这里是铃木家。是的，没错。咦……"

紧接着，你的母亲尖声大叫，但你听不大懂她说了什么。或许是"不可能"或是"不"，也可能只是无意义的哀号。

电话是从市内的大型综合医院打来的，对方说小纯出了车祸，被救护车送去了医院。

你和母亲搭出租车赶往医院，出来迎接你们的，是面色凝重的医师和中年护理师。

黑发间掺着几缕银丝的护理师说："很遗憾，令郎已经没有呼吸了。"

"骗人！你、你们一定是认错人了！小纯他、他……"

母亲哀求般地拼命否定。只见护理师静静地说道："是的，的确有这种可能。很抱歉对您提出这种请求，为了慎重起见，请您务必过来确认一下。"

他们带你和母亲前往地下室的太平间，接着让你在走廊等着，只让你母亲进去认尸。

她在护理师与医师的陪同下进入太平间。数秒后，她的尖叫声远比在家接电话时凄厉得多。

不久后，母亲大喊道："不要！不要！不要！"她哭得像个讨厌打针的小孩，被护理师半扶半抱地搀了出来。

你看着母亲崩溃的模样，脑中忽然浮现出一句话："啊，小纯果然死了。"

你心头一震，肚子倏然感到紧缩反胃，眼泪却流不出来。

明明是你弟弟死了。

你却无法像母亲一样旁若无人地大哭大喊，而且，你连自己难不难过都不知道。

"您先生也在路上，稍后警方应该会来，请在这里稍待片刻。"

他们带你们来到一间有圆桌与沙发的小会客室。

"小纯……小纯……"你母亲双手掩面，泪流不止，不停呼唤小纯的名字。

你父亲很快也现身了，他眼睛红肿，泪水不止。你有点讶异，因为他几乎把所有的家务事都丢给你母亲做，从来不曾对小纯尽过一点父亲的义务。

他挨着你母亲，安抚似的搂着她的肩膀。

只见你母亲将脸埋在他的胸口哭泣，而他也默默抱着她流泪。

望着他们两人，你觉得在场唯一没有落泪的自己显得很无情，顿时如坐针毡。片刻后，你父亲止住泪水，你母亲也不再抽泣，此时你才松了一口气。

敲门声响起，一名警察和护理师一同入内。

"还请三位节哀顺变。"

警察利落地朝你们一鞠躬，沉稳地解释事情的来龙去脉。

小纯在初中附近的双线道被卡车撞了。事发地点没有斑马线，也不是十字路口。卡车司机说，小纯突然从人行道冲到马路正中央，换句话说，就是自杀。

"哪有这种蠢事！开什么玩笑！"你母亲起身大嚷，打断警察的话。

"请您冷静一点。"警察面不改色，"司机现在在警局接受侦讯。目前没有其他目击者，既然小纯是在马路正中央出车祸的，那么，应该是他闯入马路没错。"

"你、你胡说！小、小纯怎么可能突然冲出去！你们全都在骗我！"你母亲越说越激动。

警察置若罔闻，环视着你们，问道："最近小纯是否有什么烦恼，或是不寻常的地方？"

"他才不会有烦恼！"你母亲极力否定，"小纯前阵子的期末考考得很好，才不可能有什么烦恼呢！小纯才不可能……做出那种事！"

她避开了"自杀"两字。

警察叹口气，以探询的目光望向你和父亲。

"不好意思，我也没什么头绪。"你父亲懊悔地低头答道。那还用说，他根本不知道小纯平常是什么模样。

一时之间，你忽然好想把小纯被欺负的事情说出来，但还是默默地摇了摇头。

一来，你不知道你母亲听后会有什么反应；二来，也没有证据能证明小纯真的遭到了霸凌。更何况小纯从来没说过自己"被霸凌"，还是别多嘴比较好。

"这样啊……"

眼见警察就要放弃，你母亲尖声大嚷，苦苦哀求："警察先生，你别被他们骗了，请你务必仔细调查！小纯不可能冲到马路上，这孩子不会做这种事!他是被害死的!"

你母亲的控诉并没有改变结果,不久,小纯自杀的铁证便浮出水面。

从医院返家后,你们在小纯房间的书桌上看到一张纸条。那是一行歪斜的笔迹:

我想死,所以我要去死。

这句话没有一个字提到他为什么想死,简短得几近戏谑,却也是不折不扣的遗书。

母亲看完,马上将怒气发泄在你身上:"阳子!你为什么要这么做?为什么要模仿小纯的笔迹?!"

你目瞪口呆。

"我又不是吃饱了太闲!"

"不是你会是谁?!"

"谁会做这种事啊,那是小纯自己写的。小纯是自杀的!"

"胡说!小纯绝对不可能做出这种事!是你写的!一定是你写的!是你!"

她将事情怪到你头上,仿佛你才是害死小纯的凶手。

这莫须有的罪名,让你一时头晕目眩。

"妈妈,你为什么要说这种话?"

尽管嘴上反驳,你心里却知道答案。

因为她无法承受。

她无法承受自己最爱的儿子死去,更无法接受他自我了结了生命。所以,她想将部分责任归咎到别人身上,比如那个她没那么疼爱,也没有失去生命的孩子。

但是,你又如何能接受这样的母亲?

看着她不断大嚷"是你写的"，你父亲像是终于受够了似的出声制止："喂，你说够了没？！阳子怎么可能写这种东西？"

"可是，小纯也不可能写啊……不可能。"

你母亲泪如雨下，坚决不承认那是小纯写的字条，甚至向警方隐瞒了此事，擅自销毁了纸条。

你懒得理她，径自在小纯房里找了起来，想看看有没有其他纸条。

小纯的房间被整理得井然有序，一尘不染，墙上有一整面用三层柜叠成的书柜，密密麻麻地排满了文库本，看起来至少有好几百本。你知道，自己一辈子也不可能读这么多书。

你看看书脊，上面几乎全是你从未听过的外国作家。从书名来看，其中有许多科幻作品。

原来小纯喜欢阅读啊。

你这才想起，弟弟似乎常在客厅看书，而你并不知道他如此热爱阅读。这房间里曾经有个唯有小纯才知道的缤纷世界，如今它已荡然无存。

书桌跟柜子也被整理得干干净净，除了那张纸条，没有其他留言。

只是，当你翻阅小纯的课堂笔记与课本时，却发现到处都是黑色奇异笔的涂抹痕迹。你借着灯光一看，原来黑色奇异笔盖住的是"废物""你很烦""僵尸"之类的文字。看来，小纯是在用这种方式遮掩别人在他课本上乱写的坏话。

你脑中浮现出自己没能对警察说出的"霸凌"二字。

小纯的死因果然是遭到欺负？

再过两天暑假就结束了，他不想上学，所以才想不开？

他死在学校附近的马路上，是不是故意想死给那些欺负他的人看？

你不知道，你没有证据。

可是，"好可怜"，你心里想着。

至今，你对弟弟从未有过什么好感，认为他被欺负是咎由自取。如今，他真的死了，你却觉得他很可怜。

小纯死后的第四天是星期日，你们在市内的殡仪馆为他举行葬礼。小纯的许多初中老师跟同学都出席了。

这一天，你终于哭了。

出殡前，有一段"道别时间"。

你没看过他的遗体，所以直到这时候，你才见到已死的小纯。

化着淡淡的妆、在棺木中被鲜花围绕的小纯，令你悲痛难当。

他已成为尸体——这铁一般的事实形成一股巨大而残暴的力量，揪紧、蹂躏你的心。

你悲痛欲绝。

在医院得知死讯时无法流泪的你，顿时潸然泪下。

好可怜，好可怜，好可怜。好难过，好难过，好难过。

不知怎的，你觉得某种重要的事物被硬生生地夺走了。

死掉的是小纯。你根本不太喜欢这个任性又坏心眼的弟弟。可是，你却觉得自己失去了什么。

不知不觉中，你觉得自己像个受害者，哭了起来。

小纯那些来参加葬礼的同学与老师们，也跟你一样。

他们一个个泪流满面。那些人中，肯定有人在小纯的课本上涂鸦过，也一定有人曾对小纯见死不救。然而，他们却和你一样怜悯小纯，为小纯而哭，仿佛自己成了受害者。

可怜的小纯一死，人人都成了受害者。

你的母亲望着为小纯落泪的来宾们，心满意足地说："原来小纯的人缘这么好呀。"

葬礼结束几天后，检调单位通知你的父母，决定不起诉撞死小纯的卡车司机，也就是无罪释放。他们相信卡车司机的证词，认为小纯是自己冲到马路上的。

"哪有杀人不必受罚这种事,岂有此理!"你母亲相当愤慨,但你觉得这种判决相当合理。毕竟小纯是自己冲出去的,没有人能忍受自己无端成为杀人凶手。

只是,警方跟检调单位都没有调查为什么小纯会突然闯进马路,到头来,小纯的死并非"他杀",也非"自杀",而是以"交通意外"结案的。

在那之后,又过了一阵子,小纯往生七七四十九天后,你母亲突然挨家挨户地拜访小纯的同学与师长,问他们小纯生前的为人。

你母亲并非因为接受了小纯自杀的事实才开始想调查真相,她只是纯粹想缅怀小纯而已。

每个接受她拜访的人,全都异口同声地安慰和鼓励她。

"请节哀,我们校方也很惊讶啊。小纯是非常优秀的孩子,下课时间也跟同学们……相处融洽,真是痛失英才啊。""铃木太太,有劳您远道而来。我们家的孩子自从小纯死后,一直郁郁寡欢呢。""铃木同学常常教我写功课,我真的很感谢他。""班上少了铃木同学,总觉得令人难过。啊,对不起,伯母您才是最难过的那个人。"

这些话语让你母亲的精神一天比一天好。

"老师他们也认为小纯将来不可限量。""小纯的人缘真好啊。""今天我去拜访一位女同学,她说着说着还哭出来了呢,是不是暗恋小纯呀?""大家都说永远不会忘记小纯呢。"

你的母亲、小纯的师长与同学,简直就是在共同创作一幅《小纯理想死亡图》。

尽管小纯的成绩很好,却是个口无遮拦的讨厌鬼,不仅被霸凌,最后还赌气自杀——不,这不是他,他是聪明、前途一片光明的杰出人才,人缘极好,某日却出了车祸,英年早逝。

不仅如此,他们后来甚至绘声绘色地说,小纯冲到马路上是为了拯救迷途的小猫，说起谎来脸不红气不喘。

唯有一次，你试探性地询问你母亲："妈，我问你，小纯是不是被同学霸凌啊？"

你母亲一如既往地叹口气，皮笑肉不笑地说："怎么可能嘛！"

"那他为什么会死？"

"因为一场不幸的意外呀。警方也是这么说的。"

"那你说，那张纸条是什么？如果是意外，当天他为什么要去学校附近？"

"阳子，别想这些有的没的，活在世上的我们，应该代替小纯坚强地活下去才对呀！"

你母亲目光清澈地对你说着。

她的眼中永远没有你，只会看着已不在人世的小纯，而且还不是真正的小纯，是她自己任意捏造出来的理想小纯。

小纯过世一年半后，他的同学即将从初中毕业，学校邀请你母亲参加毕业典礼，破例将小纯的毕业证书颁发给了她。

她穿上量身定做的套装出席，在讲台上对着毕业生们缅怀小纯，最后还呼吁大家："各位，请代替小纯努力坚强地活下去！"

当天吃晚餐时，你母亲志得意满地说："体育馆里响起了如雷般的掌声呢，许多学生甚至还感动地落泪了。我想，小纯一定会永远活在大家心中。"

听她的口吻，仿佛小纯是为了她和大家才死的。

紧接着，她又提到了"幸福"。

"小纯他呀，一定很幸福。"

可是小纯是自己选择死亡的。

最为小纯之死悲痛的人是你母亲，但最为他的死而开心的，也是她。

那天晚上，你这辈子第一次看见了鬼魂。

当时你拉了房间日光灯的拉绳，打算睡觉。灯灭后，阴暗的房间角落里浮现出一个模糊的红色影子。

影子在空中飘浮，摇摆。

那是一只金鱼。

它骤然现身，在没有水的空间里浮游。

不知怎的，你不感到害怕，也不觉得诡异。你理所当然地接受了这不可思议的景象。

金鱼发出泡泡破裂般的啵啵声，它笑了。

笑了一阵后，它开始说话。

"姐姐，姐姐。"

"小纯？是小纯吗？"

"是啊。"

哦，原来这是小纯的鬼魂啊。

你仍不觉得害怕，也不觉得诡异，反倒如释重负。

"小纯，我问你，你为什么死掉？"

你询问鬼魂。

"我不是写在纸条上了吗？因为我想死，所以就死了。每个自杀的人不都是这样吗？"

"你为什么想死？"

"因为我不想活啊。"

"你为什么不想活？"

"因为我想死啊。"鬼魂将同样的意思换了句话说。

"不要闹了。"

"谁在闹你啊。人的思绪与行为本来就是这样，没有道理可言。其实，人在想什么，该做什么，连当事人自己都搞不懂。姐姐，你仔细想想看吧。"

这个鬼魂，比生前的小纯更多话。

"姐姐能解释自己的行为吗？比如你穿鞋总是先从右脚穿起，你说得出为什么吗？"

"咦？"

你从未留意自己穿鞋先穿哪一只。别说理由了，你连自己是否先从右脚开始穿起都记不得。

"说不出来吧？你是在不知不觉中从右脚开始穿鞋的。这很正常，人类以为自己的行为是由自己掌控的，但其实都是无意中随着环境产生的反应。"

"话是没错……但有些行为应该是大脑思索后所下的决定吧？"

尽管早上从哪只脚开始穿鞋是下意识的反应，但会走上哪条路应该是自己的选择。

"不，没有这回事。你觉得那些行为是思考后的结果，其实都是错觉。你听好了，人类的行为绝对不是百分之百理性的，感性势必会影响人的判断。比如穿哪件衣服，在餐厅点什么菜，你可能以为这些选择都是深思熟虑后的结果，但追根究底，它们不过取决于自己的喜好或当天的心情。姐，我问你，人能选择、了解自己的情感吗？人能解释自己为什么喜欢某事物吗？姐姐初一时喜欢过大你一届的山崎学长吧？"

鬼魂道出了那段无人知晓（小纯更不可能知道）的恋情。

"你是因为想喜欢山崎学长，所以才喜欢上他的吗？还有，你知道自己为什么喜欢山崎学长吗？"

你想起了山崎。

起初你并不喜欢他，对他的第一印象是"不起眼"，也从未想要喜欢他。你对他是日久生情。

我为什么喜欢山崎学长呢？

有句话叫作"恋爱没有道理可言"。的确，你不明白自己为什么喜欢山崎，只知道事情就这么发生了。

"说不出理由对吧，姐？你情不自禁地喜欢上了他，换句话说，情感的归属根本不是你能控制的。姐，所谓'人类'啊，说穿了只是一种自然现象。人类如何诞生、如何生存、如何死亡，全都跟下雨或下雪一样，毫无道理可言。我的自杀也不例外。某天想死的念头突然钻进我脑中，所以我就死了。"

你只听懂了一半，后面听得一头雾水。穿鞋的顺序、恋爱与自杀，它们能混为一谈吗？人心中与脑中的想法，跟雨雪一样是自然现象吗？

啊，说起来，或许真是如此吧。

我的人生掌控权其实并不在我手里，我生来如此。

鬼魂扑哧一笑，消失在黑暗中。

4

　　她是不是离婚后患了心病,躲在家里自我封闭,最后只得将养猫视为寄托?

　　这当然只是绫乃个人的猜测,而且也无从确认真伪。

　　不过,一想起铃木阳子的惨况,绫乃便感到脊背发凉。

一日上午，通勤高峰时段刚过，西武新宿线的下行电车载着零星乘客悠然奔驰着。窗外绿意盎然，车内洋溢着闲适的氛围。

尽管空位不少，奥贯绫乃却选择站在靠车门边的地方。

她的目的地是狭山市。

这是铃木阳子的户籍地，她死在国分寺的单身公寓"Will Palace 国分寺"，尸体遭家猫啃食，直至昨日才被发现。

目前没有证据能显示此案与他杀有关，因此，绫乃和町田打算朝着"孤独死可能性极高的意外死亡"的方向展开调查。町田负责清查昨天搜集到的物证，绫乃则负责调查铃木阳子的户籍。

现在的户籍管理系统并非全国联机统整，而是由地方政府各自管理。打电话简单询问当然没问题，但除非亲自去当地跑一趟或通过邮寄的方式，否则无法查看户籍数据。从国分寺换乘西武线不到一小时即可抵达狭山市，因此，绫乃决定直接前往。

绫乃从口袋里掏出智能手机，在浏览器的搜索栏中输入"动物囤积者"。

铃木阳子房内的大量猫尸让绫乃想到了这个词。

她按下搜索键，屏幕上列出几个网站。每个网站她都看过，上面并没有什么新讯息，她一边随意阅览，一边在脑中整理思绪。

动物囤积者。

离婚前，绫乃就听过这个名词。

当时，他们住的地方附近发生了一点小摩擦。有一户人家的住宅被称为"狗宅"，主人之前就饲养了好几只狗，近年来不但狗的数量暴增，家里的卫生状况也明显恶化。

左邻右舍对恶臭与吠叫声提出抗议，邻里协会的干事也要求屋主少养几只，但年约四十的男性屋主不仅置若罔闻，还派狗赶人。

这种恶邻居如果无法沟通的话，事情就会变得很棘手。尤其这户人家的屋主是名独居男子，很难通过房东或家人出面劝解。

走投无路的邻里协会听闻绫乃当过警察，旋即找她商量。

在此之前，绫乃的生活圈都在街区的另一端，因此完全没听说过那幢"狗宅"，直到亲眼看见，她才知道情况有多严重。一走近那户人家的水泥围墙，一股强烈的狗味便扑鼻而来，里头还传出"呜——""汪！"的狗吠声。她从大门的缝隙窥见了院子一角，里头有几个大笼子，好几只狗被链子锁住，四处徘徊。每只狗都瘦得皮包骨，唯有眼睛炯炯有神，显然健康状况欠佳。曾与屋主交涉过的干事表示，屋内与后院都有许多狗，估计有二十只。

"我懂了，这样确实影响邻居的生活质量，而且狗也很可怜。"绫乃告诉干事，"不好意思，能不能请您再过去交涉一次，顺便拍些狗的照片？至少要有十只，这样才能证明屋主饲养了很多狗。"

邻里协会的干事一听，随即重整旗鼓，再访狗宅。尽管又被狗赶了出来，不过这回他拍到了十三只形貌各异的狗。

绫乃带着这些照片前往辖区警局检举了屋主，申请对狗宅进行强制搜索。

日本大部分地区皆采用"化制厂条例"，即如果想饲养十只以上的狗，必须经过首长的许可。"化制厂"泛指将家畜用于食品加工以外用途的工厂，这项法规的目的在于防止不肖业者违法营业。尽管这件案子与法规设立的宗旨扯不上关系，但只要能证明屋主未经许可便饲养了十只以上的动物，警方就能依法强制介入。

而且，其他被勒令停业的化制厂业者也投诉过该屋主，因此，警察立即出动，逮捕了"狗宅"的屋主，狗儿也被移送到了动物之家。屋主最后并没有被起诉，但他似乎终于怕了，赶紧卖房子搬家了。

问题得到了解决，邻里协会对绫乃百般感激。

唯有一个人对这件事感到不满，那就是绫乃的丈夫（现在是前夫）。

其实，绫乃也无意隐瞒，只是没有特意找丈夫商量，所以，直到警方强势介入，他才知道"狗宅"的事。

"那个人大概是'动物囤积者'，简单来说，就是生病了。他真正需要的不是排挤，而是包容吧？你们警方在强行介入之前，难道没想过请社会福利机构帮忙吗？"

那时，绫乃的丈夫提到了"动物囤积者"这个词。

动物囤积者就是指明明无力负荷，却忍不住饲养大批动物的人。日本容易将这类患者当成普通的恶邻，但欧美国家已正视了这种现象，并将其列为与依赖型人格障碍同类型的精神疾病。

许多动物囤积者都有心病，他们在社会上无依无靠，只能借囤积动物来转移注意力，让自己忘却创伤与孤独。药物成瘾者无法停止吸毒，动物囤积者也一样无法停止囤积动物，因此，即使公权力强行介入，他们也很可能换个地方重蹈覆辙。

说起来，那幢"狗宅"的屋主原本只是普通的爱狗人士，但几年前妻子亡故，他和邻居的往来逐渐减少，接着就演变成了动物囤积者。

绫乃的丈夫说得并没有错，那位屋主或许需要治疗与帮助。

可是——绫乃咽不下这口气。

什么包容、社会福利，说得倒简单。秀才遇到兵，有理说不清。如果打打官腔敷衍了事，换来的就是当地住户的噩梦。怎么可以助纣为虐，叫无辜的邻居忍气吞声？真是岂有此理。

虽然讲得难听点是排挤，但发生问题时，排除问题根源才是解决方法啊。即使绫乃的方法说不上完美，但应该也不算差。她并不想听这种马后炮。

"你只会出一张嘴，有什么资格说我？帮助？包容？你自己来做做看啊！"

绫乃忍不住大吼。

丈夫一如往常地面露难色，低头说道："抱歉，如果冒犯了你，我道歉。"

回头想想，这时两人其实已经貌合神离了。

将青春全部奉献给柔道的绫乃，高中毕业后便成为警察，贯彻日本独有的阶级保守主义。而她丈夫从小在法国生活，直到上初中时才回国，后就读知名私立大学研究所，个性不拘小节，崇尚自由。打从一开始，她就知道他们彼此的性格截然不同。

他们看上的是彼此个性互补的部分。

然而，相爱容易相处难，价值观的差异成为他们无法跨越的鸿沟，水与油终究无法融合。

久而久之，两人动辄就意见不合，起口角。不，不对，绫乃只记得他们意见不合，却不记得发生过争吵。

细数以往，绫乃感到一阵心痛。

我动不动就发脾气。无论是他，还是女儿，都成为我情绪的出口。

我干吗胡思乱想。

不行，别想自己的事，想想铃木阳子吧。

绫乃将注意力拉回眼前的问题上。

铃木阳子也是动物囤积者吗？

鉴识组清点过头骨数量，表示房里共有十一只猫。房内有猫咪用品，但从猫咪随地大小便这一点来看，铃木阳子似乎没有善尽主人的责任。此外，她也不和邻居来往。

她是不是离婚后患了心病，躲在家里自我封闭，最后只得将养猫视为寄托？

这当然只是绫乃个人的猜测，而且也无从确认真伪。

不过，一想起铃木阳子的惨况，绫乃便感到脊背发凉。

西武新宿线狭山市站最近刚整修过，车站焕然一新，还多了附设便利商店与饭团屋等的购物商场。

绫乃看看导览板，距离市公所最近的出口是西口，于是她来到西口的露台。

此处与东京都心的车站不同，站前没有遮蔽视野的高楼大厦，从两层楼高的露台望过去，远方美景与蓝天尽收眼底，令人心旷神怡。

她用手机查地图，发现徒步不到十分钟就能抵达市公所，所以决定不搭出租车，自己走过去。

狭山市公所位于高速公路旁，行道树绵延环绕，尽管比不上车站，也算得上新颖气派。

绫乃从正门玄关走进去。

绫乃早上已打电话知会过公所，因此，市民课的窗口早有准备，听完她的来意后，便交出两份户籍誊本。这两份都属于铃木阳子，一份是结婚时将户籍迁入狭山市的资料，另一份是离婚后移出户籍的资料。

现在许多地方政府都已将户政事务计算机化，将户籍誊本从以前的直书改为较方便阅读的横书。警方可基于职务需求，要求公所出示民众的个人资料，至于需要几道手续，则因机关而异。

要求最严谨的，就数手机公司等民营电信行业，即使出示正式文件《搜查有关事项照会书》，他们也只愿意提供最无关紧要的数据，但这也证明他们非常重视客户的个人资料。

相较之下，公所就随便多了。大部分的公所根本不需要警方出示正式文件，只要表明身份说要查案，对方就会双手奉上户籍与住民票。或许是公务员之间乐意互给方便，也或许是因为以前政府规定公所可无条件公开民众的个人资料，他们一时之间还改不过来。对警方而言，当然是越省事越好。

绫乃浏览着手上的两份数据，心中起了疑窦。

昨天房东八重樫太太说铃木阳子离过婚，但是照户籍数据来看，那并非普通的离婚。

铃木阳子的人生，似乎比绫乃想象中还复杂。

绫乃从这名女子的命案中嗅到了一丝他杀的气味。

儿玉健儿（警员，隶属于警视厅刑事部搜查一课，三十八岁）的证词

我是上午七点半抵达鹿骨的神代家的。搜查总部设在江户川分局，所以，我们杀人犯搜查组第四组也出动了。

是的，率先抵达现场的是江户川分局的搜查员和机动搜查员，我也参与了他们的初步调查。

搜查完该宅邸后，我们得知被害者是一名叫神代武的男子，是非营利组织"Kind Net"的代表理事，办公室位于台东区。现场没有其他人，但从家具、日常生活用品与衣物来看，被害者生前曾与多人同住，其中包含女性。

我们向邻居打听过，他们对该住户的详情一概不知，只知道神代武与数人同住，当中至少有一名女性。

是的，拨打110的人是女性，我们猜测应是神代武的同居者。

在调查进行中的上午九点，那三个人——梶原仁、山井裕明、渡边满——回来了。

我对他们的第一印象不好也不坏。三个人看起来都像小混混，感觉不是什么好人，但他们的惊讶似乎不是装出来的。而且照理说，如果他们是凶手，应该早就逃之夭夭了，不会回到现场。

无论如何，他们都是重要关系人，所以，我请他们到附近的派出所做了笔录。

他们都是"Kind Net"的员工，与代表理事神代同住于该宅邸，情同家人。

此外，除了他们三人，还有一名年约四十岁的女性也住在里面，是神代的情妇。昨晚神代想和那名女性独处，因此他们三人特地出门，去银座小酌。

那名女性是神代带回来的，他们称呼该女子为"你"或"大姐"。她和"Kind Net"的业务毫无关联，他们也不知道她平时从事什么工作，而且，因为她是神代的女人，所以他们从不过问。

说来奇怪，搜索屋内时，警方只找到了女性的衣物与饰品，却找不到能证明其身份的东西，针对这一点，目前仍无法解释。

关于八木德夫，他们连"八"字都绝口不提。

现在回想起来，他们应该事前串通过，保证说法一致，以免走漏口风。

总而言之，他们三人当晚在银座小酌一事很快就获得了证实，不在场证明相当完整，所以，警方已排除这三人涉案的可能性。

是的，附近邻居说，神代确实有名情妇，而且案发后下落不明，目前我们已将这名女子列为重大嫌疑人，对此展开调查。

5

同年播放的电视剧也跟着煽风点火,除了剧名中就有"东京"二字,女主角还是一个能对意中人大方说"上床吧"的职场女性。她在运动用品公司勤奋工作,住在宽敞又时髦的公寓里,尽管最后没和意中人修成正果,但她直到最后一刻都忠于自我。

你不认为自己有像她那样的本事。你只是想在东京一个人生活,在东京的公司工作,和东京人相恋。

现实是残酷的,你没有去东京的方法。

阳子——

你在 1991 年升上高中三年级，那年泡沫经济大崩盘成为历史大事。

无限增生的泡沫残酷无情地破灭消失，如同遇上秋后算账。

然而，那个年代的人多半缺乏危机意识，许多人天真地以为"只是景气稍微有点不好罢了，明年就会复苏"。

象征泡沫经济的迪斯科舞厅在同年开业，证明了他们的天真。主打一年四季都能滑雪的奢侈游乐中心也接着跟进，宛如一场笑话。

镇上的高三学生分成两派，一派梦想着上东京打拼，一派想留在眷恋的故乡，你完全是前者。

这里不是我该待的地方。

曾几何时，这个念头占据了你的脑海。

你在家里拥有自己的房间，这个家却不是你的避风港。父亲鲜少回家，一个月你说不定还与他说不上一句话；母亲眼中只有早已不在人世的儿子。你觉得自己仿佛寄人篱下，住在家里只感到窒息。

学校教室里有你的座位，但也不是你的避风港。班上几个很有人气的小混混喜欢瞎起哄，你却不知道哪里有趣。而且，你也懒得参加社团，没有特别热衷的活动，放学后总是和几个跟你一样朴素、不起眼的女生组成小团体，聚在教室角落喝着铝箔包果汁，有一搭没一搭地边聊着"好累啊""真累""好想交男朋友""我也是""昨天的广播节目啊……"边吃饭，嗅不到丝毫青春热血的气息，那个环境同样令你感到窒息。你觉得自己不属于任何圈子。

当时录像带出租店和快时尚服饰店尚未如雨后春笋般冒出来，占据镇上的主要街道。你居住的小镇三美市车站前只有小型商圈、农田和民房，在女高中生的眼里，等于什么都没有。

自行车是你唯一的交通工具，家乡就像狭小的金鱼缸，不论去哪里，你都无法摆脱这种窒息感。

所以，你向往东京。

杂志和电视上的东京街头攫住了你的目光。正如飞虫的复眼无法抵抗捕蛾灯的诱惑，你一心只想飞去那耀眼的地方。

听说原宿有走在流行最前端的综合潮牌服饰店；听说竹下通的徒步区每周都会举行街头演唱会；听说某知名私立大学的男生常在涩谷中央街结伴出游；听说圆山町新盖的 Live house 大到可容纳一千人；听说滨海区的迪斯科舞厅一家接着一家开，每天晚上都有冶艳的姐姐们去那里跳舞。

只要去了东京……

待在这里没用。只要去了东京，或许就能找到我的容身之处。

虽然没有任何根据，但你是这么认为的。

同年播放的电视剧也跟着煽风点火，除了剧名中就有"东京"二字，女主角还是一个能对意中人大方说"上床吧"的职场女性。她在运动用品公司勤奋工作，住在宽敞又时髦的公寓里，尽管最后没和意中人修成正果，但她直到最后一刻都忠于自我。

你不认为自己有像她那样的本事。你只是想在东京一个人生活，在东京的公司工作，和东京人相恋。

现实是残酷的，你没有去东京的方法。

电视上，艺人们谈起出道经历时总是说："我十八岁就离开家乡来东京打拼了……"但你不曾认真打过工，连租屋方法都一知半解，认为自己很难如法炮制。

如果能考上东京的大学就好办了，但那也是痴心妄想。

你的高中成绩不好不坏，全国模拟考的分数刚好落在中间。你很平庸，不像小纯那么优秀，乡下姑娘想靠普通的成绩上大学是有困难的。

在那个年代，女性念大学的比例不到百分之二十，虽说和你母亲那个时代相比已经进步很多了，但大学学历仍未普及化，对你来说尤其困难。你出生于战后第二拨婴儿潮的高峰期，同龄人多，竞争激烈，身边能念大学的女孩都是读县立升学高中的"天才"。

平凡如你，最后还是去念了当地的两年制短期大学。

你利用高中毕业典礼到大学开学前的短暂春假，拿出存了许久且无处可花的零用钱，去东京玩了一天。

从你父亲参与开发的Q市总站搭特快车到东京要花上三个半小时。远归远，只要有心，当天还是能回来的。

这对只在毕业旅行时去过外县市的你而言，是一场大冒险。你独自走到专用售票窗口，买了特快车的对号座位票，心情格外兴奋。

至于目的地，你决定就是新宿了。此外，你也想去看看当时才刚迁址、仍是日本最高摩天大楼的东京都厅。坦白说，你本来想去东京铁塔，但研究了老半天地铁路线图，还是不知道该在哪一站下车、该怎么去，所以改去东京都厅了。

只要搭乘特快车到埼玉县的大宫站下车，就能换乘E电[1]（当时的车

---

[1]. 1987年国铁实施分割民营化后，对东日本旅客铁道（即JR东日本）的简称。——译者注

站告示牌写的还不是"JR",而是"E 电")前往新宿。

还记得你因为车站和车厢内的汹涌人潮吃了一惊,心想家乡的车站即使在晨间通勤时段也不曾如此拥挤。

来到新宿,你发现这里更加纷杂拥挤,喧嚣异常。你以为自己刚好碰上了什么特别活动,但事实证明并非如此。

从新宿车站站内到站前广场,放眼所及尽是人山人海,大家熙来攘往,脚步匆忙地交错而过。人声、商家播放的音乐和好几种叫卖声交叉堆叠,如同瀑布般冲刷而来。在此之前,你从来不曾置身于这样的空间。

紧接着令你感到讶异的,是扑鼻的恶臭。你刚一走出车站,一股恶臭就迎面扑来。传来臭气的是人,是车,抑或是城市本身?总之,东京意外的臭。

你单手拿着从镇上书店买来的口袋型地图,穿梭在人潮与臭气中,走过新宿街头。你在车站东边出口外找到了知名午间综艺节目所属的电视台大楼;大马路对面有座写着"歌舞伎町一番街"的抢眼拱门,里面散发出独特的淫靡空气。

你走到新宿三丁目,经过南侧出口,来到西侧出口的大楼街区。你绕着车站走了一圈,中途数度停下脚步,抬头望着电视广告上常出现的相机店、日本初次引进印度咖喱的餐厅、只听过名字的大型书店和杂货店,一边在内心感叹"啊……就是这里"。

闲晃之余,肚子饿了起来,你想找东西吃。附近有好几家装潢时髦、食物看起来很美味的餐厅,但胆小的你走不进去。结果,你选择了 Q 市总站也有的汉堡店,吃了早就吃过的汉堡和薯条。

解决午餐后,你走进西新宿的商业区,继续朝着都厅迈进。完全用人工产物构筑而成的冰冷街景,让你觉得自己仿佛闯入了科幻电影的场景中。

大概是在东侧绕了一大圈的关系,走到都厅时,你的脚已经酸到快走不动了。新宿的每一幢大楼都有着你没见过的高度,因此,当你亲眼看见日本当时最高的摩天大楼时,新鲜的感觉早已麻木,只剩下"啊……果然很高"的感想。

难得来一趟,你决定去可免费参观的瞭望台一探究竟。电梯前排着长长的队伍,你排了一个小时才入场,此时你的两条腿已经酸得像木棍了。

上升到四十五楼所见到的景色,第三次震撼了你。

从空中向下望,东京街道无限延展,山峦在遥远的天边若隐若现,广阔的视野中望不见农田和森林——不,说不定有,只是看不见而已。大楼和公寓组成的市街无止境地蔓延而去,你不曾看过这种风景,内心揣想:原来东京有这么大?

离开瞭望台时,已经到了非回家不可的时间。

你从商业区的地下通道走回新宿车站,在那里,你撞见了当天最后一个同时也最令你惊愕的景象。

当时,新宿西侧出口的地下通道还是游民街,充满了瓦楞纸箱与塑料垫,是不同于地面上的新宿的"另一个新宿"。

你的家乡也有流浪汉,他们会在河边用纸箱盖屋子,只是规模没有这么庞大。

纸箱盖的家沿着地下通道的墙边密密麻麻地排在一起,一群面色黑中带红的男人摩肩接踵,当中不乏几名女子和年轻人。有人边抓痒边专心翻看破烂杂志;有人弹着小小的尤克里里,哼唱着走调的歌曲;还有四个人轮着抽一根烟屁股。其中几间纸箱屋上有色彩迷幻的涂鸦,里面又串联着好几间纸屋,看起来就像一幅巨大的画。西装革履的行人个个面不改色地通过那里。

东京并不像你所想象的,是那么时髦、简约的都市。这里的确存在着摩登洗练的事物,但也同样肮脏、混乱。过度开发加工的街景非但不整洁,还塞满了人与物,发出噪声和恶臭。

不过，有朝一日我还是想去东京看看……

回程的特快车摇摇晃晃，你边打瞌睡边想。

你想象自己身在从都厅眺望的那片辽阔街景中，也许在西新宿的某幢大楼里工作，可以稀松平常地走进时尚餐厅用餐，然后穿过游民街，回到租屋处。

无法在十八岁前往东京的你，悄悄在此许下两年后要去东京的愿望。

大学一毕业，就去东京的公司上班吧。

就要毕业的这一年，你终于醒悟了。

从两年制短期大学毕业的乡下平凡女生要去东京的企业上班，比乡下的平凡女高中生考上东京的大学更加困难。

更何况，乡下的两年制短期大学根本接收不到东京企业的招聘讯息，送到就业辅导处的简章也只限当地企业。当时计算机网络尚未普及，学生只能仰赖厚厚的简章去招聘中的公司应征。更无奈的是，东京企业的就业说明会和考试全在东京举行，外县市的人每次都得跑一趟东京才行，还得自付交通和住宿费。

大概是生不逢时吧。1994 年，"就业冰河期"这个词深获"新词、流行语大赏"评审赏识，拿下特别新词奖。直到这时，人们才开始大声疾呼"经济崩盘"，每家公司的业绩都一蹶不振，在此之前受到重视的新人就业市场荣景不再。

冰河期的就业战场对弱势的乡下姑娘而言，实在太残酷了。

结果，二十岁前往东京的愿望再次梦碎，你进入当地的企业上班。那是一家由六十几岁的老板和二十名员工组成的小型零件公司。

这家公司和时髦完全沾不上边。办公环境跟电视上演的截然不同，不在西新宿的摩天大楼里，而是在同时也作为工厂使用的巨大组合屋中，满地都是铁屑，镇日充满油臭味。

此外，这里的员工平均年龄较高，就连和你年纪最相近的同事也大你整整一轮，约三十几岁。包括你在内的女性员工只有四个人。由于老板为人亲切直爽，职场的氛围就像个大家庭，一片和乐融融，但他们也比较粗枝大叶。比方说，你今天有点精神不济，那些大叔同事就会对你说："铃木选手，你今天怎么闷闷不乐啊？是不是月经来了？"即使他们没有恶意，但这已经有点像是职场性骚扰了。

这种充满中年男子的职场当然不是你想要的，但似乎也没那么糟糕，至少比待在家里好多了。

直到此时，你的母亲仍对小纯念念不忘。你找到工作时，她非但没说一句恭喜，还唉声叹气地说："如果小纯还活着，今年就要上大学了。小纯想读哪所大学呢？一定是东大或京大吧！还是想去哈佛大学留学呢？"反正人已经不在了，她爱怎么说都无所谓。

东大和哈佛都离你太遥远，你表面上被公司分派到了老板娘手下的会计部，实际上做的却是倒茶、泡咖啡、接电话等打杂工作。

你的薪水当然不高，坦白说非常低。刚进公司的第一年，月薪虽说是十四万，实际领到的却只有十二万。你每天早上九点上班，晚上七点多才下班。虽然每周双休，但一个月有两天的假日要去公司值班，算起来薪水真的很少。

然而，你对这样的待遇并无疑问或是不满。

看看周遭的朋友，乡下的两年制短期大学毕业生或高中毕业生，薪水大概都是这样。自己算是幸运的了，住在家里，也不用负担家计，薪水已经很够用了。

开始上班后，你平日往返于家中与公司，假日就去Q市总站闲逛，过着一成不变的生活。

高中那些在放学后一起闲聊的朋友全都留在了故乡，大家偶尔会相约聚餐以联络感情。不一样的，只有地点从教室换成了居酒屋，喝的不是果汁而是酒，如此而已。有时男生也会加入，男女人数各半，联谊气氛浓厚。

进入社会第一年的夏季末，你交了生平第一个男朋友。你们在类似联谊的聚会上认识，他在当地的零食公司上班，年龄是二十八岁。在你心中，他本来只是朋友的朋友的男朋友的朋友而已。

那天，一伙人喝完小酒，他主动送你回家，在路上问道："要不要去附近休息一下？"就算迟钝如你，也发现了他的企图。

你本来就想交男朋友，而他也并没有让你感到排斥。听说，和别人做爱与在不成眠的夜里偷偷自慰的感觉完全不同，你觉得差不多该体验一下了。

但是，初中时目睹双亲如野兽般交媾的画面还残留在你的脑海，令你恐惧。

你怀着矛盾的心情点头，不出所料，你被带到宾馆，"跨越了界线"。

你知道成年人谈恋爱不需要告白，而是从 A、B、C[1] 开始进行的。

第一次性行为不如你想象中美妙，但也不像你原先所想的那么可怕。肉体疼痛的时间比舒服的时间还长，若是单论性快感，绝对是自慰比较舒服。但是，有人在耳边呼唤你的名字、肌肤相叠、共享体温的感觉，填补了自慰时所无法填满的空虚。

曾经向往在东京一个人生活、在东京工作、与东京人相恋的你，就这样一直住在家里，在当地的公司上班，与当地人谈恋爱。

虽非所愿，但这样的生活倒也不坏。

当然，不坏并不代表一切都很美好。

成年之后，家乡更显狭隘。这里显然缺乏适合年轻人玩乐的地方。

---

1. 此处A指接吻，B指身体爱抚，C指性行为。——译者注

当个打杂工一点意思也没有，你常常提不起劲去上班。

你和男友交往了三个月，才发现他是有妇之夫，经历了惨痛的失恋。找他去喝酒联谊的朋友也不知情，事后向你不停地道歉。你受到了很大的打击，以为自己这辈子再也不会谈恋爱了，结果不到一年，你就又和别人交往了。

说起来，凡人就是这么一回事。经历着酸甜苦辣，年复一年过着安稳的生活。

反正，这就是人生嘛。

曾几何时，你开始用得过且过的心态看待自己的人生。

虽然待在这里不管多久，永远都找不到自己的安身之处，但话说回来，这样也没什么不好。

虽然这里只是乡下小镇，生活机能却还不错，吃的穿的都能在小小的商圈解决，搭电车去总站就能逛百货公司，再说，又不是交不到男朋友。

不在西新宿的公司上班，不在高级餐厅用餐，人还不是活得好好的？

打从一开始，那种人生就只属于能去东京念大学的资优生。

像我这种平凡人，应该一辈子都会待在这个乡下小镇打杂，某天找个适合的对象结婚，这就是现实。现在虽然找不到自己的避风港，但只要自己脚踏实地地过活，总有一天会找到吧。

想去东京的心情逐渐消退，变得小到看不见。

虽说是现实使然，不过，当时你以为自己已经放弃去东京逐梦，选择向现实妥协。

你只是尚未察觉，这个世界并不像歌曲和戏剧所描写的那样，存在着"梦想或现实"的二分法。

放弃当歌手，不代表就能得到安稳的生活。"脚踏实地"没有用，因为地面下的泥土松散易碎，谁能保证下一秒不会跌倒？

我们无法选择自己的人生。没人希望坏事发生，但它有时就是会发生。

光阴似箭，六年时间不知不觉就过去了。

这期间发生了几件历史大事。

令人印象最深刻的就是1995年的阪神大地震，震中在兵库县以南，才刚过完新年，这场直下型的大地震就摧残了城市。创伤未愈，东京的地铁又紧接着发生了由宗教团体主导的毒气恐怖袭击。在看似安全的大都市里，那些无辜的人竟这样轻易地失去了他们的人生。

时间进入20世纪90年代后半期，泡沫经济崩盘带来了经济危机。地价随着泡沫破碎而暴跌，金融机构因为大量无法回收的呆账而负债累累。1997年，某家众所皆知的大型证券公司不得不承认破产，自动宣布倒闭。在这之后，以地方银行为首的金融机构接连倒闭，形成多米诺骨牌效应。日本全国有数不尽的公司应声倒下，而在这些公司工作的员工背后那数不尽的家庭也跟着梦碎。

1998年，自杀率飙高，短短一年，就有超过三万人自杀。

人生因此而毁灭的人，纷纷选择结束自己的生命。

当时就是那样的年代。

过去人们害怕的第三次世界大战和核战争都没有发生，国家却还是迎来了如此惨痛的世纪末。

你看报纸一向只看影视剧版面和四格漫画，但你从电视新闻和公司大叔们的对话中得知，这拨经济不景气还会持续下去，薪水永远不会调涨。你进公司已经三年了，却没领到过夏天的暑期津贴和过年的年货津贴（你任职的公司是这么称呼奖金的）。

除此之外，工作倒是没有特别辛苦或者心烦。

你跟父母住在一起，住家附近缺乏娱乐场所和商店。二十几岁的你就这样忙着工作，一个月只要有超过十万元能自由花用，生活就算平凡而富足。

缴付不久前才买的手机的话费，一星期上一次录像带出租店，假日去总站附近逛逛，买买衣服和化妆品，试试当时刚开始流行的指甲彩绘，偶尔和高中同学见面，去KTV唱歌，相约喝酒……这就是你的生活。

通货紧缩使得物价下跌，因此，你每个月都能有积蓄，六年来存了超过一百万。

经济不景气的确带来了一点压力，但小镇给人的窒息感从来没变。

地震、恐怖袭击、企业倒闭和自杀都是在遥远的都市发生的事，你完全置身事外。

2000年是20世纪的最后一年，你即将在10月度过第二十七次生日。

早晨，平时很早去公司的父亲难得和母亲一起吃早餐。

你们全家很少一起围桌吃饭，一年就有那么几次机会。这天，父亲突然对你说："天气真晴朗啊。"

那不是自言自语，你父亲确实是对着你说的。

"什么？"

你摸不着头绪地反问道。

就你的记忆来说，成年之后，这还是父亲第一次与你说话。

"没什么，只是觉得今天天气很好罢了。"

父亲微微挪动视线，黄色朝阳从窗外射入他的眼眸。今天是三美市少见的大晴天。

"你的生日快到了。你出生那天也是大晴天。"父亲稍稍眯起双眼。

"是呀，所以爸爸才替你取名'阳子'嘛。"

你母亲想起了过去，跟着搭腔。比起怀念，她的语气更像嘲讽。

从小到大，这件事你已经听过不知多少次了。"是你父亲替你取名阳子的。因为在大晴天出生，所以叫阳子。"你母亲的语气很随便，事实上，这也确实是一个烂大街的名字，不过你觉得自己还可以接受。

接着，你父亲用极为不自然的含糊语气问道："阳子，最近怎么样啊？"

"啊，嗯。普通。"

你也给了一个模棱两可的答案，同时有点紧张。

不知道是过去曾目击父亲对母亲施暴给你留下了阴影，还是双方缺乏沟通所致，或者两者都有，直到现在，你对父亲还是感到莫名恐惧。

一般人应该不认为这段父女对话有哪里奇怪。然而，你父亲极少主动开口，所以，你不知道该怎么应对，总觉得事有蹊跷。

你父亲轻轻点头，说了句"是吗……"便没了下文。你的紧张或许传达给父亲了。

接下来，你父亲恢复成平常的样子，沉默地用过早餐，换上西装出门上班。但是，他临走前没说"吃饱了"和"我走了"。

送你父亲出门后，你母亲换上她最得意的惹人厌笑容，对着准备去公司上班的你说："欸，阳子，你知道吗？你爸一定是担心你这辈子嫁不出去，赖在家里。"

你不明白父亲为何挑这天讲，但隐约觉得不是这样。

妈，那是你自己想说的吧——你吞下这句话，把母亲的话当成耳边风，继续扣上套装的纽扣。母亲追问："阳子呀，别怪我多嘴，你都二十七岁了，还没有好的对象吗？"

你与上一个男朋友已经在一年多前分手，现在并没有其他备胎。

你下意识地说出"要你管"，可刚一脱口，你便后悔了。意气用事只会让你母亲更高兴。

果不其然，你母亲一脸得意，口吻像个赢家："哪能不管啊？！我在像你这么大的时候啊，就已经结婚生下你和小纯了呢。"

"时代和过去不一样了。"

你忍不住顶嘴。

记得小时候有个词叫"圣诞蛋糕"。女人只要超过二十四岁还单身,就像"卖不出去"的圣诞蛋糕。

但如今,赶在二十四岁前结婚的人反而占少数。

你的二十四岁生日已经过去两年多了,你的同学也只有一半已结婚,有同学甚至刚进入社会就宣告"我这辈子都不结婚"。

你母亲扬起带着优越感的笑容。

"你在胡说什么!不管到了哪个时代,女人的幸福都一样,就是找个好的归宿,结婚生子呀!你长得又不起眼,不赶快结婚怎么行呢?等你过了三十岁,就真的没人要了。"

搞什么啊?

这个人为什么能说出这种话?

近来,你母亲很喜欢针对你"还没结婚"这件事冷嘲热讽,现在也是以你父亲为借口,想逼你快点结婚。

从她那副嘴脸中,你感受不到一丝母亲对女儿的关怀,她只是喜欢嘲弄还没结婚的女儿罢了。

你想稍微挫挫她的锐气,于是边套上外套的袖子边问:"妈,话说得那么好听,但你是因为想结婚才结婚的吗?其实你很想念大学吧?"

这时候的你很有把握。

你母亲原先并不想结婚,并非心甘情愿走入家庭的。

从小就很会念书(姑且不论是事实还是吹牛)的母亲一定很想上大学,进入社会工作。可是你外公主张"女子无才便是德",不准她读书,所以,她是不得已才结婚的。

你母亲一定常常幻想"如果我是男孩子""如果我去念大学"之类的"如果"。对她来说,实现梦想的手段就是利用自己的孩子,所以,她才特别疼爱擅长读书的小纯。而小纯死后,她的心中又多了一个

78

"如果",就是"如果小纯还活着"。

你母亲丝毫不为所动,摇头说道:"哪有?妈妈以前很会读书没错,只要有心,就能念大学,但又不是非去不可。女人家干吗为了念书而耽误婚事?"

狐狸吃不到葡萄就说葡萄酸。她继续猛攻:"再说,我要是没和你爸爸结婚,又怎么会生下你呢?"

话是没错……

你觉得母亲只是在狡辩,但实在想不出该怎么反驳,只好摸摸鼻子作罢。

被这样一搅和,你暂时忘记了父亲的异样。

事后回想起来,那应该是父亲释出的警讯。

这天早晨的短暂交谈,成了你和父亲的最后一次对话。

你父亲总是很晚才回家,到家时,你多半已经回房入睡。曾几何时,你母亲不再等待你父亲,小纯的房间成了她的睡房,主卧室只剩你父亲一个人。想也知道,他们恐怕早已是有名无实的夫妻。

因此,你们直到隔天早上才发现你父亲没有回家。

"你爸爸昨晚没有回家,一定是加班加得太晚,只好睡在公司附近的旅馆了。真是拿他没办法。"

你母亲不慌不忙,你却感到莫名的忐忑。

你尝试拨打从未拨过的父亲的手机号码。手机没开,通话失败。接着,你打去父亲的公司,不过上班时间未到,电话响了,无人接听。

"你不要穷紧张了。"

你母亲照着一贯的步调,快速吃起自己的早餐吐司。

泰然自若的她,让你觉得自己真是杞人忧天。

的确,成年男子一晚没回家,并不需要大惊小怪。你知道你父亲本来就会上酒店寻欢作乐。

先静观其变吧,你想。

你吞下早餐,一如往常地准备去公司上班。

以防万一,出门前你又各拨了一次父亲的手机和公司电话。手机依然关机,但公司有人到了,一名年轻男子接起电话。

你向对方说明:"因为家父昨晚没回家,所以打来公司确认一下。"

对方接着道出了你不敢相信的事实:"——什么?您说铃木先生?他不是上个月就辞职了吗?"

你追问了好几次,以确定男子口中的"铃木先生"就是你父亲。

那人表示,公司有年满五十岁就能申请提前退休的制度,你父亲主动申请退休,做到上个月底为止。说穿了,这是变相的裁员,只不过你父亲不是通过个别约谈被公司劝退的,而是主动利用这项制度辞职的。

父亲辞职了。

这件事你当然前所未闻,连你母亲也吓得睁大眼睛说:"怎么可能?"

又不是被炒鱿鱼,何必要瞒着家人?不,说来说去,他到底为什么辞职?

你来到屋外的车库确认,父亲的车子不见了。除非有要事,否则你父亲都是搭电车通勤……不对,他已经不需要去公司上班了。

那么,他究竟去了哪里?

坦白说,你心中只有不好的预感:爸爸还会回家吗?

你只能先打电话到自己公司,以感冒为由请了病假。

首先,你得确认父亲人在哪里。

你问母亲心里有没有底,她只愤愤地回了句:"鬼才知道。"

而且,她还坚持不肯打电话给父亲的亲朋好友。

"我才不打,真是丢脸丢到家了,要打你自己打。"

和母亲争辩只是浪费时间,你决定自己来比较快。

说归说，能联络的对象却相当有限。

你的祖父母和外祖父母都已经过世，父亲又是独生子，称得上亲戚的只有几个堂表兄弟姐妹，能在第一时间查到联络方式的朋友更是屈指可数。

你按照顺序一一致电，每个人都讶异地问："发生了什么事？"没人知道你父亲的下落。

你趁着白天去了父亲的公司一趟，依然没有收获。出来接待你的那两人，一位是公司的部长，也是你父亲的前主管，另一位是你父亲的前同事。两人都说不知道他的去向，也很讶异他竟然会瞒着家人辞职。

不过，那位部长特别提到，你父亲申请提前退休时，曾在面谈时说："我需要一大笔钱。"

"在我们公司，只要提前退休，就会按比例多发退休金。我想每个人都有难言之隐，就没有追问下去……"

需要一大笔钱？

你对此也是初次耳闻。连这种事都瞒着家人，你感到相当不妙。

你回家向母亲报告了这件事，她依然毫无头绪。

"钱？他没跟我提过钱啊。"

"你真的完全没听他提过这件事吗？我在想，爸爸是不是跟人借钱了啊？"

"我不知道，你问我也没用啊。"

你母亲眉毛下垂，话中带着恼怒。

太夸张了吧？你们不是夫妻吗？

你将到口的话吞了回去。因为你也半斤八两，身为女儿，却不了解自己的父亲。

于是，你翻遍了父亲房间的柜子，希望能找到一些线索，却一无所获。不过，你也因此发现了几个疑点：该有的东西不见了。

消失的物品分别是健保卡、银行存折和印章。

母亲说:"东西应该都收在这里啊……"但抽屉里空空如也。

这下,连你母亲也被吓到了。

"难道是他把东西带走了?"

你的脑中浮现出"失踪"二字。

尽管你还是一头雾水,但至少能确定父亲是自己离家的。

"妈,我们先报警吧。"

你这样建议,但你母亲迟疑了。

"才一天没回家而已,报警会不会太小题大做……"

"爸可是瞒着我们偷偷辞职的,还把存折带走了啊!你真的以为他明天就会回来?"

"还不确定他是不是真的离家出走……"

你母亲应该也察觉到了事情不妙,只是还不想面对。

你忍不住说出憋在心里的恐惧:"要是爸爸就这样不回来了,我们的生活费要怎么办?"

你母亲是全职主妇,你也不曾分担家计,整个家的开销几乎都靠离家的父亲支撑。

"唉,那就伤脑筋了。"

你母亲露出挫败的表情,总算点头答应报警。

你好不容易说服意兴阑珊的母亲跟着你去警察局报案,警察的反应却不如预期。

负责接待你们的是生活安全课的刑警,他有张细长的马脸,小眼睛,高鼻子,活像木雕人偶。

你母亲完全不想开口,所以由你说明事发经过。

过程中,刑警面无表情,连眉毛也没动一下,看起来更像人偶了。听完之后,他只是机械化地询问:"离家出走的可能性很高,需要报案协寻吗?"

"是的，拜托您了。"

你心想也只能姑且一试。人偶刑警听了，脸上浮现一丝苦笑。

"跟您说明一下，'协寻'只是惯用说法，警方接获报案后，会在全国联机的数据库中建文件。若是令尊被卷入纠纷或发生事故，我们会在第一时间联系家属。"

"呃，所以，不会帮忙找人吗？"

"是的，除非失踪对象是未成年的青少年或是明显涉案者，否则我们不会积极搜寻离家出走的人士。市民拥有自由外出的权力，擅自追查去向，有侵犯人权之嫌。"

他说的话是有几分道理，但你在情感上觉得无法接受。

"家父在失踪前可是瞒着我们偷偷辞职了啊。"

"这些都是私人问题，我们警方无权过问。"

刑警毫无抑扬顿挫的声音强烈地传达出"关门送客"的意图。

你再三请求他们出动人手帮忙，刑警却只是公事公办，重复说明"我们会受理您的报案"，但不愿意帮忙找人。

"小纯那时候也是，警察完全靠不住！"一回到家，在警局闷不吭声的母亲旋即发起牢骚，"浪费人民的税金。"

她嘴上谴责警察的态度，表情却有些得意。

你心想，在这里放马后炮有什么用？有话干吗不当场说呢？不过，说了恐怕也是白费力气，你不认为那尊人偶会因此说出"我明白了，我们现在就进行搜查"之类的话。

你跟母亲确认家中目前的经济状况，得知每月除了从户头扣除固定要缴的水电瓦斯费，父亲还会给母亲二十万现金当生活费。这个月的钱你母亲刚拿到，加上省吃俭用存下来的私房钱，她身上大约还有七十万。你也有储蓄的习惯，因此，你们暂时不愁生活开销，但不能一直这样下去，如果父亲再不回来，你们很快就会坐吃山空。

你母亲没有工作，你的月薪又只有父亲每月支付的生活费的一半。

除此之外，应该还有其他必要开销及房贷是由你父亲的户头来支付的，详情还需要查询。你尝试和银行联系，但在非本人又无存折的情况下，银行的工作人员拒绝提供数据。

你母亲显然缺乏危机意识，只是淡淡地表示："真没办法，我们先等等吧。等你爸爸回来再说。"

然而，到了隔天、后天、大后天，你父亲都没有回家。

即使如此，你母亲还是若无其事地照常过日子。

你也不能为了寻找父亲而一直请假，只能按兵不动，每天照常上班，下班，回家，睡觉。

少了家中的经济支柱，你的家并没有立刻垮掉，而是维持了一阵子的日常假象。

6

可以确定的是,她生前至少结过两次婚,说不定还有第三段婚姻。……

还有一点也令人在意:前夫新垣清彦过世才短短半年,铃木阳子便和沼尻太一再婚了。

奥贯绫乃走进狭山市公所一楼的小咖啡厅，仔细确认刚才拿到的户籍资料。

她点了杯咖啡，坐在靠窗的位置将两份户籍誊本并排放在桌上，细细阅读。

户籍和住民票是日本政府管理国民信息的两大基础。简单来说，住民票上记录了国民的实际居住地址（即通信地址），户籍上则记录了国民的家庭结构、婚姻状况等身家数据。

"二战"前，日本的户籍是以"家族"为单位的，所以写成"某某家"，一份户籍便涵盖了整个家族从直系到旁系的亲属关系。战后，随着新宪法的实施，政府对户籍管理进行了大幅修改，改为采用"夫妻子女"之最小家庭单位，户籍上会标示该家庭的代表人，即"户长"，接着才是其配偶和子女。虽然没有硬性规定，但绝大多数的户长都是男性，由丈夫担任。

再者，户籍与住民票不同，无法反映实际居住情形。举例来说，一户人家若是从东京搬到大阪，只要没有特别办理户口迁移，户籍地就仍在东京。分居但未离婚的夫妻也算作同一户。孩子成年离家后，除非结婚，否则户籍通常都会留在老家。一般未婚人士的户籍中也包含父母和手足，因此，需要确认亲属关系时，只要调查户籍就行了。

但这不适用于铃木阳子，因为她已经结婚迁户。

根据日本现行的户籍法规，已婚者必须从原户口中迁出，并由夫妻共同建立新的户籍，这就是办理结婚登记之所以俗称"入籍"的由来。此时，新人可自由决定新的设籍地。人们通常会将实际居住地址设为户籍地，离开故乡在其他县市结婚的人，户籍地会因此而改变。

绫乃从市民课取来的两份户籍资料中，有一份是铃木阳子结婚时登记的。

立户日期为平成二十三年（2011年）二月十日，比想象中还新。铃木阳子在这天与名为新垣清彦的男子结为夫妻。

户长是新垣清彦，阳子的身份为妻子。也就是说，在这个阶段，铃木阳子户籍上的名字变更为新垣阳子。

上面除了夫妻两人之外没有其他人的名字，由此至少可以确定两人没有法律上的子女。

"妻：阳子"的出生地为Q县三美市，出生日期为昭和四十八年（1973年）十月二十一日，与公寓入住证上所登记的资料一致。

而"夫：清彦"是在昭和四十年（1965年）出生的，大她八岁。在其"身份注记"的最后一栏写着下列数据：

　　已殁
　　【死亡日期】平成二十三年十二月十日
　　【死亡时间】凌晨三点十五分
　　【死亡地】埼玉县狭山市下奥富×××
　　【登记日】平成二十三年十二月十一日
　　【登记人】家属新垣阳子

原来，正确来说，他们不是"离婚"，而是"死别"。算算时间，这对夫妻结婚不过短短十个月，丈夫便撒手人寰，当时还是新婚呢。

通常丈夫过世时，只要妻子没有特别办理户籍迁出，就会继续留在亡夫的户籍上。但说来奇妙，户长新垣清彦明明已经去世，他的户籍却还在。

妻子若想恢复原姓，就得办理手续，从亡夫的户籍中迁出，此时可选择迁回老家或是自立一户。这叫作"复姓"，婚期较短、年纪尚轻的女性多半会做此决定。

绫乃离婚后也恢复了原姓，但铃木阳子不仅恢复了原姓氏，还选择了自立一户。

绫乃看向从市民课取得的第二份户籍资料。

立户日期为平成二十四年（2012年）二月一日。

户籍地和结婚当时登记的地址一样，只是更动了户口，并且改回了铃木这个姓氏。由于是单独立户，当然是由铃木阳子自己担任户长。

数据上显示，她在2012年3月12日入住"Will Palace 国分寺"公寓，这时她已经改回原姓了，所以登记的名字是铃木阳子。

到此为止都没有疑点。

不过，非离婚的死别强化了"铃木阳子是动物囤积者"的猜测。难道她是因新婚丧夫才患上了心病吗？

不……

绫乃重新比对排放在桌上的两份户籍数据。

事情没那么简单。

首先，关于第一份户籍数据，也就是婚后改名新垣阳子那份户籍誊本上的"原户籍"字段描述。

为了记录人口流向，新户籍上会标示"原户籍"。同样的，原户籍上也会标示"新户籍"。铃木阳子结婚时立户的新户籍中"原户籍"一栏，填的是她婚前的户籍所在地：

【原户籍】东京都三鹰市牟礼×××铃木阳子

铃木阳子婚前的户籍地位于东京三鹰市,她自己为户长。

铃木阳子在Q县出生,但这里填的原户籍在东京,表示她在婚前就已经将户籍迁出老家。如前面所说的,日本人婚后多半由丈夫当户长,妻子当户长的情况,通常都是因为离婚或死别而复姓。

换句话说,铃木阳子在与新垣清彦结婚之前,极可能还有过另一段婚姻,最后也是以离婚或死别收场的。

还有一点更令绫乃讶异和在意,那就是户籍上的除籍标志。

除籍的意思就是从户籍中拔除。当户籍中的人因为死亡、结婚或离婚而迁出时,为了明确表示此人已不在该户内,会在人名的旁边印上"除籍"二字的标志。在户口簿尚未电子化、还是直书的时代,使用的不是除籍标志,而是直接在人名上画一个"×";离婚迁出的配偶也会被打叉,因此,日文中常用"×"来泛指离过一次婚的人。

绫乃看向阳子结婚时的第一份户籍——丈夫已殁,阳子迁出,两人的名字旁边都有除籍标志,这倒是没什么问题。

值得注意的是第二份复姓的户籍,铃木阳子的名字旁边竟然也有除籍标志。

虽说铃木阳子已死,但是警方还未通知家属,也没有开立死亡证书,所以,她肯定不是因为死亡而遭到除籍的。

这表示铃木阳子曾经从这份户籍中迁出。

搬迁地点可参照身份注记字段上的描述:

结婚
【结婚日期】平成二十四年七月一日
【配偶姓名】沼尻太一
【新户籍】茨城县取手市和田×××

原来她再婚了。

铃木阳子与沼尻太一在这天于茨城县取手市登记结婚。平成二十四年，也就是2012年……所以，是两年前的事。

如果这段婚姻持续下去，她现在就不会是单身，户籍上的名字也不该是铃木阳子，而是沼尻阳子才对。

回想昨天的谈话内容，房东八重樫太太恐怕对此不知情。况且，"Will Palace 国分寺"是专门给单身者住的套房。

绫乃从包包里拿出随身携带的A5笔记本，按照时间顺序，写下目前她所推测的铃木阳子的生平。

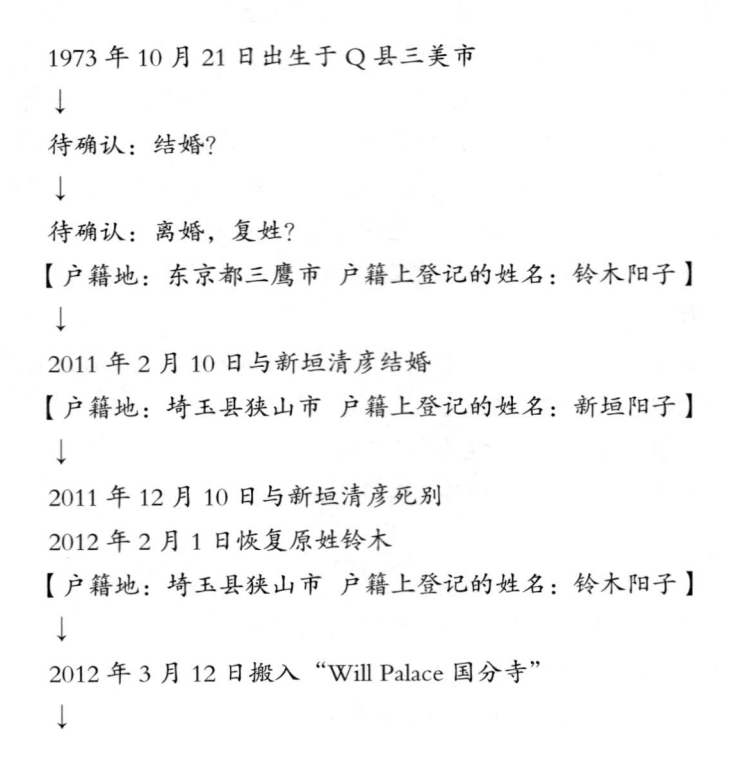

1973年10月21日出生于Q县三美市
↓
待确认：结婚？
↓
待确认：离婚，复姓？
【户籍地：东京都三鹰市　户籍上登记的姓名：铃木阳子】
↓
2011年2月10日与新垣清彦结婚
【户籍地：埼玉县狭山市　户籍上登记的姓名：新垣阳子】
↓
2011年12月10日与新垣清彦死别
2012年2月1日恢复原姓铃木
【户籍地：埼玉县狭山市　户籍上登记的姓名：铃木阳子】
↓
2012年3月12日搬入"Will Palace 国分寺"
↓

2012年7月1日与沼尻太一结婚
【户籍地：茨城县取手市　户籍上登记的姓名：沼尻阳子】
↓
2013年秋死于"Will Palace 国分寺"
↓
2014年3月4日发现遗体

可以确定的是，她生前至少结过两次婚，说不定还有第三段婚姻。

铃木阳子是入住单身公寓后才结婚的，婚后并未搬离公寓。这种情况现在虽然时有耳闻，但绝非常态。

还有一点也令人在意：前夫新垣清彦过世才短短半年，铃木阳子便和沼尻太一再婚了。

日本《民法》规定，女性结束婚姻关系后，半年内不得再婚，这是为了防止怀孕时无法厘清父亲是谁才产生的机制。铃木阳子再婚的时间仿佛经过了计算，衔接得刚刚好。

或许她刻意参加了联谊，想尽快重拾婚姻生活。婚后继续住在单身公寓，可能是为了工作或其他事情之便。再说，夫妻在婚后分居的情形并不少见。不过，站在警察的角度，首先闪入绫乃脑中的是假结婚。

在日本，在社会上生存所需的各种资料都是以姓名为基础的，结婚、改姓等于变换身份。虽然追查户籍就能追本溯源，知道这些人其实是同一人，但平时实在很少碰到需要详细确认的案例。

一般的交易记录和信用卡数据只要更换姓名就能重设，背负多重债务的女人利用假结婚重新借钱是常见的诈骗招式，坊间甚至有不法业者专门帮人处理这档事。

难道铃木阳子是这样的女人？

绫乃离开市公所后，没有立刻前往车站，而是在公所门前的圆环处跳上了排队候客的出租车。

"请到下奥富，我要找一间位于×××，叫'共同住宅田中'的公寓。"

绫乃报出目的地。发际线呈漂亮的三角形、年约五十岁的司机回答："没问题！我想想……应该是在入间川那一带……"同时按下汽车导航。

这是铃木阳子的户籍附票上所写的地址。

户籍附票是用来连接户籍与住民票的，上面标示了户籍人口的实际居住地址。它不同于一般的住民票，所有的搬迁记录都列在上面，一目了然。但它毕竟是户籍附件，户籍一旦迁移，附票上的记录也会跟着中断。

也就是说，绫乃这张附票上留下的是铃木阳子住在狭山市时的户籍地址。

上面只有两条记录。第一条应该就是东京都三鹰市的那幢公寓。铃木阳子与新垣清彦结婚后，随即迁到了绫乃方才报给司机的地址——狭山市的"共同住宅田中"，之后就没有其他的搬迁记录了。

"共同住宅田中"的地址就是铃木阳子结婚时所填写的户籍地址，也跟她搬入"Will Palace 国分寺"办理入住证时，所附住民票上的地址一致。

原先住在三鹰市的铃木阳子婚后搬至狭山，和丈夫一起住在"共同住宅田中"，丈夫死亡后她仍继续留住……如果光从数据上来看，恐怕会这么以为。

但她在搬到"Will Palace 国分寺"后，并没有更改住民票上的地址，这的确有点可疑。不过，因为她随即再婚，更改了户籍，所以，住民票上未记载的动向，警方无法追查。

"共同住宅田中"位于市郊一个附近有零星茶园的乡镇角落。

这一带飘着早春特有的、茶树吸收土壤中的水分后飘散出来的青涩茶香,绫乃的家乡附近也有茶园,她不由得回想起属于这个时节的气味。

那是一栋传统的双层木造公寓,环境整洁,不过屋龄较老,外观称不上高级。先不论格局,光从地段来看,肯定是"Will Palace 国分寺"的房租比较贵。

一楼和二楼都各有三户住家,共六户。住户代号从一楼的边间算起,依 A、B、C 的顺序排序。附票上写新垣夫妇住在 B 室,即一楼正中央的房间。

先跟左右邻居打探消息吧,绫乃想。C 室没人在家,A 室住着一位不知该称她为太太还是老婆婆——头发半白,看不出实际年龄——的娇小女性。

"来了来了,请问是哪一位呀?如果是推销员,我们这里不缺东西。"

绫乃轻敲着没装电铃的住户房门,一位女性探出头来。

"不好意思,打扰了,想请教太太您一件事。您认识两年前住在隔壁 B 室的新垣阳子女士吗?"

绫乃先以太太相称,并用寻找友人的语气询问,隐瞒了自己的警察身份。

"新垣?哦,是木场搬来前的女房客吗?"

B 室的门牌上写着"木场"。

"就是她,和我差不多年纪,标准身材,不高不矮。"

在手上没有照片的情况下,绫乃只能这样问了。

"我记得这个人。"

"请问两位曾经说过话吗?"

"不,完全没有呢。我们恐怕只打过几次招呼。"

看来阳子住在这里时,跟邻居也没什么交集。

"她很爱猫,请问她住在这里时也养猫吗?"

93

传统公寓和大楼不同，就算只养一只猫也会被邻居发现。

"猫？没印象。附近是有不少野猫，但她应该没有养猫。别说养猫了，她平时很少回家，我跟她没见过几次面。当然，这也可能是因为我早睡的关系。"

"请问她先生呢？"

绫乃接着询问。

那名女性吃了一惊，一脸狐疑。

"先生？她结婚了？"

"是的，没记错的话，她和一位比她年长的男子结了婚，住在这里。"

从户籍和附票上的信息来看，是这样没错。

那位太太歪了歪头。

"我好像从来没见过她的先生。"

"真的吗？您说的是两年前住在隔壁的新垣小姐，没错吧？"

绫乃再次确认，那位太太嘟起了嘴："被你这么一说，我也开始不确定了。我一直以为木场之前的那个房客姓新垣……"

此时，绫乃灵光一闪，改变了问话方式："请问三一一大地震时，那个人已经住在这里了吗？"

住在关东和东北地区的居民，大多对2011年3月11日发生的三一一大地震记忆犹新；住在关西的人则对1995年1月17日发生的阪神大地震印象深刻。记住性命受到威胁的时间，是人类身为动物的本能，因此，许多人至今都仍牢记着曾发生在日本地铁上的毒气攻击事件和纽约的911事件。通过重大天灾或事件的发生日来验证证词的时间非常管用。

"地震？啊——对对对！"

看来这位太太也是心有余悸，一下就提高了音量。

"这一带摇得很厉害呢，我记得当时自己躲到了餐桌下，很担心这幢破公寓会垮掉。地震结束后，我走到门外张望，隔壁的女人也出来了。当时，隔壁刚换了门牌，我知道有人搬进来了，但一直没机会打招呼，直到那时才发现'新房客是女的啊'。"

铃木阳子跟新垣清彦是在2011年2月10日结婚的，婚后搬入"共同住宅田中"，一个月后正巧发生三一一大地震，这位太太的话并未前后矛盾。

所以，她口中的"木场之前的那个房客"的确就是铃木阳子——新垣阳子吗？但从户籍附票上的记录来看，两人婚后应该定居于此，为什么邻居没发现新垣清彦的存在呢？

这是怎么回事？

难道夫妻俩都不擅长经营人际关系吗？不，这说不通。凡住过必会留下痕迹，不管再怎么疏远，隔壁邻居都不可能没发现呀。

"请问您当时跟她交谈过吗？"

"只稍微聊了一两句，我应该是说'好大的地震啊'，她回说'是啊'。对了！我当时还说'我还以为会死掉呢'，结果那个人喃喃地说'这只是自然现象'。记得她当时神色淡然，好像还面带微笑呢，感觉挺吓人的。"那位太太皱眉说道。

拜访完"共同住宅田中"后，绫乃走到大马路上，想找出租车。

道路前方有一座桥，她下意识地走了过去。桥边似乎有间老旧的餐馆，门口贴着手写的公告——结束营业。绫乃走过店门，登上桥梁，从栏杆旁俯瞰河流。

河水徐徐流过宽广的河道，微风拂过河面吹了过来，凉爽宜人，却带着一丝腥臭。旁边的告示板上写着"入间川"。

绫乃听说过这条河，但只知道它流经埼玉县，除此之外一无所知。放眼望去，河水从何而来？流向何方？

不知怎的，疑似铃木阳子的女子所说的"自然现象"一词，在她耳边萦绕不去。

手冢学（非营利组织"援助会"代表理事，四十岁）的证词

是啊，"Kind Net"简直臭名满天下。

它打着非营利组织的名号，给人一种诚恳实干、值得信赖的好印象……啊，当然了，绝大部分的非营利组织——包含本单位在内，真的都是很脚踏实地的，只是当中也有不法分子拿它使障眼法，背地里做一些见不得人的勾当。虽然要成立享有减税优惠的"立案非营利组织"需要经过严格的筛选，但普通的非营利组织则是谁都可以创办的。

"Kind Net"表面上从事的业务和我们相同，以扶弱济贫的非营利组织自居，对失去家园、无力谋生、陷入贫困的人伸出援手，并视情况为他们申请生活补助，安排住处。

我们提供这些支持的目的在于帮弱势者打造一个友善的环境，鼓励有能力工作的人回归职场，找回自力更生的能力。"Kind Net"却是背道而行，专门从事让贫困者更加贫困的"救援"活动。

那些人专门锁定无家可归的流浪汉，搬出"接受我们的生活援助，就能安稳度日""只要缴纳福利金，就能有便宜的地方住，还附三餐""住在这里方便我们就近照顾"等花言巧语，诱骗他们搬入以保障生活为前提的集中管理公寓，接着再以手续费、房租、伙食费、水电瓦斯费等名目，每个月向他们收取高于实际费用的福利金。

没错，这就是俗称"围栏党"的贫困商机。

贫困阶级多半遭到社会孤立，身心处于失衡状态，一旦被不良团体控制，通常难以再次翻身。

不积极鼓励他们自食其力去工作，他们就一辈子无法摆脱贫穷。这正是"Kind Net"的目的。只要那些人一直穷下去，"Kind Net"就能一辈子压榨他们。

每当他们所管理的公寓出现空房，这些人就会去工寮或河堤下

找流浪汉加入，还称这种行为为"补货"。由此可知，他们完全把贫困者当成物品看待。

时下媒体喜爱抨击不当接受生活补助的种种弊端，导致生活援助制度为人所诟病，这股反弹声浪反而助长了"Kind Net"这类黑心非营利组织的发展。

如今，不少地方政府以补助金的弊端和财源不足为由，提高申请门槛以降低经费开销，极少提供金钱上的补助。但这种做法只是在压榨那些不擅长申办补助、无法好好说明自身状况的弱势群体。反观"Kind Net"那些黑心商人，比起真正的弱势群体，他们更熟知申办的门路，只要按照固定程序办理，就能轻松通过审核。在日本，需要接受生活援助的人口——啊，我指的是生活水平符合领取补助金标准的贫户——实际领到补助金的比例，您知道吗？只有百分之二十！换句话说，有许多人迫切需要这份补助，但绝大部分人都申请不到。相对的，从数据上来看，不当接受生活补助的人所领取的助补金额在比例上只占了总补助金的百分之零点四。就算台面下还有一倍以上的黑数，保守估计也不超过百分之一，弊端的发生率其实很低。我认为，现在的首要之务不是要减少弊端，而是要放宽标准！这样对社会整体才有……

什么？啊，抱歉，一说就停不下来了。

是的，刚刚谈到"Kind Net"。没错，如同我刚才所说，诈财正是他们的目的。我们在同一个区域从事公益活动，也曾在社福中心和他们发生过几次口角，所以对那些人的长相并不陌生。

我不想以貌取人……但老实说，他们看起来确实比较像地痞流氓，实在不像从事社会福利活动的人。

7

　　因缘、牵绊、情分、血缘关系……你找不到确切的形容词，但就是觉得自己和母亲之间有着斩也斩不断的牵系。就算换地方住，你们两人今后也会在人生路上相互扶持，一如之前的三十年岁月。
　　直到搬迁期限只剩下两个月时，你才得知你母亲打从一开始就不打算跟你同进退。

阳子——

你父亲消失一个多月后,那些人来到了你家。

11月,某个略带寒意的星期天早晨,你懒洋洋地在客厅看着电视,吃着比平常略晚上桌的早餐。

你不知去哪里寻找父亲,你问遍了父亲公司的人与亲朋好友,却一无所获。

天气预报说,三美市一整天都有雨,县内的内陆地区有可能会下初雪。窗外天色阴暗,玻璃上黏着雨滴,但雨声被电视的声音和二楼传来的吸尘器噪声彻底盖过。你母亲已经先一步吃完早餐,难得打扫起自己位于二楼的房间。

此时门铃响起。

你按下客厅墙壁上的对讲机:"您好,请问是哪位?"

"您早,不好意思,一大早来府上打扰。铃木先生平时很照顾我们,请问方便和您聊一下吗?"

你来到玄关处,从门上的猫眼望出去,有两个男人站在那里。其中一人高大肥胖,另一人矮小瘦弱,戴着眼镜,是一对典型的劳莱与哈台[1]。

他们自称是你父亲的朋友,但你对那两张脸都没印象。

你打开门,矮个儿男率先鞠躬,说道:"抱歉,突然登门拜访。"

背后的高个儿男也轻轻点头致意。两人的大衣上都沾着细小的雨滴,似乎是淋雨走来的。

"呃,不会。抱歉,家父现在不在家……"

"请问……他是不是一直没回家?"矮个儿男问道。

你点头说"是",然后察觉出一件事。

一般人听到要找的人不在家,都会认为是出门了,但他刚才的询问方式仿佛知道你父亲离家出走的事。

"唉,我们也一直联络不上铃木先生,正伤脑筋呢。这件事跟他的家人有关,方便让我们进屋说明吗?"

矮个儿男虽然语气沉稳,话中却流露出不容分说的压迫感。

你更加笃定,这两个人一定跟你父亲的失踪有关。

坦白说,你有不好的预感,但也只能先听听他们的说法,否则无从确认。反正他们也不像会乖乖吞下闭门羹的人。

"好吧……请进。"

你招待两人进入家中。

"打扰了。"两人脱下鞋子,拎着大衣走进屋内。

矮个儿男年纪和你父母相仿,穿着高雅的三件式西装。他慈眉善目,面带微笑,讲话客客气气的,举止斯文有礼。

反观高个儿男,年约四十岁,外形和矮个儿男截然不同。他穿着一身丧服般的黑西装,搭配酒红色衬衫,称不上有品位;他长相凶悍,双颊肥胖下垂,令人联想到斗牛犬。尽管高个儿男只是静静地尾随矮个儿男进屋,但他那肥硕的身躯便给人一种强烈的压迫感。

---

[1]. 劳莱和哈台是两位美国演员,长期搭档演出滑稽片。——译者注

"我去叫我妈过来。"

你带着他们来到客厅,朝二楼呼唤母亲。

你母亲一下楼,矮个儿男便深深低下头,高个儿男也跟着鞠躬。

"太太,您好,铃木先生平时很照顾我们。"

"哦,这样啊……"你母亲搭腔。

她也跟你一样,不认识眼前的两人。

母亲来到你身旁,压低音量问:"他们是谁?"

"不知道,好像是爸爸的朋友。"

矮个儿男听了,赶紧朝你母亲递出名片,正式自我介绍:"抱歉,忘了自我介绍,敝姓永田,是律师。"

名片上的头衔是"永田法律事务所律师"。

"您是律师呀?"

你母亲仔细打量着名片。

"是的,旁边这位是远藤社长。"

高个儿男在永田的提醒下递出名片:"您好,敝姓远藤。"

直到这时,你才首次听到高个儿男讲话,果真声如其人,低沉厚实。他名片上的头衔是"远藤企划代表人",但完全看不出是什么公司。

你母亲从远藤手中接过名片,动作有些畏缩。这也不能怪她,因为对方给人的压迫感实在太强了。

看到律师与异常吓人的流氓脸社长,本来就有不好预感的你,心情变得更加沉重。

"请问有什么事?"

经你一问,永田笑眯眯地回答:"跟铃木先生有关,有一件事我们必须知会他的家人……方便坐下来详谈吗?"

永田瞥了餐桌一眼。

"啊,好的,请坐。"

你请他们坐下,你母亲这才回过神来,去厨房准备茶水。

永田和远藤与你们母女俩面对面围桌而坐，接着永田开口，娓娓道出来意。

"我们今天前来……"永田温和的眼眸里隐约闪过一道寒光，"……主要是想结算铃木先生向远藤社长商借的款项，简单说就是欠债。"

你心头一惊："不会吧？"另一方面，你又无奈地心想："我就知道！"

欠债。自从听说父亲需要一大笔钱后，你心里便隐约有此预感。但亲耳听见真相，你还是受到了不小的打击。

更何况，远藤这个男人看起来绝非善类。

"欠债……这是真的吗？"你母亲询问。

永田微笑点头："没错。"

"请问他借了多少？"

永田从公文包中取出一张 A4 纸放在桌上。那是借据，金额高达三千两百万，上面有你父亲的签名和盖章，是他本人的笔迹没错，连印章都没漏。

"啊……"你母亲一怔。她并不是被庞大的金额吓到，而是状况完全出乎她的意料。

"我负责居中协调债务偿还相关事宜，却突然联络不上铃木先生，正伤脑筋呢。我很担心他出事，所以赶紧来府上拜访。"

"我爸为什么借了这么多钱？"你勉强挤出声音问道。

永田皱起眉头，一脸同情地摇摇头："听说是投资股票和期货失利。"

"投资失利……"

你不知道这件事。

你身旁的母亲倏然睁大眼睛，恐怕她也不知情。

"泡沫经济真恐怖啊。这几年，许多知名企业连续倒闭，波及的不只是企业，还包括个人。铃木先生热衷于泡沫经济时期盛行的投资理财，听说刚开始他只是觉得好玩，又能赚点小钱，谁知道……"

根据永田的描述，你父亲抱着玩票心态开始投资，意外发了笔小财，随后便一头栽进去了，怎知没过多久就遇上了经济崩盘。你父亲利用信用贷款进行了比手头现金还多出很多的大型投资，顿时陷入多重负债的危机。

泡沫经济时期，你还是高中生，小纯不幸被卡车撞死。"投资理财"这个名词在当时似乎红极一时。

"天下没有白吃的午餐。当时经济很景气，许多不懂投资的人光靠买卖股票就赚了大钱。不过，出来混总是要还的，到头来，只有少数懂得见好就收的人才是真正的赢家；大多数人等到察觉时，已经骑虎难下，因此债台高筑，就像铃木先生。放心，我不怪他。铃木先生又没做错事，他只是无法挤进幸运列车的一般大众，输了一场看似十拿九稳、其实十赌九输的游戏罢了，我怎么忍心苛责他呢？只要把钱还清就没事了。"

永田微微一笑，笑得你心里发寒。

他该不会要我们代替爸爸还钱吧？坦白说，我们根本办不到。

"可是，呃……我们家没有这么多钱。"你吞吞吐吐地说。

永田笑容不改，点头附和："当然，当然，借钱的是铃木先生，冤有头，债有主。远藤社长是正派的金融业者，绝对不会强迫他的家人还钱的。"

是吗？

你稍微松了口气。

不过，说真的，那名长得像斗牛犬的魁梧男子，始终抱着胳膊坐在旁边听你们说话，与"正派"两字八竿子打不着。

永田继续说："我们不会逼迫铃木太太和小姐还钱，而是要经由法律途径来结算，这点还请两位多多包涵。"

经由法律途径来结算？

你们当时一定没有听懂这句话。

永田大概也料到了，自行补充说明："这幢房子将拿去抵押，进行法拍。"

"什么？"你忍不住大叫，"法拍？您是说，要把房子拿去拍卖吗？"

"是的。"

"那我们该怎么办……"

"只好请两位搬出去了。"

"什么……"

你瞄了母亲一眼，只见她嘴巴微张，呆若木鸡。

现场顿时鸦雀无声，宛如时间静止。窗外传来淅沥的雨声。

你打破沉默："这、这怎么行？！"

"你跟我抱怨也没用啊。"

"可是——"

你正想抗议，旁边突然响起"砰"的一声。

闷不吭声坐在永田旁边的远藤怒拍了一下桌子。

那张流氓脸变得更加凶恶，朝着你和你母亲大吼："开什么玩笑！有借有还听不懂啊？这种事连三岁小孩都知道！"

"呀！"你母亲发出惨叫，身体蜷缩在椅子上。

你也条件反射地缩了下身子。

短短一瞬间，你就被恐惧感所笼罩。

好可怕，不要，好想逃！

但人在家中，根本无处可逃。远藤微微抬起屁股，朝你探出身子，恐怖的斗牛犬脸贴了过来。

"少说梦话了！不爽就马上给我凑齐三千两百万啊！"

"对、对不起。"

你扭过身子，用发抖的声音道歉。

你母亲在旁边铁青着一张脸。

远藤刻意大声"啧"了一声，同时上下打量你们母女，接着露出了下流的笑容。

"还是说，你们愿意用工作来还债？这位太太虽然年纪大了，脸长得还不赖嘛；女儿比较普通，但也不差。喜欢母女通吃的有钱人多得是，应该不是完全没搞头吧？"

你心里一凉。你不用想也知道远藤说的"工作"是什么，你绝对不会答应。

谎称这名恐怖男子是正派人士的律师，半带笑意地出声制止："远藤社长，别这样强人所难嘛。"

"哼。"远藤往后一退，大大方方地坐回椅子上。

他稍微远离后，你的压力减轻了些，你母亲也吁了口气。

"哎呀，抱歉抱歉，远藤社长平时很和善的，只是没什么耐心。你们想想，被人家恶意倒债，没人能忍住这口气吧？"

永田再次打开公文包，拿出几份文件平摊在桌面上。

"这份登记文件还请两位过目，抵押权设定写得很清楚。上上个月，铃木先生为了清偿债务，一口气付清了房屋贷款，解除了银行设定的第一抵押权，把相关权利移交到了拥有第二抵押权的远藤社长手上……"

你父亲似乎被债务逼得走投无路，答应了远藤出让土地和房屋抵债。

一口气还清房贷的目的，是为了重设抵押权。难怪他突然需要一大笔钱，而且不惜利用公司的优退制度。

"——好了，虽然得请两位搬出去，但也不是要你们立刻离开。法拍要等过完年的 4 月才开始，两位只要 3 月底前迁离就行了，你们还有很充裕的时间搬家。"

永田说完稍做停顿，扫视你们母女。

"没问题吧？"

旁边的远藤再次投来凶狠的目光。

你们没有摇头的权利，对方也是依法行事，一旦你们拒绝，恐怕会被要求强制搬离。

"是。"你母亲率先答道，你也跟着点头。

"哎呀，太好了。"

永田露出灿烂的笑容，远藤的表情也有所缓和。

"请、请问……你们知道我爸爸目前人在哪里吗？"

他们互相使了个眼色，露出苦笑。

"不知道。"永田把头一撇。

"找不到人。"远藤冷冷地回答，"一个大男人如果真心想逃，除非通缉他，否则很难找到。"

这番话听来格外具有说服力。

种种迹象显示，你的父亲逃走了。

他在离开前便想好了还钱的方式，由此可见，这场失踪并非为了躲债。他不想面对的，是拿房子抵债后所要继续上演的三人家家酒。

永田提出的搬迁期限是2001年3月底。

你们目前的首要之务是找到新的住处。问题是，你母亲没有工作，单凭你每月十二万的微薄薪水，要过每月付房租的生活实在很辛苦。

直到此刻，你才深刻感受到自己只是"赖在家"的穷忙族。

你必须在积蓄花光前劝母亲出去工作，自己也得换一家待遇更好的公司才行。

然而，说得容易，就你所知，留在家乡工作的同学中，没有人的实领月薪超过二十万的。就算你们母女能省吃俭用度日，你也没自信能照顾你母亲的晚年。

一想到未来要跟母亲单独生活，你就感到惶恐不安。

没错，当时你以为自己会一辈子跟她住在一起。

你并不是特别孝顺的孩子，真要说的话，你丝毫不感谢她对你的养育之恩。若问你对她的感情是喜欢或是厌恶，答案会是后者。

从小你母亲的眼里就只有弟弟，总是对你冷嘲热讽，爱理不理。

不过，你也无法完全摆脱实质上的抚养责任。

因缘、牵绊、情分、血缘关系……你找不到确切的形容词，但就是觉得自己和母亲之间有着斩也斩不断的牵系。就算换地方住，你们两人今后也会在人生路上相互扶持，一如之前的三十年岁月。

直到搬迁期限只剩下两个月时，你才得知你母亲打从一开始就不打算跟你同进退。

这天晚餐期间，你心想，再不确认住处就来不及了，于是提议周末一起去房屋中介看看。

不料，她一脸事不关己的样子："哦，我不去。我有地方可以住，你找自己的房子就好。"

"咦？"

你挨了一记闷棍。

"哥哥说，如果只有我一个人的话，就去他家住吧。"

这里的"哥哥"指的是你住在长野的舅舅，你只在扫墓时见过他一次，记得他跟太太育有一女。

"妈，你要住在舅舅家？"

"是啊。"你母亲若无其事地说。

"所以，我们以后要分开住？"

"是啊。"她依旧是一副若无其事的表情。

你自认为斩也斩不断的牵系，竟然轻轻松松就被你母亲斩断了。

"你自己一个人住也比较轻松吧？"

这倒是真的。每当你母亲不怀好意地问你"还不结婚啊？"的时候，你总是恨不得搬出去住。

想到今后不用跟母亲朝夕相处，你觉得轻松多了。

所以，你"嗯"地点头。

你母亲睁大双眼问道："你怎么一副快哭出来的样子？"

你心想：我才想问你呢。

时间来到3月中旬，你母亲即将动身前往长野。那天一早就下起了毛毛雨，这种天气即使不撑伞，走在路上也不会有什么感觉，但往往一回过神，就会发现自己已浑身湿透。

那天是星期天，公司休假，你送母亲到离家最近的三美车站。

"这座小镇三天两头下雨，怪烦人的。"

清晨天空昏暗，你们漫步在住宅区，你母亲说话时脸上依然挂着那抹惹人厌的笑。

大型物品已经事先用宅配寄过去了，因此，你母亲的行李仅有一只手提箱，仿佛只是去旅行几天。

前往车站的那条路，有一半与你跟小纯的上学路径重叠。

离开家门，经过第一个十字路口时，你忆起遗忘已久的初恋。

我跟山崎学长是在这里道别的吗？他现在在做什么呢？当漫画家是他的梦想，不知道实现了没？

走了一会儿，你们来到了较宽的二线道马路，往右是以前念的初中，往左是车站。

你们往左拐。

你母亲悄声叹了口气。

你知道她又想起小纯了。沿着这条路往右走一段距离，就是小纯出事的地点。

"妈，我问你，如果小纯还活着，你觉得他现在在做什么？"

你不知道自己吃错了什么药，竟然问母亲这种问题。

"咦，这个嘛……"

你母亲面露喜色，她展现想象力的机会来了。

"我想，他一定在东京的大公司上班，已经结婚生小孩了，说不定还会接我过去住呢。"

你母亲的假设永远都是那么以自我为中心，其他现实人物都被她排除在外，包括你。

唉，也对，她就是这种人。

或许你只是想弄明白，母亲是否完全没有改变。

总算看见车站了，你没有陪她进站台，只在检票口送别了她。

"你也快点找个好人家嫁了，听懂了没？"

离别之际，你母亲还不忘耳提面命。

"少管我。"

你说出了真心话。

"好吧。"你母亲说完轻轻一笑，挥挥手说了声"再见"，随后消失在检票口内，仿佛真的只是去旅行。

你的泪水就此决堤。

与母亲道别后，你去站前的超市买了中午要吃的三明治和作为晚餐的冷冻炒饭，然后回家打开门锁，走进玄关。

你试着说"我回来了"，当然无人响应，尾音消失在虚空中，显得有点好笑。

从前四个人一起住过的家，如今只剩下你一人。

而你也即将搬离此地。

新家已经找好了。反正一个人住，那就选交通方便一点的吧。你在公司附近租下公寓，为了节省房租，你打算在老家住到3月底再搬走。

永田律师说3月底前搬走就好，而且不需要特别打扫，不用清空家里，用不到的东西放着就行。

你在客厅吞下三明治后，放空脑袋，看电视打发时间。信息节目、猜谜节目、光看演员就知道凶手是谁的两小时悬疑剧回放、傍晚的时事八卦评论……你不觉得这些节目有多好看，只是想打发时间。

一眨眼，窗外天色已暗，黏在窗户上的水珠反射着屋内的亮光。看来外头依旧细雨绵绵，只是肉眼看不清楚罢了。

回想起来，你母亲从未离开过家，今晚是你独处的第一个夜晚。

你的肚子饿了。即使只是一直看电视，肚子还是会饿。

你把冷冻炒饭放入微波炉里加热，吃完后又心不在焉地看起电视。

你看了综艺节目三小时特辑和当红偶像团体主演的特别偶像剧。现在刚好是电视节目的换档期，特辑节目看都看不完，晚上的节目比起白天的好看一点。

你完整地看完了偶像剧，接着去洗澡。洗完澡后，你忽然想小酌一杯。在此之前，你从来不曾兴起在家里喝酒的念头。

你本来想出门买酒，但突然灵光一闪，打开了厨房的柜子。

柜子最上层藏着"一只鸟"。

那是酒瓶上的标签。

你母亲不喝酒，所以，这是你父亲的收藏。

你拿起酒瓶，标签内侧写着"波本威士忌"。你听过波本，但不知道那是怎样的酒。

你取出酒杯，斟了一点酒。

瓶口传来咕嘟声，介于黄色与褐色之间的液体滚入杯中。这就是人家常说的琥珀色吗？

你把鼻子凑近杯口嗅了嗅，那味道闻起来跟啤酒相去甚远，香醇中带着苦味。

你平时都喝啤酒或是沙瓦[1]，不曾喝过没有气泡的酒类。

你端起酒杯，轻舔了一口。

浓烈的酒味直冲鼻腔，味道很香，但酒精浓度也很高，才浅尝一些，便使你口中发热。这就是成熟男子喝的酒吗？

啊，不过好像可以加水稀释。

直接喝太呛了，你索性把水倒进杯子里，大约加了四倍的水，将琥珀色冲淡成浅黄色。

---

1. 一种兼具汽水的清爽与酒精的刺激的调和酒。——译者注

你又喝了一口。

嗯，还不错。

虽然冲得似乎有点太稀了，不过对你来说刚刚好。

你端着酒杯坐回沙发上，环视整个客厅。

这是你从出生到长大，再熟悉不过的家。遗憾的是，即便到了最后一刻，你在这里仍然找不到归属感。

为了预留一些赖床时间，你把手机闹钟设为早上六点，随后放回了桌上。

然后，你小口啜饮着淡酒，茫然地回忆起自己的家人。

去世的弟弟、失踪的父亲和远走高飞的母亲。你发现他们或许不能称之为家人，只是曾经是家人的一群人罢了。

小纯究竟为何而死？父亲如今人在何方？母亲曾经感到幸福吗？

你不知道。

你们明明是一家人。

拥有血缘关系的家人。

然而，不管你再怎么努力拼凑记忆碎片，你仍不了解任何人。

"你当然不懂。"

酒杯中传来你怀念的声音。

那是小纯——你死去的弟弟——的声音。

变淡的波本酒里有个小小的、橘红色的影子在缓缓游动，你不知道它是什么时候出现的。

那是有着金鱼外形的小纯的鬼魂。

这是你们姐弟俩相隔十年后的重逢。

你跟当年一样，泰然自若地接受了他的存在，无奈地笑了笑。

"小纯，你没跟着妈去长野？"

小纯的牌位被你母亲带走了。

"我不住在那块木板里，而是住在姐姐的脑袋里。"

"也是。"

是啊,这就是鬼魂。

"姐姐啊,我之前不是说过吗?人连自己的事情都搞不懂,何况其他人的呢?不对,'想了解别人'这种行为本身就很蠢。人只是一种自然现象,没有道理可言。"

对,他之前好像说过类似的话。

"包括家人在内吗?我们只是刚好生为一家人?"

"没错。姐,你又不是自愿当爸爸和妈妈的小孩的,不是吗?我也是啊,相信爸爸和妈妈也是。就跟雨水只是从天上滴下来一样,没有人能选择自己生在哪里,而刚好生在同一个家庭的人就叫'家人',如此而已。"

"可是……"你说出了心里的感受,"这样太寂寞了。"

原来我很寂寞吗?

你重新认识了自己的感觉。

"会吗?你爱怎么解释就怎么解释吧,自己高兴就好,反正真相根本没人知道。你不了解我,不了解爸爸,不了解妈妈,也不了解你自己。"

"爱怎么解释就怎么解释?"

"对,就像妈妈对我的幻想。"

母亲的幻想。

你思索了几秒,将脑中的家人篡改成美好的版本。

前途无量的模范生弟弟、脚踏实地工作的父亲、美丽贤淑的模范母亲,以及……平凡而幸福的我。很久很久以前,这里曾经住着和乐融融的一家人。

"蠢死了。"你叹气道。

啵啵啵,杯中响起泡泡破掉的声音。

鬼魂笑了。

"姐姐啊,好运不久就会降临啰。"

鬼魂笑着消失在酒杯中。

手机闹铃逼你回到了现实中，时间已是早上六点。

原来，你不知不觉在沙发上睡着了。

鬼魂说对了。

好运偶尔也会降临。

从 2001 年 4 月起，你顺势展开了人生初次的独居生活。

你的新家距离公司只有五分钟的路程。你选了三美市郊国道旁的一幢小公寓，屋子小到没有隔间，比老家狭窄许多，不过对单身女子而言已经很够用了。

你从零开始打点新家的水电瓦斯。尽管存款还有剩余，但考虑到将来，老家原有的家电和家具，你决定能用则用。衣柜、洗衣机和电视机被你勉强塞进了房间，不过之前的冰箱实在太大，你只好去电器行买了台一人用的小冰箱。肥皂、洗衣液、垃圾袋等杂七杂八的生活用品，你都在百元商店搞定了。

随着新生活步上轨道，你尝到了一种前所未有的奇特兴奋感。

头一个月忙东忙西就过去了，当你差不多已习惯独居生活时，不料——

那天，下班后你一如往常地走回住处。

这一带的治安并不差，但毕竟是一个女生，所以你宁可绕远路，走有明亮街灯和热闹店家的国道。

行经便利商店时，有人从背后唤住你。

"呃，不好意思！"

你回头一看，只见穿着便利商店制服的店员从店里小跑着追了上来。

怎么了？

这家便利商店位于你返家的路上，你这个月进去买过两三次东西，对这位店员有印象。他是个肤色白皙的瘦小男子，顶着微鬈的褐色长发,气质阴柔。你记得上次就是他在柜台帮你结账的。

难道我当时忘记拿找零了?

怎知,那名男子下一秒便来到你面前,喊出你的名字:"你姓铃木对吧?"你措手不及。

"咦?"

"你是铃木阳子……对吗?"

他的语气中带些迟疑,这次叫出了你的全名。

"是,我是……请问你是哪位?"

"果然!"店员的表情像吃了定心丸,他接着报出了自己的名号,"我是山崎啊!初中美术社大你一届的山崎。"

你一时间说不出话来。

"呃,铃木,你该不会忘记我了吧?"

"不不不,我还记得……你是后来转学的山崎学长,对吧?"你用疑问句说。

"没错,就是我。"

美术社的山崎是你的初恋对象,你当然记得一清二楚,只是眼前的男人与记忆中的他差异甚大。

这么说来,学长的确个子不高,身材清瘦,肤色白皙,但他当时戴着黑框眼镜,看起来青涩内向许多。

"呃……你变了好多,我都认不出来了。"

山崎苦笑:"对啊,我初中时都戴眼镜。"

那好像不是主要的原因。

"山崎学长,你搬回来住了?"

你记得他全家搬到金泽了。

"哦,对,我回来念大学,后来就一直住在这里……"山崎转头瞥了一眼身后的便利商店,"……啊,我只能出来一下下。抱歉,半路叫住你,方便和我交换手机号码吗?"

"咦，啊，好。"

你从外套口袋中掏出手机，山崎也掏出自己的手机，你们交换了号码。

"谢啦，我再打给你。"

山崎羞赧一笑，转身小跑着奔回店里。

你发现自己内心正小鹿乱撞。

"那个时候啊，我其实是想跟你告白的……"

后来，山崎腼腆地道出事实。当时你刚与他温存过，两人窝在他家的床上聊天。

"我就知道！"你不禁脱口而出，"我也偷偷喜欢你很久了……那时候还以为你会跟我告白呢。"

"哈哈，原来是这样。抱歉，我太胆小了。"

"没关系，我也一样。"

你依偎在山崎的臂弯中。如果可以回到过去，你想对初中二年级的自己说："恭喜你，你们是两情相悦，你并没有多心。你的初恋会在十年后的未来开花结果。"

交换手机号码的隔天，山崎主动打来，你们自然而然地从过去聊到了近况。得知彼此目前都还单身，都没有交往对象，他便邀你下次放假时一起去看电影。你本来就打算下档后要租那部电影来看，加上本身你也在暗暗期待着学长的邀约，于是就不假思索地答应了。

成年男女单独约去看电影，当然不可能看完后各自回家。走出电影院，你们去了连锁居酒屋用餐小酌，稍微打情骂俏后，你便跟着山崎回家了。

山崎家距离你所租的房子不超过一公里，没想到竟是近水楼台。

他直到高中毕业都跟父母住在金泽，后来因为考上了Q市还不错的艺术大学，从此便在故乡开始了独居生活。大学毕业后，他先进入

Q县的公司上班,然后在两年前——二十七岁的时候——得到了漫画新人奖,借此辞去了正职。

"好厉害!你真的成为漫画家了。"

你初中时就对山崎未来的理想抱负感到很佩服,如今他实现愿望,你更崇拜他了。

你难掩兴奋,山崎却显得有点尴尬,耸耸肩说:"没有啦,我太晚才得奖,现在还无法光靠画漫画过活。"

得到新人奖后,他在杂志上刊登过几次短篇作品,不过单靠微薄的稿费无法维生,所以才在便利商店打工。

所谓的漫画家,必须能在杂志上长期连载作品,定期推出单行本,才算独当一面。

仔细想想,把兴趣当饭吃本来就是一件不容易的事。

"我还在努力争取连载的机会,不知不觉已经快要三十岁了。一想到未来的人生,我就觉得很害怕……"

不安归不安,就在你们交往刚满三个月的8月来临时,山崎说"我有重要的事要告诉你",邀你到他的住处。他说自己将在超市上架率颇高的知名漫画杂志上刊登长期连载作品。

当时,山崎说出了如漫画般的戏剧性台词:"能争取到连载都是因为你,你是我的女神!"

你对漫画一窍不通,也没有协助他作画,认为这是他多年来的耕耘成果。但山崎说:"自从跟你在一起后,灵感便源源不绝,全是你的功劳。"

你不认为自己帮了什么忙,不过很高兴他这么想。

山崎所谓的"重要的事"并非取得连载机会,而是不得不改变目前的生活形态。

"你愿意陪我去东京吗?"

一旦开始在杂志上连载作品,就需要常常跟东京的出版社开会,还得雇用助手,因此他必须住在东京或东京近郊。

听到"东京"二字，种种回忆涌上你的心头。

念高中时，你因为看了连续剧而对东京心生向往。在家乡过得不如意的你，认为只要去了东京，或许就能找到自己的归属。高中毕业时，你还曾冲动地前往东京，跑去都厅瞭望台看风景。

"还有，请你嫁给我。"初中时错失告白时机的男人，这次鼓足了勇气开口，"我们的重逢是命中注定。"

命中注定。

你也这么认为。

与初恋情人再会并坠入爱河或许是巧合，但这份巧合一定是上天的安排。

"漫画这个行业非常严苛，就算有了连载机会，也不表示未来就会顺顺利利。你跟我在一起可能会吃苦，但我会铆足全力加油，努力让一切步上轨道！"山崎强调了当漫画家的不稳定，"即使如此，只要跟你在一起，我就有力量面对挑战。我需要你，请你跟我一起走。"

我需要你——听到这句话，你默默下定决心。

或许你还没察觉，但你长年以来所渴求的，就是这么一句话。

你知道自己只是个平凡的女人，论能力、论长相都是普通人，但你还是强烈渴望被人需要，因为那是母亲不曾给过你的东西。

你点头应允："嗯，对我而言，你也是不可或缺的。"

你以为自己找到了追寻已久的避风港。

那不是故乡小镇，不是有家人在的那个家，也不是接下来要去的东京。

而是山崎的身边。

这就是我在这个世界上绝无仅有的归属。

当时你是这么想的。

那是 2001 年的夏天。

那是飞机攻击纽约世贸双子星大楼不久前发生的事。

8

"呃……她又离婚了啊。"

山崎更吃惊了,整个人呆若木鸡。

山崎先生,其实啊,铃木小姐再婚过很多次。更玄的是,和她结过婚的人,只有你活了下来——要是说出这个事实,不知道他会露出什么表情。

"——好的,和您确认一下,您跟铃木小姐的婚姻从 2001 年 8 月开始,到 2004 年 6 月截止。两位在结婚的同时搬到东京,直到离婚前都住在东京都练马区大泉町的公寓里,是这样没错吧?"

"是,没错。"山崎克久点头。

他是铃木阳子的第一任丈夫。

奥贯绫乃来到山崎住的石川县,直接向他本人打听消息,两人约在金泽站前的饭店大厅碰面。

绫乃虽是出差办公,但因为预算有限,费用只能自付。她独自前来,留下町田一人在东京。从在"Will Palace 国分寺"发现阳子的遗体至今,已过了两周时间。

越是深入调查死后被猫啃食的女人——铃木阳子——的身世,绫乃越是感到各种错综难解的事实纷纷浮出水面。

绫乃隔着矮桌坐在山崎对面,逐一向他确认事前查到的数据。

"——然后,您与铃木小姐离婚后的隔月……也就是 2004 年 7 月,与现在的太太再婚,对吗?"

山崎个头儿瘦小,身高跟一百六十厘米的绫乃差不多,但由于绫乃穿着高跟鞋,所以两人站在一起时,绫乃的视线位置较高。山崎戴着眼镜，肤色白皙，相貌清秀，气质阴柔。

"是的。"山崎坦承。

铃木阳子的第一段婚姻只维持了两年十个月便宣告结束，前夫山崎隔月马上与其他女性再婚。这说起来不太好听，但很明显是"无缝接轨"。不管山崎的外形多阴柔，他都是男性，离婚后可以马上再婚。

"请问阳子怎么了？是不是卷入了什么刑事案件？"山崎反问。

绫乃与他通电话时并未提及铃木阳子的死讯。不过，刑警专程从东京赶来调查，他难免会联想到刑事案件。

"铃木小姐在自己的住处过世了，死后过了一段时间才被发现，死因目前还不清楚。我此次前来，就是想调查她的死是否和刑事案件有关。"

首先要确认的有两点：阳子是否养猫，以及户籍上曾多次结婚的疑点。

"我明白了。"

"不好意思，请问您带了电话中提到的相片吗？"

"啊，带了。"经绫乃提醒，山崎马上从置物篮中拿起提包，取出内含几张照片的文件夹。

铃木阳子的住处没有相簿，国分寺分局也迟迟找不到她的照片，因此，绫乃才借机拜托山崎，若有铃木阳子的照片，请务必带来。

文件夹里装着四张五寸照片，都是同一位女性的照片，女子看起来约三十岁。

"这是你们结婚时拍的吗？"

"是的。啊，只有这张是交往时拍的。"

照片中女子的服装和发型略有不同，但整体气质是一样的。她留着黑色的长发，化着淡妆，喜欢白色或浅色系服饰，五官平凡，不是亮眼的美女，但也不丑，长相算端正。尽管是十年前的照片，不过那女子跟房东与邻居口中的铃木阳子的形象一致。

在婚前与山崎拍的那张照片里，她笑得特别甜，十分上相。可想而知，这是热恋中的女子面对情人的笑容。

我也曾这样笑过吗？

绫乃赶紧挥去脑中倏然冒出的杂念。

"这些照片能不能借我拿去复印一份？"

"啊，这是我自己用计算机打印的，不用还我。"

"这样啊，谢谢。"

那就恭敬不如从命了。

绫乃把照片收进档案夹中放在桌上，然后再次望向山崎。

"接下来，方便的话，能请您就您所知的部分，谈谈记忆中的阳子小姐吗？"

原来，山崎和铃木阳子是初中美术社的学长学妹。

两人进入社会后偶然相遇，进而交往。当时山崎还是新人漫画家，跟铃木阳子交往后，随即得到了在大出版社的杂志上连载作品的机会，因此决定搬到东京。铃木阳子受不了远距离恋爱，希望能跟他结婚，一起搬去东京定居。

"所以，是铃木小姐主动提出结婚的？"

"算是吧，她比较强势一点。"

山崎的语气听起来像是被对方逼婚，不得已才答应的。

"我明白了。山崎先生，您见过铃木小姐的双亲吗？"

"没有，我念初中时没去过她家。再次见面时，她的父亲刚好离家出走，母亲……嗯，我想想啊，应该是回长野或山梨的老家了。两位我都没见过。"

这一点，绫乃已从户籍和住民票上看出端倪。

铃木阳子出生于Q县三美市。家庭成员有父亲、母亲和弟弟，一家共四口人，但是在1989年——年号从昭和换成平成的那一年——阳子的弟弟死于交通事故。

接下来又过了十年,到 2000 年 10 月,阳子的父亲拿自家房屋抵押,留下债务后消失不见。现在,从全国警察通联的数据库中还可查到当时的报案记录,目前他仍下落不明。

日本《民法》规定,凡下落不明满七年以上者,其利害关系人就可以考虑提出"失踪宣告",在法律上形同死亡。但目前无人替铃木阳子的父亲申办手续,所以他还未被除籍,仍被视为一般国民。

这并非罕见案例,日本每年的失踪人口高达八万人至十万人,这还是已申请协寻的官方数字,真正的失踪人口还要高上好几倍。其中有不少人虽然一直没找到,却未正式宣告失踪,所以,从户籍上看他们仍是一般国民,但实际上没人知道他们是死是活。这些幽灵人口加起来恐怕超过一百万人。

言归正传,由于阳子的父亲失踪,她母亲便去投靠了长野老家的兄长,留下阳子在三美市独居,一家人流离失散。

山崎和阳子就是在这个时候相遇的。

绫乃向山崎一一丢出疑问,山崎回答时,不时流露出缅怀之情。

听着听着,绫乃总算对铃木阳子这个人多少有点概念了。

铃木阳子没有特殊专长,也没什么坏习惯;个性称不上老实,但也不算我行我素。她喜欢看电视连续剧,听日本流行乐,不排斥做家务,是名个性善良的平凡女子——唯独对自己的母亲怀有心结,会把"我不想再看到你了"这句话挂在嘴边。

关于猫的部分,绫乃目前只知道阳子跟山崎同住时不曾饲养,山崎也没特别听她说过想养猫。

"抱歉,问您一个比较私密的问题……请问两位为什么会离婚呢?"

"这件事啊……"山崎微微低下头,字斟句酌地回答,"我也不知道该怎么形容……就是没办法再跟她走下去了。"

"没办法再走下去?"

"是啊，在一起好像也只是互相伤害，不管做什么都无法挽回这段感情。"

绫乃心头一惊。

如果有人问绫乃离婚的原因，她自己恐怕也会说出类似的话。

没办法再跟他走下去了。在一起只是互相伤害。无力回天了。

绫乃接着问了一个比较尖锐的问题："您跟铃木小姐离婚后，马上就与现在的太太再婚了。请问您是否在离婚前就已经跟尊夫人交往了？"

"咦！"山崎惊叫一声，有些心虚地否定，"不是的，我们当时只是漫画工作上的朋友，离婚后才开始交往的。"

这八成是骗人的。

绫乃事前调查过山崎的户籍，得知他目前育有三名子女，老大在他再婚后不到半年便出生了，因此，山崎的话在时间上说不通。当然，这孩子也有可能并非山崎的骨肉，或是他的太太早产。但最合理的解释是，他在与铃木阳子离婚前就和现在的太太偷情，甚至可以进一步猜测，他是因为跟外遇对象有了小孩，才决定离婚及再婚的。

不过，继续追究下去也没有意义。对方愿意配合调查就不错了，没必要把气氛弄僵，因此，绫乃没有进一步追问。

她暗中觉得，在跟山崎打听铃木阳子的生平时，有些事情不要问得太深入比较好。

"两位决定离婚时，发生过争执吗？"

"也算不上争执……当时的气氛虽然很紧张，不过我们谈过后便达成了共识，并没有闹上法院。"

"两位离婚后曾经见过面或是保持联系吗？"

"完全没有。"他一口否定。

山崎再婚后，在太太即将产下第一个孩子时搬回金泽与家人同住，同时心一横辞去了漫画工作，进入当地的广告招牌公司上班，之后便一直住在金泽。没跟铃木阳子见面应该是真的。

"那么,您知道铃木小姐再婚的消息吗?"

"咦?我不知道,原来她再婚了。"山崎睁大双眼,吃惊的反应不像是装出来的,"呃,对方是怎样的人?"

绫乃仔细端详他的表情,看起来不像是装傻的。

"抱歉,恕我无法告知。只是,铃木小姐后来又离婚了,这件事涉及对方的隐私。"

"呃……她又离婚了啊。"

山崎更吃惊了,整个人呆若木鸡。

山崎先生,其实啊,铃木小姐再婚过很多次。更玄的是,和她结过婚的人,只有你活了下来——要是说出这个事实,不知道他会露出什么表情。

被告八木德夫(待业,四十七岁)的证词一

……现在,我总算能松口气了。

逃出来后,我每天都过得提心吊胆的,后悔自己当时那么冲动。

我脑中时常浮现出脑袋破掉的沼尻先生和浑身是血的老爹——神代先生的身影。不,那不是幻觉,应该是当时的记忆吧……

不,我不知道。真的。那天我收到一个装了钱的包包后,和阳子姐分头逃亡,完全不知道她、她竟然死了……

对,我住在神代先生位于鹿骨的家里,大伙一起住。

事发之后,我在新闻和周刊上看到"同居女子失踪"的消息,事情闹得很大,我马上联想到是阳子姐。我也去避风头了,但是没有被报道出来,我还以为是梶原他们帮我隐瞒了消息。

逃跑的时候，阳子姐说，我们要是被警方抓到、把所有事情都说出来的话，会害梶原他们也被抓的。一共有三个人被杀，他们要是真的被抓到……会判死刑对吧？就是因为这样，梶原他们才会拼命帮助我们逃亡。

对，是，是。

从头开始？好的，明白了。我说。

我想想啊……对，是的，我曾经是游民。

都是借钱害的。我本来经营一家小工厂，为了周转资金才开始借钱，等到我发现的时候，债务已经变成了天文数字。啊，不，我后来宣布破产，还清了这笔债。只是所有的力气一下子都没了，失去了工作的动力……

我没有家人。公司周转不灵时，我做了很多对不起朋友的事，所以早就没人想理我了。我没有任何人能依靠。

我没钱付房租，被赶出了住处……啊，对，当时是夏天，发生地震那一年。是的，2011年。

刚开始，我待在网吧和二十四小时营业的家庭餐厅里，可是很快就没钱了，所以就躲在高架桥下或是去公园睡纸箱。当时天气还很暖和，我想能撑一天是一天。

去便利商店或超市的垃圾桶里翻一翻，就能找到人家丢掉的便当，我就靠这填饱肚子。在图书馆或公园就能喝到水。日本果然是富裕的国家啊，连游民都能顺利地活下去。

可是……只要连续几天没换衣服，没洗澡，身体就会变得很脏。公园是小孩玩乐的地方，我待在那里会被警察或公所的人赶走。我自己也知道那些孩子的妈妈总是用厌恶的眼神瞪着我。

我受不了那股压力，于是越躲越远，最后躲到了例如河堤那种人烟稀少的地方。那里通常都是游民的聚集地……然后，我发现自己成了一名真正的游民，与那些人朝夕相处。真的好惨。

有时候，我会捡杂志和报纸来看，当时刚发生大地震，报章杂志上刊登的都是灾区居民不畏艰难复兴家园的报道，有许多人报名当志愿者，大家同心协力，努力再努力……

唉，或许上面还刊了很多其他新闻吧？但我的注意力都放在振兴灾区的报道上，然后忍不住心想：我到底在干吗？

每个人都很努力，就连那些被地震夺走家园的人都知道要振作，我却只因为公司倒闭就一蹶不振，变成了游民。真是窝囊。

天气越来越冷，早上我会被自己的喷嚏声惊醒，觉得活着真没意思，久而久之，竟然满脑子都是寻死的念头。可是我不敢自杀，只好心想：或许到了冬天，我就会被冻死了吧……

某天，有人叫住我说："我可以帮你找遮风避雨的地方。"

9

三十岁以上、单身、独居——从定义来看,你完全符合新时代女性的条件。但为什么杂志上写的那些信息,对你来说却像另一个世界?

杂志上介绍的新时代女性范本,都像你以前向往的偶像剧女主角,不是在大企业上班,就是自己开公司,或者拥有厉害的证照。她们全都是"特别"的人,和你这个"凡人"不一样。

阳子——

如果你的人生是爱情文艺片或少女漫画，或许山崎向你求婚时，你已迎向幸福快乐的结局。

但是很遗憾，即使白马王子出现了，人生还是得继续下去。

由不得你。

来到东京已过了五年，你独自迎接三十三岁生日。

2006年10月21日。

无人庆祝的生日只是徒增岁数而已，跟一年里的其他三百六十四天毫无二致。

那天你一如往常，在西新宿办公大楼的办公室里接电话。

"搞什么啊！明明装了网络，为什么还是无法上网？"

头戴式麦克风耳机里传出嘶哑的怒吼声，语气咄咄逼人。

根据屏幕上的客户数据所示，对方是一位六十七岁的老先生。

你尽可能挤出柔和的声音，按照标准作业程序回答："先生，请问一下，您的计算机和调制解调器之间是否有用传输线连接？"

"啥？什么线？我听不懂！"

怒吼会导致缺氧。而且，听的人比说的人更容易缺氧。

你觉得喘不过气。

他到底在生什么气？

简直鸡同鸭讲。于是，你改变说法："网络线的插孔上，有没有电话的图案呢？"

"电话？哦，这个？"

果然被你猜对了，出现"插了网络线却无法上网"的情形，几乎都是因为用户弄错了电话线和网络线的插孔。

网络客服中心接到的电话，几乎都是这类鸡毛蒜皮的小事。

公司设计了一套详细的对应流程，只要照着顺序问，连你这种不懂计算机网络的派遣员工也能解决九成以上的问题。

你一边安抚着频频抱怨"听不懂"的客户，一边尽量避开专业术语，依序教他正确的联机方式。

你讲到一半时，时钟的时针指向六点的方向，办公室响起下班铃声。

你很想对着电话怒吼："时间到了，剩下的你自己弄！"可惜你办不到，只好耐着性子继续教他。

六点十分，客户总算能上网了，却连声谢谢也没说，还抱怨道："搞什么，很容易弄错吧！不会做得简单一点啊？"说完便挂断了电话。

你打从心里觉得累。

好不容易从怒骂声中解脱后，你试着深呼吸，却无法摆脱那股窒息感。一定是办公室不通风害的。

算一算，你在这个电话客服中心已经工作了超过两年。这份工作并不难，只要能跟别人说话，谁来做都一样。但由于工作性质的关系，打来电话的人有一半以上心情恶劣，其余的也都怒气冲冲，因此，它实在不是什么愉快的工作。

由于公司已有一套制式化的应对方式,所以客服人员只能尽量转换心情,把顾客当成坏掉的收音机。

你摘下耳机,周围的嘈杂声钻入耳中。拉椅子的声音、敲打键盘的声音……有同事还在通电话。

公司占据了这幢大楼的一整层楼,在此设置了办公室与五十个有隔板的座位,平时约有四十名客服人员在线上服务,除了小组长一人外,其余的都是派遣员工或出来打工的女性。

你在计算机上输入当日的工作报表,随后从隔板内的置物柜里拿出包包起身离席,并对周遭正收拾东西准备回家的同事说了声"辛苦了",然后走到办公室门口打卡,打道回府。

你走出办公大楼的门厅,马路斜对面有个红色的装置艺术地标。在人们约定碰面的地点,你常能看见这种象征人心羁绊的"LOVE"文字艺术。起初,你对这个时髦又新奇的玩意感到很新鲜,但看久了就觉得没什么了。

强劲的大楼风切变朝你呼啸而来。

你压住头发、缩起脖子以抵挡强风。

你依旧感到难以呼吸,连户外的空气都如此稀薄。

你快步通过人行道,走进地下连通道入口,它简直就像张大了口的巨大食人植物。

浅到几乎变成白色的淡绿色日光灯照亮长长的地下连通道,你汇入来自都厅的另一拨人潮中,朝着新宿站前进。

啵啵啵——你忽然听见了熟悉的水声。只见一只橘红色的金鱼从你前方那位穿套装的女人的长发中游了出来。

是小纯的鬼魂。

"姐姐,生日快乐。"

鬼魂发出啵啵声,笑着说道。

你没有太大的反应，只是暗想"又来了"。

与山崎分开后，小纯的鬼魂便频繁地出现在你眼前。

难道小纯是在用他的方式，在你孤单的时候出来安慰你吗？或者只是心血来潮？

"姐姐，你以前也走过这条路，对吧？就是当天来回东京那一次啊。"

的确没错。当时你即将高中毕业，十八岁。今天，你变成了三十三岁，距那时已经过了十五年。

是啊——你在心里搭腔，默默走在路上。

其他人应该看不见金鱼鬼魂，随便回话恐怕会被当成神经病。不，或许打从看得见鬼魂的那一刻起，你已病得不轻。

"恭喜你实现愿望。"

愿望？

你不记得自己实现过任何愿望。

"有啊，你当时不是希望未来能在西新宿的公司上班吗？"

哦，的确有这么一回事。

你一心向往东京，实际走访后，还是希望未来能在东京工作，能走在散发着未来科技感的西新宿街头，并在这里上班。

硬要说的话，大概算是实现了吧。

但是，在客服中心的隔间里度过被陌生人辱骂的日子，不在你构思的未来蓝图内。

"姐姐，他们都去哪里了？"

谁？

"之前在这里的那群人啊，就是住在新宿西口地下道纸屋里的那些人。"

原来那鬼魂说的是游民。

你开始在新宿工作后，过去曾震撼你内心的西新宿地下道中的

"另一个新宿"就消失了。听说他们在多年前被政府一口气赶走了。

地下道的墙壁上布满了斜切成圆柱状的奇妙装置艺术，看起来很像爪痕，听说是为了不让街友在这里铺纸箱才做的。它和路面上的"LOVE"不一样，是用来驱逐人的装置。

无家可归的人们被赶到哪里去了？你当然无从知晓。

你匆忙地加快脚步，跟随人潮穿越不再撼动你心灵的地下道，然后通过了京王线新宿站的验票口。

一回神，那鬼魂已经消失了。

你从新宿搭乘京王线，约二十分钟后，在快速列车和急行列车会停靠但特快车和准特快车不停靠的杜鹃丘站下车，北侧出口外的单身公寓就是你家。

它位于调布市，你对这里并没有什么特殊情感，只是听说如果想租私铁沿线的房子，东京二十三区以外的房租较便宜，所以才租这里的。

你一如既往，在车站前的连锁便当店买了特价便当回家当晚餐。女性独自在东京生活，买便当比自己下厨还便宜，味道也不至于太差。接着，你在紧邻便当店的便利商店买了蛋糕和酒。

所谓的蛋糕，是切片干酪蛋糕；酒不是一般的啤酒，也不是气泡酒，而是俗称"第三类啤酒"[1]的饮料。最近，因为修订酒税法的关系，气泡酒涨价了，第三类啤酒因此变得随处可见。你还顺手在书报区买了一本女性周刊杂志。

你回到无人等待的狭小房间内，吃着便当，随手翻阅着买来的杂志。

"年度特辑　新时代女性"这个单元攫住了你的目光。

约莫从一年前开始，"新时代女性"这个词变成了流行语，指的是

---

[1]. 使用大豆或玉米等原料代替麦芽酿造而成的调味发泡饮料。——译者注

三十岁以上的单身女子,她们自力更生,独立自主。

我也是新时代女性,你想。

只是我身不由己。

五年前刚来东京的时候,你不叫铃木阳子,而是山崎阳子。

你们登记结婚后并没有举行正式的婚礼,只找来三五好友办了个宴会,那是时下常见的极简式婚礼。

你们去了金泽,跟山崎的父母打了招呼,但没有特别通知你母亲。从她决定去长野的那一刻起,你们母女的缘分就断了。

所幸,山崎的父母不拘泥于繁文缛节,认为"小两口开心就好",就算两家不特别打照面、不举行正式的结婚典礼也无妨。你从他们的话中知道,儿子辞去正职跑去当前途堪虑的漫画家,竟还能娶到老婆,已使两老万分欣慰。

你有一对开明的公婆,他们对你们夫妻的唯一要求,就是想"早点抱孙子"。

正式结为夫妻后,你和山崎来到东京,在练马区的大泉展开了新生活。

那一带之前就住了许多漫画家或立志成为漫画家的人。山崎租了间较大的房子,将部分空间挪为工作之用。那是一套位于幽静住宅区的木造灰泥三室一厅公寓,尽管屋龄较老,但通风良好,住起来还算舒适。

你对漫画一窍不通,不过能帮老公的部分你都尽量帮,不但一手包办了家务,还会帮他处理类似于用橡皮擦擦线等基本工作。

回想起来,与山崎共度的最初几个月,是你人生中最快乐的时光。

你曾经很幸福。

那个时候,你和山崎仍然相爱。

没有虚假。

而你深信这份幸福和爱情会持续到永远。

如果未来能按照预期发展，人心能持久不变，这个世界会有多和平？

你们之间出现裂痕，是从山崎结束为期两年的漫画连载后开始的。结束连载并非山崎自愿，而是因为作品不受读者欢迎，所以被杂志社强制"腰斩"。

这次经历使山崎大受打击，愁眉不展，你不知该如何安慰郁郁寡欢的丈夫。

身为漫画家的山崎所遭遇的烦恼，是不懂漫画的你无法理解的。你无法为他分忧解劳，只能用温柔的话语安慰他，结果安抚不成，反而对他造成了伤害。

"你什么都不懂，少说风凉话！"

你好心想安慰他，没想到还挨骂，你也很难过。

更别说失去连载的收入后，你们未来的生活充满不安。

的确，有些漫画家能赚到足以一生不愁吃穿、整天游山玩水的钱，但是，这样的人少之又少。一般的漫画家只要连载告终，便会失去收入，生活顿时蒙上阴霾。

现阶段你们还可以拿存款来应急，但一年后、两年后该怎么办？

就算你出去打工，也只能勉强支付房租。要是山崎不能尽快争取到新的连载机会，你们势必会坐吃山空。不过，你也明白，那种机会可遇不可求，要是你对山崎说"为了我们的生活着想，你要快点抢下连载"，只会加倍伤害他。

你完全不知道该怎么做。

生活越来越拮据。然而，就在你们即将走投无路时——

"我有重要的事要告诉你。"

山崎率先开口。不知他是否察觉到了这一点，当年他向你求婚时，也用了"重要的事"这四个字。

只是如今从他口中说出的,是跟当年完全相反的话。
"我们离婚吧。"
你觉得如遇晴天霹雳。
山崎像个不得不痛下决定的经营者,他神情悲痛地说:"最近每天都过得乌烟瘴气的,你应该也知道撑不下去了吧?差不多该做决定了。"
撑不下去?做决定?
你一阵错愕。
的确,最近诸事不顺,但你深信只要坚持下去,总有一天会渡过难关的。
基本上,你们的个性还算合得来,而且也需要彼此。
然而,山崎的感受和你不一样。
"为什么?""我不要!""为什么我们非离婚不可?"
你忍不住咄咄逼人,山崎终于恼羞成怒地说:"老实跟你说吧,我爱上其他女人了。我们已经交往一阵子了。"
交往?
你们是名正言顺的夫妻。那才不叫"交往",应该是"偷情"才对。
接着,山崎抛出更大的炸弹:"她怀孕了,我必须负责。"
怀了山崎小孩的女人不是陌生人。
她是山崎还在画杂志连载时,由出版社介绍来当助手的女孩,比你小五岁,有双大大的杏眼,十分可爱。而且,她和你不同,能帮山崎分担画漫画的痛苦和烦恼。
她怀孕了?
山崎父母说过的话在你脑海中闪过:"好想早点抱孙子啊。"
为了响应二老的期待,你们结婚后就没避过孕,做爱的次数应该超过一百次,但是始终没有怀上孩子。你常因此暗自担心你们其中一人是否患有不孕症。

谁知道……山崎一下子就让对方怀孕了。

至少证明，问题不在他身上。

啊，是我输了。

你的胸口塞满漆黑黏稠的挫败感。

山崎的双亲知道后，专程赶来东京。两人在你面前跪地磕头，成为关键的一击。

"请你行行好，别再追究，和小犬分手吧！"

这是一心想含饴弄孙的长辈们的自然反应，但他们的下跪成了最凌厉的攻击。

他们的额头紧贴着地板，看起来却像在盛气凌人地喊着："碍事的人是你！"

输了，输了，输了。你输得体无完肤。

过去曾说过"我需要你"的男人，如今需要的是别的女人。

你以为好不容易找到了归宿，却被一个年轻又能怀孕的女人夺走了。

你们不是命中注定。

如果是命中注定，应该是你怀上他的孩子才对。

你连反驳的余力都没有。

在离婚证书上盖章时，你仿佛听见了你母亲的嘲笑。

活该，老公会变心都是你咎由自取，是你无法分担他的痛苦，才会变成这样的。生不出孩子也是你不好。

你可以想见母亲说这些话的时候，脸上还挂着那抹惹人厌的笑。

你离开公寓时，山崎拿出一个厚厚的信封袋，说："这些给你搬家用。"里面有一些现金，是分手费。

于是，你变回了铃木阳子。

事后回想起来，哪怕只是一时任性，你也应该逼他吐出更多赡养费才对。

　　谁说一个人一定会孤单寂寞？当一个更棒的女人，享受自由时光吧！

　　你浏览着周刊上的单身特辑。
　　上头写着，没有固定伴侣或是独居，绝对不等于"寂寞"。
　　女人可以利用美容沙龙使自己变得更美，也可以前往欢迎女性单独光临的时髦酒吧，与邂逅的男子们享受多人自由恋爱——杂志上介绍的在知名贸易公司上班的四十一岁新时代女性享受生活的方式。
　　与山崎离婚、恢复单身后，你确实觉得轻松多了，但要说完全不寂寞，绝对是骗人的。
　　在那之后，你成了恋爱绝缘体。别说是美容沙龙，你每天忙着上班，根本没空去杂志上介绍的那种酒吧猎男人。就连同事邀你小酌，你也多半婉拒。
　　你也是逼不得已。
　　因为你实在太缺钱了。
　　电话客服的工作，每月的实领工资只有十五万。
　　你每天从早到晚接电话，没什么人感谢你就算了，有时还会遇到凶巴巴的客户，搞得好像犯错的人是你一样，结果还只领十五万的工资。这份工作是时薪制，只要感冒请假就会被扣薪，而且你本来就是派遣人员，根本不用指望未来会升迁或加薪。说穿了，你连自己什么时候会被解雇都不知道。
　　即便如此，这里的薪水还是比老家那家公司高，只是对于住在东京的单身女子来说很勉强——不，其实不太够。
　　你晚上偶尔会买第三类啤酒小酌，吃点便利商店卖的甜食，衣服也都去快时尚服饰店买，两个月上一次发廊，靠着浏览女性杂志、租DVD和逛手机网站来打发时间——这样的生活并不奢侈，却已经让你过得相当吃紧。哪个月若是冷气或暖气多吹了一点，每一场酒聚都去，你就会严重入不敷出。虽说还不到穷困潦倒，但你实在没有余力上美容沙龙或酒吧。

嫁给山崎的时候，他或许赚得不多，不过还能应付最基本的生活开销。你想起父亲失踪前，你在老家也是安稳度日，生活开销都由别人扛，不曾真正独立过。失去经济支柱后，你的生活自然急转直下。

想通之后，你发现当初结婚时根本就不应该认为"山崎身边就是自己的归属之处"。

再婚八成无望，你又没有可依靠的家人，未来恐怕得一辈子自食其力。

所以，你明白自己不能再依赖别人（男人），必须自立自强。

问题是，该怎么做？

存款加上离婚时山崎所给的分手费，你本来还有两百万，如今花得只剩不到五十万，缴完下个月的房租后，会变得更拮据。

现阶段食衣住行暂时无虞，冰箱里还放着明天早餐时要吃的面包。

然而，积蓄正逐渐减少，余额一步步归零。

那种感觉就像重要的血管破了，血正从里面一点一滴地不断渗出。

杂志上所提供的解决方案是买股票投资，并称之为"新时代女性求生术"。

　　　　经济回升，超越"伊奘诺景气"[1]！看准时机，聪明投资！

这些广告词完全无法引起你的共鸣。从你来到东京的第二年即

---

1. 指日本1965年至1970年的经济成长期。——译者注

2002年起，经济持续回升长达四年，下个月的经济势态即将超越昭和四十年代所写下的"伊奘诺景气"纪录，创下第二次世界大战后最长的经济复苏期，因此，报章杂志都劝人抓紧机会投资。

这年头任何人都能利用网络轻松买卖股票，本期杂志就介绍了一位三十岁的单身女老板，靠着股票赚了上亿。

然而，有父亲的前车之鉴，你实在提不起劲儿买股票。再说，积蓄已经见底，哪来的资金投资？

你只能一辈子脚踏实地地工作，缩衣节食地在社会上求生。话又说回来，即便日子勉强过得去，未来要是生了大病无法工作，那该怎么办？

再想得深远一点，你的晚年生活呢？

如果变成独居老人，需要紧急协助时，你必然求助无门。

杂志上建议新时代女性最好买房，为老年生活做准备。

买房是未来的保障，新时代女性必买！

你还记得以前红极一时的大富翁游戏，所有人一定会停在"结婚"那一格。新时代女性玩的大富翁，则从一开始就没把"结婚"设在人生的路线图上，人们必须停留的格子变成了"买房"。

以前的女人只要结婚，组织家庭，就能获得老年保障；现在的新时代女性求的是个人资产，具体目标之一就是买房。杂志上还介绍了一位五十八岁的单身女性会计师因为看好房地产会上涨，在东京有名的再开发地区成功买房投资的案例。

然而，你无法想象自己会在那一格停下来，因为你实在没有本钱买房。

三十岁以上、单身、独居——从定义来看，你完全符合新时代女性的条件。但为什么杂志上写的那些信息，对你来说却像另一个世界？

杂志上介绍的新时代女性范本，都像你以前向往的偶像剧女主角，不是在大企业上班，就是自己开公司，或者拥有厉害的证照。她们全都是"特别"的人，和你这个"凡人"不一样。

报道的最后，用以下文字做结：

> 新时代女性是幸福的！"结婚生子是女人的幸福"这样的观念已经落伍了！走在时代尖端的女子，能够选择量身打造的幸福。

幸福。

这是你母亲的口头禅，她最爱拿这句话来说嘴。

"能跟你爸这么勤奋老实的男人结婚，还生了小孩，住在好房子里，我觉得自己好幸福啊！"

这段话你听过不知道多少次。

你母亲的幸福是被安排好的幸福。结婚，生子，有自己的家，成为家庭主妇，里面没一个是她真正想要的，只因为没有其他选择，她才走上这条路。

你心想：那我呢？

走在时代尖端的女子，能够选择量身打造的幸福？

开什么玩笑？哪有这回事？

你曾一度获得的幸福，被其他人夺走了。

经历过这些年的风霜，你更是备受冲击。当一个女人无法获得自己想要的幸福时，像你母亲那样可以拥有被安排好的人生才是赢家。这就是真相。

我连被安排好的幸福都没得选。

别说幸福了，接下来要如何生活都是难题。

"和贫穷国家的孩子相比，和从前的孩子相比，你已经很幸福了。"

这是你母亲以前常说的话。无论你是否比远在天边的国家的人来得幸福，这样的"幸福"一点真实感也没有。

小时候的你听得懵懵懂懂，长大后还是毫无共鸣。

说来说去，都是为了钱。

如果存款不足以应付最基础的开销，一个人就无法安心地过日子。那不叫新时代女性，根本连屁都不是。

你现在从事的派遣工作本来就不是长久之计。你在接线中心的同事多为学生或家庭主妇，原本就具备一定的经济基础。

再这样下去也不是办法。

你必须换个收入更高、更稳定的工作。

想自食其力活下去，就得赚到足够的钱。

自己的归宿，自己创造。

该好好自立自强了。

否则迟早会活不下去。

"不好意思，请问您是来求职的吗？"

过完生日隔周的星期一，你正好排休，在府中的 Hello Work 职业介绍所被人唤住。

这次你是真的想换工作，于是搭上了与平日上班方向完全相反的电车来到此处。

从京王线府中站到这里只需徒步五分钟。你穿过车站前的马路，沿着东西向的甲州街道走，看见一幢毫不起眼的方形三层建筑，门口挂着写有"府中公共职业介绍所"的银色招牌。

你来到门前，却迟迟不敢踏入，下意识地望着门口布告栏上的海报。突然，有人主动与你攀谈。

你回头一望，是一名脸上堆满笑容的瘦削女子。

她年龄稍长，目测四十岁左右，穿着利落的米色套装，肩上挂着小皮包，胸前抱着 A4 大小的文件夹。

"是的。"

你怔怔地点头。

这个人找我有什么事呢？她看起来不像怪人，难道是 Hello Work 的员工？

"啊，这是我的名片，我在找工作伙伴。"

女人从文件夹中取出一张彩色传单，传单一角用回形针夹了一张名片。

新和人寿栗原芳子

那是常出现在电视广告上的知名寿险公司。

传单是套用文书软件的内建格式做的，上面印着"应征行政助理""谁都做得来的简单工作""资历、年龄、学历不拘""上班时间自由安排""月薪二十万以上""只要肯打拼，年薪千万不是梦"等字句。

平时的你应该会起疑，不过大概是知名企业的名号发挥了作用，你当时只是单纯觉得惊讶：竟然有条件这么棒的工作。

"您要是不赶时间，方便和我聊聊吗？"

"啊，好。"

你一口答应。管他工作内容是什么，反正听听也没损失。

"那我们找个地方坐一下吧。"

在栗原的邀约下，你最后没有走进职业介绍所，而是往反方向走去。

"经济不景气，真的很难熬啊。"

你们走进位于 Hello Work 和府中站中间的小咖啡厅，栗原劈头说出这句话。

"是啊。"你附和道。

你并不了解现在的经济状况到底好不好,但钱难赚是你真实的感受,并且为此烦恼。

栗原点了两杯综合咖啡,再次正式自我介绍:"您好,我是新和人寿的栗原芳子。"

你也点头致意:"啊,我叫铃木阳子,请多指教。"

"铃木小姐目前从事哪一类的工作呢?"

"一般的派遣工作。"

"行政职吗?"

"嗯,电话客服。"

"啊,在客服中心上班?"

"对。"

"很常接到客诉吗?做起来一定很辛苦吧?"

"是啊……"

"我没做过电话客服,不过以前做过电话营销。"

"啊,真的啊。"

栗原大概就是所谓的疗愈型女性吧,既温柔又贴心,充满亲和力。

她也单身,长年在东京独居。她高中一毕业就从家乡来到东京打拼,起初在小型食品加工厂上班,但公司在泡沫经济崩盘时关门大吉,之后靠打工和短期派遣熬过一段时日。

你告诉栗原自己离过一次婚,目前靠派遣工作维生。

栗原感同身受地说:"不过,靠兼差或派遣赚来的钱,根本无法维持正常的开销。"

她完全说中了你的心声。

"就是说呀,所以我才想换工作。"

"我想找的,就是你这样的工作伙伴。"栗原笑眯眯地指着桌上的传单,语气铿锵有力,"保险业最适合想独立自主的女性。"

独立自主——这四个字震撼了你的耳膜。

145

你想学会一技之长，这样才能自食其力，创造自己的归宿。

栗原说她想找"向客户说明保险方案，协助办理手续"的工作伙伴。

此外，传单上所写的也没有夸大不实，这份工作不要求任何相关经验，可以自由安排上班时间，薪资还高。而且，真的有人虽然只有高中学历，又没有工作经验，从四十岁开始做，却还是可以年收入千万。

"多亏了这份工作，我现在每个月不但衣食无忧，还靠贷款买了房子呢！"

房子，那是"新时代女性"的必备条件。

眼前的瘦削女子虽然亲切开朗，但是与杂志特辑上的女强人相差甚远，甚至可以说很平凡。她的学历是高中毕业，这方面你略胜一筹。

你想，说不定自己也做得到。

"怎么样？对这份工作有没有一点兴趣？"

"有的，很感兴趣。"

你不认为去职业介绍所能找到条件这么好的工作。

"真的？太好了！"栗原笑逐颜开，"等一下要不要来面试看看？"

"咦，等一下？"

栗原眉开眼笑地点头。

"是啊，择日不如撞日。怎么样？你有空吗？"

"啊，有空。"

能早点找到新工作，你当然乐意之至。

"那就走吧！"

栗原拿起账单，站起身来。

府中站前面的并木通上有一幢小巧的大楼，新和人寿府中通讯处就位于此，门前墙上牢牢挂着电视广告上常见的商标招牌。

栗原带你来到会客室，通讯处经理在这里面试你。

经理姓芳贺，是名与你年龄相仿的男子。

他高大健壮，五官立体，外表干练，且长相英俊，用最近流行的话来说，就是型男。剪裁合身的西装穿在他身上更显好看，他的言行举止也充满朝气，浑身散发着"成功男性"的气息。

你没有什么非分之想，不过，看到他左手无名指上的银戒时，你还是忍不住暗想：我就知道。

芳贺先询问了你的出生地、工作资历和现在的生活状况，接着用犀利的目光注视着你，再次确认："你真的想做这份工作吗？"

"啊，是。"你点点头，虽然半是出于反射动作。

芳贺露出笑容。

"好，请你明天过来接受培训。怎么样，现在的工作可以立刻辞掉吗？"

"咦？请问……我被录取了吗？"

你忍不住问。芳贺苦笑："是啊，当然。只要稍微聊一下，我就看得出来你适不适合这份工作。"

不过，从隔天开始实在有困难，你决定从下周起前往位于立川的西东京分公司，参加为期两周的培训。公司说，培训期间也会支付薪水。

新工作就这样拍板定案了。你心想，早知如此，自己应该早点换工作的。

此时此刻，不论是栗原还是芳贺，他们都没有对你说谎，但也没有说出事情的全部真相。

天下没有白吃的午餐，那种在路边揽客的工作，大部分都暗藏玄机。

来到西东京分公司参加培训的新进员工，都是各通讯处在同一时期从东京二十三区以外的区域招揽到的成员，包括你在内，通过面试的有将近五十人。

大家坐在大会议室里上课，集中学习保险业务的基础知识、新和人寿的产品特色、商务礼仪，以及职场女性博得客户好感的化妆术等。

担任讲师的是一位挂着"教育组长"头衔的年长女性，她的教学简单易懂，你学得很开心，一天比一天向往能在培训结束后正式开始工作。

不过，你同时也发现自己误会了几件事。

栗原给你的招聘传单上写着"招行政助理"，照她的说法，你以为是坐办公室的行政职，偶尔才需要面对客户。但培训的课程内容很明显是针对业务员的，讲师也称呼你们这些培训生为"未来将活跃在第一线的新和淑女"。

"新和淑女"指的是新和人寿的保险业务员，也就是需要外出拉保险、冲业绩的"保险阿姨"。

直到培训开始，你才搞懂这件事。

没有事先问清楚是你的疏忽，但是，光从"征行政助理"这行字，你实在难以联想到他们征的其实是保险业务员。如果一开始知道是业务员，你恐怕不会轻易答应。

然而，此刻你并不觉得自己受骗，反而决定"既然如此，那就这样吧，加油"。毕竟你已经辞去了派遣工作，又得到了充实的培训，因此充满干劲儿。

此外，你还误会了一件事，那就是聘雇方式。你一直以为雇主是新和人寿，进来后才知道，保险业务是以自营业者的身份从保险公司那边接案。

关于这一点，你也逆来顺受，因为传单上写的"月薪二十万以上""只要肯打拼，年薪千万不是梦"似乎是真的，既然如此，管他是正式员工还是自营业者，都已不是那么重要了。

148

况且"教育组长"也说过:"新和淑女不是受公司聘用的粉领族,而是独立自主的商业人士!"这句话听起来十分悦耳。

独立自主的商业人士——这不正是你追求已久的女强人形象吗?

西东京分公司培训课程的最后一天,你必须参加"一般课程考试"。这是成为保险业务员的资格考试,满分一百分,七十分以上才算及格,够格成为真正的保险业务员。换句话说,不及格就等于失业。

这下你真的开始紧张了,但"教育组长"在考前笑着对大家说:"只要来上过课就用不着担心。加油,以满分一百分为目标吧!"

翻开试卷后,你发现还真被组长说中了。试题不是是非题就是基本算数,考的全是培训时反复教过的内容,会不及格才奇怪。

虽然没有考到满分,但你以九十八分的好成绩通过了考试,顺利成为新和人寿的保险业务员——新和淑女。

你趁这个机会买了一套新套装。虽说是量贩店的平价商品,但自从二十岁那年为第一份工作买了套装后,你就再也没买过套装了。尽管还未闯出一番成就,你却感到神清气爽。

新工作新气象,你心中涌起一股雄心壮志。

10

看到脚边有一本女性杂志,她意识到自己读着杂志时想起了离别的丈夫和女儿……便不知不觉地睡着了。

绫乃捡起杂志,塞回前方的置物袋。

她轻轻伸了个懒腰,靠在椅背上,茫然地望着窗外。

奥贯绫乃见过山崎后走出饭店时，天色已暗。

晚风犹如冰冷的利刃迎面刮来。绫乃刚抵达时，这里还是阳光普照，她以为这里比东京温暖，不料现在却寒风刺骨。

金泽站东口的玻璃巨蛋和红色木门[1]沐浴在泛着绿色的灯光下。这个由许多木材组建而成的巨大木门，其灵感来自加贺传统艺术宝生流能乐所使用的鼓。浮现在黑夜中的木门宛如通往异世界的入口，充满迷幻气息。

绫乃穿过木门，在金泽站坐上特快车。

她还不能回东京。这次出差为期两天一夜，除了金泽，她还有一个目的地，今晚订的旅馆也在那里。

接下来她要去 Q 县——铃木阳子出生的故乡。

夜间的特快车空空荡荡的，尽管绫乃买的是自由席的票，仍然可以独占双人座位。

绫乃坐在靠窗的座位上。前方椅背的置物袋里塞着某人遗忘的女

---

1. 即金泽市地标"款待巨蛋"和"鼓门"。——译者注

性周刊杂志。

绫乃顺手拿起来翻阅。

"结婚联谊"四个大字映入她的眼帘。

直到几年前,社会上仍盛行强调女性应独立自主的"新时代女性"生活方式。然而,到了最近,"结婚"再次夺回社会的主导权,"结婚联谊"蔚为新话题。

报道中使用大量的照片和插图,趣味横生地介绍了参加集体相亲的方法、经验,以及可信度有待证实的"邂逅好男人的诀窍"。

无论杂志上写得多精彩,绫乃都对结婚死了心,只是随便翻了过去。

下一则报道的标题是《年度特辑 生活援助的黑暗面》。

文章开头便介绍了去年在江户川区发生的非营利组织的代表理事被杀一案。

毕竟是不同辖区,绫乃完全没有参与调查,只是大概知道有这么一桩命案,凶手至今仍未落网,而身为重要参考人的女子下落不明。

这并不是刑事案件报道,它重在分析被害者所担任代表的非营利组织"Kind Net"以生活援助之名行诈骗之实的贫困商机。

啊,对了,我们以前常常为了这个而争执。

她脑中闪过前夫的身影。

绫乃本身并不鼓励生活援助这类社会福利,认为不该宠坏懒人,政府应该制定更严格的标准,好让这类福利能帮助到真正需要帮助的人。

但是,她的前夫认为应该降低门槛,以使所有人受惠。审查若是太过严格,等于对那些需要帮助的人见死不救。他认为,不管认真或是懒惰,人都应该平等地受到尊重。在这一点上,他和绫乃持相反意见。

他很爱看书,有空就读,所以,他上知天文,下知地理,口才也好，总是为弱势群体发声，说得比唱得还好听。

他从小在富裕的家庭长大，一生不曾为贫困所苦，还是拥有高学历的归国人士。他儿时的暑假记忆不是爬山或去海边玩，而是在法国尼斯的城堡里度假。他一生恐怕只见过美丽的事物，不知道世界上有许多人生来就缺乏上进心。那些人渣把权利当成利益，不榨干誓不罢休。

我们根本住在不同的世界。

每当绫乃回想起分手的前夫，心情就会无比低落。两人毫无交集的价值观，或许就是离婚的导火线。

绫乃是在二十六岁时遇见他的，地点是朋友结婚典礼的续摊。两人碰巧坐在一起，因此相谈甚欢。

当时绫乃刚和交往多年的男人分手——对方是绫乃的同行，是大她十多岁的干练刑警。绫乃本来只是对他怀抱敬意，但对方主动追求，尊敬也就逐渐转变成了爱情。绫乃学生时期忙着练柔道，从没谈过恋爱，这算是她的初恋。问题是，这男人已经有家室了。

绫乃刚结束这段从二十岁开始、拖了五年的地下情，眼前正好出现一个认真老实的男人，因此就陷了进去。双方情投意合，自然而然开始交往。

绫乃和她的前夫并不是冲动结婚的。他们交往了两年，深知彼此从小的生长环境和观念不同，偶尔会发生意见冲突。尽管如此，绫乃还是认为跟他在一起能跨越隔阂，组织家庭，因此才步入礼堂。

事实上，他们的确跨越了阻碍，纵使有无法理解的部分，两人在一起时还是享受了小小的幸福。虽然现在回忆起来两人似乎一直在吵架，但真正算起来，个性互补所带来的快乐还是远大于争吵的。

只是该来的终究跑不掉。

不是个性或价值观合不合的问题，不管对象换成任何人，结果恐怕都是一样的。简单来说，就是"不适合"。

不适合走入家庭是绫乃的致命伤,至少她本人这么认为。

在孩子出生、绫乃为人母后,存在已久的问题以最糟糕的形式爆发。

决定离婚时,绫乃被老家的父亲痛骂:"你这个女儿丢尽了我的脸!"站在父亲的立场,离婚当然是一件败坏门风的事,但绫乃也深受伤害,父亲这番话简直是火上浇油,两人大吵了一架,之后绫乃便没再回过老家。

不管父亲怎么想,绫乃都认为离婚是最好的决定,对自己、丈夫和女儿都是好事。

继续勉强维持这个家庭的话,一定会让三个人都陷入不幸。

绫乃快速翻阅着杂志。

大概是胡思乱想的关系,一不小心她就瞥到了不想看到的社会案件。

小宙事件　殴打亲生儿致死的魔鬼母亲的异常生活

这是最近社会上闹得沸沸扬扬的单亲妈妈虐儿致死案。死去的孩子叫"宇宙",名字相当抢眼,因此,部分媒体称此案件为"小宙事件"。

那位单亲妈妈落网时供称:"我真的很爱我儿子,但他老是不听话,所以我才忍不住打了他。"

绫乃逐字细看,思量着:"我若是继续当妈妈,大概也会变成这样吧。"

报道认为,这位单亲妈妈的说辞不过是自私的借口——实际上确实很像借口,但绫乃能体会她的心情。

绫乃结婚两年后生下孩子,那年她三十岁。原本她希望能尽量自然分娩,所以不打算在医院生产,而是请了助产士来家中接生,没想到严重难产,最后被送到医院剖腹,生下一名女婴。

虽然丈夫说,不管在哪里、用什么方式生产,都是亲骨肉,但无法顺产一事在绫乃的心中埋下了阴影。她认为丈夫说的没错,也认同他的说法,但心里就是放不下,总是忍不住想"如果是自然生产就好了""好想让孩子用自然生产的方式诞生"。

这份愧疚使绫乃更加认为自己必须好好养育孩子,给她满满的爱。

这样才能弥补没能自然生产的遗憾。

岂知……

自己明知道应该好好爱女儿,但是,当她不听话时,绫乃就会产生一肚子火。对孩子的责任感越强,反而越容易动怒。回想起来,她几乎从早到晚都在生气。

比起面对凶恶的罪犯,她对孩子的怒骂更凶狠,有时还会忍不住动手,甚至打得孩子身上出现瘀青。

发泄怒气。

回想起来,那不是训诫,也不是教育,只是纯粹在发泄怒气而已。生活的不如意让她积了一肚子火,只好将怒气发泄在远比自己弱小的人身上。

"你没资格当母亲!"

若有人如此指责绫乃,她恐怕完全没有反驳的余地。

她也想给孩子满满的爱,只是抓不到诀窍。

贴心的丈夫没有因此责备她。

"你太勉强自己了。我也会帮忙的,放轻松点。"

"不,我自己不振作怎么行?"

"没关系的。努力当个坚强、伟大的妈妈固然好,但人不需要追求完美,也不需要勉强自己。"

"不行!绝对不行!我想做到最好!"

"别再钻牛角尖了,有没有自然生产、母乳量多不多、家务做得好不好,这些都不重要。孩子难带、不听话不是你的责任,当然也不是孩子的错,不需要每件事都那么斤斤计较。"

"我不想听!话都是你在说!我想做个好妈妈啊!"

"没关系,你只要好好待在我身边就够了。"

住口!

求求你住口!

别再用温柔的话语哄骗我!不要义正词严地对我说教!不要再拿那些漂亮话来敷衍我!

我受不了。

求求你,别再烦我了……

铿铛!绫乃在电车的摇晃中睁开眼睛。

拼命安慰自己的丈夫从眼前消失了。

……是梦?

绫乃看着陌生的特快车车厢,发现自己坐在窗边,窗外则是夜晚的大海。

对了,我在金泽上了这班车。

看到脚边有一本女性杂志,她意识到自己读着杂志时想起了离别的丈夫和女儿……便不知不觉地睡着了。

绫乃捡起杂志,塞回前方的置物袋。

她轻轻伸了个懒腰,靠在椅背上,茫然地望着窗外。

那是日本海吗?

不久,海浪的边缘泛起一层白光,月亮出来了。

绫乃抬眼一望,高空中浮现一只银盘。

是满月吗?绫乃没有把握,只知道那是极为接近满月的月亮。

它发出孤傲而冰冷的光芒。

绫乃发现自己的双眼湿润了，却不知道自己是什么时候掉泪的。

是刚才看到月亮的瞬间吗？还是梦醒时呢？抑或是在梦中？也有可能是在更久之前？

她不知道。

被告八木德夫（待业，四十七岁）的证词二

对，没错，跟我这个流浪汉出声搭话的就是"Kind Net"的人。他们一共有两人，其中一人是不久后和我一起住在鹿骨的渡边，另一个人的名字我忘了……是的，我想应该只是一般的基层员工。

老实说，看到他们的第一眼，我还以为他们是流氓呢。因为渡边的打扮实在……都是那个电棒烫男害的，他还硬把我带到了办公室，怪恐怖的。

不是神代先生家，是办公室。是的，在台东区入谷的言问通的综合大楼里。

我在那里第一次见到神代先生和公司里的人……对，梶原和山井也在，每个人看起来都像小混混，所以我更确定他们是流氓。神代先生似乎看穿了我的心思，马上说"咱们和流氓不同"。是啊，听说他们专门帮助像我这种无家可归的人。

他们给我的名片上写着"非营利组织 Kind Net"，但是他们看起来完全不像做这一行的，所以我很讶异。

接着……神代先生问我为什么会变成游民，还说只要我老实说出来，他们就会帮我申请补助，并建议我接受生活援助。只要我答应，他们就会帮我找住的地方。

我本来想拒绝。公司倒闭后，我害惨了很多人，实在没有脸再

接受人家的帮助。我变成游民算是自作自受。

结果，神代先生对我说"没那回事"。

他认为我已经自行宣告破产，承担了公司倒闭的责任，失去了全部的财产，不需要再为这种事赔上性命。他先鼓励了我一番，接着说"你是潜藏在社会里的弃民啊"。

是的，被遗弃的人民——弃民。

神代先生说，有许多身怀苦衷而无法过"普通生活"的人，被遗弃在社会的阴暗角落。

从前这些人都是由家人或当地居民负责照顾的，但现在已经不流行守望相助，所以，那些人变得凄惨潦倒，无处可去。

神代先生说，就算是这样，只要人还活着，就是国家和社会的一分子。国家的宪法保障人民拥有"维持健康与文化水平的最低生活条件"，所以，国家有责任救济这些穷途潦倒的人。结果呢？不帮就算了，还把他们赶到自己看不见的社会角落，像我不就被人从公园赶出来了吗？

他告诉我，像我这种被遗弃的人民如果只是安于现状等死，就是中了那些人的计啊。

没错，在那之前，我从来没想过自己是被社会遗弃的，所以，听到的时候觉得很新鲜，心情也变得轻松多了……

神代先生最后说了这些话，每一句我都记得一清二楚："唉，撇开那些大道理，我就是不想看你白白送死。我们才刚认识，如果立刻就要说再见，未免太感伤了。活下去，重新做人吧。"

我听了真的好感动。

到底是哪里感动了我，我一时也说不上来，大概是"我就是不想看你白白送死"和"感伤"这些字眼打动了我吧。

因为我一直以为自己只能默默等死，没有半个人愿意回头看我一眼。没想到一个刚认识的人竟然如此珍惜我的生命。

是啊,所以我决定接受"Kind Net"的援助。

啊,不,还没。

我和阳子姐还要晚一点才会认识……

11

　　跟你年龄相仿的女性，不论是已婚还是未婚，没有人不对未来感到彷徨不安。只要掌握住对方的弱点，你便能乘胜追击。

　　"所以才说人一定要买保险啊。""我自己也投保了。""我们家的保险真的很棒。""用过的客户都说满意。""储蓄险绝对不吃亏。"

　　这些都是你的肺腑之言。

阳子——

到新公司上班的第一天，你穿上新买的苔绿色套装，走出家门。
2006年11月，你成为新和淑女，接受建议被分到府中通讯处。
你稍稍早了点出门，八点半便抵达公司。两周前只通过五分钟的面试便决定录取你的芳贺经理，笑容满面地欢迎你的加入。
"铃木小姐，从今天起你就是我们的一员了，我等你好久了，加油啊。"
"我等你好久了"这种话出自英俊的主管嘴里，完全没有惹人厌的感觉。
你依照培训所教的，从丹田发出声音，回答："是！"
九点的早会时间将至，保险业务员一一出现，下至高中生，上至六十岁的老人，全部是女性，约有四十人。人数最多的就是你这个年龄层，三十多岁。
他们中间也有栗原的身影。芳贺要你先跟着她实习一个月，你的座位也被安排在她旁边。
"培训辛苦了！很高兴你成为我们的工作伙伴，从今天起请多指教！"

栗原不改开朗本性，你认为这位同事应该很好相处。

开工前的通讯处办公室跟开学前的学校有些相似。有些人在自己的位子上默默准备，有些人三五成群地聊起昨天的电视节目，有些人围在芳贺位子周遭尖声谈笑，活像备受崇拜的男老师与学生迷妹们。你不自觉地盯着他们瞧，栗原见状，调皮地打趣："你对芳贺经理有意思？"

你大吃一惊。

"呃，没、没有啊。"

栗原苦笑。

"有什么关系，他很帅啊。"

"嗯。"这倒是真的，"可是，他结婚了吧？"

你想起自己的第一个交往对象是有妇之夫。这绝对不是什么美好回忆。

"呵呵，有差别吗？职场需要润滑剂，找个崇拜对象也无可厚非。现在围在经理旁边的人，全都是有夫之妇呀。"

职场的润滑剂与崇拜对象……

这么一说，你才想起，以前念书时，男老师们的感情状态与受不受欢迎并没有关联。

"况且，他对工作的要求很严格，才不会理那些搔首弄姿的花瓶呢。"

栗原提起"他"时，语气中似乎有种奇妙的自信。

叮当叮当——钟响了。

挂钟的时针与分针排成逆"L"形，九点了。大伙纷纷回座，原本嘈杂的办公室转眼间鸦雀无声，这一点也和学校很类似。

通讯处的早会从全体员工的收音机体操开始。你已经二十年没做过收音机体操了，总觉得有点难为情，但栗原与其他人不以为意，做起操来毫不马虎。

体操结束后，芳贺开口训话。

"多亏各位同人的努力，进入11月后，业绩的成长幅度比上个月更大了，但本月是'保险月'，因此，还需要各位多加把劲儿。"

保险业界将11月定为"保险月"，是冲业绩的最佳时机。

芳贺比手画脚、铿锵有力地要大家"努力冲业绩"，最后又慷慨激昂地补上一句："各位一定办得到！"

你环视四周，其中有几个人简直听得如痴如醉。

训话完毕后，芳贺用遥控器打开办公室的大电视，播放DVD。

片名叫《谢谢你，新和淑女》，你在培训时看过许多次。

这是长达十分钟的新和人寿产品简介教育影片，以短剧的方式介绍各种产品与情境。

今天的剧情是，正值壮年的父亲因意外而长期无法工作，多亏买了新和人寿的"Total Live 21"，才能保住一个家。这个"Total Live 21"属于"账户型保险"，结合了终身险的储蓄功能与定期险的保障功能，结构略为复杂，是新和人寿目前的主打商品。

影片拍得非常好，看着看着，令人不禁感叹：保险真的好重要。

DVD播完后，芳贺扬声说道："我们公司所推出的是非常优秀的产品，它是客户人生的最强后盾。只有完善的保险才能为客户提供最大的保障，各位同人，努力把产品推销出去吧！"

众人异口同声大喊："是！"

芳贺一声令下，公司同事开始依序报告前一天的成绩与今日的目标，而芳贺则一一给予鞭策或鼓励。

面对成绩不亮眼的人，他会厉声说道："请你多加把劲儿！今天一定要达成目标！"

针对还没签约，但已锁定"准客户"的人，他会督促："照这个步调再加油！还没签约的准客户就不算客户，请你努力到最后一刻！"

轮到你身旁的栗原时,她说:"'Total Live 21',成交量一笔。"此言一出,芳贺旋即露齿微笑,鼓掌大喝:"太优秀了!栗原小姐很快就在本月完成了四笔业绩!各位请鼓掌!"众人也纷纷拍手祝贺,大声赞赏:"太优秀了!"栗原在如雷的掌声中露出一贯的微笑,还掺杂着一丝优越感。

你是最后一个。轮到你时,同事们鼓励你先做自我介绍。

众人的视线集中在你身上。这还是你毕业后第一次在这么多人面前发言,你觉得自己活像个转学生。

"那个,我叫铃木阳子。"你紧张地说。

"太小声了!"芳贺朗声打断,"用丹田发声,展现你的活力!"

你深吸一口气,再度开口。

"我是铃木阳子!从今天起,我将加入新和淑女这个大家庭,与大家共事!请各位多多指教!"

"好,也请你多多指教!我们府中通讯处有许多非常优秀的前辈,请你向大家看齐,努力冲业绩!鼓掌!"

众人依言鼓掌。你又羞又喜,同时感到心潮澎湃。

早会最后,全体员工大声喊出贴在墙上的"新和淑女守则"。

"我们新和淑女对新和的保险产品有无比的信心,为客户提供量身打造的优良产品!"

"我们新和淑女为客户提供最完善的保险,给予客户最完整的保障!"

"我们新和淑女为客户打造最佳契约,提供最佳的幸福!"

"铆足全力,冲冲冲!"

芳贺带领众人大声呼喊口号,整间办公室弥漫着诡异的氛围,令你畏怯。你鼓起勇气学同事们大声呼喊,喊着喊着,不知怎的,心头居然涌起一股干劲儿。

早会结束后，保险业务员们回到各自的岗位。

有些人立刻出门跑业务，有些人坐下来办公。

这一天，栗原告诉了你事前规划保单的重要性，并教了你其中的诀窍。

保单最好事先规划出三种。当眼前有大中小三种选择时，人类习惯选择中间的选项，所以，必须将主打商品定为中间价位，然后再另外各准备一种高价位与低价位的保单。

你在培训时并没有学到这招，因此备感钦佩。

规划好保单后，你们一同出门跑业务。

栗原在出发前将置物柜里的糖果与面纸等赠品塞进了包包里，你也有样学样地照做。

你本来以为这种东西应该是公司免费提供的，但事实并非如此。拿多少赠品就得扣多少薪水，由于是自营业者，相关"经费"如何使用，全由个人自行拿捏。

"糖果跟面纸这种东西没多少钱，用这个换合约，划算。"栗原苦笑着说。

你们趁着上午跑遍了车站附近的所有公司。这些都是栗原的老客户，她畅行无阻地进出每家公司，员工们对于她的到来不置可否，只淡淡地说："哦，保险阿姨又来了。"

栗原老练地和办公室里的员工一一寒暄，遇到生面孔就打招呼，接着送赠品，请对方填问卷。问卷是拉保险的第一步，填入姓名与生日的人都将成为"准客户"，之后你们可为他们规划保单，将其列为拉业绩的对象。

跑业务跑到下午两点左右，你们去汉堡店边吃午餐边整理填好的问卷。有些人习惯回通讯处做完书面工作，但栗原说，趁着空当一点一点做完比较轻松。

接下来，你们离开车站前往住宅区，挨家挨户拜访。

像府中这种商业区紧邻着住宅区的区域，拉保险时必须先拜访公司行号，然后再拜访民宅。

拜访民宅比拜访公司行号辛苦多了。去公司可以一次面对好几个人，但是去民宅就只能一对一，而且有些人还不在家，论效率的话，绝对是跑公司比较好。

"不过，去民宅有时可以拿到意想不到的大订单。"栗原说。

尽管如此，这一天你们挨家挨户拜访到太阳下山，依然没有什么收获。

长大之后，你从不曾一口气走过这么多路，双脚酸得几乎失去知觉，脚后跟也被鞋子磨得发疼。

"我们差不多该回去了。"你以为栗原的意思是回公司，但她的意思其实是"回车站那边"。

在站前的咖啡厅稍做歇息后，你们又回访了白天跑过的那几家公司。

栗原说，去公司行号跑业务，最好白天跟傍晚各去一次。

"上班族最容易在下班时卸下心防，而且我们还能顺便把白天发出去的问卷收回来。这个时段可是我们这种正职业务员的福利啊。"

保险业务员中有许多家庭主妇与单亲妈妈，她们跑业务多半只跑到傍晚，结果卖不出多少保单，没多久就辞职不干了。

等你们终于回公司时，已经是晚上七点了。

芳贺早已下班，只有一名今天没出席早会的中年男职员还在公司。

你们一踏入办公室，他便精神抖擞地向你们打招呼："辛苦了——"只见他读着晚报，桌上还有一杯酒跟鱿鱼干。

"中根先生，辛苦了。"

栗原也向他打招呼。这名男职员似乎姓中根。

你很讶异，居然有人敢在职场大大咧咧地喝酒，但还是有样学样地向他致意。

"哦？这位是生面孔啊。"

"这位是今天刚报到的铃木小姐。那位是负责行政的中根先生。"

栗原为你们介绍彼此。

"敝姓铃木，请多多指教。"总之，先鞠躬再说，你想。

"好好好，加油啊。"中根不改爽朗的语气。说完，他的视线又回到手里的晚报上。

这一天没有什么麻烦的书面工作，因此，回公司不到十分钟，你便收拾好东西准备下班，第一天的工作就此结束。

从早上九点上班到现在，已超过十个小时，你真的已筋疲力尽。

"我们先走了。"你和栗原向中根道别，离开才刚回来不久的办公室。

"那家伙是公司的寄生虫。"

栗原关上身后的办公室大门，喃喃地说道。

你没料到栗原竟会这样批评别人，半晌才听懂她的意思。

"我指的是中根先生。"栗原补上这一句，你这才恍然大悟地搭腔："哦，你是说那个人啊。"

中根先生的工作就是每天下午四点进公司，等跑业务的保险业务员全数归营，他才能锁上办公室的门。

换句话说就是看门的。不过，他不需要管理出缺勤，只需要待在办公室，而且公司也默许他在芳贺经理下班后喝酒。

"简单说就是来养老的。其实公司不需要他，但因为他是正职员工，不能轻易开除，所以才任由他混吃等死。我们这么拼命跑业务，有人却只用整天喝酒就好，真是让人情何以堪。"

原来如此，所以才叫他寄生虫呀。

"就是说啊。"你深有同感。

和栗原共事后，你知道她为了冲业绩铆足了力气，难怪咽不下这口气。

走出公司大厅，栗原说："方便一起吃个饭吗？今天是你第一天上班，我请你吧。"

其实你很累，想早点回家休息，但饥饿战胜了疲累，"请客"两字更使你无力回绝。

你原本以为栗原要请你吃家庭餐厅或快餐，不料她竟带你去了百货公司的高级中式餐厅。

"这么高级的餐厅，怎么好意思要你请？"你婉拒。

"没关系，我才不好意思呢，这一带没什么好店，只能带你来这种地方了。"她笑着用"这种地方"四个字反将了你一军。

栗原拉着你的手走进餐厅，点了两份单价三千元的套餐，还有两杯啤酒。

再推辞下去反而失礼，你决定恭敬不如从命。

店员送来下酒的皮蛋与中杯啤酒，你们一饮而尽。

你好久没喝到真正的啤酒了。酒精倏地窜遍你疲惫的身躯。

"哇，好好喝啊！"

你惊呼一声，栗原也大口畅饮，满足地眯起眼睛。

"下班后喝一杯就是特别畅快！"

好菜连番上桌，有鸡丝色拉、雪花蟹肉煲、鱼翅羹、海鲜炒饭、珍珠杏仁豆腐。饥饿是最好的调味料，你觉得每道菜都美味极了。

"栗原姐，真的很谢谢你。"

"这没什么啦。不瞒你说，拉一个人进公司能拿到两万元，所以，我总得多少回馈你一下嘛。"

"啊，这样子呀。"

"抱歉啊，没事先告诉你。"

"没关系。"

毕竟她也没骗你，所以你不以为意，何况她还特地请你吃饭。其实，你觉得栗原这个人满不错的。

只是，如今你终于明白了身为保险业务员的栗原当初为什么要做这种类似拉下线的事。

"今天一整天下来感觉怎么样？应该走路走得很累吧？"栗原问。

"是呀，老实说累坏了。"你点点头。

"一开始每个人都是这样。可是铃木小姐，我觉得你很厉害，才第一天就顺利地把问卷收回来了。"

白天跟傍晚那两次拜访，你拿到了四张问卷，也就是得到了四名"准客户"。

"可是，那是因为是栗原姐带着我四处拜访的关系……"

今天你只是跟着栗原去她的地盘跑业务，其实那四位客户都是栗原让给你的。

从下个月即12月起，你必须独自开发新客源，而且业绩还得达到每月的低标。你忐忑不安，不知能否顺利达标。

"不用那么紧张，其实一个月的低标也才两笔啊。"

栗原竖起两根手指，像兔耳般动呀动。

新和人寿的保险业务员每月必须达成两笔业绩。传单上所标榜的月入二十万以上，是指达标后所得的薪资。

即使没有达标，还是能领到十五万的底薪，但如果太久没达标，公司就会与你解约，也就是开除你。由于业务员并非正式员工，只是自营业者，因此，公司随时都能单方面解约。

你认为这条件实在太严苛了，但栗原笑着说："放心吧，又不需要每天拉到业绩。两星期拉到一笔业绩就能达标，只要你秉持专业的态度努力打拼，绝对没问题的。"

虽然今天有栗原帮忙，但好歹也拉到了四位"准客户"。这么一想，你顿时觉得两星期拿到一笔业绩似乎不难。

"况且……铃木小姐，你目前没有投保吧？那你干脆先帮自己投一笔，就能在第一个月拿到一笔业绩了。"

"请问……大家都投保了吗？"

你在培训时便已得知，公司并不强迫新和淑女投保新和人寿，但每投保一笔，自己就会增加一笔业绩。

"那还用问，"栗原点点头，"我们自营业者当然得照顾自己呀。嗯，单身的人是用不到死亡险的，可是劝你最好投个医疗险或储蓄险，比较有保障。"

在培训中学习保险知识时，你也不知不觉地产生了类似的想法。

过去的你认为反正自己单身，只要投保政府的健康保险就够了，但其实那是错的。这年头到处充斥着风险，如意外、天然灾害、重伤、住院、癌症、妇科病、中风、心肌梗死、需额外负担费用的先进医疗、照护、晚年生活……不安因素如此繁多，不加入民间保险，实在无法令人安心。

栗原接着往下说："更何况，我觉得新和的产品真的很棒。你总得先投保自家公司的产品，才有立场说服客户嘛。"

"说的也是。"

你同意栗原的说法。

新和的主打产品"Total Live 21"和其他产品都很吸引人，若能借此拿到一笔业绩，何乐而不为？

仔细想想，此时的你其实中了他们的话术，栗原恐怕也不例外。

保险公司不是慈善事业，卖保险当然是为了赚钱。

无论是终身险或是储蓄险，一旦投保，就等于参与保险公司主导的赌局。大部分投保人拿回来的钱都比投保金额少，也就是赔钱。

不过，"不怕一万，只怕万一"，所以人们才不惜赔本也要投保。正值壮年的人将家人列为终身寿险受益人，就是最经典的例子。

因此，保险公司常主张"卖安心，买心安"。

从这一标准来看，只要国家具备完善的公共建设，治安良好，而且设有年金制度与国民强制险，其实国民不大需要在民间保险公司过度投保。

然而，既然保险公司是"卖安心"，即使需求性不高，只要世界上尚有一丝不安因素，保险公司必然能设计出对应的保险产品。

"天有不测风云，人有旦夕祸福"是不变的真理，这个世界也绝不可能完全零风险。

假设一般人倒霉的概率是百分之一，也就是说一百人中只有一个人会倒霉。对其他九十九人而言，他们倒霉的概率是零，但不幸抽到厄运签的那个人的倒霉概率则是百分之百。只要人们无法摆脱忧虑，"安心"就能成为商品。

因此，保险公司会全力强调这一点。他们不仅如此为客户洗脑，也绝不放过你们这种基层业务员，奋力向每个人灌输"人不能没有保险"的观念。

例如："就算保费有去无回，至少买了安心，不算贵啦！""只买最便宜最初级的保险怎么够，保险越多越好，保越多越安心。""少了安心，人活着怎么会幸福呢？"

总之，投保者得永生，卖保险的人都是幸福贩卖者。此外，自己公司的产品绝对比其他公司的好，能提供最完善的安心与幸福——

你在培训时被灌输了这种想法，还被迫在早会时观看DVD，接受洗脑。

你对此深信不疑。

因为你也很不安。

接着，栗原双手各竖起两根手指，跟方才一样动呀动。

"再努力一点，一个月拼四笔业绩。只要一星期拿到一笔，加上红利，月薪就有四十万左右了。"

四十万。栗原说得轻松，你却几乎不敢相信自己的耳朵。

若是每个月能赚这么多钱，你不仅衣食无忧，自己也算是个独立自主的女性了。

你不必在生日当夜屈就超市的干酪蛋糕与第三类啤酒，而是能去时尚餐厅用餐。不仅如此，你也能每个月去发廊报到，还能买喜欢的衣服，说不定还能像杂志上的新时代女性一样去做 SPA 美容，然后去时髦的酒吧寻求邂逅。

这么一说，你才想起，早会时芳贺说栗原已拿到四笔业绩。一个月才过了一半呢。这样看来，这个人已经赚得超标了。

"铃木小姐，你肯定不久后就能轻松达标的。"

真的吗？

"我也办得到吗？"

"那还用说！"栗原调皮地笑着，"只要努力卖保险，世界一定会改变的。"

到了 12 月，栗原不再帮你，你必须独立完成工作，而且每月最少得有两笔业绩。

就在你终于要单独出外拉保险时，经理芳贺叫住了你。

"铃木小姐，你终于要正式踏入业界啰。栗原小姐说你很有天分，我也很期待你的表现。"

栗原的称赞与芳贺的厚望，都令你相当开心。

"一分耕耘，一分收获。付出越多，收获也就越大，努力多拉点业绩回来吧！"

"好！"你大喊一声，随即奔出办公室。此时的你其实多少是有点信心的。

这两星期以来，你跟着栗原东奔西跑，虽然不敢保证自己已抓到诀窍，好歹也掌握了大略的流程。

栗原常常鼓励你，说些"放心吧""你办得到啦"之类的充满正能量的话。听着听着，你心里越来越踏实，认为只要努力，自己一定办得到。

只要努力，就能卖出去。

不，重点不是卖不卖得出去，而是无论如何都得卖！我必须亲手拿到订单，才能独自生存下去。

你照着栗原的指导跑业务。上午跑公司行号，下午跑民宅，傍晚再绕去公司行号。

不过，跟着资深前辈跑业务的成果，与菜鸟孤军奋战所得到的简直是天壤之别。

身为菜鸟的你根本不认识任何公司行号与民宅客户，基本上都是乱枪打鸟。

此外，公司附近的区域几乎都是前辈的地盘，你必须将希望寄放在较远的"未开发地带"。这种时候，车资与赠品一样，都得自掏腰包。

好不容易找到没人拜访过的公司行号或民宅客户，也没有人欢迎你，几乎都请你吃闭门羹。就算有人愿意听你说明产品，也坚决不买账。

毕竟你是不速之客，他们自然不会给你好脸色——你自己也不喜欢被业务员推销商品。尽管你很清楚这一点，疲劳却还是一点一滴地夺走了你的干劲儿。

"没空""不需要""不必了"，每次遭到拒绝，你都觉得自己仿佛沉入了水中，难以呼吸。

你小时候体验过这种感觉。当时的你无论做什么，都得不到母亲的赞美，只能换来她的一抹冷笑。

可是，你还是得加油。

如果赚不到钱，不仅精神上喘不过气，自己在现实生活中也会断气。

你抛开所有杂念，专心致志地跑业务。

然而，不管你怎么努力，依然没有人愿意听你说话，你甚至连问卷都拿不到。不知有多少天，你在早会上的成果报告都是"成交量零"。

起初芳贺只是训斥："请你加油！"后来他开始严厉斥责你："这怎么行！""你想当菜鸟到什么时候！""请你认真一点！"

你本来以为两星期至少能拉到一笔业绩，但是直到 12 月中旬，你依然无功而返。

你开始焦虑了。替自己投保能算一笔业绩，但另外一笔业绩还是得靠客户，否则仍达不到本月的低标。

栗原似乎察觉到了你的焦虑，你们在办公室碰面时，她总会鼓励你几句。

"放心吧。铃木小姐，你一定很快就能拿到业绩的。加油！"

加油。

上司跟前辈都叫你加油。

对了，我非加油不可。再不争气点，我说不定会被开除。通讯处经理说很期待我的表现，栗原姐也教了我工作技巧，我得加油才行！

你觉得自己很没用。

你之前的工作都是不需要动脑的工作。在故乡的公司打杂不需要动脑；电话客服虽然是面对客户，也只需要按照标准作业流程应对就好。这种类型的工作很单纯，所谓的"努力"就是在规定的时间内将该做的事情做好。

至于保险业务员，绝对不能照本宣科。这种工作所指的"努力"就是取得成果。即使你在外面跑业务跑上一整天，只要保险没卖出去，就不算努力。

各种灯饰为街道染上缤纷的色彩，到处洋溢着圣诞节的气氛，你却一点也开心不起来。你那毫无根据的自信，早已消失无踪。

或许我办不到。或许我努力不来。

别看栗原姐看着普通，说不定她也跟杂志上的"新时代女性"一样特别。

像我这种平凡女子，说不定根本没办法自力更生。

你带着这样的想法度日，直到某一天——

当天你依然跑业务跑到晚上八点，可是仍旧没有任何成果，只好无精打采地回到办公室。

很难得的，芳贺居然在公司。

他对着计算机咔嗒咔嗒地敲键盘，似乎在加班。看门的中根照旧读着晚报，但是没喝酒，大概是芳贺在的关系。

"您辛苦了。"你悄声向他致意，接着匆匆收拾东西，准备回家。

没有业绩的你，根本没脸面对芳贺。

然而，芳贺一看到你便停下手边的工作，与你搭话。

"铃木小姐，我有话想跟你说。来一下好吗？"

芳贺站起身，用大拇指指着办公室后面的会客室。那是你当时接受面试的房间。

他的表情与语气都很沉稳，你却不住地发抖。

芳贺被分派到府中通讯处的一个月，每天都在早会上训斥保险业务员。如今，你对他的印象已从甜美变成苦涩，从"帅哥"变成"严格的上司"。

"啊，好。"

你才微微点头，芳贺已打开会客室的门，正要进去。

他要跟我说什么？该不会是要开除我？

你战战兢兢地尾随芳贺进入会客室。

刚刚经过中根的座位时，他咕哝了一句："请节哀顺变。"

唉，果然要被开除了。怪就怪自己拿不到业绩……接下来我该怎么办才好？

你绝望地进入会客室。

"请坐。"

你依言坐在芳贺对面的沙发上。

芳贺似乎看出了你的胆怯,扬起嘴角说:"不用那么紧张,我不是要跟你解约。"

"啊,不是要开除我?"你脱口而出。

芳贺苦笑。

"那当然啊。公司雇用你、培训你也是需要成本的,你还没为公司赚钱就开除你,岂不是亏大了?"

这么说也有道理。上个月你几乎都是在接受培训,但还是有底薪。

"不过,如果情况再不改善,雇用你就会赔钱啰。"

芳贺脸上的笑意全失,只见他挺直腰杆,冷冷地瞪着你。

"你知道自己业绩很差吗?"

他健壮的身材与精悍的外表,营造出一种压迫感。

你的本能告诉自己:他好可怕。

"知道……对不起。"

"铃木小姐,我看得出来,你每天都以自己的方式拼命工作,可是还是成效欠佳。你知道为什么吗?"

"咦?"

"你认为自己为什么拿不到业绩?"

芳贺又问了一次。

"因为……"坦白说,你自己也搞不懂,但还是努力挤出答案,"因为我第一次接触这种工作……"

"那是借口。"芳贺打断你的话,"每个人都有第一次,可是有些人还是有办法拿到很好的业绩。"

这下你真的无话可说了。

芳贺见你哑口无言,更加重了语气。

"说得难听点,现在的你根本就是薪水小偷。这点你知道吗?"

你顿时觉得腹部一紧。

然而，你确实没拿到业绩，所以芳贺并没说错。

"知道。"

"首先，你必须丢掉借口，承认自己是个废物。"

"是……"

从小，母亲就常常说你没用。

被别人当面说自己是废物，实在令人难受，而承认这一点也很难受。

因此，你将自己定位为"平凡"。虽然你不"特别"，但也不"废"，而是"平凡"。

"自己说出口才能认清事实。'我是废物'，说！"

"咦？"你一头雾水。

芳贺冷冷地催促。

"没有自觉，就不会进步。快说！"

"可是……"

你更加困惑，却引来了芳贺的怒骂。

"快！快说！'我是废物！'"

"噫！好，我说……我、我是、废物。"

你基于逃避心态说了出口，却顿时感到一阵心酸。

"没错，你是废物。再大声一点！"

"我是废物。"

"太小声了！所以才说你是废物！大声一点，勇于承认！"

"我是废物！"

你豁出去大喊，同时感到鼻子一酸，泪水模糊了你的视线。

"呜……"

你不堪负荷地哭了出来。

此时芳贺突然放柔表情，露出微笑，递给你一条手帕。

"知错就好，这样才能跨出第一步。来，擦干眼泪。"

你乖乖接过手帕拭泪。手帕上有股淡淡的玫瑰香,大概是衣物柔顺剂的味道。

"抱歉,刚才对你大吼大叫。我只是想让铃木小姐认清自己,绝不是因为讨厌你才这么凶。这全是为了你好,请见谅。"

芳贺不再大声吼人,而是好声好气地安抚你。他的话语如同沙漠中的甘霖,十分悦耳动听。

"听好了,你拿不到业绩并非因为你是菜鸟,而是你没有拿出真本事。你可能以为自己尽力了,却不知道自己下意识踩了刹车。"

你不懂什么叫"拿出真本事",但既然他这样说,那大概是吧。

"我不会叫你'必须拿出真本事来',口头激励没有用,人要先有成功经验,才能拿出真本事。"

成功经验。

这四个字出自芳贺口中,显得格外诱人。

"你其实不是废物。只要有了成功经验,相信你一定会懂。"

你其实不是废物——他先给你贴上"废物"的标签,再把它撕下来,你便觉得自己得到了救赎。

"成功会让人拿出真本事,从而取得更大的成功,进而形成连锁效应。因此,先拿到第一份合约非常重要。等你拿下合约,之后就会越做越顺。"

先拿到第一份合约……但你就是拿不到。

想拿到合约,就得拿出真本事,但是不先拿到合约,就无法发挥真本事。这简直就是鸡生蛋,蛋生鸡,少了其中一个,芳贺所说的连锁效应就不会发生。

他仿佛看透了你的心思,继续说道:"你还没有成功经验,无法发挥真本事,照一般流程跑业务当然不顺利。我建议你先从认识的朋友开始,例如之前的同事或同学,这些都是很好的对象。你可以请他们先选择便宜的方案。"

"呃，但我的前一家公司在新宿，老家在比较偏远的地方。"

这两个地方都不在府中通讯处的管辖区域内，也不隶属于西东京分公司。

"没关系，全国都有新和人寿，卖的是一样的保险。公司虽然规定不能抢其他通讯处的客户，但个人的人脉例外。"

原来如此。

的确，从朋友下手比到处跑业务容易多了，朋友应该也乐意听你说话，但缺点是面对熟人时，更不好意思开口推销商品。

之前在选举期间，有一位大学同学突然打电话给你，替特定候选人和政党拉票，当时你虽然听她说了，心里却感到厌烦，甚至觉得是骚扰。拉保险也有同样的风险。

芳贺看出你的犹豫，问道："你不好意思向熟人推销吗？"

"呃……是的。"你老实地承认。

"唉。"芳贺叹气，语气突然变凶狠。

"所以才说你是废物嘛！"

他再度给你贴上"废物"的标签。

你吓得身子一缩，再度感到不寒而栗。

"铃木小姐，你对新和的产品有什么想法？难道你认为自家的保险不值得投保吗？"

"不，我没有……"

这是真心话，当时你只是单纯地相信他们，认为保险有其必要性，其中新和的方案又是最好的。

"你知道新和的保险方案是最优秀的吗？"

"是。"

"既然知道，为什么不好意思推荐给朋友呢？好东西要先跟好朋友分享，不是吗？"

"这……"

你词穷了。

"铃木小姐,你并没有真的相信自己!所以才会产生犹豫和迷惘!这就是你拿不出真本事的原因!"

他咄咄逼人地说,你不禁低下了头。

"抬起头来!低头表示没自信!"

"啊,是。"

你赶紧抬头。

芳贺叹口气,换上柔和的表情,眼神肃穆、语重心长地说:"对自己要多点信心!我说这些不是为了别人,都是为了你啊!"

芳贺说得字字恳切。

你觉得主管对自己如此严厉,是因为爱之深、责之切,同时觉得身体内部出现一阵燥热。

接着,他热切、铿锵有力地继续说道:"如果你认同新和的保险是好东西,就请对自家产品拿出信心!你办得到!你可以比现在更有工作热情!如果你就这样半途而废,这对你、对我都不是好事!相信自己,全力以赴吧!我不想失去你啊!"

他的最后一句话让你脸红。

"啊,是,我会加油的!"你顺着他的意说,"我会一一打电话给朋友,拿到第一张订单的。我会相信自己,全力以赴!"

芳贺听了微微一笑。

"你总算开窍了。"

"是!"

"接下来,请你大声说'我办得到',这样才能增加信心。"

"好!"你张口吸气,"我办得到!"

"没错,你办得到!再说一次。"

"我办得到!"

"没错,你绝对办得到!来,再说一次!"

"我办得到!"

豁出去大喊后,堆积在你体内的负面情绪也跟着倾泻而出,你感到异常振奋,仿佛自己真的无所不能。

没错,我办得到。我不是废物。

芳贺宣称自己不会"口头激励",但他的做法说穿了就是口头激励,可你非但没有察觉出来,还跟着他大喊。

隔天,你马上打开手机通讯簿,逐一打给自己做电话客服时认识的同事。

你和他们并不是特别熟,顶多是中午一起吃饭的关系,彼此虽然交换了手机号码,辞职后却一次也不曾联络过。你们的确认识,只是算不上朋友。

反正我又不是要强制推销什么奇怪的产品,每个人都需要买保险,这么做也是为朋友好。

我相信自己,相信自己认同的新和人寿。我办得到,我办得到,我办得到。

你反复深思芳贺说过的话以振奋心情,接着按下通话键。

你说明来意后,有人百般不耐,有人甚至会说"呃,没事不要打来推销",说完就挂掉电话,所幸大部分人都愿意勉强听完。你下定决心要在此抢下第一张订单,于是使出浑身解数。

"既然你都这么说了……"有个人表示想买女性防癌险。

你们约在新宿的咖啡厅碰面。她在合约上盖章的那一刻,你顿时如释重负。

太好了!总算拿下第一笔业绩了!拼命催眠自己"我办得到"果真有用!

你感到犹如脱胎换骨。

接下来,只要自己也投保,你本月就能成功达标了。你认为这都是芳贺的功劳，甚至对他心怀感激。

隔天早会上，你公布了拿下合约的消息，芳贺竭尽全力地鼓舞你："太优秀了！我就知道铃木小姐一定办得到！照这个步调继续加油吧！"

你很开心，同时也感到身体发烫。

"来，各位请鼓掌！"芳贺说。

"太优秀了！"你沐浴在如雷的掌声与喝彩中。旁边的栗原也跟着拍手，仿佛在说："干得好啊！"

之前的早会，你都是拍手祝贺的那一方，这天是你第一次反过来接受赞美。

啊，好棒！这种感觉实在太棒了！

你感到飘飘欲仙，神怡心醉。

长这么大，你还是头一次沐浴在掌声里。大概就是因为这样，你的成就感才比较强。

我的努力都值得了！

每天走上好几公里跑业务，辞去派遣工作改拉保险，与山崎离婚，来东京打拼，爸爸失踪，弟弟过世，得不到妈妈的称赞，生而为人……一切的一切，仿佛都值得了。

紧接着你又拿下一份合约，而且这次靠的不是人情，是跑业务时拉到的。

你开发的客源中有一家小型建筑公司，其中有一位年轻职员正准备结婚，在你的推荐下买了重点商品"Total Live 21"。这是公司主打的方案。

"太优秀了！"这项成果在早会时被公布了出来，你再次接受了掌声与喝彩。

我很努力，我真的很努力。努力换来了成果！

你感到畅快不已，成就感也越来越强。

这就是成功经验!

你认为芳贺没有说谎。

成功能使人拿出干劲儿,干劲儿又会招来成功,真的有这样的连锁效应。

接着,你自己也加保了"Total Live 21",12月一共抢下三笔业绩。

我还要加油,比现在更加油!

芳贺说成功经验会使人"拿出真本事",开启通往成功的道路。你对此深信不疑,并发誓要更加努力赚钱。

你心中燃起了熊熊斗志。

2006年年底到2007年年初,你都是在Q县度过的。自从搬去东京,你一次也不曾返乡,这次等于是相隔五年后重回旧地。

一下特快车,土地的味道便扑鼻而来。

那味道就像稀释了好几倍的海潮香,闻起来有点甜甜的,令你莫名怀念。

啊……原来这就是故乡的味道。

如果没有搬去东京,你甚至不会察觉这是故乡的味道。

你穿过Q市总站的验票口,从南侧中央最大的出口走出去,站前的景色与你记忆中略有不同。

站着吃的荞麦面店变成了甜甜圈店,车站大楼也被重新装潢,大型3C用品店进驻其中。

站前圆环和大马路好像也有些不同,你看了半天,发现地砖变了。

由于你的故乡三美市只有小型车站与商圈,所以搬到东京前,你认知中的"闹区"就是Q市商圈。当时还没有网络购物,衣服、CD和化妆品,你都在这里解决。

你还记得总站周边总是热闹非凡,如今却显得莫名寂寥,不知是商圈没落了，还是你已经习惯了东京的纷杂。

无家可归的你订了总站附近的商务旅馆。这家旅馆很新，是你去东京后才盖的，虽然占地面积不大，但有十三层楼高，是车站附近最高的建筑物。

住旅馆少了返乡的气氛，你感觉自己更像是来旅行的。

办好入住手续、放下行李后，你突然好奇被法拍的旧家现在怎么样了，于是搭乘在来线[1]前往三美市。

新住户应该搬进去了吧。

是怎样的一家人呢？

你一时心血来潮，想去看看新的住户。

那幢房子有院子，又是两层建筑，住户应该是有小孩的夫妻，说不定就像从前的铃木家一样，是四口之家。

希望里面住着真正幸福的家庭，别像我家一样貌合神离。最好是房屋中介广告中会出现的那种家庭，如果有养大型犬就更棒了。

你微微带着期盼，往旧家的方向前进。

然而，你的希望落空了。那里没有幸福的一家人，连房子都不见了。

尽管街景还是一样的熟悉，但是由你爸爸所建、你们一家四口曾经住过的附带院子的独幢楼房，已变成一幢四层高的白色公寓，挂在墙上的布条上写着"出租套房欢迎女性和银发族洽询"。公寓一楼的其中一角是分租店面，不过铁卷门紧闭着，招牌也还没挂上。

你宛如泄了气的皮球，茫然伫立。

当然，得标者想把房子拆掉改建公寓是他的自由，由不得你抱怨。

唉，算了。

你重新打起精神，提醒自己为什么要在车票和住宿费都特别贵的

---

1. 指新干线以外的国铁路线。——译者注

年底返乡。

你不是来看老家的，也不是为了沉浸在怀念或感伤的情绪中。

你回来是为了卖保险。

你将在旅馆住到1月5日，停留约一周，其间将与高中和大学时期的同学接触，加起来超过十人。

此时的你已能脸不红气不喘地拉保险了，因为这么做不只是为了自己，也是为了朋友好。

你是真的这么认为的。

但是，毕竟大家久疏联络，若是贸然打电话推销，可能会踢到铁板。

因此，你决定第一通电话绝口不提保险的事，先以"我好久没回来了，要不要稍微出来碰个面"为由把对方约出来。时值新年假期，许多人都乐意挪出时间见见老朋友。

见面之后，你并没有马上进入正题，而是先跟对方叙旧，了解彼此的近况。掌握对方的生活状况有助于你推销方案，而且，当你说出因为父亲欠债导致一家人流离失所，以及你后来跟山崎离婚的心酸遭遇后，多半能引发老友的同情心，方便导入接下来的正题。

当然，也有人听到保险就脸色一变，但还不至于拂袖而去，基本上大家都愿意听你说明。

跟你年龄相仿的女性，不论是已婚还是未婚，没有人不对未来感到彷徨不安。只要掌握住对方的弱点，你便能乘胜追击。

"所以才说人一定要买保险啊。""我自己也投保了。""我们家的保险真的很棒。""用过的客户都说满意。""储蓄险绝对不吃亏。"

这些都是你的肺腑之言。

如果对方已经投保其他公司，你就会夸大该公司的缺点，劝对方改保新和人寿。

"你这样亏大了，一定要重新想想啊。""啊，那家保险公司在业界的风评很差呢。""一样的方案啊,我们新和的基本保费便宜多了。"

如果发挥三寸不烂之舌仍无法劝服对方,你就干脆老实地说:"求求你,就当是帮我一个忙!"央求对方加保。

当时,为了帮公司卖保险,你不惜批评同行,甚至无视产品说明,打出悲情牌请朋友帮忙,还认为自己这么做非常正确。

返乡期间,你一共拉到四笔保险。有些人还没签约,不过答应你会认真考虑看看。

一月底,你的户头收到新和人寿汇入的薪资,一共三十多万。这笔钱包含你在十二月卖出的三笔保险的费用,以及达成低目标所得的二十万。

你反复确认户头上印的六位数字。

在此之前,你从来没领过这么多薪水。

对那些从知名大学毕业、领有专业执照、生下来就天赋异禀的女人来说,这或许没什么特别的,不过对你这个凡人而言,这是个创举,仿佛自己也晋升为人生胜利组的一员。

只要连续达成业绩,底薪也会跟着调高,钞票将滚滚而来。

如此一来,独自生活完全不成问题。你终于得以独立,创造出自己的一片天了。

我办得到。

我不是废物。

你多么庆幸自己踏入了卖保险这一行。

"只要努力卖保险,世界一定会改变的。"

你似乎明白栗原这番话的意义了。

世界真的焕然一新了。

12

在孤独死案例暴增的现代,在独居者家中发现"没有明显犯罪痕迹"的遗体的概率,可能远远超过在深山和树海中的。

起初,绫乃也以为铃木阳子是单纯的孤独死。

但是,调查其生平经历后,她嗅到了浓浓的犯罪气息。

奥贯绫乃为期两天一夜的出差到了第二天,设定在早上七点的闹钟还没响,她已提前醒来。

绫乃爬出被窝,脱下代替睡衣的衬衣,走入浴室。

她先冲了个痛快的热水澡,使身体清醒。

裸体映在洗手台的镜子里。自从决定回归职场后,她就很注重饮食和运动,但身体的某些部位还是因不敌年岁而松弛,无法和勤练柔道时相比。

有些变化则与年龄无关。

肚脐下方有道数厘米长的蟹足肿疤痕,这是生女儿时所造成的。当时是紧急剖宫产,因此留下了明显的纵向疤痕。

从前自以为是隐藏版魅力的粉红色小巧乳头,如今也宛如褐色小石。这是女性成为妈妈后必然会产生的生理变化,即便她在法律上已经不再是母亲,体态也回不去了。

绫乃像是尽量不看向镜子似的擦干身体,随便吹干头发后便穿上了内衣、衬衫及内裤。

接着她回到房间,将窗帘全部拉开。

阴天的朦胧日光照亮了室内。

这里是铃木阳子的故乡Q县。这家旅馆是位于县政府所在地——Q市总站——附近的十三层楼高的商务旅馆。

她透过该区最高的建筑物的窗户鸟瞰市区街景。

前方可见总站南侧的中央出口,大马路从圆环延伸至旅馆的方向。以地理位置来说,车站对面应该看得见山,不过大概因为是阴天的关系,她连山的影子也没瞧见。

车站前,许多穿西装或制服的通勤人员交错而过。路上的行人没有撑伞,由此可见没有下雨。

绫乃将笔记本摊在窗边的桌上,边看边吃着昨晚在便利商店买的三明治。

这两个星期,她发邮件联络了好几个地方政府机关,总算查清楚了铃木阳子从出生到死亡的所有户籍变动。

一共有九本户籍誊本被送到绫乃手上,也就是说,铃木阳子曾经更动过八次户籍。

发现遗体的隔天,绫乃与狭山市公所确认后得知,铃木阳子至少结过两次婚。接着,她又从之前的户籍数据推测出铃木阳子可能结过三次婚。实际一一确认户籍后,她确定铃木阳子结过四次婚,而且没生过小孩。

当然,多次结婚和离婚并不违法。

值得注意的是,与铃木阳子结过婚的男人,除了第一任丈夫山崎,其他三人皆在婚后一年内死亡。

绫乃按照户籍数据在笔记本上记下重点,重新检视铃木阳子的生平。

1973年10月21日出生于Q县三美市
【户籍地:Q县三美市 户籍上登记的姓名:铃木阳子】

↓

2001年8月22日与山崎克久结婚

【户籍地：东京都练马区　户籍上登记的姓名：山崎阳子】

↓

2004年6月27日与山崎克久离婚，复姓铃木

【户籍地：东京都调布市　户籍上登记的姓名：铃木阳子】

↓

2009年1月住民票异动至东京都中野区

↓

2009年11月1日与河濑干男结婚

【户籍地：东京都三鹰市　户籍上登记的姓名：河濑阳子】

↓

2010年7月24日与河濑干男死别

2010年9月1日复姓铃木

【户籍地：东京都三鹰市　户籍上登记的姓名：铃木阳子】

↓

2011年2月10日与新垣清彦结婚

【户籍地：埼玉县狭山市　户籍上登记的姓名：新垣阳子】

↓

2011年12月10日与新垣清彦死别

2012年2月1日复姓铃木

【户籍地：埼玉县狭山市　户籍上登记的姓名：铃木阳子】

↓

2012年3月12日迁居"Will Palace 国分寺"

↓

2012年7月1日与沼尻太一结婚

【户籍地：茨城县取手市　户籍上登记的姓名：沼尻阳子】

↓
2013年4月7日与沼尻太一死别
2013年5月26日复姓铃木
【户籍地：茨城县取手市 户籍上登记的姓名：铃木阳子】
↓
2013年秋天死于"Will Palace 国分寺"公寓内
↓
2014年3月4日发现遗体

按照时间顺序排列后可以看出，铃木阳子与山崎的第一段婚姻明显与其他三段婚姻不同。

根据绫乃昨天在金泽与山崎本人碰面时所听到的描述，他们过着平凡的婚姻生活。山崎或许没有说出他们离婚的真正原因，但绫乃从他的话中嗅不到犯罪气息。

相较之下，铃木阳子与其他三人的婚姻显得疑点重重。

其中最吊诡的是，三人接连在婚后一年内死亡。

铃木阳子与山崎在2004年离婚后，经历了五年的空窗期，直到2009年才与第二任丈夫河濑结婚，但也从此步入死别与再婚的循环。

疑点还不止这些。

后三任丈夫与铃木阳子结婚后，究竟住在哪里呢？

绫乃翻着笔记本。

上面写着铃木阳子从2009年11月再婚后的住民票异动记录。虽然她陈尸在"Will Palace 国分寺"，然而，住民票上的地址并未迁至该处。

2009年11月与河濑干男结婚
搬到东京都三鹰市年礼×××"三鹰Ester"

↓

2011 年 2 月与新垣清彦结婚

搬到埼玉县狭山市下奥富×××"共同住宅田中"

↓

2012 年 7 月与沼尻太一结婚

搬至茨城县取手市和田×××"光之家"

  每次铃木阳子结婚后，都会更动户籍，将夫妻俩的住民票地址改为新居。

  发现遗体隔天，绫乃去调查户籍时，顺道拜访了位于狭山市的"共同住宅田中"，向长年住在隔壁的女子询问了铃木阳子（当时她姓新垣）的情况，得知她与邻居几乎没有往来，彼此仅打过几次照面，邻居感觉她不常在家，她丈夫更是不见踪影，邻居甚至没发现她已婚。

  在那之后，绫乃又前往三鹰市的"三鹰 Ester"及取手市的"光之家"附近简单打听了消息，得到了一样的结果：有人见过疑似铃木阳子的女子，却没人见过她丈夫的身影。

  绫乃还去问了所有的房东与房屋中介，听说签约时来的都是铃木阳子一人，没人见过她的丈夫。

  由此可见，这些登记的地址都是幌子——至少能确定三位丈夫都没有入住。

  案情不如绫乃原先所想的假结婚那么单纯，铃木阳子极有可能涉入了更加骇人的犯罪计划。

  如果推测属实，那她并非孤独死，而是被人谋害的。

  这么一来，遗体被猫啃食这件事，意义将变得完全不同。

  铃木阳子会不会根本没养猫呢？如果她不是动物囤积者，那群猫会不会是杀害她的凶手带进屋子里的？凶手难道是打算破坏遗体，混淆死因，才将猫群与尸体一同关进密室？

铃木阳子和邻居缺乏往来，遗体得经过一段时间才会被发现，以此来隐藏案件的话，还算是个不错的手法。

　　在日本，每年都会找到十万具以上的离奇死尸，警方当然不可能一一详加调查，只能依据有限的人手及预算，从十万这个庞大的分母中锁定明显具有犯案迹象的案子来调查。反过来说，若是从遗体上看不出明显的犯罪痕迹，警方就不会视之为刑事案件。

　　最具代表性的案例就是在深山或树海等自然环境中发现的离奇死尸。这些遗体大多严重腐烂，找到时已是白骨一具，别说调查疑点，连查明身份都有困难。其中应该有不少人是死于谋杀并遭到了弃尸，但若找不到明显的犯罪证据，警方就不会追查其死因，而是当成自杀或意外死亡处理。

　　案发地点换成民宅也一样。

　　不，在孤独死案例暴增的现代，在独居者家中发现"没有明显犯罪痕迹"的遗体的概率，可能远远超过在深山和树海中的。

　　起初，绫乃也以为铃木阳子是单纯的孤独死。

　　但是，调查其生平经历后，她嗅到了浓浓的犯罪气息。

　　铃木阳子及其三任丈夫，难道都是死于他杀？

　　倘若真是如此，单凭一名辖区刑警是不可能明查到底的，这么做有越权之嫌。待她掌握一定程度的证据后，必须禀告上级，交由上面裁示。

　　总而言之，当务之急是完成铃木阳子的身家调查。

　　绫乃这次自掏腰包出差有两个目的。其一是在金泽与山崎会面，找他问话，并取得铃木阳子的照片。这项任务已在昨天完成。其二是查出铃木阳子的母亲——她唯一的血亲——的下落。

被告八木德夫（待业，四十七岁）的证词三

在"Kind Net"，梶原负责照顾我，算是我的负责人吧。对，就是之后和我一起住进鹿骨那个家的那个梶原。他像是神代先生在"Kind Net"的左膀右臂。

他们说要先介绍一下住处，接着我就被梶原带去了"Kind 二馆"。对，那是"Kind Net"在足立区的公寓。

它其实只是两层楼的组合屋，与其说是公寓，更像是门很多的仓库。房间只有三叠大，地板乍看是木纹地板，但那应该是橡胶或塑料贴皮。房间里有一张小床、桌子和电视；一楼有大家共享的洗手台、厕所和淋浴间。整幢房子里共有十个房间，里面住的都是"Kind Net"收容的游民。

老实说，我本来以为住处会更像样一点，所以问了梶原："就是这里吗？"结果他生气地骂我："你还挑啊？！"他说这里能遮风避雨，能洗澡，还有电视可看，比露宿街头来得好多了吧。

"Kind Net"办公室的神代先生对我那么好，相较之下，梶原的态度却这么恶劣，一点都不体贴。

我也不清楚详情，不过"Kind Net"似乎拥有好几幢类似的公寓，我猜"Kind 二馆"的所有人都是由梶原一人负责的。

接着，梶原带我去看医生，看的是精神科。医生是神代先生的朋友，我们没聊几句话，他就帮我开了患有精神疾病的诊断书。我们利用诊断书申请因病无法工作的生活补助。

啊，不，我从头到尾都站在旁边看，主要由梶原与社会福利机构的人员洽谈，申办手续。他要我"低头自言自语，装得像病人一点"，反正我就照做。

现在每个地方政府的经费都很短缺，就算有精神疾病，也没那么容易申请到生活补助。他们会先让申请者投靠家人，惨一点的还可能被当场赶走。不过，梶原说"Kind Net"很了解怎么做才能通过申请，照他的话做准没错。

他说对了，我马上就通过了审核。

我本来以为每个月可以领到十三万甚至更多，但我真正拿到手的只有三万。每个月我从社会福利机构领到补助金后，就会原封不动地交给梶原保管，再由他拨给我少得可怜的三万元。

因为我要付房租和水电、瓦斯费，以及床和电视租金。然后，大概还有餐费和管理费吧？每个月"Kind Net"都会以各种名目要我缴付十万以上的费用。

是，那里基本上供餐。梶原每个月都会送来十公斤的米，还有许多食物调理包和罐头。唉，乍看是很多，但每天三餐吃下来，到月底还是会不够。

不，我从来没想过"Kind 二馆"的生活质量是否有月付十万的价值。

我也不知道该怎么说……

我只要稍微抱怨，梶原就会生气，我有点怕他。可是，想到自己整天游手好闲，却有人愿意提供吃住，还有少少的三万现金可拿，我就觉得不该怨东怨西。

神代先生说是这个社会"抛弃了我"，但我认为一定是自己哪里有问题，或哪里不好，才会被这个社会遗弃的。神代先生和"Kind Net"对我伸出援手，我当然要感谢他们。

是的，我不认为自己受骗或被压榨。

不过……

住进"Kind 二馆"后没多久，我开始满脑子想死。

虽然接受了生活补助，还有地方可住，但我还是跟当游民的时候一样，终日游手好闲。我几乎整天都待在房里看电视，只有每个月缴完各种费用、领到那三万元时，才能喝点小酒，打打小钢珠……

我知道自己对社会毫无贡献。明明接受了生活补助，应该要振作才对，但我就是完全提不起劲儿去找工作。我也觉得自己这样很可悲，非常可悲……

我一天会出现好几次想死的念头，觉得再活下去也没意思，补助金用在我身上真是浪费。即使如此，我依然没有勇气自杀。

我就这样郁闷地过了一整年，某天梶原突然对我说："老爹想找你一起吃个饭。"

呃，大概是去年正月……对，2013年1月左右。

我当然乖乖地跟着梶原走，我们来到了有乐町的一家烤肉店。是的，当时只有我和神代先生及梶原三人。

我完全不明白神代先生为什么要找我吃饭，反正他们叫我尽量吃、尽量喝，我就不客气地饱餐了一顿。

我已经好多年没吃过像样的烤肉了，真的很好吃。我不停地向神代先生道谢，他才对我说："我有事情想找你帮忙，对你来说不是坏事。"

不，他当时完全没提到杀人，一点迹象也没有。

神代先生问我有没有驾照，有没有严重肇事记录，我说没有，他就要我兼差当司机。他说工作内容很简单，有了这份兼差，即使没有补助金，我也能住进更好的公寓，每天爱吃什么就吃什么。

当时我已很久没工作过了，甚至已有十年以上没开过车，觉得自己一定做不来。但神代先生鼓励我说"放心吧"，强调这份工作真的很简单，不大需要跟人打交道，说我可借此自力更生，让人生重新来过。

所以，我决定不妨尝试看看。

我无法具体形容那种感觉。或许我一直都想好好工作，只是自从宣告破产后，我信心全失，提不起劲儿做任何事……是啊，不仅社会抛弃了我，我也放弃了我自己。

那时，我觉得神代先生拯救了我。

谁知道后来会变成那样……

13

当时你完全没发现——
他所给你的,都是你母亲没给你的东西。
芳贺会责骂你,鼓励你,督促你成长,用力赞美你,并对你投注关爱。
从那天起,你与他变成了地下情侣。

阳子——

你着魔似的埋首工作。

成功的连锁效应宛如毒品，一旦浅尝便无法自拔。

你在2007年1月完成了六笔业绩，2月和3月加起来共四笔，4月也卖出了五份保单。在早会接受赞美对你而言犹如家常便饭，业绩在通讯处也名列前茅。

你搬到东京后一直减少的存款有了起色，恢复到睽违多年的七位数。

你的生活也随之出现转变。

你告别了穷酸的打折便当和第三类啤酒，随心所欲地外出用餐。

由于这份工作非常重门面，你开始两周上一次发廊，改用名牌化妆品，一个月去一次美容沙龙。

打从出生以来，你头一次把美容保养列为必要开销，并讶异于它的功效。

念初中时，有一回你在镜子前整理头发，却遭到妈妈讥笑："你本来就长得不起眼，不管怎么弄都是白搭。"回想起来，当年或许真是如此。但天生不起眼的你，过了三十岁更是不能放弃打扮，因为打不打扮之间的差距相当明显。你深知就算丑女不可能变成美女，但人只要有钱，就能换来一定程度的美貌。

此外，你也开始讲究衣着品位，假日特地到新宿或青山的名牌服饰店添购新衣。

那些你从小便耳闻的名牌皮包和外套，让你体验到了有别于平价服饰的奇妙感受。

来东京六年后，你总算了解了"住在东京"意味着什么。

就是"选择"。

吃什么？穿哪件衣服？选什么发型？去哪里？怎么去？去那里做什么？

这个城市充满"选择"，包罗万象，应有尽有，不像乡下老家，只把事物粗略区分成"好"与"坏"。

这不正是富裕的象征吗？

待在东京，能为自己量身打造独一无二的形象。

能够选择自己想要的自己。

从前，你认为金钱是用来过日子、换取经验的道具，但说穿了，只有不了解金钱真谛的人才会这样想。

人与金钱的关系并非一摊死水，而是奔流的活水。

花钱所选择的生活和经验，会逐渐改变用钱的自己。钱是塑造自我的工具。只要有钱，即使无法改变出身，还是能挺身与命运抗衡，让自己变得更符合理想。

有钱能使鬼推磨。

你在东京这个充满选择的都市赚了大钱，才终于明白这个道理。

你开始觉得现在住的套房太小，想搬到大一点的地方住。你觉得既然要花钱，不如直接买房，别再租屋了。

如果你未来将孤独终老，房子还能成为晚年的资产。

自从工作上了轨道、赚了大钱之后，你就不再感到孤单寂寞了。你觉得自己不再是因为无法再婚才勉强独立的，而是有意选择当个单身贵族的。

套句从前在杂志上看过的标语："谁说一个人一定会孤单寂寞？"

第六感告诉你，只要努力赚钱买房，那里就会成为自己真正的避风港——

你大略地搜寻了网络和杂志上的数据，得知房贷不宜超过年收入的五倍。只要继续卖保险，你的年薪至少五百万起步，也就是能买两千五百万元的房子。这点预算或许无法买市中心的房子，却能在市郊选到地点不错又适合独居的民宅。不过你也听说，保险业务员并非正式员工，因此不容易贷款。

实际上呢？

对了，自己身边不就有人可问吗？

你想起栗原曾说自己买了房子。下次见面问问她吧。

不料，此时栗原却不再来上班了。

你纳闷地询问芳贺经理，才知道她已离职。

"她只说是个人的生涯规划。栗原近期的业绩虽然有点下滑，但她一直很优秀，所以我也极力挽留，可惜……"

芳贺语带惋惜，看来就连他也不知道详情。

保险业本来就有许多人只是兼差。这是人员流动频繁的职场，每个月都有人来来去去，等你回过神来，办公室的同事早就换了一轮。

不过，栗原是专职保险业务员，你没料到她会突然辞职。

她的不告而别让你心里有点受伤。

你们算不上好朋友，平时也没有私交，但她毕竟是鼓励你入行的前辈，刚开始也很照顾你。若刚好一起下班，你们就会去车站前吃饭，当然是各付各的，现在的你已经不需要她请客了。

你感觉你们的友谊超越了一般同事。

你拨打栗原的手机，电话却成了空号。你连她住哪儿都不知道，因此一筹莫展。

她为什么突然辞职呢?

你无法释怀。

这阵子你忙着冲业绩，没有留意周遭的变化，经芳贺一说你才发现，她今年没什么表现，业绩大幅落后。回想起来，你们3月初一起吃饭时，她就无精打采的，难道有什么心事?

你左思右想，但找不到本人的话，也无从得知真相。时间一久，你便逐渐淡忘了她。5月的黄金周假期结束时，你几乎不再想起她。

就在某一天。

那天，从傍晚起便下起小雨，你在外面跑业务，七点多才回到公司。当时芳贺刚结束漫长的加班，正准备离开公司。

这种情况偶尔会发生，所以，你们很自然地一起走出办公室，穿过大楼走廊。

"铃木小姐，你这个月的业绩仍然长红，已经是我们家的王牌了呢。"

芳贺柔声说道。

你在连假时再次回到三美市，拜访过年时没见到的朋友，又拿到两份合约。

"哪里哪里，我还有待磨炼。"你语气谦虚，心中却不禁沾沾自喜。

自从你取得绩效，芳贺便时常主动找你攀谈。

去年年底受到他的激励后，他在你心中的地位就超越了主管。

他虽然很严厉，却像家人一样引领我前进。没有他，就没有现在的我。

除了尊敬，你对他还产生了一丝爱慕。

当然，你并不奢望与他进一步发展，因为他是已婚男性，而你也已痛改前非，不打算依靠男人过活。不过，享受一下恋爱的滋味倒无妨。

哪怕是单恋，只要待在喜欢的人身边，就能为生活带来刺激和滋润。这对青春期少女、年过三十的女人或老婆婆而言，都是一样的。

"……对了，铃木小姐，你最近变得真漂亮。"芳贺若无其事地说。

你的心漏跳了一拍。

"不、不，没这回事。"

"不，真的变美了。这份工作很注重第一印象，你就大方地接受赞美吧。最近做了什么保养吗？"

"啊，嗯，我常常上发廊，也开始去美容沙龙了。"

"保养一下就容光焕发，表示你底子好。"

芳贺泰然自若，既不像是在随便调戏你，也不像是在追求你。

这样就够了。这种小小的暧昧就能让你尝到淡淡的幸福。

真希望走廊再长一点，你想。但走廊当然不可能变长，你们已到了大厅。搭电车通勤的你必须前往车站，开车上班的芳贺则得去地下停车场。你们在此道别。

窗外的路人撑着雨伞，你很庆幸自己相信天气预报，在包包里事先放了折伞。

"今天让我送你一程吧。"

你正要低头说"辛苦了"，芳贺却已经开口："反正顺路嘛。"

芳贺住在杉并区，途中会经过你住的杜鹃丘。

你没有理由拒绝。

当时，你完全没料到，几个小时后自己会和他上床。

芳贺开着左驾[1]的蓝色汽车送你回家，途中提议去吃个便饭，慰劳你平日的辛劳。你一样没有理由拒绝。

---

1. 日本汽车的驾驶座多在右侧，左驾车多为高级进口车或限量车。——译者注

他载你来到甲州街道旁一家他常去的烤肉店。

小包厢里,客人们围着炭炉,自己翻烤着土鸡肉和当季蔬菜。

"这家店的日本酒种类很齐全。铃木小姐,我记得你酒量蛮好的。我要开车,不能喝酒,你别客气,尽量喝吧。"

你并不排斥喝酒,而且,既然对方强烈推荐,你当然恭敬不如从命。

芳贺私底下与工作时判若两人,非常不拘小节,从工作到私生活无一不聊。

你听他聊起保险公司的内幕和学生时期的趣闻,从头到尾都没有冷场。此外,他不会一直讲个不停,也是很好的听众,懂得开话题,再将主导权转到你身上,不论你说什么,他都会兴味盎然地说:"咦——是啊!""原来如此!""我也这么觉得!"

所谓"口才好又是好听众",这完全就是芳贺的写照。你们隔着烟雾弥漫的炭炉聊天,度过了舒适愉快的时光。

你心想,啊——他真的好迷人。

这就叫包容力吗?芳贺说话比你谦虚,而且总是从容不迫,仿佛就算天塌下来也有他帮你扛。

你顺着他的意畅饮美酒,知无不答。心情畅快,话就多了,你不知不觉便吐露了弟弟的死、爸爸的抛家弃子行为,以及与山崎离婚等不可告人的人生大事。

"真不敢相信!有阳子你这样的太太,竟然还跟别人偷情。"

不知道从什么时候开始,他直呼起你的名字。

"唉,若是遇到我老婆前先遇见你就好了。"

芳贺说出了偷情丈夫的固定台词。

当时醉醺醺的你八成如他所愿地回答了:"我也好希望早一点遇见你。"

在愉快的气氛下,你一不小心便吃多喝多了。走出店门时,你连路都走不稳。

"我们先去休息一下吧。"

你再次被老套的台词钓中,任由芳贺牵着你的手走进旁边的宾馆。

这时候的你在酒精的催化下觉得自己犹如身处梦境般轻飘飘的,很高兴能和心仪的对象发生关系。虽然对方已婚,而且是你的上司,但你早已将之抛到脑后。你甚至没怀疑一切可能都是计划好的,否则烧烤店旁边怎么刚好有宾馆?

聊天和做爱都是一种沟通方式。

所以,口才好的男人往往也是性爱高手?或者芳贺只是碰巧两者都擅长?

总之,芳贺温柔、缓慢、细心、小心翼翼而偏执地带你迎向高潮。

当时你完全没发现——

他所给你的,都是你母亲没给你的东西。

芳贺会责骂你,鼓励你,督促你成长,用力赞美你,并对你投注关爱。

从那天起,你与他变成了地下情侣。

过去你也曾当过人家的第三者。你们在老家的联谊酒会上认识,他是你的第一任男友。不过,当时你不知道对方已婚,算是被骗了。

这次不同,你一开始就知道对方已婚,却还跟他上床,维持这段地下情。你是他的"情妇",不是"女朋友"。

芳贺什么也没说。他常常说出"我爱你""你好美""你好迷人"等甜言蜜语,却从来不提两人的关系,不问你对他已婚有什么看法,更没说这段关系会持续多久。

此外,他在公司也彻底隐瞒这件事,在职场也不会对你送秋波,公事公办,仿佛一切不曾发生。你认为他公私分明,反而更欣赏他。

你不想当芳贺的妻子,认为有爱就能战胜一切。

你们越是偷情,他越会趁独处时显露不为人知的一面,偶尔也会对你说出近乎示弱的真心话。

"我在公司里一直觉得很孤单。我始终深信,以严厉、认真的态度面对工作,是为了同人好……不知道大家是否能理解我的苦心。"

这些话芳贺一定没对任何人说过,包括他的妻子。

你自认是最了解他的人,因此沾沾自喜。

"别担心,大家一定了解你的苦心。就算他们不知道,我也懂啊。"

鼓励芳贺使你备感优越。你觉得这个世界上只有自己了解他。

有时芳贺与你温存后,会用少年般的眼神看着你说:"我有个梦想,我想彻底改革新和这家公司。"

芳贺说,这是他的使命。

"阳子,这件事我只对你说。现在新和的事业虽然越做越大,但只是虚有其表,内部已经开始腐败了。"

芳贺在你面前批评公司。他在公司绝不会说这种话,你觉得自己和他有了共同的秘密。

"我们办公室不是有一位晚上负责看门的中根先生吗?他的工作那么轻松,年收入竟然超过一千万。"

"咦,这么多啊!"

"是啊,新和现在深受年功序列制和终身雇用制所苦,公司有一大堆坐领高薪的六十岁老人。"

芳贺说,这些老员工是在保险业大幅成长的昭和安定期[1]所雇用的。泡沫经济崩盘后,日本在20世纪90年代后期推出了名为"金融大霹雳"的经济改革,彻底改变了保险业的结构,那些年老力衰的员工已无用武之地,对公司而言是一大负担。

"他们是公司的寄生虫。不论我们再怎么努力赚钱,钱还是几乎都被他们吃掉了。这实在太不公平了。"

---

[1] 这一时期的起始时间并不明确,但大约是指20世纪70年代中期到20世纪90年代初期。——译者注

你忽然想起，之前也听别人说过一样的话，但一时之间想不起来是谁说的。

芳贺铿锵有力地接着又说："我们得快点把那些寄生虫赶出去。可是公司害怕舆论压力，也怕成本暴增，所以死也不肯裁员，真是太糟糕了。再这样拖下去，后果不堪设想。保险业已经因为改革而彻底改变了，公司不跟着变怎么行呢？"

芳贺主张阶段性地废除年功序列制和终身雇用制，最终目标是连董事会也一并废除，所有员工都跟保险业务员一样，以自营业者的方式与公司签约。

"改革若有进展，对你们这些在第一线工作的人来说是好消息，对投保的客户来说也是好事。新和人寿将超越企业，成为整个社会的福祉！"

天啊，这个人实在太厉害了。

你打从心底感到佩服。芳贺的话听在你的耳里，百分之百都是对的。

就是说嘛，有些人光是看门就能年领一千万，这实在太奇怪了。应该要让努力的人得到回报才对。

"我想亲手完成这项改革。为了实现这个梦想，我必须爬得更高，所以才会如此看重成果。阳子，你一定懂吧？"

"当然！"你把脸埋进芳贺厚实的胸膛，不假思索地回答。

我不只要为自己加油，也要为他加油。

多了芳贺这个动机，你的上进心变得更强烈了。

你不想当他的绊脚石，不想给他造成困扰，所以在公司绝不随意和他搭话，也不会主动传讯表示想见面。只要芳贺不说，你一定守口如瓶，绝不会傻傻地说出"和你太太分手，跟我结婚"这种话。不仅如此，你明明与芳贺那位当家庭主妇的太太素不相识，却打从心里瞧不起她。

芳贺的老婆和中根先生一样是寄生虫，不仅没有能力独立，连老公的心被其他女人偷走都没发现，真是个笨女人。

只要工作顺顺利利，还能定期和芳贺幽会，你别无所求。

你以为你能靠自己的力量成功，以为自己能当女强人，谈着不受形式约束的自由恋爱。

你误以为一切都在掌握之中。

"太优秀了！你这个月又这么快就拿下七笔业绩！太棒了！来，大家掌声鼓励！"

"太优秀了！"芳贺一喊，大家纷纷给予掌声喝彩。这是一如往常的早会景象。

只是这次接受掌声、表情介于害羞与得意之间的那个人不是你，而是一位名叫佐田百合惠的二十四岁女性。

听说她昨天也卖出一份"Total Live 21"。

接着轮到你报告昨日的成果与今日的业绩目标。

"昨天拉到两位准客户，今天预定外出拜访，有一场会面。"

这是骗人的，你昨天根本没拉到客户，只是觉得业绩挂零很丢脸，所以撒了不怕被揭穿的小谎。每个人或多或少都会干这种事。

反正不管你吹嘘拉到多少准客户，在真正签约之前都不算数。

芳贺马上严厉开炮："铃木小姐！你是怎么搞的？差不多该签约了！"

"是！"你勉强挤出洪亮的声音。

随着梅雨季结束，进入2007年下半年后，你势如破竹的业绩突然开始下滑。

8月和9月连续两个月，你都只勉强达到完成两笔业绩的低标。不，其实你9月并没有取得业绩，是你赶在最后一天为自己买了便宜的医疗险才惊险过关的。

这是俗称"买业绩"的作弊行为。新和人寿虽然鼓励业务员投保,但禁止员工过度投保,帮业绩灌水。

不过,公司对此实际上并没有明文禁止。保险本来就是将没有形体的"不安"化为"心安"的商品,如何客观判断何为"必要"实属困难。就算是买业绩,只要你强烈主张"对我来说,这是必要的投资。我怕未来会出事,所以想趁现在多保一点"就行了。

因此,公司其实经常默许员工买业绩,加上府中通讯处的芳贺经理又特别看重成绩,自然而然便形成了"拉不到业绩就自己买"的风气。你也觉得买业绩总比业绩不及格好多了。

转眼间,10月已过了一半,你还没有拉到任何业绩,再这样下去,两笔业绩恐怕都得自己买单。

你已经拿出真本事了,却没有任何收获。

真奇怪,不该是这样啊!

你焦急不已。

如果这时你能冷静地分析自己的状况,就会发现这一点也不奇怪。

卖不出保险只有一个理由:人情牌用光了。

到目前为止,你每个月单靠跑业务拿下的业绩本来就只有一到两笔,之前业绩一片长红,全是靠朋友们帮忙,芳贺所说的"拿出真本事"和"成功经验"也没有带来任何影响。你的能力本来就相当有限,少了朋友这项固定资产,业绩必然衰退。整件事就是这么简单。

如果你再冷静想想,更会发现:保险公司之所以爱招业务员,不就是因为每个人都有"朋友"可利用吗?难怪拉一个人进来可以领两万元的奖金。

但你无法冷静,而是一味地加强自己的信心。

我办得到!

那是芳贺之前为你引导出来的自信心。

我办得到!我办得到!我办得到!我办得到……

我应该办得到啊！

你深信自己办得到，实际上却办不到。

你被自己的天真摆了一道，感到彷徨无助。

为了让工作顺利而培养出来的自信心，也随着工作的不顺逐渐瓦解。

"——铆足全力，冲冲冲！"

喊完"新和淑女守则"后，业务员们纷纷开始处理业务。

佐田在你斜前方的座位上哼着歌打起保单。她哼的是最近的当红男偶像团体的歌。

烦死了！

"能不能安静点？"坐在佐田隔壁的同事大概也觉得吵，出声警告。

"好啦——"佐田用哼歌的方式回道，终于闭嘴。

她的一言一行都让你看不顺眼。

我死都不想输给那个女人！

佐田是2月份才来的新人，每个月却都能稳稳拿到大约十份合约。两个月前，她在一家中型建筑承包商那里一举拿到了包括老板在内共二十名员工的保险合约，业绩不仅称霸府中通讯处，甚至高居全西东京分公司之冠。

即使如此，你还是不服输。

你不甘心再次输给年轻女人，更何况佐田用了肮脏的手段。

"有不少人只要你肯和他上床就肯签约！"

前几天同事们聊天时，佐田竟然若无其事地口出此言。

"这玩笑可不能随便乱开。"大家怔住了，稍微劝了一下就没再多问，不过每个人都觉得她不是在开玩笑。她在做"陪睡生意"。

周刊杂志不时刊登"女性保险业务员枕边业务实录！"的爆料新闻，因此，大众普遍认为，保险业真有"陪睡"这回事。

211

身处这个行业的你始终认为是杂志夸大不实，但真的有客户听信谣言，说"跟我上床我就买"，使你备感困扰。

当然，你也认为不可能完全没有。公司里几乎没有人在做这种"上床签约"的事，但也有人会做黑的——的确有这样的氛围。

因此，每当有人业绩突飞猛进时，就会谣言四起。辞职的栗原也是大家怀疑的对象。

但你深信那只是空穴来风。就你所知，栗原不是那种人。

反正不管做还是没做，每个人都会矢口否认，其他人无从得知真相。

反观佐田，却能若无其事地说出口，而且毫无罪恶感。

那种女人，我才不想输给她！

想归想，但你在外奔波一整天后，业绩依然挂零。

晚上你意志消沉地回到公司，芳贺还留在公司加班。

芳贺讲求公私分明，所以在公司不会特别给你好脸色，但最近他连在私底下也对你很冷淡。你们上次享受鱼水之欢已经是一个多月之前的事了。

一直以来，都是芳贺主动联系你，你处于被动的一方。只是这个月他完全没找你，你终于忍不住传讯说"我想见你"，没想到他竟回复："我对你很失望，你怎么还有做这种事的心情呢？"

"失望"二字看在你的眼里，形同宣判死刑。

芳贺为何失望，你心知肚明。

因为你没有拿出成绩。

拿不出成绩，你就见不到芳贺，得不到他的爱。无论如何，你都必须拿出成绩。

当时，你并未察觉自己中了芳贺的圈套。

你准备收拾东西回家，却被他突然叫住。

难道是久违的幽会？

当然不是。

芳贺在公司绝不会提及私人话题。想和你约会时，他都是等你走出公司才打手机的。

"你来一下。"他板着脸指着会客室，径自走了进去。

这场面你似曾相识，简直就和去年12月你始终拿不到第一份合约时的情形一模一样。

芳贺和当时一样，在会客室里兴师问罪。

"你最近是怎么搞的？"

"对不起，我正在努力……"

"没有成绩不叫努力！请你拿出真本事！"

与当时不同的是，你已经体验过成功的滋味，应该拿出真本事了。

你完全不知道该怎么办。

"佐田小姐今天又签下一份合约，这已经是她本月拿下的第八份合约了。人家比你年轻，资历又浅，你看了不觉得丢脸吗？"

听他提到"佐田"两字，你大为光火。

"因为她作弊！"

佐田自爆陪睡时，芳贺不在现场，所以并不知情。

你也不想打小报告，不过反正她本人都公开说了，应该没区别吧。

"佐田小姐是靠卖身才拿到合约的！"你向芳贺告状。

真的假的？佐田小姐竟然干出这种事，果然是作弊啊。我就觉得奇怪，那种人的业绩怎么可能这么好？这是严重的违规，我得开除佐田小姐才行——你原以为会得到这样的响应。

你相信公私分明的芳贺会主持公道，因为他说过"改革是为了让真正努力的人获得回报"。你相信他一定不容许这种事情发生。

不料芳贺叹了口气，仿佛嫌你大惊小怪。

"你自己不努力，还有脸怪别人？"

"可、可是佐田小姐她真的……"

"就算是真的,那又怎样?佐田小姐是为了拿到合约才这么努力的,这不是很伟大的工作态度吗?这就叫拿出真本事!"

你无言以对。

拿出真本事?

陪睡吗?

芳贺紧盯着陷入混乱的你,表情微微从工作模式转变成约会模式。

"就我个人看来,你是相当迷人的女性。"

这出其不意的话语令你怦然心动。

"你要更相信自己!我说这些都是为你好啊!"

好耳熟的对白,你之前也听过这句话。

——你要更相信自己。

但是相信了依然没用。

"人家不是常说'女人的武器'吗?你的魅力就是武器。所谓的'拿出真本事',就是要把能用的武器全部用上。你也该使出自己的武器了。"

不管怎么听,他的意思似乎都是哪怕陪睡也好,快去冲业绩。

当天回家后,芳贺的话在你脑中挥之不去。

拿出真本事。女人的武器。把能用的武器全部用上。

你手上的确有一些准客户,只要你肯与其上床,他们就可能签约。

那么,我是否应该豁出去?

你原本认为陪睡很肮脏,但经芳贺一说,你觉得那的确是一种手段。

业务员的工作不只是介绍产品。介绍产品只是基本要求,除此之外,还得使出浑身解数给客户好印象,以求谈成生意。

为了谈成生意,业务员会发糖果或赠品,会拍马屁讨好客户,也会讲究服装仪容,会用任何能为自己加分的手段推销产品。

既然这么做能赚钱，那这么做当然是对的。一样的产品，大家当然都想跟服务周到又讨喜的业务员买。

那么，发糖果和精心打扮这些加分方式，跟陪睡在本质上又有什么不同？

似乎差不多。

从行为上来看，前者只是被看，后者则需要触摸身体。差异只在于给的是糖果还是性服务，两者提供的都是与商品本身无关的附加价值。

问题在于如何划分界线。

如果只是稍微被摸屁股那种性骚扰，那已是家常便饭，你不会一一计较，只会暗自隐忍。老实说，被摸个屁股就能拿到合约，你还觉得挺划算的。既然这样……

当然，若是问你想不想陪睡，答案是不想。

但忍着做不想做的事，不就是工作吗？

陪睡也是一种手段，你现在没资格挑三拣四了。

若业绩持续低迷，不仅芳贺会离你而去，你的薪水也会减少。

你上半年表现亮眼，每个月都有约五十万的进账，9月的工资却严重下滑，降到了二十万。

看到账面上的数字时，你倒抽了一口气。这样根本不够用！

以前你在家乡的公司上班和做派遣工作时，每月若是能实领二十万，想必就心满意足了吧，但如今二十万根本不够。

因为你明白了"花钱"的意义。

你每个月赚五十万，从价值五十万的选项中选择自己想要的生活。

失去这笔钱，等于失去现在的自己，连房子也别想买了。

你不想回到吃打折便当、喝第三类啤酒和穿平价服饰的生活。

再不达成业绩低标，你的薪水会更少，甚至可能被解雇。届时你将无以维生，也别想独立了。

我不要变成那样！

既然如此，自己就应该背水一战。为了不让最糟糕的情况发生，有招堪用直须用。

下定决心后，你选择了某印刷厂的三十八岁员工作为第一个陪睡的对象。

他的脸像丝瓜一样长，明明年纪不大，发际线却严重后退。每次你去拜访，他都会开玩笑说："要不要打一炮？"

他是填过问卷的准客户，你知道他已婚，育有两名子女。

你如常登门拜访，趁着发糖果的机会塞纸条给他，上面写着"我想私下和你聊聊"，并附上了手机号码。

不出所料，当天他一下班就打给了你。

你没说明目的，直接邀他小酌。

"好！走啊走啊！"男人色眯眯地一口答应。

你知道猎物上钩了，同时做好了心理准备。

"我和男朋友分手了……"你编了个借口带他来到连锁居酒屋。

"你一定很寂寞，很难熬吧……依照我的经验……"他毫不怀疑你，还滔滔不绝地大谈爱情观，你左耳进右耳出，然后借着酒意切入正题。

"那个……你常常开玩笑说想和我上床……但其实我一点魅力也没有，对吧？"

"才不是！我现在也很想和你打炮。"

"真的吗？"

"当然当然，真心的，不骗你！"

"那，要不要来试试看？"

引诱居心不良的男人上钩简直易如反掌，不需要什么特别的技巧。

在府中站后方商圈巷弄深处的宾馆里，你有生以来第一次与不喜欢的对象发生了性关系。

那时,你深深明白了两件事。

首先,要进行两人赤裸交缠的行为,很需要有爱情作为基础。

被不喜欢的男人触摸,舔舐,相当令人作呕。

这么理所当然的事,你打从一开始就知道。然而,想象中的恶心和实际上的恶心,程度还是差很多。

从十指交扣到插入、射精,每个步骤都令你作呕,但最令你受不了的并不是插入,而是接吻。

一旦接吻,你总觉得身体会从嘴巴开始烂掉。因此,尽管你的下半身接纳了他,但从不主动伸舌接吻。你办不到。

另外,虽然他和芳贺都是已婚男性,但因为缺少了爱,你的心深受罪恶感所折磨。

"我竟然和别人的老公上床了……"完事后,你哭着说道。有一半是真心话。

"呃,我会帮你做业绩的。"丝瓜男一看见你哭就跟着紧张起来,连忙做保证,隔天随即投保。

你还深刻体会到一件事:跟没感情的人做爱固然恶心,但也不是不能忍受,时间久了就无关痛痒了。

或许也可以说——你食髓知味。

14

三田知道铃木阳子的父亲失踪的消息，也知道她与偶然重逢的初中学长结婚去了东京，没几年便以离婚收场，却没听说她后来还结了好几次婚。谈到铃木阳子的母亲，三田说她见过本人，但是不曾交谈，当然也不知道她目前的下落。

……三田说，几年前过年的时候，她突然接到阳子的电话，说自己回来Q县过年，想见见老朋友。

奥贯绫乃离开旅馆后还有些闲暇，决定前往铃木阳子一家在三美市的旧址一探究竟。

她没有什么目的，也不期望案情能有什么进展，只是想亲眼看看那里罢了。

从Q市总站搭在来线坐两站，就到了三美市。铃木阳子的老家位于市郊一处再平凡不过的住宅区。

该住宅区被规划为棋盘状，建筑以独幢房屋为主，此外也有公寓及楼房。

这里似乎是Q市的卫星城镇，铃木阳子的父亲曾任职于总公司位于Q市的知名建材中盘商。

绫乃走到住宅区一隅。

铃木阳子一家住过的地方矗立着一幢白色公寓。

墙上垂挂着写有"出租套房欢迎女性和银发族洽询"的布条。

公寓一楼是店面，浮雕的招牌上写着"Café Miss Violet"。

那是一家咖啡厅。店面比公寓还新，应该是最近刚开业的。

墙面的毛玻璃上有紫色的花朵图案，想必就是店名的由来。

进去看看吧。

绫乃推开大门，店员随即喊道："欢迎光临。"

一股清新淡雅的香气扑鼻而来。

店内空间不到十坪[1]，内侧设置了吧台，外侧摆放桌椅，设计相当简单，装潢和摆设走的皆是典雅风格。

吧台里有位穿围裙、戴眼镜的女店员。

三名女客正围桌畅谈，看起来应该是刚把孩子送去幼儿园的妈妈们。

"请随意坐。"店员招呼着。

绫乃在吧台的角落坐下。

"请用。"

戴眼镜的女店员隔着吧台端出一杯水。

她的年龄与绫乃相仿，一头短发搭配着红色金属框眼镜，十分好看。

绫乃翻开布面菜单，上面除了咖啡、红茶和柳橙汁等基本饮品外，还有十五种被归类为"Miss Violet 特调香草茶"的花草茶。她抬头一看，只见吧台内的柜子上摆满了装有香草的玻璃瓶。

原来是香草的味道。

绫乃没有喝花草茶的习惯，于是从"招牌饮品"中点了一杯。

"请给我'天国特调'。"

"好的，请稍等。"

店员在吧台内准备茶饮。从店面的规模来看，这家店应该是由她独自经营的。

她就是"Miss Violet"吗？

店员围裙的胸口处有枚别针，图案与玻璃窗上的紫花相同。

"让您久等了。"

---

1. 一坪约为3.3平方米。——译者注

"Miss Violet"端着托盘从吧台里走出来，摆在绫乃面前。托盘上放着透明的玻璃茶壶与茶杯。

茶壶内的液体呈现深浓的暗红色，却透明得使茶壶另一侧的景象一览无遗，宛如高纯度的宝石。

倒进杯中后，液体变成了略带橘色的红色。

绫乃轻轻吹气，啜了一口。

恰到好处的酸味通过喉咙在口中回甘，味道相当顺口。

"哇，好好喝。"

"谢谢您。"

"Miss Violet"回到吧台内，微微一笑。

绫乃并非特意发表感想，只是自然而然脱口而出。

"哪里。"绫乃羞赧地笑了笑，下意识地问，"你一个人经营这家店吗？"

"是的，一切刚起步。"

"啊，这样呀。"

"是呀，好不容易恢复单身，这就像是我的第二人生，所以想试试新挑战。""Miss Violet"腼腆地说。

从语气听来，她似乎也离婚了。

第二人生、新挑战……

我也有过这段时期吗？

绫乃回想起自己的抉择。

离婚恢复单身后，她没想过尝试新挑战，而是又回去当了警察。其实，她并非特别喜欢当警察，当年因结婚离职的时候，她甚至觉得大松了一口气。

绫乃环视店内，说："这里的气氛好让人放松，茶也很好喝呢。"

这不是客套话，若是她住在附近，肯定天天来捧场。

"谢谢，很高兴能听到您的赞美。我希望每一位来这里的客人都能把这家店当成避风港。"

"避风港？"

"是啊，找到一个让自己放松的地方对人类来说是件很重要的事。那个地方通常是'住处'或'家庭'，但也有人失去了家人，或是家里无法提供温暖，像我自己就是……所以，哪怕只是一下下，我也希望这家店能成为那些人的避风港。"

"Miss Violet"的一番话感动了绫乃。

因为绫乃也没有自己的避风港。

刚结婚生子时，她也曾短暂地拥有过家庭，只是那个家无法提供归属感。

为什么呢？她也不知道问题出在哪里。

她的前夫既不花心也不滥用暴力，是个正直善良的人；女儿也很可爱，并且健康地长大了。为了老公，为了女儿，她想当个好妻子、好妈妈。她真的很想做到最好，结果却失败了。

绫乃痛恨没用的自己，痛恨丈夫原谅了如此没用的太太。每当她看着自己的女儿，都仿佛在镜子里看到了自己的缺陷，所以她苛责自己，苛责丈夫，也苛责女儿。

她想当个贤妻良母，却总是哭泣或发脾气，结果成了恶劣的妻子和恶毒的妈妈。

压死骆驼的最后一根稻草，大概是女儿的反应。当时她的女儿就读幼儿园大班，是开始能流畅运用语言的年纪，却唯独在绫乃面前口吃。女儿在老公、朋友和老师面前都能对答如流，只有面对妈妈时总是吞吞吐吐。

原因很简单，绫乃的存在就是女儿的压力。

身为人母，她却在无形中伤害了自己的女儿。

绫乃很伤心。因为伤心，她开始迁怒于女儿："为什么只有看到妈妈时会结巴呢？"除了责骂，她还动手打女儿，更加深了对女儿的伤害。

绫乃知道自己撑不下去了。她深深地体会到，自己真的不适合组织家庭。

她的丈夫却努力包容她这个失职的太太。

"做不好也没关系。""我也会帮忙带小孩，做家务。""你偶尔也要出去透透气。""你要学着接受真实的自己，接受自己的家人。"

但绫乃受不了。她受不了自己没用，受不了自己被原谅。

"求求你，跟我离婚吧。你要是不答应，我就去死！我是认真的，谁都不能阻止我自杀！"绫乃用威胁的方式，强迫善良的丈夫和她离婚。

签字离婚后，她最先感觉到的不是悲伤，不是寂寞，也并非不舍，而是如释重负。

我不用再伤害他们了，我不用再伤害他们了——绫乃松了一口气。

与丈夫和女儿住在一起时，绫乃从来不曾感觉到"这是我的归属"。那不是她的避风港。话虽如此，现在她每天去上班的国分寺分局刑警办公室，以及几乎只是回去睡觉的家，也不是她的避风港。

不知道铃木阳子又是如何？"Will Palace 国分寺"的公寓是她的避风港吗？

"呃，我想请教一些事……"绫乃不认为在这里能找到线索，但还是试图一问，"您知道这里从前是一户人家吗？"

"咦？这里吗？""Miss Violet"讶异地反问。

"是的，当时还没有这幢公寓，那户人家姓铃木。"

"Miss Violet"摇摇头。

"我搬来这里的时候，这边已经是公寓了……"

"这样啊。"

"不好意思，没帮上忙。"

"不会，您太客气了。"

"不过，我们的客人几乎都是本地人，您或许可以打听一下……啊。"

"Miss Violet"望向绫乃后方。

绫乃回头一看，围桌而坐的三名客人中，有一人正在偷看她们。

"三田太太，您听说过吗？""Miss Violet"问。

姓三田的女子迟疑地点点头。

"抱歉，不小心听到了你们的谈话，"三田看向绫乃，"您说的是以前在这里盖房子的铃木家吧？"

"对，您认识他们？"

绫乃朝三田探出身子。

"是的，我和他们家的女儿是老同学。"

"您说的女儿，是阳子吗？"

"没错。"

毕竟是本地店家，遇见铃木阳子的旧识也不足为奇，不过绫乃还是觉得有点幸运。

"请问您是……"

三田露出好奇的眼神。

"这是我的名片。"绫乃从吧台走到三田她们那桌，亮出警察证并递出名片。

"咦！"

三田和她的两名朋友都吃了一惊。

"Miss Violet"也从吧台内走了出来，望着桌上的名片。

"您是警察啊！"

"是。铃木阳子小姐不幸在东京去世，我正在寻找她的家属。"

"什么！阳子死了？"三田惊讶地大叫。

绫乃略过案情的疑点，仅向她们透露无关紧要的讯息。

三田是铃木阳子从初中到高中的同学，两人在高中时感情很要好。

为防万一，绫乃向三田展示了山崎提供的照片，确认了两人所说的铃木阳子确实是同一人。

三田知道铃木阳子的父亲失踪的消息，也知道她与偶然重逢的初中学长结婚去了东京，没几年便以离婚收场，却没听说她后来还结了好几次婚。谈到铃木阳子的母亲，三田说她见过本人，但是不曾交谈，当然也不知道她目前的下落。

值得注意的是，三田说，几年前过年的时候，她突然接到阳子的电话，说自己回来 Q 县过年，想见见老朋友。

"我们好久不见了，我也很想她，所以约去喝茶。啊，对了，我就是那时候得知她离婚的消息的。谁知道她那次回来另有目的……"

三田当时向铃木阳子买了保险。

"阳子离婚后，进入新和人寿当保险业务员，那次她其实是回来跟老同学拉保险的。我本来只想和她叙叙旧，知道后当下觉得很扫兴。可是阳子拼命求我，要我跟她买保险，就当帮她一个忙，说得仿佛就要跪下来了。我觉得她有点可怜，不忍心拒绝。当时我家老二刚出生，我就用先生的名义投保了。"

"那是哪一年的事呢？"

"啊，我家老二是在平成十八年出生的，所以是平成十九年的事。"

也就是 2007 年。

绫乃听说若保险业务做得顺手，女人也能赚大钱，但业绩压力很大，因此得时常仰赖亲朋好友帮忙。

原来铃木阳子生前做过保险业务员。

这真是意想不到的收获。

她结过好几次婚，丈夫一一死亡——绫乃身为警察，马上联想到了连环保险金杀人案。

至少可以确定，铃木阳子拥有这方面的必需知识。

被告八木德夫（待业，四十七岁）的证词四

神代先生介绍我"工作"后，我搬出"Kind 二馆"，改住在茨城县的取手市。

是的，搬家费和当月的生活费都是神代先生出的，我从此没有再申请过生活补助。

新家所在的公寓应该和"Kind Net"无关。梶原带我去当地的房屋中介公司找了合适的住处，然后用我自己的名字租了下来。那是廉价公寓，不过采光好，还有干净的卫浴设备，比住在"Kind 二馆"好多了。

安顿好住处后，梶原说这份工作需要用车，便帮我买了一辆二手卡车。是的，我没有钱，所以车钱也是神代先生出的。

然后呢，那份工作是……啊，还没，没那么快。他们叫我先观察路况。

我每天从早上九点开车到傍晚五点，尽可能走不同的路，若遇到道路施工以外的落石坍方、道路破损导致无法通行，就在地图上做记号。这种情况不多，因此，我的工作就是整天开车。他们说最重要的就是不违规，不肇事，要求我遵守交通规则，绝不勉强，每小时固定休息一次，而且周休两日。

我没有办公室，也不用打卡，只要每周去一趟东京，直接向神代先生报告有无特殊路况即可。其实每周都是"没有异常"，但神代先生还是会夸奖我"你做得很好，多亏有你"，并支付我薪水。

是的，没错，他会当面付我薪水，每周五万元现金。坦白说，这份工作真的很轻松，领这么多钱，我自己都觉得不好意思。

不仅如此，每次报告完毕后，神代先生都说我难得来东京一趟，一定要招待我去市区的高级餐厅用餐。

我有时是和神代先生单独去，有时梶原、渡边或山井也会一起

去。美食、美酒自然不在话下，和大家一起热闹地用餐也真的很愉快……我流浪街头的时候，还以为这辈子都跟快乐无缘了。说起来就跟做梦一样。"

对了，我就是从那时候开始称呼神代先生为"老爹"的。工作一个月后，某天神代先生对我说："八木，你已经是我们的家人了，以后叫我老爹吧。"

该怎么说呢……我觉得自己不是一味地接受帮助，而是他们的伙伴，所以那时我真的很开心。

是啊，事后回想起来其实挺可疑的，但我当时很信任神代先生，因此没有产生怀疑。

我认为开车一定也能帮上某种程度的忙，而且神代先生对我好，绝对没有其他企图。

可是……这份工作其实是为了让邻居认为我是卡车司机。为这份无意义的工作付薪水，请我吃各种美食，只是为了卖人情给我，使我无法轻易抽身罢了。

15

◇

　　自从芳贺离开后，一股无以名状的不安便缠上了你。
　　你时常感到孤单寂寞，静不下来。你的内心深处仿佛沾上了沥青，黑暗黏稠，也不再认为自己是独当一面的女人。
　　唯有花钱能带给你慰藉，让你感到充实、与众不同。
　　曾几何时，你变成了一个无法忍受平凡的人。你明明从小就和平凡的自己相处，处了三十年以上，怎么会这样呢？

阳子——

　　你发现即使彼此之间没有爱，还是能和那些男人上床，而这个世界上，也有许多男人能和不爱的女人上床。只要拿性爱当诱饵，他们就愿意掏钱买保险。
　　2007年10月，你刚满三十四岁。
　　你的第二个陪睡对象是位二十多岁的手机通讯行店长，也是个有妇之夫。他老婆怀孕了，因此陪睡卖保险的交易简直不费吹灰之力。
　　你同样感到恶心且后悔莫及，心中满是愧疚。但你忍下来了。心情固然会低落，但不必买业绩就能达标，还是令你大松一口气。
　　可是这样还不够！
　　只达到低标所得到的薪水无法满足你的生活开销，也不足以打动芳贺。
　　我要多卖一点，多卖一点！
　　无论用任何手段，我都得多卖一点！
　　紧接着11月来临，你第一周便早早拿下两份合约，两份都是陪睡换来的。

睽违已久的火速达标。

交出两份合约后,隔天你就接到芳贺来电:"你又拿出真本事了,我就知道你办得到。要不是年底太忙,不然我真的很想约你出来。我们之后再找机会慢慢聊吧。"

"好的,我会继续加油!"你泪流满面地将手机紧紧贴在耳朵上,贴得耳朵都痛了。

你觉得自己成功地挽回了某样东西。

此时,佐田百合惠也拿下两份合约,与你并列第一。

11月是业界俗称的"保险月",因此会举办各种促销活动加强业绩,公司也特别看重这个月的绩效考核。

即使现在急起直追,你的年度业绩也拼不过佐田,但保险月或许是你的转机。

你燃起了熊熊斗志。至少这个月要赢!

你真的拼了。

反正先提升这个月的业绩再说!

你没时间慢慢出去跑业务拓展人脉,也懒得细心说明方案,满脑子只想着陪睡这条快捷之路。管他三七二十一,先抢下合约再说。

跑业务时,你不再寻找真正需要保险的人,而是专挑好上钩、色眯眯的男人下手。

为了提升客户对你的好感,除了基本妆容外,你还加强了唇部的丰润感,刻意穿上了能自然露出乳沟的衣服。

任何有机会上钩的男人,你都一一递上写着手机号码的纸条。

此时你已经本末倒置、不择手段了。

你完全没察觉也无心了解被你擅自视为劲敌的佐田百合惠,她并非光靠陪睡卖保险的女人。陪睡或许是她的撒手锏,但她懂得先花时间了解客户的需求,也知道如何使用话术掳获人心。佐田和你不同,并非来者不拒,而是只委身于地方权贵或大老板,放长线钓大鱼。

11月的第二周,你又拿下一份合约,这是当月的第三份。另一方面,佐田拿下两份合约,合计四份,以一份之差暂时领先。

糟了,再这样下去会输的。唯独这个月,我死也不想输给她!

其实,你本来就不是她的对手,现在只是看到一线希望,就自以为抓到了反败为胜的机会。

卖保险这门生意,并不是光靠陪睡就能一路顺利的。

第三周你无功而返,佐田则又抢下一笔。三比五,你们以两笔之差拉开距离。

我不认输!

一迈入第四周,你马上使出比陪睡更有效率的方法。

你又替自己买了三份保险。

保费不需要一次付清,可以慢慢分期付款。但买的保险越多,接下来要缴的钱也越多,简直就是慢性自杀。尽管如此,你还是明知故犯,满心想着这个月先赢过佐田再说。

这下子你有六笔业绩,领先佐田一笔。

赢了!这下赢定了!

你下定决心,若是成绩又被拉开,就自掏腰包追上去!

然而,不久,一条惊人的消息击垮了你。

四十八笔。

短短一天,佐田就超越了你至今累积起来的所有业绩。

听说她成功地笼络了某IT创投企业的老板,利用他的人脉一口气卖出了大量保险。更令人讶异的是,佐田即将与那位老板结婚,并决定于11月底辞去保险业务的工作。

"本月刚好是保险月,这算是我给大家的饯别礼。"佐田在早会报告时,事不关己地笑着说。

搞什么?

再怎么说,谁买得起四十八笔业绩?这下别想赢过佐田了。

胜负已分。奇妙的是，你感受到的不是悔恨，而是全身虚脱。

怔住的人不只是你。你总觉得那天大家在早会上送给佐田的慰劳和拍手声，也显得软弱无力、七零八落。

或许大家都发现了。佐田百合惠这个人，和其他人简直天差地别。

你们只是偶然当上了同事，其实根本没资格"慰劳"她。

你打从心底认为自己蠢透了，干吗浪费时间跟她较劲。

11月，你总共卖出六张保单，虽然远不及佐田，但也高于平均水平，成绩还过得去。只是，一半靠陪睡，一半自掏腰包，你已经完全忘记该如何按部就班地卖保险了。

你万万没料到，佐田百合惠这道高墙的消失所带来的余波，竟以另一种形式来袭。

佐田离职后，芳贺也在12月初从府中通讯处消失。某个星期一你去公司上班，却见到一名陌生女子坐在经理的位子上。

不只是你，其他业务员似乎也毫不知情，个个露出惊讶的表情。早会时，那名陌生女子面无表情地自我介绍："事出突然，各位或许还没有心理准备，但前任经理芳贺先生已被调派到其他单位，今后将由我接管府中通讯处——"

晴天霹雳。

你从芳贺身上完全没有察觉到任何迹象，也没听他本人提过这件事，而且现在并非人事异动的时期。

新来的经理坚持不透露芳贺的调职原因，也不说他被调去哪里了。

你拼命拨打芳贺的手机，却无人接听。

你以为只有自己能理解那男人内心深沉的部分，怎知两人之间的联系竟然如此轻易就断了。

那天你假借跑业务之名，茫然地在街头闲晃。

芳贺说过的甜言蜜语和远大抱负，在你脑海中反复回荡。

你先去家庭餐厅吃了饭，接着又到咖啡厅休息，然后在街头漫步。

你的结论是,他一定是受到上面提拔,被调去总公司了。

多亏佐田签下大批合约,今年府中通讯处的成绩好得不得了,你猜芳贺因此受到赏识而被调去总公司,坐上了得以实现改革使命的位置。他选在年底进行人事变动,一定是因为明年年初就要接掌大任;他之所以不告而别,一定是因为事出突然,忙到没空接电话。你相信再过不久,他一定会主动联系你。

一定会,一定会,一定会。

你花了一整天幻想这些故事,结果当天晚上回到公司梦便碎了。

"唉,就某方面来说,你也算得救了。"

你正收拾东西准备回家,中根忽然冒出这句话。

新来的经理已经下班,其他业务员还没回来,办公室只剩你与看门的中根。

"什么?"你的语气略显尖锐。

光是看门就能坐领千万年薪的寄生虫——自从听了芳贺这句话,你就对中根这个人没什么好感。

"我在说芳贺啊。你也被他骗上床了,对吧?"

"什么?"你不由得大叫,"你这是什么意思?"

"就是字面上的意思啊,你跟他做了吧?"中根露出猥琐的笑容,大拇指指向会客室,"你刚来公司不久,不是就被他叫进去训话了吗?他是不是在里面咄咄逼人,说些莫名其妙的话逼你拿出真本事,然后你就爱上他了?"

你倒抽一口气。

中根笑嘻嘻地继续说:"然后,他是不是某天约你去吃饭,把你灌醉,带去开房间?"

这男人为什么知道这么多?

中根看出你的讶异,露出不怀好意的笑容。

"那小子每次都来这一招,看来你还真的被蒙在鼓里。我告诉你,被骗的不只你一个。每次他只要盯上谁,就会逼对方卖命工作,然后再给对方一点甜头尝尝,用这种方式支配人心。他说这世上有不少女人喜欢被支配,只要上过一次,就知道对方是不是这种人;还说她们浑身散发着一股想侍奉男人的味道,遮都遮不住呢。每次有那种女人进来,他都会忍不住下手。他还说啊,跟那些保险阿姨逢场作戏虽然恶心,不过要是成功了,那些女人就会死心塌地地为自己卖命,只好当成工作忍一下了。他也没说错,每个跟他有一腿的女人,不是陪睡就是买业绩,最后搞到崩溃。那些突然辞职的人,几乎都是被他搞垮的。你看,你还没被他搞垮,他就自己先走了,这不是很好吗?"

那些突然辞职的人——经他一说,你想起确实有这些人。

你一阵头晕目眩,明明站得笔直,身体却摇摇欲坠,支撑双腿的地板仿佛正逐渐融化。

你脑中忽然浮现出"请节哀顺变"这几个字。当时说话的就是眼前的男人——中根。去年年底你被芳贺叫进会客室时,他曾咕哝过这句话。

"你,你别乱说啊!"你嘴唇发抖,努力挤出否定的话语。

没错,他在骗我。

你的确喜欢芳贺,与他发生了关系,想为他尽一份力。

但你不曾被支配,也不曾侍奉他。

你是独立自主的女人,只是谈着不拘形式的自由恋爱。

"我干吗说谎?你自己心里也有数吧?那小子是不是以改革派自居,还说我是公司的寄生虫?唉,我也不否认,我的确是公司的寄生虫啊。但那小子还不是寄生在女人身上?嘴上说得那么好听,自己还不是光靠女人帮他拉保险的小白脸,你说是吧?"

你很想否定,却一时词穷。

中根似乎觉得你的反应很有趣,又残忍地接着说:"不过,夜路走多了总会遇到鬼,没想到专靠女人骗吃骗喝的他,有天竟然也会栽在女人手里——"

中根接着说出了更令人不敢置信的事实。

芳贺对佐田百合惠并非逢场作戏,而是动了真情,于是对她展开追求,却被佐田玩弄于股掌中。他一辈子不缺女人,当然咽不下这口气,于是就更想得到她,最后竟然跑去跟踪佐田。即使如此,佐田依旧对芳贺视若无睹,还火速决定跟IT创投企业的老板结婚,拍拍屁股走人,因此惹恼了芳贺。听说佐田离职隔天,芳贺冲去她家堵人,还砸破窗子想闯进去,最后被警察带走,自断了后路。

公司接到通知后马上介入调停,虽然帮芳贺免除了刑事诉讼,但也将他发派到了边疆,预计他做到年底就会辞职。

中根后来说了什么,你几乎都没听进耳里。

这种感觉就像在上高中时那些你不感兴趣的世界史课。亨利四世的卡诺莎之行、皮萨罗与印加帝国的灭亡……芳贺和佐田之间的闹剧,就像这些历史大事,与你毫无关系,听得你晕头转向。

忽然间,你听见泡泡破掉的声音。

原本注视着中根的你,眼角余光扫向映着美丽夜景的办公室窗户。睽违多时的橘红色金鱼——小纯的鬼魂,就飘浮在那里。

中根说的话或许有几分可信,但也非句句属实。

如果你真的如他所说,单方面被芳贺支配,为他卖保险,如今芳贺不在了,你应该也会失去陪睡或买业绩的动力才对。

实则不然。你一如既往,不惜一切也要拿下合约。

为什么?

因为缺钱。

因为你必须活下去,选择自己想过的生活。

自从芳贺离开后,一股无以名状的不安便缠上了你。

你时常感到孤单寂寞,静不下来。你的内心深处仿佛沾上了沥青,黑暗黏稠，也不再认为自己是独当一面的女人。

唯有花钱能带给你慰藉，让你感到充实、与众不同。

曾几何时，你变成了一个无法忍受平凡的人。你明明从小就和平凡的自己相处，处了三十年以上，怎么会这样呢？

想要新鞋，想要新衣服，想要新首饰，想要新发型，想要变成新的自己。想要周遭充满好看而特别的东西，想要变成更特别的自己。

好想要，好想要，好想要。

每次休假，你都去市中心大买特买。

你会买鲜红色漆皮靴、兔毛大衣、纯金耳环、珍珠手链、Oricon公信榜第一名到第十名的专辑、想看的整套韩剧DVD、画有海豚和大海的漂亮海报、最新款的手机，或者去惠比寿新开的意式餐厅喝红酒，去银座做岩盘浴SPA。

大部分消费，你都靠刷卡支付。

一开始，你刷卡时都是一次付清，图的只是不必带大笔现金出门，但后来你发现，信用卡有个方便的功能叫"定期定额付款"。

所谓定期定额付款，是指一种能预先设定每月的支付金额的付款方式。就一般的一次付清跟分期付款来说，你买得越多，每个月的还款就越多，但定期定额付款不同。例如，你把每月的还款金额设定为一万元，那么只要你没超过刷卡上限，不论买多少东西，每个月都只需要支付一万元，只是拉长了还款期罢了。如此一来，买东西就不会觉得心痛，可以爱怎么买就怎么买。

你利用定期定额付款大买特买。

金鱼吸不到水中的氧气就会窒息，而你则是不花钱就无法呼吸。

可是想当然，这种寅吃卯粮的行为终究不是长久之计。

你忍痛花钱买业绩所累积的债务，如滚雪球般越滚越大。起初你每个月只要自费付几千元的保险费，后来却变成好几万，而信用卡卡债也转眼间变得比手头上的存款还多。

然而,你身陷险境不知险。

因为你的生活还过得去。

就算业绩是买来的,只要有业绩,就不怕没薪水,你还是能用这笔钱刷卡买东西。每月定期定额付款虽然方便,利息却跟高利贷一样吓人,不过你一点都不放在眼里。

压死骆驼的最后一根稻草即将出现,你却浑然未觉。

2008年6月,那通电话打来了。那天一早天空就灰蒙蒙的,阴雨绵绵,是典型的梅雨季节。

那天是你生理期的第二天,加上下雨,你一早就提不起劲儿。

那天没有会面预约,因此你索性请假,连早餐都没吃,躺在床上看电视。

这天早上,每个八卦节目都在报道上周日的秋叶原随机杀人案。

一名二十五岁的男子开卡车冲到十字路口撞伤五人后,手持开山刀下车随机砍人,造成七人死亡、十人受伤。

上周日,你在六本木购物。

幸好我没去秋叶原。不过,我本来就不需要去秋叶原。

你脑袋昏沉地想着,这时候,桌上的电话响了。

怎么回事?这阵子应该不会有人打给我才对。

你依然躺着,伸手拿起话筒。

"喂。"

"喂,请问铃木阳子小姐在吗?"

话筒另一端的男子声音低沉,语调与标准语略有不同,是故乡的乡音。

你马上听出对方是Q县的人,可是你对那声音没有印象。

"请问哪里找?"

"啊,我是三美社会福利中心的柴田,请问您是铃木阳子小姐吗？"

这名自称柴田的男子，语气听起来有些不客气。

三美社会福利中心？

既然有"三美"两字，可见是三美市的机构，但你还是想不起来。

"嗯，我是。"你纳闷地回答。

"事情是这样的，我想跟您谈谈令堂——铃木妙子女士的状况。"

"我妈？"

"对对。您知道令堂现在独自住在这里吗？"

"咦？"

他所说的"这里"，是指Q县三美市吧？

可是，我妈不是住在长野的舅舅家吗？

柴田听到你惊呼一声，猜想你可能不知情，于是试探性地问："您不知道？"

"是的。呃，我妈现在住在三美吗？"

"是啊。听说她本来就住在三美，只是以前的房子已经没了。"

"嗯，算是吧。"

你脑中浮现出前年年底看到的那幢公寓。

"看来，令堂没有跟您联络？"

"是的。"

"这样不行啊，妈妈只有一个啊。"

柴田语带责备。

多管闲事。

我已经跟她分道扬镳了，连结婚、离婚的事情都没告诉她。你一个陌生人，凭什么对我说三道四？

"哦……"你不以为然地搭腔。

紧接着，柴田说出了出乎你意料的话。

"我的意思是啊，现在令堂生活有困难，你身为家人，应该帮助她才对啊！"

"什么？帮助她？"

"对啊。令堂前几天来我们中心申请生活补助。"

生活补助？

正如你所知道的，无法工作的人可通过这个制度向地方政府申请足以度日的最基本生活补助金。

据说有很多尚有工作能力的人诈领补助金，你在八卦节目与周刊杂志上都看过相关报道。坦白说，你认为这根本是专为懒人设计的制度。

"请问，我妈为什么要申请生活补助？"

"这个嘛，我们也很想知道啊。她好像说自己有心病，所以无法工作。"

心病？

这通电话才短短数分钟，你却不知吃惊了多少次。

"这个嘛，她有看医生，所以我们也不好意思逼她工作，只是生活补助总不能随便让人说领就领嘛。如果她的家人有工作，那么家人就应该先提供帮助啊。阳子小姐，我们的意思是，您能不能抚养令堂，或是每个月为她提供生活费？"

他的语气非常理所当然。

你感到一阵晕眩，不过应该不是身体不舒服的关系。

隔周你请了连假去Q县找你母亲。

你母亲住在三美市，但并非旧家那边的站前区域，而是北边山脚一带。你知道那是哪一区，却从未去过。

公寓位于山脚下的小溪旁，外墙的灰泥已剥落，露出红砖，乍看之下根本不知道是废墟还是民宅。水泥围墙在长年的日晒雨淋下残破不堪，你好不容易才看出挂在上面的旧木板上写着"常春庄"三个大字。明明采光很差，却叫"常春庄"，真讽刺。

妈妈住在这种地方？

你在柴田的带领下来到此地，眼前的景象令你目瞪口呆。

一问之下你才知道，原来公寓里的住户全都是五十岁以上的生活困苦的中老年人，你母亲还算年轻的。房东并没有特意限制房客的年龄，只是此处交通不便，房租又便宜，自然会吸引这类房客入住。

房间约六叠大，附有淋浴间跟厨房，房租两万。你懂了，虽然此处相当老旧，但东京根本找不到这么便宜的房子。

你母亲住在一楼的边间。

房间内家具不多，地上铺着垫被跟棉被，还有矮桌、五斗柜跟小小的神龛，仅此而已。神龛里供着的是小纯的牌位吧？

你母亲跪坐在垫被上。

你最后一次见到她是2001年3月，算算这是你们暌违七年三个月的再会。

岁月催人老。

你母亲苍老了许多，而且变得瘦骨嶙峋。原本个子就娇小的她，如今变得更瘦小了，简直与以前判若两人。就算在路上遇见，你肯定也认不出她。

她的四肢、脖子和双颊都布满了皱纹与老人斑，眼窝凹陷，带着黑眼圈，牙齿掉了几颗，嘴巴皱缩得活像束口袋，看起来老态龙钟。

七年前的她好歹风韵犹存，如今却年华不再。

母亲的模样一方面令你甚感痛心，一方面你又觉得出了一口怨气。

"你现在来做什么？"她瞥了你一眼，有气无力地说道。

她的声音比以前小，说话咕咕哝哝的。

她嘴角微微上扬，似乎想摆出她最擅长的假笑，可惜她看起来只像个眼歪嘴斜的穷酸老妇。

"我过得这么辛苦，你却不闻不问。养你这孩子真没用，不孝女……"

啊，这种说话的方式，果然是我妈。

一股奇妙的怀念感油然而生。

她这人就是这样。明明她自己也没主动联络你，还好意思抱怨。

尽管外貌改变了许多，但这名老妇人毫无疑问是你的母亲。

"妈，你为什么回三美？长野的舅舅呢？"

经你一问，她的脸拉得更长了。

"别提了。你舅舅一死，他们就全围过来欺负我——"

你母亲大吐苦水，说你舅舅死后，她就没办法在长野待下去了，于是就回到了三美市。那是前年春天的事。所以，去年你回Q县时，她已经在三美了。

"纪世子跟真里对我好坏。那可是我的娘家啊，可是她们却说'不工作就滚出去'，你不觉得很过分吗？我又不是好吃懒做，说起来，我身体不舒服都是她们害的。"

纪世子跟真里是你舅舅的太太跟女儿（也就是你的舅妈跟表姐），据你母亲所言，都是因为"她们很坏"，她才会产生心悸、头晕、头痛、失眠等原因不明的症状。她看过身心科，诊断结果是恐慌症。你舅舅一直担任她跟其他家人之间的纽带，他一走，他的家人就把她"赶出来"了。

你觉得很可疑，母亲真是无辜的受害者吗？纪世子舅妈跟真里给了她两百万左右的赡养费，并非恶意不留后路。她们一定是不想跟你母亲一起住。这种心情你懂。

"我啊，真想用那沓钞票甩她们巴掌。"说归说，该收的她可是一毛也没少拿，不过她说钱几乎都花光了。

听闻此言，你忽然觉得好不公平。

两百万可是远比山崎给你的赡养费多。

为什么妈妈可以凭空得到两百万？不公平！我每天赚的都是血汗

钱,她不但不工作,还想领生活补助?

柴田没好气地对你母亲说:"你怎么不趁着有钱时找工作呢?就算心里生病了,还是能做一些不必接触人群的工作的,拜托你自己努力点,不要依赖生活补助了。"

她赌气地低着头,喃喃地说:"办不到。"

社会福利中心为她介绍了一份产品分装的家庭代工,所以她并非完全没有工作,只是工资少之又少,顶多拿来付房租。

"嗯,不过,令爱这么有出息,你不用担心了。"

柴田望着你堆起笑脸。前几天他在电话中对你颐指气使,今天一见你全身名牌,态度顿时来了个一百八十度大转变。

"哪里有出息?"

你母亲没好气地反驳。自己的女儿有出息,她难道不高兴吗?你真搞不懂她为什么要说这种话。

"因为她不甘心。"

鬼魂说。

你仔细一瞧,发现一条金鱼在天花板与墙壁的阴暗接缝里飘啊飘的。

芳贺消失后,你又开始频频看见小纯的鬼魂。你死去的弟弟并非住在这房间的神龛或牌位里,而是住在你脑中。

"妈妈一定很不甘心。我死掉了,你却长大成人,而且过得很好,如今她还得接受你的接济,她怎么受得了?与其如此,她宁愿领补助金。"

鬼魂说得八成没错。虽然你母亲刚才还数落你"不孝",但其实她不屑接受你的孝顺。

当时,柴田在电话中要求你"抚养令堂,或是每个月为她提供生活费",你内心想的是"别闹了"。

从小母亲就对你不屑一顾,房子没了,还丢下你躲到舅舅家。事到如今，凭什么要你去照顾她？

你本来就只是来看看她的，并不打算接济她。

可是，对谈几句后，你一面觉得尴尬，一面却觉得非帮助她不可。

若要为这份心情套上一个形容词，那就是"羞耻"。

看着妈妈沦落至此，自己却袖手旁观，你感到令人羞耻；看着她领补助金，你也感到羞耻。

这应该称不上"爱"，但是除了妈妈，你恐怕也不会对其他人产生这种奇妙的情感。

"这孩子靠不住，让我领补助金。"

你打断妈妈的话："我会给你生活费的。"

你母亲板起脸来，柴田却眉开眼笑。

"哦，您愿意提供生活费吗？"

"毕竟妈妈只有一个。"

你心想：我绝对不要接她过去一起住，但是给钱倒是没问题。

尽管你的信用卡已被刷爆，尽管靠着陪睡跟买业绩所赚来的钱一点都不可靠，你却完全没考虑这一点。

因为你想气死她。

"哎呀，令爱真是孝顺啊。"柴田鞠躬哈腰地说。

你母亲横眉竖目，脸上写满了屈辱。

"哈哈，姐，你看，妈妈多不爽！"

你尝到一股难以言喻的优越感。

活该！

妈，你说说看，被不起眼的女儿拯救是什么滋味？

"要是来的人是小纯就好了。"你母亲低声嘟哝。

唉，这个人还对小纯念念不忘啊。

"妈，我在啊。我在这里啊。不过，你大概看不到我了。"

鬼魂开心地咯咯笑。

16

房门没锁,房里还残存着生活的迹象,时间仿佛静止在了铃木妙子还住在这里的时候。换个角度想,她可能只是想稍微出去一下就回来,却就此失踪。

奥贯绫乃离开 Café Miss Violet，搭出租车前往三美市北边郊区的山脚。

这里建筑物很少，所以她很快就找到了那幢公寓。位于小溪旁的老旧公寓——常春庄，无论是建筑物本身还是水泥围墙，都破烂得有如废墟。坦白说，搭上"常春"这两个字实在有点讽刺。

根据住民票上的信息，铃木阳子的母亲铃木妙子就住在这儿……

门口有一名微胖的中年男子与一名戴着眼镜的瘦削老人。

绫乃向他们打招呼，那名中年男子是三美社会福利中心的员工柴田，老人则是"常春庄"的房东宫下。她与两人都通过几次电话，不过这还是第一次见面。

"时间宝贵，能不能带我看看铃木女士的住处？"绫乃催促。

"好。"宫下依言带她前往一楼的边间。

褪色的咖啡色房门上贴着一张代替门牌的纸，上头用奇异笔写着"铃木"两字。

宫下打开门。

"我来找她时，她的门也没锁。"

门口有间约两叠大的厨房，后面是六叠大的卧室。厨房旁边有间小浴室，没有浴缸，只有莲蓬头。

矮桌、椅子、电视、收音机、电话、餐具柜、五斗柜、神龛、铺在地上的垫被与棉被，放眼望去房间里只有这些家具，而且尺寸都很小。

"房里的东西都没动过？"绫乃问。

"是啊，原本就是这个样子。"宫下点头。

厨房流理台里有个装满水的水桶，碗盘就泡在里面，微微发出恶臭。那桶水恐怕已放置多时。

"房东先生，请问你之前来探望过她吗？"

宫下尴尬地皱起脸。

"这个嘛，我只负责把房子租出去而已，是有人通知我过来看，我才知道她失踪了。我以为冈田先生会帮我留意这里的状况。"

"冈田先生？"

绫乃没听过这个名字，正要问的时候，一旁的柴田插嘴说："他是这一带的民生委员。这幢公寓的房客都是独居老人，因此我拜托他一个月来这里巡看一次。这位冈田先生也有七十岁高龄了，自从去年夏天中暑后，身体就变得很差，现在整天卧病在床。事出突然，我一时之间也找不到人接手，所以还没补人。"

铃木妙子原本住在长野县的兄长家，2006年5月搬进了这幢公寓。绫乃从东京打了好几通电话过来，想把阳子的死讯告知铃木妙子，却没人接电话。她询问三美市公所，才知道原来妙子失踪了。

房门没锁，房里还残存着生活的迹象，时间仿佛静止在了铃木妙子还住在这里的时候。换个角度想，她可能只是想稍微出去一下就回来，却就此失踪。

"那么，您的意思是，去年夏天铃木女士还住在这里吗？"

"其实我也不确定……毕竟现在冈田先生连跟家人说话都有困难。不过，如果他发现什么蹊跷，绝不会默不作声的。我想……去年她应该还住在这里吧。"

柴田面有难色地答道。

民生委员无法胜任工作，政府遇缺不补，这种事情在都市也屡见不鲜。只是，这样就无法推算出铃木妙子失踪的正确时间了。

"您问过其他房客了吗？"

"是的，他们的答案都是'最近没看到她'或'不知道'，不过住在二楼的市谷先生说铃木女士似乎有点老年痴呆……不，似乎有点失智。"

那位姓市谷的是位硬朗的老先生，他曾目睹铃木妙子呆若木鸡地伫立在公寓门口。他与她攀谈，铃木女士却回答说："我家在哪里？"他不知道她是认真的还是开玩笑，就把她带到了房门口，说那是她家。"啊，这样呀。"说完铃木女士便歪着头进去了。

虽然目前只是推测，但估计八九不离十。找不到自家位置，是典型的失智症症状。

铃木妙子今年六十四岁，并不算老，但如果是早发性失智症，多半已经发病了。她是否在外徘徊，走着走着就不见了？许多回不了家的失智症患者都会糊里糊涂地搭上电车，因此，她也有可能被收容在远方的社会福利机构里。

无论如何，绫乃待会儿势必得打听一番。

"房租每个月都有入账吗？"

宫下苦笑着摇摇头。

"这个嘛，我查过了，她从去年10月起就没缴房租了。"

"去年？"

"对对。不瞒你说，这边的人常常欠缴，反正我就当做善事，不大会跟他们计较。"

一问之下，绫乃才知道，原来这一带有许多低收入的独居老人，房东只对房子做最基本的修缮，却不改建，就是为了压低房租，方便他们租房子。不过，再怎么说，长达半年不检查房租入账状况，也未免太粗心了。

假设铃木妙子失踪前都按时缴房租，那么她就是去年10月失踪的，与铃木阳子的死亡时期重叠。这是巧合吗？

绫乃望向柴田，想确认某件事情的答案。

"她的女儿——铃木阳子小姐，曾来过这里吗？"

"是的，没错。"

铃木阳子在2008年6月来过"常春庄"。

因为她的母亲想申请生活补助。

柴田说，铃木妙子患有心理疾病，无法正常工作，生活陷入困境，于是前往社会福利机构申请补助金。

"我们是不希望民众动不动就申请补助金的，尤其最近有很多人诈领补助金，社会大众都盯得很紧，公所也提高了申请门槛。知道铃木女士有个女儿住在东京，所以我打电话给她，想看看是不是能拜托她帮忙。"

"然后阳子小姐就来探望她母亲了？"

"是的。阳子小姐不但不知道她母亲的困境，连她搬回三美市也不知道，大吃一惊呢。不过，虽然相隔两地，毕竟血浓于水嘛，她似乎很担心自己的妈妈，所以尽管无法接她过去一起住，但是愿意每个月提供生活费。"

铃木阳子的第一任丈夫山崎曾说她"再也不想见到妈妈"，如今却愿意提供生活费？

绫乃本来觉得有点奇怪，但仔细想想，倒也不是完全说不通。

离婚后和父亲大吵一架的绫乃，虽然内心暗想"我再也不想见到他了"，现在跟老家的人也不常往来，但如果自己的父亲病倒，她一定也愿意出钱帮忙。

绫乃拿出昨天山崎提供的照片，请柴田看。

"铃木女士的女儿阳子,是这位小姐吧?"

柴田仔细端详了一下,点了点头。

"没错,就是这位小姐。她上次来时穿得更时髦,派头十足。"

"派头十足?"

"是啊,连我都看得出来她的衣服很高级,戒指跟项链也都是名牌货。看到她的打扮,我心想'有这么个女儿,铃木女士未来不愁吃穿了'。"

绫乃刚刚在 Café Miss Violet 遇到的三田女士说,她是在 2007 年买的保险,来年铃木阳子便来了常春庄。穿着时髦,这表示铃木阳子的工作很顺利吗?

绫乃请两名男士先到玄关处回避,接着开始检查房间。

屋内只有最基本的家具,没有打斗的痕迹,五斗柜跟垃圾桶中也没有任何线索。

好了,接下来该怎么办?

铃木阳子的母亲行踪不明,这下绫乃头疼了。

支离破碎的非自然死亡尸体,必须通过 DNA 鉴定才能查明身份。截至目前,绫乃一直假设"Will Palace 国分寺"里的女尸就是铃木阳子,但严格说来,尸体的身份依然成谜。

要进行鉴定,需要当事者或其父母、手足的 DNA 样本。

能找到阳子母亲的下落当然最好,不然至少也得在这里找到能提供其 DNA 的物品。

牙刷、杯子、枕头套是较容易取得细胞与体液的东西,于是绫乃将它们装进随身携带的证物袋里。只是,假如铃木妙子是去年失踪的,取得 DNA 样本的机会恐怕相当渺茫。

接着,绫乃探身望向房间一隅的小神龛。上头有个牌位,似乎是铃木阳子那位在初中时因车祸身亡的弟弟的牌位。

她拉开神龛的抽屉,里头有火柴、蜡烛和线香,还有一个用日本和纸包起来的东西。

它约有掌心大,绫乃拿起来一看,纸上用毛笔写着"阳子"两个大字。

难不成这是……

绫乃小心翼翼地打开它。

里面是一条深咖啡色的细长物体,像是干掉的蛇蜕,如线圈般卷在一起。

果然没错,是脐带。

铃木妙子那个年代的人,习惯像这样收藏女儿的脐带,或是将其装在护身符里头。

绫乃将它拉直,目测约有十厘米长。或许这东西能提供DNA样本。

绫乃谨慎地把它收入证物袋,生怕它受损似的。

此时,她发现包着脐带的那张纸的背面有几行字。

　　阳子
　　昭和四十八年十月二十一日生
　　感谢你能出生,成为我的女儿
　　希望你的人生幸福美满

这应该是铃木妙子写的吧?

是写给初生女儿的祈福语吗?

绫乃真搞不懂这对母女的关系。铃木阳子的前夫山崎说,阳子对母亲怀有严重的心结,可是到头来她还是愿意出钱接济母亲。

绫乃唯一能肯定的就是,铃木妙子生下阳子时,曾发自内心地为自己的亲生骨肉祈福。

绫乃感到一阵心痛。

我又何尝不是?

251

生下女儿时，我诚心为她祈福，不惜为她上刀山下油锅。
然而，事与愿违。
铃木妙子——铃木阳子的母亲，当时怀着什么样的心情呢？

在"常春庄"调查完毕后，绫乃返回国分寺分局时已将近晚上十点。

到头来，她还是没能打听到铃木妙子的下落，不过既然去年夏天她还在，那么她的失踪时间很可能与女儿铃木阳子的死亡时间相近。

绫乃向三美分局管区解释了来龙去脉，请他们将铃木妙子列为恐无返家能力的特殊失踪人口，如此一来，地区派出所与社会福利机构就会接获通知，并提供优于一般失踪者的协助。若是她被安置在了某个机构，绫乃就有机会找到她。

她看了刑警办公室一眼，只见町田混在值班刑警中，伏案处理文件。

他察觉出绫乃的视线，抬起头来。

"啊，您辛苦了。"

"我回来了。"

四周的刑警也齐声喊道："辛苦了。"

"您不直接回家吗？"

"嗯，有证物要处理。"

绫乃取出这次的战利品——山崎提供的照片，以及从"常春庄"取回的物品，逐一排在桌上。这些东西必须先交由鉴识组调查。

町田起身端详。

"啊，您拿到照片了？哦，原来她长这样啊……"

"你呢？有没有新的线索？"

绫乃在出差前告诉町田，想怎么调查就怎么调查。

町田若有所思地说："啊，是的，这两天我查了税务记录，发现一件有点奇怪的事情……"

绫乃灵光一闪，打断町田的话："你是不是查到铃木阳子从事过保险行业？"

町田双眼圆睁。

"您怎么知道？"

"我偶然遇见了她的同学，是那个人告诉我的。"

绫乃将自己从咖啡厅打听来的消息告诉町田。

根据町田的调查，铃木阳子离婚后的2004年，在新宿的客服中心担任派遣员工，2006年10月辞职，成为新和人寿的保险业务员，一直工作到2008年9月。

这么说来，铃木阳子2008年6月去"常春庄"探望母亲时，仍从事着保险行业。

"这是她从事保险行业时的税务资料。"

町田从桌上的文件堆中抽出一张报税单复印件。

绫乃接过来扫视了一遍。

"咦，保险业务员算自营业者？"

"好像是。"

对于一名毕业于两年制短期大学、无特别资历的三十多岁女性而言，她赚得真多，甚至比刑警还多一点——刑警算是公务员中薪水较高的职业呢。

但即便如此，铃木阳子也算不上高额纳税人。假如她靠着这点收入穿金戴银，与其说"派头十足"，倒不如说是"挥霍无度"。

"铃木阳子任职过的新和人寿府中通讯处就在这一带，所以今天傍晚我去了一趟，还在那里知道了一条消息……铃木阳子跟当时的经理芳贺曾有过一段地下情。"

"地下情？"

绫乃蹙眉。她自己也曾做过这种不道德的事。

铃木阳子担任保险业务员时，应该是离过一次婚的单身女子，这么说来，对方是有妇之夫吗？

"是一位快要退休、姓中根的资深员工告诉我的。据说芳贺是花花公子，很擅长操控女人。芳贺会先以上司的姿态严格管教下属，如果对方开始崇拜他，他就会借机攻陷对方。他跟好几个保险业务员都有肉体关系。"

不但如此，芳贺还利用保险业务员对他的迷恋，逼对方卖命工作。保险业界有两个暗招，叫作"陪睡"与"买业绩"，那些被芳贺迷得团团转的女人，无不利用这些暗招冲业绩，最后搞得身败名裂。

绫乃感到心有戚戚焉，不禁咂了咂嘴。

"烂人，这种人应该被阉掉才对。"

绫乃非常了解，在崇拜对象的主动追求下，人很难不动心。她听得怒火中烧。

"对不起。"町田向她道歉。

其实，町田不可能知道绫乃的过去，只是下意识地怕得罪她。

"你干吗道歉？"

"也对，对不起。"町田又道了声歉，继续往下说，"这个姓芳贺的男人在2007年年底惹了麻烦，接着就离职了。好像是跟踪女人，但不是铃木阳子，而且差点闯入民宅，对方就报警了。"

"搞什么啊？"

这算哪门子花花公子？不对，喜欢欺骗女人感情的男人，说不定本性就是这么愚蠢。

町田说，双方当时私下和解，芳贺因此逃过了刑事诉讼，但是负责此案的分局还留有记录。

"铃木阳子辞掉保险工作，与那个姓芳贺的男人有关吗？"

"是的。中根说，他原本以为芳贺走了，铃木阳子正好逃过一劫，谁知她却戒不掉陪睡与买业绩的习惯，后来被接任芳贺的下一任经理举发，就被公司解约了。"

简单说就是被炒鱿鱼。之后，铃木阳子就反复过着再婚与死别的生活。

"总而言之，铃木阳子做过保险业务员，对吧？"

"是的，没错……看来，果然是保险金杀人案？"

绫乃点点头。

这个方向最为合理。

要想查个水落石出，有必要针对铃木阳子的三任丈夫详加调查。

被告八木德夫（待业，四十七岁）的证词五

4月6日那一天，我得知了这项计划。是的，就是事发之前……应该说是事发当天。

那天，很难得的，他们在白天叫我去入谷的"Kind Net"办公室。当时只有神代先生跟梶原在场。对，他们应该事先把人都支开了。

神代先生说："我需要你去做一件别的事情。"还坦承之前交付给我的"工作"只是幌子……呃……

是、是的，没错，他切入正题，说今晚要杀了"那个男人"，叫我帮他们把事情布置成一场死亡车祸。

不对，什么帮忙，说穿了就是要我去开车撞死人。神代先生说，虽然我会被抓，但只要计划成功，我就不用坐牢，希望我务必帮忙。

那时他完全没提阳子姐与寿险的事情，只说如果成功，包我一辈子不愁吃穿。

我当然吓了一跳，还以为他们在开玩笑。可是，神代先生跟旁

边的梶原脸上都没有一丝笑意。

我说自己做不出这种伤天害理的事情,梶原听了马上大发脾气,说我恩将仇报,还叫我有种就把以前拿到的钱跟吃下去的好东西全都吐出来。

我当然还不出来。神代先生确实对我有恩,而且我甚至认为只要乖乖照他们说的做,就不会背负杀人罪,也不用坐牢。

是的,我的价值观恐怕已经扭曲了。可是,我还是没胆子答应,只是像个木头人一样怔在那里。

此时,神代先生冷静地说:"这是复仇。"

他说那男人以前强奸了他的女儿。啊,是的,我从来不知道神代先生有家室。他说他女儿因为无法承受心灵创伤,最后自杀了;他太太也因压力过大病倒,不久便撒手人寰。然而,将神代先生的两名至亲逼上绝路的男人,却只被判处强奸罪,坐了几年牢就拍拍屁股出狱了。

该说他演技好吗?他一把鼻涕一把眼泪地为妻子与女儿抱不平,看起来实在不像在说谎。

既然要复仇,为什么他不亲自下手?为什么不事先告知,偏要等到当天才骗我加入计划?其实冷静想想,就会发现一大堆疑点,我却彻底信了这一套。

我无法原谅那男人,认为他死有余辜。

是的,那时我还没去过神代先生在鹿骨的家。

没错。我万万没想到,神代先生竟然让那个他恨之入骨的男人住在自己家。

是,杀害沼尻先生后,我才见到阳子姐,也开始住进那个家。

17

你不想被说成卑鄙小人,也不想被当成受人操弄的傀儡。
经理毫不留情地继续攻击。
"就是因为有你这种女人,女性在职场上才一直抬不起头。我就直说吧,我看到你就不爽,请你马上从我眼前消失。"
她的语气依旧僵硬,但话中充满了对你的恨意。

阳子——

你在狭窄的电梯里迎接了三十六岁生日的到来。

2009年10月21日，午夜的新宿歌舞伎町。

你步出电梯，走在昏暗的走廊上，你每跨出一步，大腿根部便微微一抽。就是前天被那家伙踢了一脚的地方。

房间全都并排在走廊的同一侧，离电梯最近的是309号房，越靠近走廊尽头，房号数字越小。

你检查了便条纸上的房间号码。

303号房。

你站到第七扇房门门前轻轻吸了口气，按下门旁的电铃。

几秒后，传来一声"请进"，同时，房门被慢慢打开。

这是最紧张的一刻。

你不知道门后是怎样的人。公司交给你的便条上只写了饭店名称、房间号码、服务项目与金额。

那是一间每隔几秒就会变换灯光效果的小房间，室内飘着宾馆特有的烟味，里头是个肥胖、不修边幅的男人。他穿着皱巴巴的衬衫，年纪大约四十多岁，虽然肤色黝黑，五官却还算立体。不过，他有双浮肿的眯眯眼，皮肤也很差，脸上有许多小粉刺，而且油光满面，活像一只癞蛤蟆。

一股厌恶和恐惧油然而生。

但你不能表现出来，只能努力赔笑。

"初次见面，我叫麻里爱，请多多指教。"

你叫麻里爱，不叫阳子。这是你工作时所用的花名。

"你好，请多指教。"

男人的口臭扑鼻而来，那气味宛如腐坏的蓝干酪。

想到待会儿得和这个男人光溜溜地抱在一起互相舔舐，你心中的厌恶感便如同加热的海绵蛋糕般逐渐膨胀。

糟透了……

但这就是工作。

没错，工作必须提供等价服务。

你把名为金钱的鲜奶油抹在恶心的海绵蛋糕上，硬是吞下了这块令人反胃的蛋糕。

把自己的心，扼杀。

你从一年前开始卖淫，那是刚和母亲重逢后不久的事。

那时，美国爆发了房地产信贷危机，最后演变成全球性的金融海啸。而你也仿佛跟随着潮流，面临了人生最穷困的经济危机。

挥霍成性的你，除了还卡债，每个月还得多付一笔生活费给母亲，这使你开销大增，无力负荷。

抚养母亲才一个月，你便深感后悔。

尽管后悔，你却无法忘掉母亲住在那幢破公寓里的悲惨身影，觉得自己有义务负担这笔开销。

你也不懂自己在想什么。

是因为觉得让母亲领补助金很丢脸？还是说，你想让母亲在你面前抬不起头?

总之,你决定不管再厌恶,再勉强,也要继续抚养母亲。

你主要的收入来源——保险业绩——却像破了洞的游泳圈般急速萎缩,消失。

买业绩和陪睡的报应来了。你已没钱再买,也找不到陪睡的客户,这种业绩急速下滑的情形,与上次人情牌用光时的极为相似。

不同的是,接任芳贺的女经理轻易地便抛弃了你。

你找不到客户陪睡,又没钱买业绩,第一次业绩未达标。当月最后一天,经理找你约谈,用酷似提款机和自动贩卖机的僵硬语气说:"你下个月不用来上班了。"

"怎么这样,我没办法接受!"

你一时冲动,出言顶撞。没有人愿意乖乖地被炒鱿鱼。

开除未达标者很正常,但仅因一次未达标就逼人卷铺盖,实在不寻常。突然叫你不用来上班,你认为这太不合理了。

"我只是这个月的状况差了点!下个月会好好完成业绩的!"

你为自己辩解,经理却冷冷地看着你,摇头说道:"业绩只是其中一个问题。铃木小姐,你和客户进行不当金钱交易对吧?此外,听说你也买了不少业绩?这两项行为都违反劳动契约,我想你应该很清楚。"

突如其来的指控令你大惊失色。你以为陪睡的事没人发现,而买业绩则是公司默许的行为。

"您、您误会了,我是清白的。"

你赶紧否认,经理的眼神却逐渐变得冰冷。

"有好几位客户坦承你与他们发生过关系。此外,公司内部也收到同人的投诉,指责你买了太多业绩。"

原来经理已经事先查证过了。

她公事公办地宣告:"在我的通讯处里,不需要你这种人。"

她这样说激起了你的反抗心。

你知道我是抱着多大的决心才努力陪睡，努力买业绩的吗？

"我只是在尽自己最大的努力卖保险而已！"

然而，经理只是冷冷一笑，直截了当地说："那是无能的借口。说这种话，就等于承认自己不耍卑鄙手段就卖不出保险。这套歪理，该不会是前任主管教你的吧？"

前任主管——她是指芳贺。

经理冰冷的眼神里浮现出一丝同情。

你感到胸口一紧。

你不想被说成卑鄙小人，也不想被当成受人操弄的傀儡。

经理毫不留情地继续攻击。

"就是因为有你这种女人，女性在职场上才一直抬不起头。我就直说吧，我看到你就不爽，请你马上从我眼前消失。"

她的语气依旧僵硬，但话中充满了对你的恨意。

被新和人寿解约后，你的收入骤断，只剩下负债。

你的存款所剩无几。尽管千百个不愿意，你还是只能把至今购买的名牌服饰、包包和珠宝首饰卖给二手精品店。

你过去为自己精心挑选的配件，如今却只以十分之一的贱价出售。

卖掉总额近两百万的服饰配件，换得的现金却不到二十万。

这段日子，我到底干了些什么？

你觉得自己的身价暴跌到原来的十分之一……不，更少，根本少到看不见。

更可怕的是，想活下去还得花更多的钱。

不论人生是否活出价值，或者只是随波逐流，人只要活着，就得花钱。

你每个月都得缴房租和水电瓦斯费，三餐也得花钱，此外还有卡债及母亲的生活费。

没有钱就活不下去，当务之急是找到新工作。

你翻遍了求职和打工情报志，却找不到一份能支付你的最低开销的工作。

不够，不够。钱不够用，完全不够！

为了贷款应急，你求助于电线杆上的广告，来到新宿三丁目的综合大楼，拜访某家小型信贷公司。那是不属于银行或信用合作社的非法金融业者，俗称地下钱庄。

有过父亲的前车之鉴，你深知向他们借钱的后果，但你实在别无选择。反正你又不是要借好几千万，只是想借点钱撑过待业期而已。

直到现在，那个可怕的远藤夺走你的整个家的情景，你仍历历在目，想到就背脊发凉。怕归怕，你依然鼓起勇气，轻轻敲了门。

接下来的景象，与你原先预想的完全不同。就某方面来说，你的期待落空了。

办公室里的办公桌排列得井然有序，只见六名员工各自打电话，敲键盘，淡然地处理分内工作。他们个个西装笔挺，当中固然有人染着棕发，却没人留小平头或烫电棒烫，也没人和远藤一样满脸横肉。那里没有电视剧中常出现的神龛，也没有叼着雪茄、擦高尔夫球杆的老板。

接待你的人姓中村，是个三十岁左右的眼镜男，他的话简直令你不敢置信。

"依您的状况，我们第一次只能贷给您三万元。等您还清款项，下次就能借更多钱了。"

三万？就这么一点点？

经济不景气，就连地下钱庄也不敢贸然借一大笔钱给个人户。东借一点，西借一点，债台高筑后被穷追猛讨——这种案例只会发生在经济景气的旧时代。

泡沫经济崩盘后，日本经济一蹶不振，很多事情勉强不得，金融信贷业也逐渐不再霸道。不由分说上门讨债的时代过去了，严格管制客户，使其能慢慢地小额还款才是趋势。

但是，三万元对你而言连塞牙缝都不够。

"怎么这样……"

中村见你大失所望，不禁苦笑。

"恕我直言，小姐，你现在失业对吧？我认为你连三万元都还不出来。"

这番话真是一针见血，冷静想想，你现在根本没有能力偿还债务。

中村端详着垂头丧气的你，说道："不过，如果你的工作足以偿还欠款，我愿意再多借你一点。有没有兴趣当应召女？我帮你介绍。"

中村劈头便介绍你去做特种行业，语气自然得活像推销薯条的快餐店店员。

据中村所言，一般应召站的工作行情是，一天若能工作超过八小时，至少日领三万五千元。

你下意识地开始算钱。这样即使一个月只工作十天，也能赚进三十五万，用来支付开销绰绰有余。如果上班二十天，就是七十万，你拉保险时从未赚过这么多钱。

你说要回去考虑考虑，暂时先借了三万元。隔天你马上打电话给中村，请他介绍工作。

其实你不大愿意在应召站工作，也就是卖淫，但你需要钱，而且越想越觉得陪睡拉保险和卖淫没有太大差别，况且卖淫是日薪制，条件更好。

你编造出各种理由来合理化卖淫，最后自愿走上了这条路。

对方只是提供了一个选择的方向，并没有强迫你接受。这是你自己的决定。

宪法保障人民选择职业的自由——你如此催眠自己。

中村介绍的应召站位于新宿，店名叫"幽会人妻"。

但我又不是人妻……

这是你听到店名时的第一反应。原来"人妻"是色情产业的术语，指的是超过二十五岁的女子。

实际上，做这一行的多半是和你年龄相仿的三十多岁单身女子，拥有家庭的则大多是单亲妈妈。

应召站的办公室位于新宿七丁目，在歌舞伎町宾馆街旁的小巷公寓里，是间未经装潢的普通民宅，两室一厅一厨。应召站不同于泡泡浴或色情酒店，没有实体店面，直接在这间办公室里接洽业务。

其中一间房作为办公用，另一间则是休息室。客厅和厨房是应召女郎的等待处，她们主要通过网站接洽业务，客人来电指名后，她们再乘车前往会合地点。

办公室由数名男性员工驻守，他们会管理应召女郎的出缺勤和业绩结算，还负责帮她们叫车。主管姓风间，职称是"经纪人"，由他负责面试。

风间相貌和蔼，说话轻声细语，穿着polo衫与休闲长裤，颇有"休假日的时髦老爸"的味道。

这场面试其实更像是以录取为前提的说明会。

风间说明完公司的运作方式、付费方式、纠纷处理对策与员工守则后，问道："怎么样，要不要马上'入店体验'看看？"

"咦？可是，我第一次做这行，什么都不懂……"

你以为特种行业应该会有教育实习，风间却笑着摇头。

"没关系，没关系，记得收钱就好，其他看你想怎么玩就怎么玩，有时生涩一点反而更受欢迎。"

你当然也希望越快开始赚钱越好。不安归不安，但凡事都有第一次。

你点头同意后，风间马上操作起办公室的计算机。

"我立刻把你的数据更新到网页上。先取个花名吧，你想取什么名字？"

"呃，我没什么想法……"

"那……就叫麻里爱吧？"

风间在计算机页面上输入"麻里爱"三个字，展示给你看。

你觉得这名字很做作，但还是点头说"好"。

风间上下打量你一番后，径自在档案栏中输入数据。

"先这样啰。"

屏幕上的数据显示为"新人麻里爱，二十九岁／胸围八十三厘米（C 罩杯）／腰围五十八厘米／臀围八十二厘米"。

"啥？！"你惊呼一声。

这太夸张了。你的年龄四舍五入后是四十岁，平时穿的内衣是胸围七十五厘米的 A 罩杯，衣服都穿十一号，腰围应该是六十七厘米。

然而，风间笑着说："没关系，我们卖的就是梦想。"

原来应召女郎的数据都是假的，谎报年龄，多灌水一到两个罩杯，不管腰围多粗一律填五十几厘米，这都是基本常识。

据风间所说，一般男人对女性三围的认知都来自偶像写真集，所以 A 罩杯叫"飞机场"，腰围超过六十厘米就是"肥婆"。

假设他说得没错，那在"一般男人"眼里，日本女性不就绝大部分都是"飞机场"和"肥婆"吗？你感到不服气，但也只能入境随俗。

于是，你化身为比真正的铃木阳子年轻、胸部大、腰围小的应召女郎麻里爱，就这样过了一年——

"时间是九十分钟对吗？"

首先，你向房间里的癞蛤蟆确认方案。

男人盯着你的脸，点头说"是"。

"好的，请您先支付两万元。"

你面带笑容，请他先付款。

这是九十分钟一万九千元的方案，再加上一千元的指定费，所得出的金额就是两万元。由于客户选择了歌舞伎町的宾馆，因此免付交通费。你可以从中分得一万两千元，经纪人风间说，这是东京都内的平均行情。

　　男人摊开五指问："多五千，来真的，怎么样？"

　　客人只要额外支付五千元，便可要求真正的（即伴随插入的性交）性服务。

　　日本法律禁止集团型卖淫，所以特种行业表面上并不提供正式的性交易。只用手或嘴进行交易，这样就不会被法律判定为卖淫。

　　但事实上，多数店家都提供可进行真枪实弹的性交易。其中最明目张胆的就属泡泡浴了，他们搬出"这是提供服务时自然发生的恋爱行为"这种夸张说辞，大胆提供性交易。色情酒店也多半如此。当然，进行真正的性交易会额外收取费用。

　　相较之下，应召站的经营方式更加多元，有些店家严格禁止性交易；也有店家仿效泡泡浴，以"自由恋爱"之名，行卖淫之实；还有店家一开始就把金额加在交易方案里。最常见的情形是，公司表面上禁止，却默认小姐与客人私下交易。"幽会人妻"就是如此。

　　虽然法律禁止集团型卖淫，但若是私下交易，只要年满十八岁就不会被抓。

　　你不懂这些游走在法律边缘的卖淫定义和取缔标准是怎么来的，只是越做越发现这一行有太多无法解释的现象，于是摸摸鼻子接受了。

　　男人提出的五千元交易费，是业界的平均价格。不少客人会趁交易进行到一半时说"稍微来一下"或是"我只插入前端"，因此，一开始就把话说清楚，反而好办事。

　　"你愿意戴套吗？"你娇羞地询问男人。

　　你的原则是戴套就接。

　　因为私下交易的费用不会被公司抽成，全都会进到你的口袋里。反正这份工作本来就接近卖淫,既然"正式来"能多赚一些,你当然乐意。

男人眉头一皱,扁着嘴说:"我付一万,让我直接上。"

直接上——意即不戴套的性交易。

你犹豫了。

事到如今,你已确定自己不会怀孕,但这么做有感染性病的风险。

今年春天,你的泌尿道才感染过一次。

出门上工时,为了预防细菌感染,公司会给你一个装有杀菌沐浴乳和漱口水的小包包,你在交易之前一定会和客人一同沐浴,仔细清洁身体,而且不忘漱口。你向来遵从这些规矩,所以不担心自己会得病,但人算不如天算。

仔细想想也对,病原体藏在身体里,表面杀菌当然无法预防感染。

当时,你察觉阴道分泌物变多,去做了筛检后被诊断出感染了一种叫作沙眼衣原体的病毒,因此接受了抗生素治疗。你不知道自己是被哪个客人传染的,而且恐怕也传染给其他客人了。肉眼看不到的病原体,就这样无声无息地散播开来。

有了这次教训,你深深体会到,不管平常再小心,只要拥有不特定的多数性伴侣,就有感染性病的风险。不戴保险套,风险更是会增加好几倍。

可是一万元不是小钱。只要接受这个条件,整套九十分钟的服务就能赚进两万两千元,相当于时薪一万五千元,没有比这更划算的生意了。

况且,你也不敢拒绝他的要求。与人高马大的男人共处一室,如果他想霸王硬上弓,你根本无从反抗。尽管公司是你的靠山,他们也没办法马上赶来救你。

既然有外快可赚,接受应该比拒绝好。又不是没戴套就一定会得病,只是风险增加了而已。如果戴套是万能的,性病就不会这么可怕了。若是真的得病,大不了去看医生就好。

你找借口似的衡量利益得失后决定妥协。

"好吧……机会难得，我们好好享受吧。"

与不喜欢的癞蛤蟆做爱，当然不可能开心。

"好，我保准你爽歪歪。"

男人喷出口臭说道，从钱包里抽出三张万元大钞。

收钱这一刻是如此美妙。除了获得金钱的喜悦，更重要的是有人渴求你（无论对方是谁，渴求你什么），这使你感到无比欣喜。

因为有人需要你。

男人脱光衣服后看起来更像癞蛤蟆，他身上有好几层肥肉，肤色十分暗沉，表面还散发着黏滑的光泽。

这是你见过的数一数二的丑陋裸体。

反正——

你看着倒映在床边墙壁镜子中的女人，心想。

反正我也没资格批评别人的外表。

镜中女子的身形与网页上描述的"麻里爱"相去甚远。

肉体松弛，胸部扁平，下半身赘肉一堆，屁股和大腿太胖。这就是一般三十六岁女子最真实的样貌。

唯一还能看的，只有尚可算白的肤色，而且没什么皱纹。可惜你身上到处是那家伙造成的瘀痕，其中又以大腿根部的新伤最明显。

这副躯体能卖到什么时候？

你一边思索着这般令人倒胃口的问题，一边和癞蛤蟆上床。

真的好恶心。糟透了。

想归想，但你的感觉逐渐迟钝，打从心底生出的厌恶也只持续了五分钟。不一会儿，厌恶感逐渐淡去，你甚至觉得男人胖嘟嘟的身体比起干枯、硬邦邦的身体好多了。

男人用浮肿的手指与意外坚硬粗糙的舌头摸遍你的身体，反复询问:"怎么样?""爽吗?"从语气中听不出他到底有没有自信。

无论如何,这都是个蠢问题。卖淫怎么可能会舒服呢?

但你选择了说谎,不仅欺骗别人,也欺骗自己。

即使没有爱,也不快乐,你仍顺应着性器官与敏感带的自然反应发出呻吟:"嗯啊……好棒……"

你假装很舒服,接受了恶心男的插入。

你唯一做的小小抵抗,就是过程中尽量避免接吻。

根据从前陪睡卖保险的经验,你知道与讨厌的男人舌吻比做爱更恶心,更别说这个男人还有口臭。

你刻意使用不需要面对面的体位,扭着腰色情地说:"再来,再来……"如此一来,男人就会忘记接吻,奋力冲刺。

进入后没几分钟,男人就射了,你却觉得这几分钟格外漫长。你体内的感觉越来越迟钝,况且内射本身就不会带来快感,顶多阴茎会在当下膨胀,带来些许紧绷感。

"啊!要高潮了!要高潮了!再来!全部射出来!好棒!"你算准时机,喊出下流的词句,抖动着身体假装高潮。

"嗯!"男人笨重的身躯轻轻摇晃,发出愉悦的呻吟。

啊,大概就是这时候吧。

病原体正混合着精液,从他的体内射出来。

男人先喘了口气,身体依然与你连接在一起,满脸通红地问:"怎么样?"

又是这个蠢问题,简直糟糕透顶。

但你说了违心之论。

"很棒……我高潮了好几次,还以为自己会坏掉呢。第一次尝到这种快感。"

"这样啊。"男人满意地笑了。

你的心中产生两种矛盾的情绪。

269

一种是满足男人需求的成就感。

一种是甩也甩不掉的落魄感。

我的身体就这样被陌生、没有感情、长得像癞蛤蟆的口臭男从内侧污染了,而且我还假装很高兴……

只是为了钱。

就连陪睡卖保险时,你都不曾感到如此凄惨。

难道是因为当时不是直接卖淫,而是有"卖保险"这个烂借口,所以你才觉得自己是清白的?你搞不懂。

你的眼角倏然闪过橘红色的影子。

啵啵啵……多么耳熟的笑声。

化身为金鱼的小纯的鬼魂,从宾馆的天花板处朝你游了过来。

他最近时常像这样看着你工作。

偷窥姐姐上床实在很低级,但仔细一想,小纯死时正值青春期,八成早就了解做爱是怎么一回事,却没来得及体验就过世了。

想想也挺可怜的,你决定随便他爱怎么看就怎么看。

"我说啊。"癞蛤蟆男似乎还想事后调情,摸着你黏湿的身体问,"这是怎么来的?"

男人的手掌摸着你大腿上的瘀青。

身上带着瘀痕工作,总会被问东问西。你的答案只有一个。

"我跌倒撞到的。"

"哦。"男人心不在焉地搭腔,仿佛刚刚只是随口问问。

看来他是有话直说的类型。

这种男人会说的话不出几种模式。

接下来他大概会问年龄或是故乡——果不其然,他问了。

"我说啊,你其实超过三十岁了吧?"

"咦?"

你努力憋住笑意,装出一脸为难的样子。

"不用瞒了,我没有怪你的意思,也不会去网上抱怨的。"
"很明显吗?"
"我就知道。你大概三十二岁吧?"
"好厉害,猜对了。"
你顺着他的话说谎。
"我就知道。"男人得意地大笑。
"就算主打人妻,还是二十几岁比较受欢迎吗?"
"当然啊,所以老板擅自改了数据。"
"这一行就是这样的。"
男人没发现三十二岁也是假的,还自以为是地说个不停,眼神中还混杂着优越感与轻视。
"我说啊,你还是快点辞职,找份正当的工作吧!"
男人开始说教,仿佛忘了自己是"这里"的客人,而且还没戴套。
"你也老大不小了,做这种工作,父母会伤心的。"
亏你说得出口。
你的父母要是知道自己的儿子花钱嫖妓,该做的都做了,还趾高气扬地说教,想必会老泪纵横吧?
这枕边话实在烂透了。
但也没什么好大惊小怪的,很多男人都这么低级。按照你的经验,每三四个男人中就有一人会对你摆脸色说教。
你左耳进右耳出,茫然地望着天花板,等待手机闹铃响起。
灯光依照色阶从红紫色变成蓝紫色,再变成蓝色,慢慢改变房间的色调。
狭窄的房间变成了深蓝色,你宛如身在水中,听不见远方癞蛤蟆的吹嘘。
相对地,鬼魂的声音则变得更大声了:"说真的,妈要是知道了,不知会怎么想。她不是因为爸爸上酒店而饱受伤害吗?"

哦，对啊。

你脑中浮现出褪色的古老记忆。你想起了那个即使受伤、愤怒，却仍屈服于暴力之下，任人宰割的弱者。

她先是靠丈夫养，丈夫失踪后靠兄弟养，现在则靠你养。

告诉她不也挺有趣的吗？

妈，你现在可是靠着女儿卖身的钱过活呢。

凌晨四点多，准备下班的应召小姐聚在公司的等待处聊天。

"哇，太可爱了吧！"

"真的，哇，超可爱的！"

"我也好想要小宝宝。"

"幽会人妻"是弹性上班制，应召小姐们可自由安排上班时间。晚上生意比白天好，因此大部分的人都是晚上上班，凌晨四点多下班，你也不例外。

大家轮流传阅新人的手机，上头有她小孩的照片。照片中是一对学龄前宝宝，男孩跟女孩都穿着电玩角色的布偶装，真的很可爱。

手机传到你手上时，你也赔着笑，称赞他们可爱。

可是……

"为了这两个宝贝，我什么都愿意做。"

孩子的母亲自豪地说。她是离婚的单亲妈妈，独自抚养这两个小孩。

"我也要努力加油！"另一名单亲妈妈点头附和。

你心头涌现一丝灰暗的情绪。

小孩。在我短暂的婚姻里，我从未怀上孩子。

到目前为止，你的阴道不知接纳了多少男人的精液，却不曾怀孕。

你认为自己注定不孕。

如果我有孩子，人生会不会有什么不同？家庭会不会幸福美满，免除离婚的命运？还是我仍然会离婚，堕入烟花巷……你脑中浮现出一堆乱七八糟的想法。

最近新来的应召小姐多半都是单亲妈妈。

经纪人风间说，这是因为日本企业受到世界金融风暴的影响，频频压缩人事费用，使得高薪职缺大减，导致许多人为了养小孩而下海。

为母则强，单亲妈妈很少翘班，工作也很卖力，店家最喜欢这种员工了。风间说公司正在考虑增设托儿所，好让妈妈们上班时无后顾之忧。

在应召小姐中间，妈妈们似乎有那么一点与众不同——或许该说特别受到礼遇。

你明白女人家独自抚养小孩很辛苦，也觉得她们很厉害。

可是，你同时也感到如坐针毡。

生得出小孩的她们与生不出小孩的你，身份地位就是不一样。

为了养小孩而卖身多么伟大；你没有小孩，却自甘堕落，真是下贱凄惨——明明没有人指责你，你却黯然神伤。

你匆匆收拾东西，对着开心传阅小孩照片的大伙说声"辛苦了"，走向办公室门口。

"啊，麻里爱，等一下，我们一起走吧。"树里跟琉华喊住你。

应召小姐之间通常没什么私交，不知道彼此的本名，当然也不会透露真实身份。只是，总有些同事会和你在等待处聊天吃饭，久而久之熟稔起来，树里跟琉华就是这种"好同事"。

"啊，嗯。"

你在玄关处边穿鞋边等，随后和她们一同离开了公司。

你们走进走廊尽头的狭窄电梯，门一关，树里便啐了一口。

"受不了！晒小孩晒成那个样子，真烦。"

有些人不仅不尊重单亲妈妈，甚至讨厌单亲妈妈。应该说，大部分的人都会在当事者面前大赞"一个人抚养小孩好厉害""小朋友好可爱"，背地里却说"嚣张个屁""当她的小孩倒霉死了"。

这两种情绪大概是一体的两面。

"有小孩了不起是不是？还不是死不避孕，像畜生一样乱搞一通才生下来的。"

树里毒辣的批评让你心头一宽。

"对啊。"你附和道，"说什么'为了这两个宝贝，我什么都愿意做'，有脸说这种话，干吗不辞掉这种工作？"

方才觉得癞蛤蟆很低级的你，如今也说出了跟他一样的话。

"对啊对啊，就是说嘛。妈妈跑去当应召小姐像话吗？欸，你也这么想吧？"树里忽然将话题丢给琉华。

"啊，嗯。"琉华不置可否地点点头。

她似乎有点无精打采，但树里不以为意，继续大肆批评。

"说到底，这个社会就是对那些有小孩的人太好了！那些人都是靠着小孩领钱的！"

她是指育儿津贴。地方政府会拨款给单亲父母，小孩越多，领的钱也越多。身为单亲妈妈的应召小姐们常在等待处聊起这件事。

"这样有点狡猾。"你再度附和。

怀孕生下可爱的孩子，竟然还能领钱，简直太贼了。

"就是嘛，生小孩、离婚都是她们自己的选择，又没人逼她们。"

高谈阔论的树里比你小两岁，入行的时间却比你早很多。

前阵子，你在等待处听到树里讲述她的过去，原来她十二岁时就以五万元的代价将自己的贞操卖给了一个陌生大叔，从此靠卖身度日。

十二岁就卖身，树里的家庭环境究竟是什么样的？其实，她连家都没有。

她的包包里有一个很大的护身符，你曾经请树里打开来让你瞧过。那是她跟父母之间唯一的联系。

他们在树里七岁时自杀，只留下了这个护身符。举目无亲的她只能投靠孤儿院，但那里职员太少，孤儿太多，实在不是一个良好的教育环境。

树里经常逃课，跟坏孩子鬼混，不久便开始利用当时盛行的电话交友（算是援交的前身）卖春。只是，那段时间她遇到过不少恐怖的客人，因此十八岁离开孤儿院时一度从良，尝试一般的打工。可是，一个连高中学历都没有的女孩子，根本找不到什么好工作，最后进了应召站。

　　论收入，自己接客当然比较好，但考虑到风险及拉客效率，还是进应召站较有保障，也较能做得长久。

　　对她而言，当应召小姐才是最实际、最安稳的工作。

　　"我说你啊，不要傻傻地让客人射在里面，不然会中奖（怀孕）啊。"

　　你心头一惊，以为树里在说你，但她其实是在说琉华。树里的原则是"长幼有序"，她不在意资历深浅，对年长者一律（姑且）以礼相待，对年纪小的人则口不择言。

　　"啊，嗯，我会小心的。"琉华点点头。她有些闷闷不乐，是不是身体不舒服？

　　琉华在你们三人之中年纪最小，才二十七岁，算是"幽会人妻"的幼齿族群，而且外表还是俗称的"童颜系"，看起来比实际年龄年轻。公司官网的个人资料页上说她是"二十五岁的幼齿嫩妻"。

　　相较于强势而伶牙俐齿、有话直说的树里，琉华文静寡言，而且不擅长拒绝别人，容易随波逐流，有时甚至会被客人白嫖。

　　追根究底，她进这一行是因为替当时的男友背了两百万的债务。琉华在借据上签名后，那男人便消失得无影无踪。

　　琉华不擅长整理思绪，判断力也不好，对方只要稍微强硬一点，她很容易就会妥协。琉华固然令人不耐烦，却也不讨人厌，个性开放的树里经常照顾她。

　　下电梯来到大厅后，你嗅到空气中的潮湿粉尘味。

　　天空依然微暗，将城市染成一片深蓝。

空气稀薄，即使深呼吸仍会感到窒息。不只是宾馆，整座城市都宛如置于水中。

你们三人在新宿七丁目的蜿蜒小巷中漫游，树里一路都在抱怨单亲妈妈不该享有特殊待遇。

走到明治大道时，树里和你们分开了。

右转就是树里住的大久保独立套房公寓，这是公司提供给应召小姐承租的宿舍。房租不算便宜，但是地点好，通勤方便，也省去了签约跟押金的麻烦，马上就能入住。

东京的特种行业多半附设这种宿舍，树里每隔几年就换一次店家，在各宿舍间辗转迁徙，跟搬家没两样。

你跟琉华朝着车站的方向继续前进，接着越过明治大道的十字路口，穿梭于歌舞伎町之中。

负责炒热气氛的树里一走，你们俩顿时无话可说，只好无精打采地走在清晨的夜店街。

琉华住在高田马场，位于西武在线。你今年搬到了东中野，所以得搭JR。有时赚得多，你会搭出租车回家，但常搭出租车很浪费钱，因此和别人一同下班时，你会走到车站，再搭电车回家。

更何况家里还有那家伙。老实说，你并不急着回家。

你们在歌舞伎町中间的交叉口拐弯时，一对年轻男子唤住你们。

一个是穿着红色帽T的金发男，一个是肤色黝黑的牛仔外套男。

"欸，小姐，你们刚下班吗？"

好像不是搭讪。

他们都穿着便服，看起来像是玩了通宵的年轻人，但九成是牛郎店的皮条客。

最近歌舞伎町的牛郎店多半奉行"日出而作"[1]的规定，一早就在固

---

[1]. 日本规定特种行业不得在午夜零时到清晨六点之间营业。——译者注

定地点拦截你们这种刚下班的性工作者。

前阵子树里说过,这几年歌舞伎町的生态系是上班族将白天赚来的钱交给晚上的应召小姐,应召小姐再将钱献给早上的牛郎。

从前人称"东方第一夜店街""不夜城"的歌舞伎町,从 2000 年代中期便产生了巨大变化。

那位以拥有高支持率而自傲、曾身为作家的东京都知事[1]提拔自己的爱将担任副知事,而这位警界出身的副知事则大刀阔斧地颁布了新法令,意图"净化"风化区。政府严格执行原本在都内风化区早就名存实亡的《风营法》,也彻底禁止违法深夜营业与强迫拉客,尤其是都内最大的风化区——歌舞伎町,更是被列为扫荡的首要目标。2004 年年底,一场俗称"歌舞伎町净化作战"的大规模扫荡行动使许多店家只能摸摸鼻子歇业。

"净化"之后,举凡性交易场所、酒店、牛郎店,无不遵照《风营法》的规定,在午夜零点打烊,也大幅减少了不当的拉客行为。现在敢在歌舞伎町营业到半夜的,只有家庭餐厅、便利商店及居酒屋等不受《风营法》管制的"正当店家"。

表面上,歌舞伎町的治安改善了不少。

但是,不夜城的居民们难道甘愿安然睡去?当然不是,他们只是潜伏到了台面下而已。

你就职的应召站就是典型的案例。这类店家没有招牌,连柜台都没有,通常外派应召小姐到宾馆提供性服务,是堪称完美的密室产业。对此,外人无法一窥究竟,应召小姐所提供的服务内容也容易擦枪走火,职业风险颇高,但好处就是不容易遭到取缔。《风营法》对无实体店面的店家的管制原本就较宽松,因此,深夜营业基本不受限制。从经营者的角度来看,省去实体店面的租金,就能在创业初期省下不少费用。

---

1. 指石原慎太郎。——译者注

歌舞伎町净化作战之后，应召站在东京如雨后春笋般兴起。街上的霓虹灯悉数熄灭，通宵上班的性工作者却比以前增加了不少。

牛郎店看准了这一商机。牛郎店也是《风营法》禁止深夜营业的对象，但是若遵照"日出而作"的规定，将客群锁定为刚下班的性工作者，就完全合法。时下的牛郎店会在午夜零时先打烊，然后凌晨五点再度开店，通过这种乍看相当荒谬的营业形态起死回生。

你跟琉华丝毫不理会那两名男子，加快脚步离去。

甩开皮条客的最佳方法就是无视。

他们追了几米，朝你们呼唤了几声，见你们毫无反应，他们也懒得自讨没趣，说声"下次见啦"就掉头了。

当时那家伙与我攀谈时，我若是也能置若罔闻就好了——你脑中闪过一丝后悔，但已于事无补。

西武新宿车站的巧克力色外墙映入你们的眼帘，此时琉华突然开口。

"呃……"

"嗯？"

"呃，我……"

琉华欲言又止。

搞什么，想说什么就说呀。拜托你开口前先想清楚好不好？

你在心里暗暗抱怨，等待琉华开口。

"不瞒你说，今天是我最后一天上班。"

"咦，你要辞职？"

"嗯。"

难怪琉华今天心不在焉。

应召小姐的流动率很高，所以没什么好大惊小怪的，可是……

"你怎么不跟树里说呢？"

再怎么说，树里都比你关心琉华。树里还曾说："我就是放心不下琉华。"如果琉华不告而别,树里恐怕会很伤心。

"刚才我本来想说……"

琉华依然欲言又止。

"怎么了?你跟树里之间发生什么事了吗?"

"不是,我跟她没有什么……只是……我怀孕了。"

"咦?"

你大吃一惊,同时也明白了为什么她方才讲话吞吞吐吐的。

"啊,我不是要当单亲妈妈,我要结婚了。"琉华为自己澄清。

哦,原来是奉子成婚啊。最近好像改称"双喜临门"了?

"恭喜。"你只能先挤出这两个字,"原来如此啊……对方是什么样的人?"

"他是我的老顾客……"

呃,怎么是客人啊?话说回来,他真的是孩子的爸爸吗?

你没有将真心话说出口,只是应了声:"哦——"

琉华支支吾吾地解释说,那位客人是在东京拥有好几笔房产的富二代,靠收租过活。他住在父母提供的房子里,出入都开奔驰车。

这是怎么回事?不工作却不愁吃穿?

琉华说,她本来想独自抚养小孩,但是向男方坦承后,对方却说"我们在一起吧"。

"刚才你也说过……做妈妈的不应该从事这种工作,对吧?"

你的确说过。

这种工作——大家都说不应该做,你自己也觉得不应该做,却无法说辞就辞。

然而,她却要辞职了。就因为她怀孕了——不,就因为有个多金男子要娶她。

你觉得被一盆冷水当头浇下。

哦,是啊,真是可喜可贺啊。欸,树里,人家根本不需要你担心嘛。

前一刻你还觉得"琉华固然令人不耐烦,却也不讨人厌",如今你认为她可憎可恶。

不过，想必琉华心里其实一点恶意也没有。她眉开眼笑地与你分享喜悦，完全不管你想不想听。

"他说名字由我来取就好，所以我想帮宝宝取个比较特别的名字。如果是男孩，就叫'宇宙'或'寰宇'之类的。"

嗯，对，随便吧。你取这种名字，小心孩子一辈子怨恨你。

琉华继续往下说。

"喏，你瞧，我这个人脑子不好使，很容易被骗，而且笨手笨脚的……"

我知道啊。原来你有自知之明呀？

"到头来，像我这种女人，还是只能嫁人靠老公养啦。"

琉华自我嘲解，但对你而言，那话语的杀伤力如同迎面而来的铁锤。她大概连自己在讲什么都不知道。

你哑口无言。

说话啊！快教训一下这个笨蛋！

你绞尽脑汁想回嘴，双脚却已走到西武新宿车站的阶梯前。

"呃，麻里爱，这段日子多谢你的关照，也请你代我向树里问好。"

琉华低头致意，眼睛红肿。

我才想哭呢。

"啊，嗯，保重。"

你说出了违心之论。

"拜拜。"琉华挥挥手，转身步上阶梯。

"拜……拜。"你也挥挥手，目送琉华离去。

不对吧！你要说的是别的话吧！

琉华头也不回地登上阶梯顶端，从你的视野中消失。

与琉华道别后，你独自走在连接东西新宿的新宿高架桥下方。

这里总是飘着一股腐臭味。

人行步道的墙壁成了新宿的艺术展示区，这阵子的参展作品是身心障碍者所创作的剪纸艺术画。当然，目前的你没心情欣赏艺术。

你在脑中不断数落那个本名不详的女人，将想说却说不出口的话一吐为快。

王八蛋！你以为自己一无所有？我看你运气好得很，你可是怀了有钱人的孩子啊！你还辞了"这种工作"呢！你这个人笨归笨，却轻而易举地得到了我梦寐以求的东西！一无所有的女人只能嫁人靠老公养？那你说我该怎么做才能活下去？

"可是姐姐，你不是还有一个方法能助你脱离困境吗？"

一旁传来鬼魂的声音。

你停下脚步，艺术展示区有一幅金鱼剪纸艺术画，只见鱼群中混了一只橘红色金鱼。

没错，我还有一个方法能让我脱离现在的生活。

鬼魂在你耳边（或说脑中）喃喃细语。

起初你觉得太荒谬了，自己根本做不出那种可怕的事。

可是鬼魂反复告诉你："你办得到。"

"姐姐，你还在犹豫吗？你讨厌这种生活吧？每天拼命卖身，还得忍受那家伙对你拳打脚踢。"

"我办不到。"你对着飘在空中的橘红色鱼影说，"太不正常了。"

"什么叫正常？姐姐，现在的你正常吗？难道一边想着'为何我要从事这种工作'，一边卖身，是正常的行为吗？说到底，这个世界正常吗？如何出生，如何长大，如何思考，如何生存，没有一件事能由我们自己做主，全都是自然现象，毫无道理可言。在这个受命运摆布、痛苦煎熬的世界中，哪有什么正不正常之分？"

人类只是一种自然现象。

鬼魂总把这句话挂在嘴边，而你也认为他说得没错。

"可是，这种大逆不道的事情……"

"哈哈，姐姐，就我看来，光是在这种地方求生，就够大逆不道了。"

你这位很久以前就放弃求生的弟弟说道。

"姐姐，你换个角度想想嘛。我以那种方式死去，你去当保险业务员、下海卖身，以及那家伙找上门来——其实都是冥冥中注定的，好让你放手去做这件事情。"

"胡说。你不是说全都是自然现象吗？不过是巧合罢了。"

鬼魂发出啵啵啵的笑声。

"没错，所以我才叫你换个角度想想啊。管他是不是巧合，你说是就是，不是就不是。这是活人的特权啊，姐姐。"

弟弟的鬼魂所说的"方法"显然是犯罪行为。而且，此事无法独力完成，必须找个帮手，你却不知该上哪里找。

"我还是办不到。没有人帮我啊。"

"不对，姐姐，你不是办不到，只是时机未到罢了。机会总有一天会到来的，而且会从你意想不到的地方出现。只要静待水到渠成，问题就能迎刃而解。"

不能听信他的话。再怎么说，这都太强人所难了。

你对鬼魂的话充耳不闻，正想迈步离开那幅剪纸艺术画，却发生了一件事。

一股黏稠的液体从你胯下沿着大腿滴落。生理期明明还没到啊，你想。

这种事已不是第一次发生，所以你马上便明白了，这是数小时前那只癞蛤蟆射在你体内的精液。

"恶心！"你不禁大叫。

18

三人的尸体检验书上的死因类别栏中都写着"意外死亡、交通事故",具体死因则都是"脑挫伤",简直一模一样。此外,备注栏的内容大致都是"半夜醉倒路边,头部遭车碾过,当场死亡"。

东京都千代田区霞之关二丁目一番一号,这幢独特的扇形建筑物居高临下地俯瞰着樱田门交叉口。

警视厅——这是远近驰名的首都警察机关总部,负责维持东京的治安。

奥贯绫乃与町田并肩走在警视厅的走廊上。

绫乃曾隶属于搜查一课女性搜查班,这里是她的老巢,但她并不怀念。

馆内(尤其是刑事部搜查课)独有的铁锈味与略显干燥的空气,都是她熟悉的味道,但也仅此而已。

反观一旁的町田,精神抖擞,神色拘谨。刑警的人事变动基本上是通过个别约谈的方式进行的。像町田这种地方警局的年轻刑警,能与警视厅的刑警共事,可说是自我推销的大好机会。

尤其这次绫乃跟町田算是挖掘本案的主要人物,已取得先机,也难怪他志在必得。

详细调查了铃木阳子那三名丈夫的死因后,原本只是怀疑她涉嫌连环保险金杀人案的绫乃,如今对此已十分肯定。

在日本,医生一定会为死者开死亡证明。如果是死于医院或自家住宅，守在病榻旁的医生会开"死亡诊断书"；若是猝死、意外死亡或有他杀嫌疑，则是"尸体检验书"。尽管名称不同，文件格式却大同小异，记录着死亡状况、医生的看法、推测的死亡时间及死因。接着，这些文件会与死亡登记申请书一并被送交公所，然后交由当地法务机构保管。

绫乃与町田取得相关资料后，确定这三人的死因几乎相同。

铃木阳子的三名前夫都死于夫妻俩的户籍与住民票登记地，而且都死在路边。

2010年7月，河濑干男死于东京都三鹰市的路边。

2011年12月，新垣清彦死于埼玉县狭山市的路边。

2013年4月，沼尻太一死于茨城县取手市的路边。

三人的尸体检验书上的死因类别栏中都写着"意外死亡、交通事故"，具体死因则都是"脑挫伤"，简直一模一样。此外，备注栏的内容大致都是"半夜醉倒路边，头部遭车碾过，当场死亡"。

醉倒在路边被车碾死的概率虽然很低，但仍有可能发生。然而，同一名女子的三位丈夫接连死于相同的意外，怎么想都不可能是巧合。

如果这不是交通意外，而是刑事案件，那么，从每个死者的头部都被碾碎来看，显然是蓄意杀人。

紧接着，绫乃与町田咨询了人寿保险协会——该说毫不意外吗？铃木阳子的丈夫们死前果然都买了保险，而且受益人是铃木阳子。

全日本的寿险公司都是人寿保险协会的会员，并且共享所有客户的数据，包括加保状况与付款详情。同一个人反复领取保险金，势必会引起注意，但铃木阳子在三次婚姻中分别改名为河濑阳子、新垣阳子与沼尻阳子，户籍地也随之更换，因此，在数据上被视为不同的人。这种手法与通过假结婚洗白个人资料以便不断借款是一样的道理。

据受款银行所言，保险金一入账，铃木阳子便会立刻提领出来。这种方式虽然很原始，却能有效地阻止他人追查金钱的流向。身故理赔金也是遗产的一部分，但政府几乎不会向死者配偶收税，只要不是包括不动产在内的巨额遗产，税务署也会睁一只眼闭一只眼。

此外，这三人除了普通寿险，也都投保了共济保险[1]。这两种保险的运作模式都是"如果保户发生意外，就能领到保险金"，但营利企业贩卖的寿险和着重于保户间互助的共济保险乍看相似，实则完全不同，而且负责监督它们的政府机关也不同，无法完全共享客户资料。

铃木阳子的三任丈夫全都保了三千万元的寿险与两笔两千万元的共济保险，每人的身故保险额共计七千万元左右。总额看起来相当惊人，但如果分别处理，并不会引人怀疑。由此可见，这一切全是为了神不知鬼不觉地投保高额保险。

此时，绫乃心中其实已认定铃木阳子是凶手，但她还是调阅了各起车祸的记录。车祸记录是由警方相关组织"车辆安全驾驶中心"所管理的，因此，绫乃能向辖区单位自由调阅。

果不其然，三起车祸都十分类似。车祸发生的时间都在深夜；被害人都醉倒在自家附近的路旁；都被路过的卡车碾过头部，当场毙命；没有目击者，只能由卡车司机作证；证词都受到采纳，法院宣判不起诉。

即使是死亡车祸，如果被害人有重大过失，肇事者被捕后并不会遭到起诉，无须遭受刑事处罚。被害人睡在路边正是典型的此类案例。

查看记录时，绫乃想起铃木阳子的弟弟也死于车祸。难不成铃木阳子正是从这一经验中得知就算肇事杀人，也能躲过牢狱之灾的？

此外，每起车祸发生后，被害人的遗孀铃木阳子都能依据强制汽车责任险获得三千万元的赔偿金。

日本规定，汽车驾驶者最少必须投保一项强制责任险，肇事后由

---

[1]. 日本的一种保险制度，以组织会员之间互助合作为宗旨，如公司员工、学校学生或工会成员。此外，各县市居民也可向该地共济组织投保。——译者注

此支付赔偿金。强制汽车责任险的最高理赔金额是三千万，而身故理赔几乎都能达到三千万。

三笔身故保险金，加上强制汽车责任险的身故理赔，总共一亿多，铃木阳子的三名亡夫合计使她获益三亿以上。

这并非单纯的诈领保险金杀人案，不但凶手连同犯罪执行人——司机——不会受到起诉，而且有关强制汽车责任险的理赔都考虑周全，可见这是经过缜密规划的预谋犯罪。

更令人吃惊的是，逃过法律制裁的犯罪执行人，居然是肇事驾驶者本人。第一名被害人是铃木阳子的第二任丈夫河濑干男，根据车祸记录，撞死他的卡车司机叫新垣清彦。车祸发生七个月后，铃木阳子再婚，第三任新郎正是新垣清彦。车祸记录中备注的户籍一致，因此，司机跟新郎是同一人，而非同名同姓。新垣清彦与铃木阳子结婚后，依然逃不过被卡车撞死的命运。而撞死他的人，就是铃木阳子的第四任丈夫沼尻太一。也就是说，这些车祸的肇事者都与铃木阳子结婚，然后成为下一个被害人。她的最后一任丈夫沼尻太一死于八木德夫的车轮下，从户籍来看，这个人还活着。

若将三起车祸记录对照来看，任谁都看得出案情不单纯，但三起车祸的事发地点为不同县市，分别由不同辖区的警员处理，导致至今没有任何人把这三起意外拿来比对。

三名肇事者都是主动报警，乖乖接受侦讯，想必他们早就预料到不会遭到起诉，才故意被捕的。肇事逃逸必定会受到警方调查，但车祸只会被视为一般意外处理——凶手看中的就是这一点。

铃木阳子换过本名与户籍地，所以结过几次婚、前夫们是否都死于类似的意外，外人是无法轻易识破的。既然肇事者主动配合侦讯，警方便没有理由特地追查被害人的家属户籍，而警方一旦将车祸视为意外处理，保险公司也会照实付款。

若将三起车祸视为独立案件，或许只是普通的意外，但一经比对，答案只有一个,那就是"连环保险金杀人案"。此外,凭借丈夫死亡得以领取三亿保险金的铃木阳子如今也死了。

综观以上线索,已足以认定三起车祸皆为凶杀案,而光凭绫乃等人的力量,是无法继续详加追查的。

因此,绫乃一直等到这时候才向上司提出报告书,文件一路从国分寺分局刑事课被递送给国分寺分局长、警视厅,最后警视厅高层判定本案为精心布局的连环保险金杀人案。

这起横跨东京、埼玉与茨城的大规模案件,由警视厅与各辖区警察组成联合搜查总部进行调查。挖掘出本案的绫乃一行人也接受召集,加入了搜查行列。

走廊尽头的大房间门口贴着一张纸,上面写着"一都二县连环不明杀人案联合搜查总部"几个大字。这种标示搜查总部的名号叫作"戒名",由于已经有案件的戒名叫作"首都圈连环不明杀人案"[1],而且尚在公开审理中,本案只好取名为"一都二县连环不明杀人案"。

搜查总部通常会设置在辖区警局内,但由于这回是大规模命案的联合总部,所以破例设置于警视厅。在大房间内,搜查员的座位呈阶梯状排列,讲台上的干部长桌则正对着搜查员。警视厅的刑警早已坐满前几排,绫乃一行人只得从后方入座。

不久,开会时间到,担任司仪的警视厅搜查一课管理官在讲台上大喊:"现在将进行'一都二县连环不明杀人案'的第一次搜查会议。首先请警视总监为我们说几句话,全员起立!"

所有人应声起立,现场响起咔啦咔啦的椅子拖动声。

一名黝黑的大个子站在讲台前,他就是警视总监。

一旦在警视厅内设立大规模搜查总部,警视总监就会担任搜查总

---

[1]. 指发生于2009年的真实案件,嫌犯木岛佳苗涉嫌假结婚杀人取财,有多人受害。——译者注

部长。当然，总监只是名义上的总部长，不可能坐镇指挥，但经常在首次搜查会议上莅临训话。

位居警界最高阶的男子即将开口，绫乃深深感觉到现场气氛为之一变，弥漫着紧张感。

即使只是名义上的搜查总部长，但只要警视总监亲自出马，意义就不一样。不能丢总监的脸，只许成功，不许失败——现场的所有人，心中多半都在如此自我警告。

台下的搜查员们自然干劲满满，台上的干部们更显出志在必得的样子。这是警察特有的反射动作。身处于阶级制度明确的警界，部属甘愿为上司鞠躬尽瘁，做牛做马。这样一来，若日后自己升官当主管，现在的努力也算合情合理。然而，实际上，就算合情，也不合理——他们只是下意识地认为上司神圣不可侵犯而已。

就连绫乃，也不自觉地被现场的气氛感染，涌出满满的干劲。

我不能放弃。

铃木阳子究竟做了些什么？我非查个水落石出不可。

我誓不罢休。

一定要追查到底。

绫乃觉得自己活像一只听到铃声就流口水的狗[1]。

山田弘道（警员，隶属于茨城县取手分局交通课，三十一岁）的证词

凌晨三点多时，分局收到了通知。

是肇事者八木德夫自己打电话报警的。

---

[1]. 借用著名生理学实验"帕夫洛夫的狗"的典故。——译者注

是的，我也参与了调查。

情况跟尸体检验书上写的一模一样。轮胎直接碾过被害人的头，一眼就能看出头盖骨已支离破碎。被害人被送至医院不久便被宣告不治，我们当场逮捕了八木，然后开始侦讯。

八木看起来心神不宁，但态度倒是很配合，每个问题都乖乖回答。

他说被害人睡在马路转角，接近视线盲区，因此才会不小心碾过去。

没错，跟调查报告的内容完全一致。

尸体中检验出酒精成分，路边也有一杯没喝完的酒，情况跟证词还算吻合。

因为现场没有其他目击者，所以当时我们相信了他的证词。我知道听起来很像借口，但肇事者跟被害人互不相识，两人之间毫无关联，而且又主动打电话报警⋯⋯

是的，我曾怀疑八木撒了点谎，比如其实在碾到被害人之前就看到他了，却谎称没看到被害人，但我不曾怀疑那是一场假车祸。

被害人的太太，对，就是铃木阳子，那时她叫作沼尻阳子——我们隔天早上才联络上她。车祸的时间是深夜，她说自己当时在家庭餐厅打工，而这点也马上获得了证实。最近不景气，新婚妻子在深夜打工很正常，所以我不疑有他。

是的，拿到调查报告时，我们确定铃木阳子的丈夫沼尻太一买了寿险，而且他们结婚才九个月左右。

这点的确有点可疑⋯⋯可是沼尻太一的保额并不高，铃木阳子也对我们实话实说，而且她有完整的不在场证明⋯⋯最重要的是，她来医院认尸时，脸上满是惊慌与悲伤。是的，我当时并没有起疑。

直到最后，我才知道原来被害人除了寿险，还保了共济保险，这些事情是需要特别调查才会知道的。还有强制汽车责任险的理赔。

想不到除了保险金，她还布了这个局……

对，当时适逢周末赏樱潮，很多地方都举办赏花大会，因此有些人被派去维持秩序，那周真的很忙。

……是的，老实说，不只是我，敝分局也很想早点处理本案。

不，当然不是玩忽职守，只是我们在职务分配上，比以往更重视效率。

呃、啊、不……嗯，这个嘛，这只是我个人意见，如果她是故意看准时机预谋犯案的话，说实话，我们还真的被她摆了一道。

19

◇

你不知道究竟该从哪里开始懊悔才好。

是否不应该向怜司提议同居？可是当时是情势所逼。还是说，不应该接下那通电话，搭救怜司？可是他那般绝望地向你求救，谁能忍心拒绝？那么，是否当初不该跟着怜司去牛郎店？但你那时非常渴望慰藉。那就是不该在应召站工作了？可是那时……

追本溯源，最后只能怪自己不该被生下来。然而，出不出生本来就由不得你，所以你无从怪起。

阳子——

你那句"恶心!"并没有被任何人听见,悄悄没入尚未天明的新宿街头。

你真的觉得恶心至极。

早一秒也好,真想早点洗干净。

你决定先回公司一趟,借浴室冲个澡。你可不想带着胯下的癞蛤蟆精液搭电车。

你沿着方才和琉华一同走过的歌舞伎町原路折返,并顺路在便利商店买了内裤。苍白瘦削的年轻打工仔面无表情地打着收款机,说着:"五百……二淑……日盐。"听了这口音,你才明白他不是日本人。你掏出千元大钞,接过零钱与印有绿色条纹的购物袋。

快凌晨五点了,牛郎店的"日出而作"正式开始,为夜店街增添了许多活力。

你对沿路的皮条客视而不见,径直来到明治大道。

你抵达公司所在的公寓时,天空彼端已透出微微的鱼肚白。

你在公寓的走廊上与两名刚下班的应召小姐碰个正着,由于没有私交,你们只是对着彼此默默点了个头,然后各走各的。

踏入办公室后,只见等待处空无一人,只有一名年轻的男员工在看电影DVD。"幽会人妻"主打二十四小时营业,不过早上几乎不会有人打电话来,应召小姐们也都下班了。

"咦?麻里爱,怎么了?你要在公司过夜吗?"

男员工见你现身,便顺口一问。

如果公司的休息室空着,连续上班的应召小姐可在公司过夜。

你摇摇头。

"不,我只是想借用下浴室而已。"

"哦,请用。"

男员工不疑有他,点头同意。

你在更衣间脱下内裤,上面沾着泛黄的精液,发出腥臭味。癞蛤蟆的口臭与体臭霎时浮现在你脑海中。

你将内裤揉成一团塞入超市购物袋,紧紧打了个死结。

进入浴室后,你打开莲蓬头。含有老公寓独特铁锈味的冷水不久后变成了飘着铁锈味的热水。

你将随身携带的杀菌沐浴乳抹遍全身,反复搓洗胯下。不仅如此,你还将热水的温度调到最高温四十二摄氏度,并将水量转到最大。你一边冲洗,一边祈祷能将阴道里的精液与黏在身上的一切全都冲得一干二净。

你换好内裤再度踏出公司时,已经是凌晨五点半了。

这条公寓与综合大楼栉比鳞次的巷弄平时就很安静,清晨更是万籁俱寂。路上只有你一个人,从明治大道传来的微微喧嚣更凸显了巷弄的寂静。

你拐过转角,看见一辆黑色面包车停在狭窄的路边。

你对这辆车没印象。车窗上贴着反光隔热膜。

这种"意图掩盖流氓味"的车子在这一带很常见,因此你没多想,径直走过那辆车旁——

说时迟那时快，面包车的门猛然打开，四只手伸出来抓住你的身体。你下意识地想大叫，但还没来得及出声，嘴巴已被一只手捂住。

某处传来尖锐的话音。

"不想受伤就闭嘴！"

粗壮的手臂轻而易举地将你抱起来拉入车中，"砰！"车门猛地关上。

你被绑架了。

你终于明白了自己的处境。

你的嘴巴被捂住，整个人被牢牢地压在后座的椅背上，弄得你发疼。

你的眼泪扑簌簌地落下，全身冒汗。怦咚！怦咚！你的心跳越来越快，越来越大声。

你脑中闪现出那家伙平时殴打你的片段。冰冷深沉的恐惧直直掉进你腹部深处。

好可怕，好可怕，好可怕。

将你拉入车里的，是两个穿着运动服的男人。

其中一人有双三白眼，嘴边还长着一圈胡子，年纪大约三十好几，绑着马尾。

至于另一个人，你对他的第一印象是孩子气，巨大的身躯配上一张娃娃脸，稚气未脱。他留着三分头，眉毛很粗，穿起运动服活像高中运动社团的学生。

"你听好，别吵！"

三白眼男说，嗓音中带着金属般的尖锐。

孩子气的三分头男捂着你的嘴巴，整个人重重地将你压在椅背上。

别说吵闹了，你根本连声音都发不出来。

"抱歉了，小妞，陪我们一下吧。"

前方传来粗哑的声音。

你动弹不得，只能将视线移向副驾驶座上那名转头看着你的衬衫男。他跟不倒翁一样圆滚滚的，小平头，黑发中掺着几丝白发。与在后座压制你的两人相比，他显得年长许多。

他身旁的驾驶员是电棒烫男。看来，绑架你的共有四人。

三分头男的呼吸略显紊乱，但压着你的力气丝毫未见减弱。

电棒烫男发动引擎，车子动了。

你的背部感受到了行驶带来的惯性。

三分头男就是不肯松开你。

好痛。好痛苦。好可怕。

汗水让你的体温直线下降。

好冷。

通过眼角余光，你瞧见了车窗隔热膜外的灰色景致。高楼大厦如跑马灯般流逝而过，你不知道车子将驶向何方。

为什么他们要绑架我？我要被带去哪里？

窸窸窣窣。你转动眼球，望向声响传来的方向，只见三白眼男正在翻你的皮包。

他打开钱包，抽出里面的纸钞。这是你陪四个男人睡觉所赚来的钱，而且其中两个是"来真的"，有一个（应该说是一只）还不戴套内射。

啊，这就是传说中的"狩猎应召"？

你终于明白了。

想从早上刚下班的性工作者身上攫取金钱的不只是牛郎，还有人以更直接、更暴力的方式抢夺钱财，那就是"狩猎应召"。

无实体店面的应召站办公室不会设在闹区，而是设置在附近的办公大楼或住宅区里。这种地方从凌晨到清晨通常都杳无人迹，是歹徒埋伏作案的最佳时机。

歹徒的目标是应召小姐而非应召站，因此，只要受害者忍气吞声，事情就会不了了之。受害的应召小姐几乎不会报案，而应召站和在其背后撑腰的暴力组织也不想自找麻烦，所以不会追查歹徒，更不会收拾善后。

遭警方大力扫荡的歌舞伎町中,那些隐没在台面下、在周围讨生活的性工作者,就这样神不知鬼不觉地遭到绑架、抢劫,甚至强暴——你听过类似的犯罪传闻,公司也叮嘱过你们务必小心,但你万万没想到,这种惨事居然会发生在自己身上。

就跟染上性病的情形一样。你不该心存侥幸,因为风险真的很高,而且并非想避就避得掉。

"搞什么,只有这么一点钱?"

三白眼男数着钱,尖声笑道。

你觉得自己的胸口仿佛正被狠狠地割开,体内的灵魂也被硬生生地捣烂。

辛辛苦苦赚来的皮肉钱不仅被抢走,而且还被耻笑,天理何在?

你咽不下这口气,好想大哭大闹一场。

然而,人高马大的三分头男压制着你,你动弹不得,连声音都发不出来,只能饮恨。

行驶几十分钟后,车子停了下来。

街上的喧嚣声消失了。

此处应该还在东京都范围内,只是比较偏僻荒凉。

引擎熄火,副驾驶座上的圆胖男朗声说"走吧",三白眼男也应声说"好",随即打开车门。

看来圆胖男地位较高,可能是老大,而电棒烫男、三白眼男与三分头男则是小弟。

三分头男松开手,放开你的嘴巴与身体。

同一时间,你大口喘气,呛得咳了好几下。

"过来。"

三分头男拉住你的手,你毫不抵抗,乖乖下车。

"算你倒霉,不过也算你活该,谁教你要卖肉。"驾驶座上的电棒烫男窃笑道。他叼着烟,似乎不打算下车。

他们带你来到一幢大建筑物的后方,建筑物大如工厂。

此处是视觉死角,路人无法从马路上一窥究竟。这里杂草丛生,水声淙淙,或许附近有河流。

面包车的停车处旁有间小组合屋,圆胖男打开门锁入内,三白眼男与三分头男也带着你走了进去。

屋子约有十叠大,后面有个小厨房,地上铺着灰色地毯,窗帘全都拉着。除了墙边的两个小柜子,室内没有任何称得上家具的东西,房间正中央则有一张大床垫。

"过去!"

三分头男用力一推,你不禁踉跄几步,倒在床垫上。

"啊!"

"嘿嘿,就算你叫破喉咙,外面的人也听不见。"

圆胖男一边解开衬衫的扣子,一边靠近你。

果然,他们的目的不只是抢钱……

接下来会发生什么事,你心里大致有底。

三分头男跟三白眼男没脱衣服,在门口把风。

看来,只有圆胖男老大会对你下手。

算了,随便你们。

你完全豁出去了。

"好了,开始吧。"

圆胖男一丝不挂,全身毛茸茸的,仿佛野生动物。乌黑的体毛从他的胸口延伸至腹部、胯下,阴茎垂软,好似一条细长的蛇。

"欸,小妞,你不爽的话就逃啊,用力挣扎啊。"

圆胖男不可一世地说道。

然而,你不想逃走,也不想费力挣扎。

反正怎么反抗都没用,既然如此,倒不如顺着他的意,省点力气。

你在床垫上跪坐，自己解开胸罩扣子——你母亲似乎也做过类似的事情。

接着，你向他求情。

"我会乖乖听话的，请你对我温柔点。"

事已至此，只能认命了。你决定把这件事当成加班，只不过不但没钱赚，还被抢了个精光。总而言之，你想尽量减轻痛苦，早做早解脱。

不料，圆胖男却皱紧眉头，大吼一声："放屁！"

你吓得缩起身子。

什、什么？

"你讲什么屁话！你可是被陌生男人绑架了，而且可能会被强暴啊！你不想乖乖认命吧？不想被强暴吧？"

这男人在说什么？

你一头雾水，而圆胖男则口沫横飞地接着说："还有，你不是在卖身吗？不是专业的性工作者吗？怎么可以轻易让人白嫖啊！要有尊严啊！你要认真、拼命抵抗才行啊！"

他到底在鬼扯什么？

真是莫名其妙。

不想乖乖认命？不想被强暴？那还用你说。可是，绑架我的不就是你们吗？

尊严？你不就是打算践踏我的尊严吗？

还是说，只要我拼命反抗，你就愿意放我走？

只见圆胖男声泪俱下地惨叫道："全毁了！践踏拼命抵抗的人才有价值啊！这下全都毁了！"

什么跟什么啊！

你还来不及回神，就被圆胖男推倒在床垫上。

他剥下你脱到一半的胸罩，也一并脱掉你的内裤跟塑身裤。

搞什么，到头来还是要强暴我嘛！

就在你这么想的瞬间,圆胖男伸手扣住你的脖子。

"我来逼出你的干劲。"

他用力掐住你的脖子,压迫你的气管,使你无法呼吸。

好痛苦!

你奋力挥动四肢,双手攫住圆胖男的手臂,拼命想挣脱。

"对!就是这种干劲!很好,再来!千万不要放弃,直到最后都要卖力挣扎啊!"

无论你多使劲,圆胖男的手依然牢牢掐着你。

"很好,对,就是这样!再用力点!用力挣扎!你也不让步,我也不让步!这就是战斗的本质!这就是生存!想活着就得战斗!好,我也要上了,喝!"

你的下半身忽地感受到一股冲击,你知道他进入了。

"太棒啦!太棒啦!太棒啦!"

圆胖男一边掐着你的脖子,一边冲刺。

他摇头晃脑,圆脸上浮现出青筋,汗水飞溅到你脸上。

好痛苦。

你的手开始失去知觉,逐渐无力再抓住圆胖男的手臂。

你觉得自己快死了。

"噢噢噢噢噢!"远方传来野兽的咆哮。

你的眼前一片蒙眬。

你的眼睛仿佛被蒙上了一层黑纱,连眼前的圆胖男都看不见。

我要死了——

你原本以为自己会被那家伙杀掉。

可是,谁知道居然会死在这种莫名其妙的家伙手下。

为什么我会落得这种下场?

刚才好像有人说,算我倒霉?

谁叫我要卖肉?

对，没有错，可是你们说，我还有什么路可走！

王八蛋……

你的神志逐渐模糊。

我不行了……

在即将断线的意识之中，你听见了一个声音。

"别死！"

是小纯的鬼魂。你死去的弟弟正冲着你大叫。

"姐姐，别死！活下去！"

他明明选择了死亡，居然还好意思叫你活下去。

一条橘红色金鱼出现在你漆黑的视野一隅。

"机会来了！你非活下去不可！水到渠成的时刻到了！杀掉那家伙的条件凑齐了！"

在"幽会人妻"上班不久，你遇见了那家伙——牛郎怜司。

那天你第一次上"全天班"，从傍晚工作到清晨。

刚入行时，光是工作一整晚，就让你身心俱疲。你深深地体会到性工作其实是严苛的肉体劳动。

此时你跟同事还不熟，下班时没人陪你走到车站，你只好拖着铅块般沉重的身体，独自走在清晨的歌舞伎町。

身体疲累，腰就挺不直，视线自然往下垂。

于是，你看到的净是路边的空罐、烟蒂、揉烂的传单之类的垃圾。

"小姐，你没事吧？"

闻声，你抬头一看，原来是一名穿着浅粉红色针织衫与黑色外套的高大男子，正忧心忡忡地看着你。

他就是怜司，本名河濑干男。

此时的你，并不知道牛郎店改为清晨营业，也不知道他们故意换上便服，锁定应召小姐，"假搭讪之名，行拉客之实"。

因此，你以为他是真心关心你。

"你气色不好啊，是不是出来夜游，喝酒喝太凶？"

"呃，我……"你停下脚步。不，应该说不小心停下脚步。

怜司有双漂亮的凤眼。当时你尚未了解夜店街的生存之道，身心俱疲时遇上男人的温柔关怀，简直让人无法招架。

"等我一下。"

怜司到旁边的自动贩卖机买来矿泉水，然后递给你。

"刚下班？"他问。

原来他知道！你暗吃一惊，点头道："嗯，算是吧。"

"这样啊，辛苦了。看来你工作很认真。"

怜司摸摸你的头。

你体内涌现一股暖流，这奇妙的滋味使你内心的阴霾一扫而空。

你渴望得到赞美。

与不喜欢的男人上床很恶心。这条路虽是你自己选的，但其实你百般不愿。整晚逼自己咬牙做不想做的事情，也难怪渴望别人的认同。

从怜司的掌心传来了某种感觉，它深深渗入你的脑中，使你宛如久旱逢甘霖。

你顿时潸然泪下，不能自已。

"哇，你没事吧？"

怜司搂着你的肩，温柔地安慰你，轻抚你的头。

"来我们店休息吧。有这个的话，三千元就能喝到饱。"

怜司从口袋里掏出一张小票券。

最终进化形态牛郎俱乐部 Blue Moon 优待券

想想当时的你，怎么会那么傻，连这是拉客手法都看不出来呢？

你打从心底相信，这位关心你的路人只是恰巧在当牛郎；至于邀你去店里休息，也是出于一片好意。

你接受了怜司的邀约，前往他任职的牛郎俱乐部"Blue Moon"。

这个日夜颠倒的奇妙昏暗空间，给了你强烈而难以抵挡的慰藉。

怜司带你到牛郎俱乐部后，美男子们一一现身，对你甜言蜜语，猛献殷勤。

他们对你赞誉有加，没有一个人泼你冷水。"哇——""这样啊。""原来如此。""不简单啊。"他们的嘴巴甜得不得了，还不时轻搂你的肩，摸摸你的头，不忘在交谈中掺杂肢体接触。

其实你们的对话内容没什么营养，只是你也别无所求。此时的你需要的并非惊奇与发现，而是慰藉。

你受到了慰藉，深深的慰藉，浓浓的慰藉。

不久，原本被动接受慰藉的你开始采取主动，不自觉地自掏腰包开了一瓶香槟。

"期待你下次再来，记得指名我。"

你痛快地喝到快中午才结束，怜司送你到店门口，笑着说道。

牛郎店跟色情酒店、应召站这类服务男性的店家不同，店里采用"永久指名制"，顾客一旦指定牛郎，就不得更换。换言之，店家主打的并非一时的快感，而是长久的关系，亦即高真实度的模拟恋爱。几乎所有牛郎店都以这种方式赚大钱，证明它确实切中了许多女性的需求。

因此，不少牛郎会在店外跟顾客见面，发生关系，介入私人生活，对顾客虚情假意。

你第二次来访时指名怜司，他当场邀你出去约会。你喜滋滋地答应了，然后被怜司迷得晕头转向，无法自拔。

沦陷的最大因素是经济状况。开始在应召站上班后，你的经济状况好转了。

薪水是当日支付，你也没有记账的习惯，因此，连你自己都不太清楚月收入有多少，但从每月的花费逆向推算，你的月薪大概是五十万元。地下钱庄知道你收入稳定后，便不再刁难你，别说三万元了，想借多少都不成问题。

扣除母亲的生活费跟卡债，你赚的钱仍绰绰有余。从前你将闲钱拿来购物，如今你的钱都花在怜司身上。

对怜司有更进一步的认识后，你才发觉原来他很爱面子，而且蛮横不讲理。在业界，这种人被归类为"唯我独尊型"。

怜司的口头禅是"不要害我丢脸"。如果你一阵子没去店里，他会突然打电话来骂你："你在搞什么，快来店里找我！不要害我丢脸！"即使你去了，若是点了便宜的兑水威士忌，他还是会骂你："喝什么便宜酒，不要害我丢脸！"

花钱找罪受，真是岂有此理，但你觉得怜司生气的模样充满了男人味。

细数过去的交往对象，你从没遇到过他这种蛮横的男人，这一点深深吸引着你，而他有时也会对你流露温柔的一面，称赞你"谢谢，你最棒了"，更是带给你无上的慰藉。

因为此时的你早已遍体鳞伤。情场失意，又被赶出职场，最后只能下海卖身，这让你的心破了一个洞，唯有怜司能填补那块空缺。

在他人眼中，你只是怜司的提款机，事实上也没错。然而，这其实是你"自己的选择"。以前你选择买衣服，上美容沙龙，现在你选择花钱"和怜司谈恋爱"，两者并无二致。

一旦经济状况稳定，人就不会发现自己周遭的东西有多么扭曲，这是不变的真理。

即使日后清醒，也已万劫不复。

"救救我……"

1月中旬，春节刚过不久，你接到怜司的电话。你从未听过他用如此窝囊的语气说话。

那天下午，在新宿街头，你在通勤途中听见皮包里传来手机铃声。

"我、我受伤了，没办法动……你……快来……"

电话另一端的怜司颤声说着。

你大吃一惊，赶紧打电话向公司请病假，搭出租车前往怜司指定的地点——高田马场站附近。

发出潺潺流水声、蜿蜒流淌的神田川河畔有个被铁丝网围起来的露天停车场，怜司就在那里，伤得不成人形。

怜司倚着铁丝网，如断线的木偶般瘫坐在砂石地上。他伤痕累累，衣服破破烂烂的，显然挨过一阵痛打。原本发长及肩的他，如今头发已被剃成狗啃般的三分头，而且鼻青脸肿，口鼻血流如注。

"天啊！怜司！"

你差点昏倒，但还是努力保持镇定，立刻叫了救护车。

怜司身受重伤，身上共有六处骨折、多处殴伤，送进医院后便直接住院。

主治医师说他没有生命危险，然而，复杂性骨折的部位日后可能会留下后遗症。

一段时间后，怜司终于能说话了。他在床上愤愤啐道："那些家伙真卑鄙。怎么想都是他们的错，公司却跟他们同一个鼻孔出气。"

怜司说，他跟公司的前辈起争执，所以被修理了（也就是被围殴）。

他没有解释究竟为何起争执，只说公司开除了他，还把他从宿舍赶了出来。受了这么重的伤，公司的人却一次也没来探望他，当然也不打算付慰问金或医药费。

你觉得很不合理，建议怜司报警，但他死都不肯答应，还扬言："条子怎么能信啊！不要害我丢脸！"

十天后，他出院了，可是不能回宿舍住，顿时无家可归。他的父亲住在神奈川的海老名市，但他坚持不肯回老家。

怜司的父亲容易发酒疯，他小时候常被喝醉的父亲家暴，直到十六岁才离家出走。

"我老爸怎么看都是酒精中毒，只是死不承认罢了。大白天就喝酒，心情不爽就打我出气，痛殴我一顿后，还会突然哭出来，跟我说'抱歉，请原谅我'啊！有没有搞错啊！如果我一直待在那个家里，要不就是我被我爸杀掉，要不就是我杀了他。"

初次听闻怜司身世的你，对他寄予无限同情。

他好可怜。

不帮他怎么行呢？

原本你就打算帮助他，这下子更加坚定了你的决心。

"跟我一起住吧！"你毫不犹豫地说。

"这怎么好意思？阳子，真的很谢谢你，我只剩下你了。"

怜司皱着那张尚未消肿的脸，哭了起来。

他的泪水带给你一种奇妙的快感。

杜鹃丘的套房容不下两个人住，于是你搬进东中野的两室一厅一厨公寓，邀怜司来住。

由于前任房客自杀，因此房租远低于市场价，但你决定瞒着怜司。

刚出院那阵子，怜司走路依旧一跛一跛的，不过一个月后，他已经恢复了八成，日常生活不成问题。

然而，唯有右手掌还残留着后遗症，无法自由运用手指。如此一来，他无法正常使用筷子，只能用汤匙与叉子进食。

怜司没什么存款，医药费跟生活费都由你支付，不过这一点你早有心理准备。

他出院时，你送了一台笔记本电脑庆贺他出院。这是你去新宿的家电量贩店花三十万买来的，据说是当下最好的机种。

怜司只会用手机上网、传讯息，从未接触过计算机，于是你帮他全部设定好，也教了他基本的计算机使用方法。从前在客服中心学来的技巧，此时竟然派上了用场。

怜司很感谢你，扬言说："我要用这个找到自己能胜任的好工作。"

你则认为只要怜司高兴就好。

"不用急着找工作，慢慢来，你就用电脑打发时间，散散心吧。"

他比你小七岁，今年二十八。这年纪不难找工作，可他是高中肄业，又没有任何证照，而且受伤的后遗症导致他无法灵活运用右手，看来没那么容易找到"好工作"。

怜司每天都守着笔记本电脑，不过只有一开始是在认真找工作，渐渐地，打电动和逛网页的时间越来越长，最后变成整天盯着网络匿名留言板。

然而，你对此毫不在意，认为怜司只要用自己的步调做想做的事就好。

你只在意一件事：怜司的酒量。他每天都会喝酒精浓度为百分之二十五的烧酎，有时甚至会喝一升。

他说："贵的酒会让我想起当牛郎的日子，很讨厌。"所以他都喝些瓶装廉价酒。酒钱不贵，但你担心他喝出病来。

怜司说自己的父亲"怎么看都是酒精中毒"，但是他本人似乎也酒精成瘾。

你曾问他："喝这么凶，这样好吗？"没想到他竟然板起脸大吼："我很强壮，没问题！"从此你再也不过问了。

原本你担心怜司的健康，后来转念一想：遇到那种惨事真的很可怜，既然他喜欢喝酒，就让他喝吧。

怜司在你家白吃白喝白住，不工作也不找工作，每天只会喝酒上网。

他根本就是个不折不扣的小白脸。

除了生理期，你从不翘班，拼命卖身以维持新生活的家计。

起初怜司还算客气，每天都不忘对你说"谢谢""多亏有你，我才能活下来"。

他的话语取代了高级香槟，带给你至高无上的慰藉。你认为只要有他陪在你身边，再怎么严苛、讨厌的工作，你也能咬牙撑下去。

你觉得生活很充实。

与仰赖前夫山崎的薪水过活，去保险公司上班、和上司芳贺谈不拘泥于形式的恋爱相比，你宁可为怜司鞠躬尽瘁，做牛做马，唯有他的感激能深深地满足你。

你甚至考虑过要照顾怜司一辈子。

总有一天，我要跟怜司结婚，然后我出门赚钱，怜司在家当家庭主夫——

你真心这么想。

然而，不久你就清醒了。不，你是被打醒的。

他的严重暴力行为硬生生地打醒了你。

同居三个月后，怜司对你不再满怀感激，反倒为了鸡毛蒜皮的小事挑你毛病。

比如，你帮他去便利商店买便当，如果便当里有他讨厌的香菇，他就会气冲冲地大吼："你瞧不起我是不是！"

而且，他变得很喜欢骂外国人（尤其是中国人和韩国人），动不动就把"如果是我们日本人""身为一个日本人"挂在嘴边。

看来，他常逛的网络匿名留言板给他灌输了这类想法。

他说，在日本的外国人早就集结成反日势力攻占了日本媒体，民众都被洗脑了。

据怜司所言，他在网络留言板上看见了"真相"，也学会了爱国与保卫国家的重要性。

"为了保卫日本，我们必须把在日外国人一个个赶出去！"这种恐怖的言论，他竟能若无其事地说出口。

不过，怜司的个性本来就很大男子主义，你认为既然他有力气发怒，至少代表他的身体已经康复了。

这原本是一件好事，但你万万没想到这个"每天酗酒、散发仇恨言论的男人"居然真的动手打你。

事发的关键,在于怜司发现你们所住的房子是凶宅。

有一天,你一回家,怜司就对你大发雷霆。

"王八蛋,还想骗我!以前有人在这里自杀对不对?"

你出门上班时,隔壁的女房客问怜司:"你们这间房很便宜对吧?"接着就跟他爆料了。

他一如往常喝得烂醉,一边怒骂,嘴巴还一边喷出酒臭味。

"搞什么鬼!你居然让我住在这种地方!想害我丢脸是不是?"

"对不起,可是如果不住在房租便宜一点的地方……"

房租跟生活费都由你支付,因此,这点反驳也很合情合理,怜司听了却更加生气。

"现在你是怪我了?!因为我没赚钱,所以没资格挑房子是不是?"

说穿了就是如此,但你依然摇摇头说:"没这回事。"

接下来,你只看到怜司举起右手。

"啪!"你的左脸遭到一阵重击,头猛然一偏。

迟来的麻痛感从你的左脸处逐渐扩散。

他甩我巴掌——刚回过神,你的肚子又挨了怜司一记重拳。

这股前所未有的剧痛使你窒息。

"哈嘎!"

你发出动物般的号叫声。那根本不像你的声音。

电视剧跟漫画里经常出现肚子被殴而昏倒的桥段,现在你知道那是假的了。人没那么容易失去意识。疼痛、苦楚与反胃的感觉,从你的伤处流窜至全身。

"不要——"

你捂着肚子,还没说完"不要打",就又被踹了一脚。

你条件反射地伸手抵挡,却挡也挡不住,整个人弯成"く"字形飞了出去。你的腰撞上桌子,桌上的杯子掉下来摔了个粉碎,声响听起来异常刺耳。

怜司再度举起手。

你蜷起身子，蹲下来背对怜司，以保护身体。

背部又挨了一记重击。

你以为身体要裂成两半了。当然，你的身体没有裂开，意识也没有断线，唯有疼痛与苦楚持续折磨着你。

"不要打了！"你终于喊出了声。

怜司却没有停手。

"你说停就停？""瞧不起老子是不是？""脸都被你丢光了！"

他的辱骂与拳打脚踢，如豪雨般落在你身上。

怜司那只因后遗症而无法灵活运用的手，用来殴打弱者倒是挺利落的。

好痛。好恐怖。好痛苦。别打了。别打了。别打了。

你的情绪逐渐简化。

一切不知持续了多久。感觉就像一辈子那么长，你还以为自己会死在他手中。不过，实际上只过了几分钟。

在你即将丧命之际，暴力之雨停歇，换成了另外一阵雨。

"对不起、对不起，真的对不起。"

不知道什么时候，怜司竟抱着你，一边哭一边道歉。他的泪水一滴滴落在你的后颈上。

"我不小心气昏头了。对不起，原谅我。多亏有你我才能活下来，我却恩将仇报。住这间房没关系，我没有任何意见。"

受暴的后劲尚未从你身上褪去，你的身体发烫，频频颤抖。

"怜司，你不会再打我了吧？"你挤出声音问。

"嗯，我不会再做这种事了。我保证。"

他哭着向你保证，没想到隔周就毁约了。

这次他生气的原因，比上次更微不足道。

这天怜司似乎心情不好，中午一起床就臭着脸，然后开始喝酒。

他今天喝酒的速度比以往快，一直嘀咕着"可恶""为什么我这么倒霉""开玩笑"，火药味浓厚，因为上周才发生过不愉快，你不想再刺激他。

你决定早点出门。

下午，你一边准备外出，一边辩解似的咕哝着："今天有客人提早预约，好烦。"

这句话就是引爆点。

"王八蛋，有工作了不起是不是？你在挖苦我吗？"

酒瓶先飞了过来，接着拳头也跟了过来。

又下雨了。暴力之雨与泪雨。

你全身上下无一幸免，隔天痛得无法上班。

怜司再度哭着道歉，向你保证"下次绝不再犯"。

你一边听，一边思忖：对了，我好像听某个男人说过，他从小被父亲家暴，导致十六岁时离家出走。

你终于发觉大事不妙。

这个人没救了。他心中某个重要的部分，大概已毁坏殆尽。

他不会遵守约定的。只要跟他在一起，你就会一再挨揍。

或许他不是自愿如此的；或许是酒精害了他；或许他并不想揍你；或许怜司也不乐见发生这般暴力与泪水的循环，这一切却注定要发生在他身上。

但没救就是没救。

跟他结婚？请他当家庭主夫？不可能。

你们从牛郎与顾客时代一路累积至今的情感，在此刻顿时冷却、失温、崩塌。

我真是个超级大傻瓜。

你觉得自己简直无药可救。

那些原本深信地球是宇宙的中心，后来才发现地球竟然绕着太阳转的人，大概就是这种心境吧。

只是，察觉真相不代表能扭转情势。

恐怕你也无法阻止怜司使用暴力。

逃离暴力最简单的方式，就是分手。

但分手谈何容易？你连提都不敢提。万一说出口，搞不好会被打死，而且你也不知道要逃去哪里。

与其如此，你宁愿不要看见真相，宁愿不要清醒。

既然无法逃离暴力，与其苦恼，不如接受。

万一挨揍，就想想"其实他也受伤了""最痛苦的人是他"，最好对自己的痛苦视而不见，并傻傻地相信"总有一天，我要跟他共组一个和乐的家庭"，这样会好过许多。

可是你办不到。

你从未尝过如此残酷的暴力，肉体的疼痛逼得你不得不面对现实。

而一旦察觉真相，就无法再装聋作哑了；一旦清醒，就无法再沉浸于幸福的梦境中。

你心中那个"可怜而无助的情人怜司"早已消失，摇身一变成了"把你当成沙包的恐怖小白脸怜司"。

你错愕万分，问自己：为什么要卖身养这种男人？

清醒使爱情逝去，徒留懊悔。

可是，你不知道究竟该从哪里开始懊悔才好。

是否不应该向怜司提议同居？可是当时是情势所逼。还是说，不应该接下那通电话，搭救怜司？可是他那般绝望地向你求救，谁能忍心拒绝？那么，是否当初不该跟着怜司去牛郎店？但你那时非常渴望慰藉。那就是不该在应召站工作了？可是那时……

追本溯源，最后只能怪自己不该被生下来。然而，出不出生本来就由不得你，所以你无从怪起。

啊，对了，这就是所谓的"人只是一种自然现象，没有道理可言"啊。

懊悔是一种只会腐蚀内心的情感，毫无存在的意义——不，或许所有的情感都没有意义。

你不禁认为自己接下了烫手山芋。

每个月接济母亲固然是你的重担，但血亲可不是说甩就能甩开的；至于怜司，他就只是个与你非亲非故的烫手山芋。

而且，他压得你喘不过气，让你的生活失去光彩，只留下卖身的痛苦与挨揍的疼痛。

你硬着头皮卖身，养活一个自己不爱的恐怖男人。

为了不惹他生气，你搞得自己成天紧张兮兮的，生怕说错话，做错事。

可是，有时还是会有飞来横祸，你只能赶快蹲下身子以减轻伤害，等待暴力结束。

你提心吊胆地度过了一段日子。盛夏已尽，时间进入8月下旬。

这天早上，你如常下班，身体沉重得仿佛血管中塞满了淤泥。重度劳动果然吃力，夏天工作比往常更耗体力。

今天只有树里跟你同路做伴。

"想到家里有那家伙就觉得烦。"

"干脆溜走算了。"

"不行，我又没地方可去。"

"是，也对。"

"我的桃花全都是烂桃花。"

"哈哈，我的桃花运也好不到哪里去啊！"

你只会对树里聊起怜司，偶尔向她抱怨。树里说她的每任男友都会揍她。

你们在明治大道分别，接着你一面闪躲牛郎店的皮条客，一面穿越歌舞伎町，独自走向车站。

途中,你经过了贴着竞选海报的布告栏,上头并列着数张陌生大叔大婶的笑脸。

据说月底的选举将是日本首度正式的政党轮替,最近每个电视节目都在探讨此事。怜司口沫横飞地说:"这次想取得新政权的政党是反日组织的首脑,绝对不能进行政党轮替!"

你觉得事不关己。反正政党轮替也不会改变你的生活,而且还会惹怒怜司,既然如此,你宁愿不轮替。你从来不曾投过票,这次你也不会去投票。

如果你们有人愿意救我,别说投票,要我做牛做马也行。

你暗自嘀咕着走过布告栏,忽地听见了久违的鬼魂呢喃。

"姐姐,那我来发表政见好了。我的政见就是'我会救你'。"

只见年轻女性候选人海报的嘴唇开始颤动,紧接着变成一条橘红色金鱼,浮在空中。

他好久没出现了。仔细想想,自从你认识怜司后,他便不再出现。

"好久不见。"

"我只会在你遭遇危机时出现。"

鬼魂啵啵笑道。

从前也是吗?我记不得了。

不过,现在的确是危急关头。

"正确说来,是你自己救自己,毕竟我活在你体内嘛。其实,你早就知道该如何脱困,我只是提点一下而已。"

"我早就知道?什么意思?"

"只要那个会揍你的男人消失,然后再拿到一笔助你脱离火坑的大钱,问题就解决了,对吧?"

没错。

你常常想,若是怜司消失就好了;若是能拿到一笔大钱,你就不必再卖淫了。

"你在说什么啊,我要怎么做才能办到?"

"杀掉他就好了。"

鬼魂干脆地说道。

"咦?"

"只要杀掉那个男人就好了。然后用他的命换钱。"

杀掉怜司?

用他的命换钱?

你还来不及意会,鬼魂又继续往下说:"这个世界上有一种机制,能用人命换钱。姐姐,你不是比一般人更熟悉那种机制吗?"

鬼魂发出啵啵的笑声。

"对,就是寿险。"

意识稍微清醒了些,你感觉到有人在轻拍你的脸颊。

接着,你听见了声音。

"——喂,你还活着吗?还活着就应个声啊。"

你缓缓张开双眼。

组合屋的天花板与圆胖男进入你蒙眬的视野。

咦?这男人是谁……

昏迷前的记忆,逐渐在你脑中苏醒。

生日。被一只像癞蛤蟆的客人内射。笨女人说她要奉子成婚。癞蛤蟆的精液从胯下流出来。回公司洗澡后,在返家途中遭到绑架。狩猎应召。四个男人。啊,对了,我被这个圆胖男掐住脖子强暴了。

意识渐渐模糊时,你以为自己死了——但你没有死,你活下来了。

"哦,还活着啊。"圆胖男露齿而笑。

身体恢复知觉后,你才发觉自己一丝不挂地倒在床垫上。

你慢慢起身。

"幸好你没死,不然处理尸体可是很麻烦的。"

圆胖男已套上衬衫,一旁还有三白眼男、三分头男与原本在车上的电棒烫男。他们三人似乎松了一口气。

你的阴部周围沾着半干的精液,这大概是圆胖男的杰作。

"辛苦了。用这个擦一擦,把衣服穿上。"

圆胖男递给你罐装湿纸巾。

你默默接过,用几张湿纸巾擦拭胯下。

你的脑袋异常清醒,你觉得自己仿佛脱胎换骨,如获新生。

你拾起散落在床垫上的内衣裤与衣服,匆匆穿上。

"这是你活下来的奖励。"

圆胖男将一张万元纸钞扔到你面前。

"我们送你去葛西车站,你从那里乘车回家。一万够吧?"

原来我被载到了这么远的地方?

不过,一万元用来搭出租车应该绰绰有余。

只是……

你没有捡钱,反而看着圆胖男旁边的三白眼男说:"我不要这一万块,叫那个人把他偷走的钱还给我。"

这男人在车上抢走了你的皮肉钱,而且还嘲笑你。不把这笔钱要回来,你誓不罢休。

跟强盗要钱简直就是鲁莽,但不知怎的,你一点都不害怕。

"啥?"三白眼男威吓一声,朝你逼近一步,"王八蛋,有种再讲一次!"

你毫不畏惧地注视三白眼男。

圆胖男笑着扣住三白眼男的肩膀。

"小妞,你胆子不小嘛。好啊,还给她。"

"可是……"

"零用钱我给你。把钱还她!"

圆胖男态度强势,三白眼男只好不甘心地点点头,摸摸口袋。

"拿去。"

他不屑地将钱扔过来，几张皱巴巴的纸钞落在你面前。

你捡起纸钞。

"姐姐。"

头上传来话音。是小纯的鬼魂，他在你昏迷前出现过一次，如今又在靠近天花板顶端的地方来回游动。

"时机到了吧？"

没错，时机到了。

从你发现自己没死的那一刻起，从你发现自己活下来的那一刻起，杀人的决心倏然从天而降，落入你脑中。

条件都凑齐了。

动手吧。

你明知此举不正常，却仍坚决执行。

你直视这伙人的老大——圆胖男，问道："你杀过人，对吧？"

这男人说处理尸体很麻烦，换句话说，他杀过人。

圆胖男扬起嘴角。

"是啊，那又怎样？"

他的语气中泛着一丝冰冷锐利的气息。

此人肯定杀人不眨眼。

"你要不要帮我杀一个人？成功的话我付钱。"

圆胖男双眼圆睁，扑哧一笑。

"我会给你很多很多钱！帮我杀人！"你大喊。

三白眼男、三分头男与电棒烫男惊讶地面面相觑。

"哼，有意思。"圆胖男在你面前盘腿坐下，"说来听听。"

直到此时，你才注意到圆胖男搁在膝上那只略黑的手。

一、二、三、四、五、六——那只手有六根手指。

男子见你盯着他的手，贼笑道："嘿嘿嘿，不错吧？老天爷多给了我一根手指，跟太阁大人一样。"

20

"我还顺便告诉他'上一任房客自杀了',结果,那天铃木小姐回来后,隔壁传来'搞什么鬼''想害我丢脸是不是'之类的怒骂声……呃,我是不是不应该告诉他?这样好像很对不起铃木小姐……"

远方传来电车奔驰的声响。

"对对，就是这个人。她以前住在我隔壁。啊，我想起来了。铃木小姐，铃木小姐，她的门牌上好像就是写着'铃木'。"

一名年约三十五岁的女子看着铃木阳子的照片，点头说道。

"这位铃木小姐在2009年1月到11月之间住在这里，对吧？"

奥贯绫乃一问，女子偏着头说道："呃，我也不确定。"

算了，记不得邻居的正确居住期也没什么好奇怪的。

绫乃决定用当年的重大新闻来提示她。

"那年在震灾发生前换过执政党，还有迈克尔·杰克逊也死在那一年。"

"哦——那我想应该就是吧。"

根据住民票上的信息，新干线东中野车站附近的"Verde东中野"是铃木阳子第一次再婚前住过的公寓。

"您跟铃木小姐有来往吗？"

"我跟她没什么来往，而且她做特种行业。"

"特种行业？您知道详细的工作内容吗？"

女子赶紧摇摇头。

"不，我没问过她，只是她老是傍晚出门，早上回来，还有衣服、包包的款式……总之，她看起来就像是在应召站或色情酒店之类的地方上班。这是我个人的猜测。"

"我懂了。"绫乃点头。

或许这位邻居并没有猜错。

铃木阳子先去"常春庄"探望母亲并决定支付抚养费，之后才辞掉保险工作。她在急需用钱的时期失去了工作。

照税务记录来看，她离开新和人寿后并没有收入，但那只代表没有代扣和申报所得税的记录。

既然她有地方住，对母亲的接济也没有中断，就不可能没有收入。这表示铃木阳子一定有工作。

许多应召站与色情酒店不会代扣所得税，因此，税务记录一片空白并不足为奇；此外，急需用钱的女人，的确很容易选择这类工作。

绫乃再度发问。

"方便聊聊铃木小姐住在这里的状况吗？凭印象回答就好。"

"这个嘛……"

女子抬起头寻思半晌，接着说道："感觉怪可怜的。她有个伴，不知道是她老公还是男朋友，好像是小白脸。"

"小白脸？意思是说，她与男人同住？"

"咦，嗯，对啊。"

"那男人长什么样子？"

"呃，个子很高，长得挺帅的……"

哦，原来如此。

绫乃脑中的几块拼图终于拼在一起了。

"是不是这个男人？"

她亮出手机里的照片。

照片里，一名生着凤眼、穿着亮面黑西装、顶着牛郎头的男子，正面对着镜头。

这是铃木阳子的第二任丈夫，河濑干男。绫乃调查他的来历后，知道他曾在歌舞伎町的牛郎店上班，于是从该处取得照片。

牛郎店的老板说，河濑干男跟资深牛郎起争执，后来自己辞职了。

"啊，对对对，就是这个人。不过，他的头发比这张照片里短。"

铃木阳子住在这幢公寓里时，应该还没登记结婚，那么就是同居了。

"铃木小姐一开始就跟这个男人住在一起吗？"

"呃，嗯，大概吧。"

这幢公寓并非单身公寓，住户大多都不是独居，这名女子也和姐姐同住。

铃木阳子的上一个住处是调布市西杜鹃丘的单身公寓。她跟第一任丈夫山崎离婚后，便搬到了杜鹃丘，那边的邻居没提过同居人的事情。

如果铃木阳子辞去保险工作后转行做特种行业，然后认识了牛郎河濑干男，说来挺合理的。性工作者或女公关跟牛郎交往是常有的事，可能他们交往之后就搬过来同居了。

"请问，您说他是小白脸，是指他没有工作吗？"绫乃问。

女子含糊地点点头。

"我想应该是吧，他整天都在家。当然，也有可能是个人工作者……不过，我听过他大吼'有工作了不起是不是'，所以八成没工作。"

"大吼……"

"对对，还有我也听过那个……铃木小姐的惨叫声。好可怜，她好像偶尔会被打，我看过好几次她鼻青脸肿的样子。"

家暴啊。

绫乃蹙起眉头。

家暴并不罕见，如果加上台面下的案例，夫妻、情侣之间的家暴发生率，其实远高于世人的想象，而且多半都是女方受害。

女子忽然想起某件事，赶紧补充："啊，对了，我曾经问过那男人房租的事——"

那间公寓的前一任房客自杀了，所以它其实是"凶宅"。

女子曾在走廊巧遇那名男子，若无其事地问他："你们这间公寓很便宜对吧？"不料他完全不知情，表情甚为讶异。

"我还顺便告诉他'上一任房客自杀了'，结果，那天铃木小姐回来后，隔壁传来'搞什么鬼''想害我丢脸是不是'之类的怒骂声……呃，我是不是不应该告诉他？这样好像很对不起铃木小姐……"

猫哭耗子假慈悲。

绫乃打听完毕后，已经傍晚六点多了。东京的樱花已落尽，白天时间变长，此时天空依然泛着淡蓝色。

绫乃决定先去东中野的甜甜圈店吃点东西再回去。

"看来她与河濑干男在东中野同居。"坐在绫乃对面的井上一边吃着传统甜甜圈，一边说道。

他是警视厅搜查一课的资深刑警，绫乃结婚辞职前就认识他了。他们在联合搜查总部属于同一组，井上平易近人，生着一张财神脸，完全没有刑警的架子。他说由女性出马比较好打听消息，因此全权交由绫乃探口风。

"是啊。"绫乃搭腔。

他们在"Verde东中野"问了大约五名房客（包括隔壁的女房客），当中没有人与铃木阳子有来往，但所有人都记得与她同居的河濑干男，也听到过怒骂声与惨叫声。

看来，铃木阳子当初确实与河濑干男在那幢公寓同居，也被河濑干男殴打过。

根据户籍与住民票的记载，铃木阳子于2009年11月与河濑干男结婚，然后从中野区搬到三鹰市，在"三鹰Ester"定居。

然而，其他搜查员去三鹰市打听时，获得的结果却都跟绫乃的相同：邻居只见过铃木阳子，从未见过她的丈夫河濑干男。这地址果然是烟幕弹，河濑干男八成不住在那里。

结婚八个月后，即2010年7月，河濑干男死于"三鹰Ester"附近三鹰市牟礼的路旁。生前被障眼法隐藏身形的透明人，死后障眼法也随之失效，现出了原形。

"奥贯小姐，你怎么想？河濑这男人的暴力行为跟本案有关吗？"井上问。

"该怎么说呢……遭受家暴或虐待的女性，确实有可能一时冲动杀了丈夫或伴侣。"

从前，绫乃在女性搜查班处理过几桩此类案件。

有些女人为了逃离不合理的掌控，会不惜杀害男方。虽然杀人于法不容，但有些人的确已走投无路，若不先下手为强，恐怕必死无疑。

这桩案子或许也是类似的情况，不过……

绫乃继续补充。

"如果只是想逃离暴力，其实只要杀掉河濑干男就好。"

"说的也是。"

井上点头，啜饮了一口甜甜圈的附餐咖啡。

河濑干男死后，铃木阳子又与两名男子结婚，当了两次寡妇，八成是为了诈领保险金而杀人。

他们婚后都不曾出现在住家周遭，直到死后才横尸在自家附近。

绫乃也喝起自己的咖啡——没加牛奶也没加糖。近来快餐店的咖啡变好喝了，黑咖啡喝起来也不错。深黑褐色的液体在杯中波光荡漾。

"若是能找到那个姓八木的男人，案情就明朗多了。"井上喃喃说着。

"是啊。"绫乃同意。

八木德夫。

他是撞死铃木阳子最后一任丈夫的人。假如将一连串的离奇死亡案件视为连环保险金杀人案,那么他就是最后的犯罪执行者。

科学搜查研究所在今天早上的搜查会议上提出了几项报告。

详细检查"Will Palace 国分寺"的尸体(应该说肉块)后,他们检验出微量的三唑仑,这是很容易取得的强效安眠药的主要成分。

此外,尸体的DNA与绫乃从Q县"常春庄"带回的脐带DNA一致,尸体的身份被正式确认为铃木阳子。如此一来,目前所知的案件关系人中,只剩下八木还可能活着。

现在八木下落不明,联合搜查总部正讨论是否该将他视为嫌犯,进行公开搜查。

八木肯定知道详细案情,但他应该不是主谋。从犯案形式推断,如果案情持续扩大,下一个死的绝对是八木。他在这桩案件中恐怕只是执行者,他被主谋诱骗涉案,最后必定难逃一死。说穿了,他只是个可悲的共犯。

策划这起连环杀人案的,应该另有其人。

考虑到制造假车祸所需耗费的心力,涉案者可能不止铃木阳子一人。

本案的被害人与加害人之间互有关联,总部认为其背后势必有一个犯罪集团。

"好了,走吧。"

井上将咖啡一饮而尽,托着餐盘起身,绫乃也应声跟上。

他们从JR东中野站搭总武线到市谷站,然后转搭地铁到樱田门站。他们从四号出口走上地面时,天色已暗。

绫乃忽然觉得天空中有人在看她,于是停下来望向天空。

"啊,今晚是满月。"

井上也跟着停下脚步,仰望天空。

绫乃想起当初在金泽开往 Q 县的那班特快车上,她也看过同样的月亮。

它熠熠生辉,发出孤傲而冰冷的光芒。

她脑中灵光一闪,总觉得案情背后隐藏着更大的秘密。

铃木阳子想逃离的并非小小的家暴,而是更庞大的"什么"。

绫乃的直觉告诉她,成功逃离一切的铃木阳子,其灵魂就在天空彼端。

"怎么了?"井上对凝望月亮的绫乃喊着。

"没什么,我只是觉得月亮很美。"

绫乃耸耸肩。

她也不知道为何这想法在脑中挥之不去,简直就像从天而降,毫无道理可言。

21

◇

　　无论如何审视自己，你内心还是无法冷静地将一切视为自然现象；无论再怎么努力保持达观，你心中还是会燃起热情，产生渴望。
　　这是很自然的想法。每个人都想寻根，想知道自己降生于这个时代、这片土地、这副躯体，究竟有什么意义。

阳子——

江户川区鹿骨——你知道这地名的由来吗？

在距今一千两百多年前的奈良时代，手握大权、荣华至极的藤原氏为了保护平城京[1]而建造了春日大社，从常陆国（现在的茨城县）运送大量的鹿到奈良（鹿是藤原氏守护神"武瓮槌"[2]的使者）。当时交通设施不发达，根本没有柏油马路，在这长达一年的旅程中，不知死了多少只鹿。据说鹿的尸骨就埋在这块土地下面，后来便称此地为"鹿骨"。

那幢宅邸就建造于这片古代神使的坟场上，占地七八十坪，两层楼高，格局是七室两厅一厨。远看有点像公寓，但玄关只有一个，属于独幢房屋。建筑的外观简单大方，不过规格堪称豪宅等级。

屋主是神代武，他就是绑架你、强暴你的六指圆胖男。"是'神'明'代'理人的神代，念法不是'Jindai'也不是'Kamishiro'，而是

---

[1]. 日本奈良时代的京城，位于现在的奈良西郊。——译者注
[2]. 日本神话中的一位神，"武瓮槌"是其在《日本书纪》中的名字，在《古事记》中被称为"建御雷神"。——译者注

'Koujiro'。"他说。

神代是四人中的老大；棕发、声音尖锐的三白眼男是梶原仁；孩子气的三分头男是山井裕明；开车的电棒烫男是渡边满。神代说他们是"一家人"，他自称"老爹"，四人一同住在这幢宅邸了。

神代是个奇妙的男人。

那一天你提议帮怜司保寿险，然后再杀了他，神代听了眼睛一亮："哦？有意思。"

他津津有味地听你解释杀人计划，仿佛孩童看着自己最爱的卡通。不仅如此，他还会搭腔："我懂了，真是好方法。"也会反复确认："等等，你是指这个意思吗？"

待你说完整个计划，他居然直呼你的名字，大笑道："阳子，你太棒了！我爱上你了。"

不知怎的，你没有一丝不悦。

他明明强暴了你，而且还差点杀了你，但浅谈几句后，你们宛如无话不谈的好友。

后来想想，这就是神代这男人的魔力，或是"器量"。这男人就像沼泽，碰到的所有东西都会被他吞噬。

"你愿意帮我吗？"

"那还用说。"他欣然一笑。

既然神代说好，其他三个手下自然也没有意见。

接着，神代说："那个叫怜司的烂牛郎，就由我来调教他。万一阳子在杀掉他之前就被杀掉，那就赔大了。"因此，这天他决定带着手下跟你回到东中野的租屋处。

今天你比平常晚到家，都快中午了，怜司还在客厅沙发上打鼾。

他的笔记本电脑打开放在桌上，还插着电源线。

你凑过去一瞧，屏幕上有个匿名留言板专用的阅读、留言软件，上面标示着怜司常逛的几个版面的帖子。

□媒体不告诉你的世界真相
□【仇韩】了解越深就越仇恨的南北韩与中国【仇中】
□爱国饶舌乐
□【人肉】日本的外国艺人
□【年收入三千万以上】人生赢家请进【限定】

这就是怜司在网络上所看见的"真相"。

你点开帖子，只见里头充斥着"脑残""说别人脑残的人才是脑残""自导自演""呵呵""零分""键盘专家又来了，废渣，去死"这样的话语。

这些躲在计算机后面的发言既丑陋又深具攻击性，大略可分为"我很强"跟"他们是脑残"两种。

留言板浏览器的发文记录中还留有怜司发表过的文章。

　　我是投资顾问，前阵子有一家公司来挖角，执行长姓姜，泡菜味好重（笑）。薪水有九位数，可是我才不去呢（笑）。
　　……
　　我只有初中毕业，但是才二十几岁就赚了两亿。抱歉，什么贫富差距？没有不景气，只有不争气。
　　……
　　综观国际金融动向，雷曼兄弟事件对我根本没有影响，没啥好怕的。买低卖高超爽的——赚翻了。

怜司在网络上创造了另一个怜司，他不是酒鬼又家暴的失业牛郎，而是金融业界的顶尖商业人才。只是他的网络人格流于虚幻，一点现实感也没有。

你越看越觉得心酸。

这个人真的很可怜。

你轻抚沙发上的怜司的面庞。

"嗯嗯……"他低吟一声。

我要杀了你，你想。

"怜司，怜司，起来喽。"

"嗯啊！"

他睡眼惺忪地睁开眼，嘴巴里喷出酒臭。

"怜司，你醒了吗？"

"干吗！"

你对他的抱怨毫不畏惧，说道："有客人。"

你对怜司说，神代是一名企业家，也是"幽会人妻"的常客，其他三人是他的属下。

你原本以为犯起床气的怜司见到四个陌生男人踏进家门会发火，想不到他居然乖乖地把话听完了。

神代他们乍看并不像普通人——应该说，这四个人走在路上，十个人中没一个不觉得他们是流氓。或许怜司就是怕坏人。

才一见面，神代便牢牢抓住了怜司的心。

"首先，相逢就是有缘，我请你吃顿大餐吧。"

说完，神代带怜司去了新宿的意式餐厅，大白天就喝红酒吃比萨，饮酒作乐。

神代热络地与怜司聊天，无论他说什么，神代都大赞："太厉害了！""真不简单！""你真是个男子汉！"即使怜司的话很显然狗屁不通或很幼稚，神代依然赞不绝口，绝不泼他冷水。

旁观者清，怜司正逐渐爱上神代所灌的迷汤。

从前怜司也是用同样的招数引你上钩的，但这次他丝毫没发觉，只会笑嘻嘻地大口喝红酒，嚷嚷："你懂我！我太高兴了！"

你好久没看到怜司笑得这么开心了。你看在眼里，真是又喜又悲。

酒过三巡，怜司越来越滔滔不绝，主题也越来越天马行空。

"学过历史的人都知道，日本人很明显是全世界最优秀的民族，日本也是最伟大的国家。每个日本人都应该对此引以为傲才对啊！"

怜司开始大谈日本比其他国家优秀的地方。

"跟中国比起来""跟韩国比起来""跟美国比起来""跟欧洲比起来"，他随便地将地球切割成几个区域，明明没在当地住过，却夸夸其谈，想来只是拿网络上的信息现学现卖，借此贬低他国，吹捧自己的国家。

神代装出一副听得心悦诚服的样子，一旁的你则越听越心寒。

因为一切都是自然现象。

连你都知道，地球上所有人的基因都大同小异，人类只是随机诞生的动物罢了。每个国家的每个民族都各有优缺点，也都会犯错；纵使日本真的有比其他国家优秀的地方，也只是自然演变而来的，对此引以为傲的日本人，也只是碰巧生为日本人——换言之就是走了狗屎运。他竟然为此沾沾自喜，未免也太好笑了吧。不，说到底，既然一切都是自然现象，何来优劣？民族与历史都是自然形成的，对这两者擅自解读的人类，也是自然现象的一部分。

不过，事情没那么简单。

无论如何审视自己，你内心还是无法冷静地将一切视为自然现象；无论再怎么努力保持达观，你心中还是会燃起热情，产生渴望。

这是很自然的想法。每个人都想寻根，想知道自己降生于这个时代、这片土地、这副躯体，究竟有什么意义。

啊，我懂了。

你终于明白怜司在追求什么了。

"日本人"一词代表着怜司的自大；至于"历史"，则是他因追溯过去而变得膨胀的自我意识。

怜司并非想吹嘘自己的国家，只是想吹嘘自己。

"干男，你真不简单！年纪轻轻却这么有上进心。"

神代直呼怜司的本名，同时用力点头。

这个男人明知怜司是草包，却一直吹捧他，你不禁对此感到不寒而栗。

"你这么能干，我想借重你的能力，请你帮忙做一件工作。"

神代一切入正题，怜司的视线便开始飘移。

大概是"工作"两字打醒了怜司，使他想起现实中的自己。

"可是我受过伤，身上还有后遗症……"

他突然编起借口。

你顿时悲从中来。

"不是，这份工作不必出力，只要动脑就好。我是不大懂啦，网络上不是有个东西叫'留言板'吗？"

"呃，嗯，对。"

怜司的视线不再飘移。听见自己还算熟悉的词，想必令他安心不少。

返回东中野的途中，神代问你："那个烂牛郎有什么嗜好？"你便告诉他怜司每天都逛网络留言板。

"我现在是非营利组织的代表，当然了，我们是慈善事业，可是网络上有人对我们恶意抹黑——"

神代似乎真的是非营利组织的代表。他在车上亮出名片，说自己不是靠着"狩猎应召"过活的。名片上的头衔是"非营利组织Kind Net代表理事"，办公室设在台东区，梶原他们是该非营利组织的主要成员。神代笑着说："我只是把没人要的东西捡起来换钱，跟资源回收差不多。"

"我们是正派营生，所以网络上的抹黑其实没有什么影响，我们也懒得理会，只是想知道网络上到底写了些什么。可是，我跟大家都不懂计算机，因此想找个懂计算机的人。"

"你想上网找评价对吧？那很需要诀窍。"怜司自信满满地说。

"干男，你懂计算机吗？"

"嗯，算是吧。"

"那我能不能请你帮忙？"

"好啊，包在我身上。"

如此这般，怜司接下了神代的"工作"，接着被招待到位于鹿骨的神代家大宅。

"哇！真厉害！"

怜司一踏入那间超过二十叠的大客厅，便高声赞叹。他赞叹的并非客厅的大小，而是展示在壁龛中的那两支一长一短的武士刀。

"这是真刀吗？"怜司问。

"是啊。"神代笑着点头。怜司开始大谈"武士刀代表日本人的精神"，神代则不厌其烦地一边点头，一边聆听。

最后，你们晚上跟神代他们一起吃饭喝酒，并在神代家过了夜。

隔天，神代将工作交付给怜司。

工作地点是神代家的其中一间房间。换句话说，从前他在你家整天黏着计算机，现在他改在神代家整天黏着计算机。

不过，冠上"工作"两个字就是不一样，他盯着计算机屏幕的神情比以前认真许多。

起初，怜司跟你有时会回东中野的租屋处过夜，有时在神代家过夜，后来神代劝你们索性住下来，你们也接受建议，从租屋处搬入神代家。

"你们也是我的家人了，从现在起别叫我'神代先生'了，叫我'老爹'或'老爸'就可以。"

于是，怜司开始叫神代"老爹"，你则叫他"爸爸"。

怜司非常崇拜神代，打从心底高兴能成为他的家人。

神代之前说的没错，怜司果真变成了他豢养的动物，不再对你施加暴力了。

不仅如此,为了方便你张罗事情,神代还帮你出生活费、卡债及你母亲的抚养费。

你不需要再卖身,终于能离开"幽会人妻"了。

最后一天上班时,你碰巧遇见树里,便简单告诉她:"我要辞职了,今天是我最后一天上班。"

"麻里爱,你走了我会寂寞的。"树里对你要辞职感到百般不舍,"下次我们一起出去玩吧。"她主动与你交换手机号码,但后来她一次也没联络过你。

杀害怜司前,你已早一步摆脱了小白脸的家暴及卖身生活。

你趁着怜司酣然陶醉在神代营造的家人氛围中时,一步步地张罗一切。

首先,你拿着自己跟怜司的户籍誊本去办理了结婚登记。

因为从以前开始就是你在帮怜司付医药费,所以他的健保卡在你这里,只要拿着这张卡与委托书,你就能向政府机关申请文件。虽然委托书需要本人亲笔填写,但反正他们也不会真的鉴定笔迹,随便写写就好。此外,只要备齐文件,即使只有妻子一人出面,也能提出结婚申请。

假结婚比一般人想象中简单多了。只凭区区一张健保卡,就能神不知鬼不觉地办理结婚手续,连当事者都不知情。

在你准备文件时,神代他们则选了一个适合杀害怜司的地方。

那是三鹰市住宅区外围的一条宁静巷弄的转角。左邻右舍的窗户看不见那处死角,马路上的汽车驾驶员也看不见那里,是个绝佳地点。

你们即将在那里杀了怜司,并且将其伪装成交通意外。

就杀人诈领保险金而言,伪装成强盗或歹徒行凶绝非上策,因为警方会彻底调查,保险公司也不会轻易付钱,费工费时风险又高。

至于伪装成他杀的自杀，则很有可能赔了夫人又折兵。泡沫经济崩盘的 20 世纪 90 年代后期，自杀诈领保险金的案件在日本大幅攀升，很多人跟你父亲一样债台高筑，但没有逃走，反倒选择用生命来偿还。因此，现在的寿险合约都会载明"投保三年内自杀者不得领取保险金"。

最好的办法莫过于伪装成警方理都懒得理的各种意外。

比如害死你弟弟小纯的交通意外。

你从当时的经验得知，即使因交通意外导致他人死亡，肇事司机也不会背负杀人罪名，而且一旦警方与检方认定被害人有过失，肇事者就不会遭到起诉，可获判无罪。如果没有其他目击者，肇事司机的证词几乎就能决定一切。

你们看上的就是这一点。

你们打算在偏僻的地方开车撞死怜司，而且制造"被害人过失较重"的假象。

如果负责下手的司机不仅没有肇事逃逸，还主动报警的话，警方便会将此案视为一般车祸，最终以不起诉做结。只要司机跟你之间的共犯关系不露馅，计划就能成功。

你试着想象怜司被车撞死的模样，却怎么也不顺利，只能想出 B 级恐怖片中眼珠和脑浆飞溅的夸张死状。

既然已决定好杀人地点，接下来就要找房子了。你跑了几家房屋中介，最后决定租下徒步五分钟即可抵达的"三鹰 Ester"。你将自己跟怜司的户籍迁至此处，也将住民票上的地址改成了这里。

你独自造访了三鹰市公所，提出婚姻申请书。"我先生忙着上班，不方便一起来。我们想今天办理登记手续。"受理的女职员不疑有他，笑着道喜，随即为你办理了手续。

如此这般后，你户籍上的名字从铃木阳子变成了河濑阳子。此外，住民票上的地址也不是你实际居住的鹿骨神代家，而是"三鹰 Ester"。

紧接着,你用怜司的名义投保寿险,将自己设定为受益人。

你大费周章地假结婚,就是为了能顺利投保、领取保险金。

男女结婚时,将妻子设为寿险受益人是常有的事,没有人会质疑,而且身故理赔金是遗产的一部分,政府几乎不会向死者的配偶收税,税务署也不会出面刁难。

一般而言,失业者不会投保寿险,但只要在职业栏填"自由业",定期支付保费,就不会出问题。从前你拉保险时早已将流程背得滚瓜烂熟,因此你深知钻合约漏洞的方式。

你投保的是最简单也最有保障的定期险,而且保额不算高,顶多算是普通价码。假如投保人在投保两年内发生意外,一般寿险公司就会视其为"早期意外",并在给付前进行调查。这时候,如果是保额超过两亿元的高额保险,就会格外启人疑窦。

你不只为他投保了寿险,还投保了"实际上是寿险,却因为属于不同业界而疏于与保险公司交换数据的"共济保险,若再加上强制汽车责任险的赔偿金,你总共能拿到一亿多。

由于文件上的住址是"三鹰 Ester",你偶尔会去那里收市公所跟保险公司寄来的信,办理各项手续。

"世界上最幸福的事情,就是全家人一起吃团圆饭。"

神代常把这句话挂在嘴边。如果没有特殊原因,所有人必须聚在一起吃晚餐,这是神代家的规矩。

晚餐都是由神代一手包办的,他的厨艺堪称一流,日式、西式、中式料理样样精通,连捏寿司都难不倒他。

开始同进晚餐后,你发现他们只是外表凶恶,其实本性不坏。怜司跟你都对这家人一见如故,马上就与他们打成了一片。

随着与大家逐渐熟稔,你才明白,原来住在这幢房子里的,都是无家可归的社会边缘人,他们都是被神代捡回来的。

三白眼男梶原是有两次前科的强盗犯；电棒烫男渡边是被逐出帮派的流氓；大个子山井的父母是毒虫，连小学都不让他念，导致他变成了不良少年。至于神代，他以前在关西曾有自己的事业，只是与当地流氓起了冲突，一夕之间失去了一切。

　　怜司对他们的遭遇心有戚戚焉，便道出了自己受父亲家暴，独自上东京当牛郎，结果被牛郎店轰出门的过往——只是略过了对你施暴的那一段。不过，其他人在沦落至此的过程中，肯定也深深伤害了别人。

　　有时他们聊得起劲，会怂恿你谈谈自己的遭遇，但你觉得有点为难。你总不能在怜司面前说很后悔被以前当牛郎的他拖下水，而且听了大家的身世后，你认为自己的人生其实也没多悲惨。

　　可是神代说你们所有人都是被社会抛弃的"弃民"。

　　"你们都被抛弃了。你们被社会视而不见，是潜藏在社会上的弃民。"

　　被抛弃了——经神代提醒，你才察觉自己内心深处的某种情绪。

　　他说得没错。

　　你不知道抛弃你的是不是神代所说的"社会"，只知道自己确实被某种庞大的事物抛弃了。

　　若真是如此，那又是从何时开始的呢？

　　被保险公司开除时？跟山崎离婚时？父亲失踪时？还是说，打从出娘胎就被抛弃了？

　　你不清楚自己究竟是何时被什么人抛弃的，只知道一回过神，你已失去了归依，独自在世上飘荡。

　　"可是啊，没有人是应该轻易被舍弃的。每个人都有优点。所以，我想为弃民们打造一个避风港。"

　　神代没有说谎。他的确为家人们提供了遮风避雨的地方，你们真的就像一家人。

他自称"老爹",将家里的男人们视为亲生儿子般疼爱,也视你为亲生女儿或妻子。

自从搬来神代家,你跟怜司之间就不再有性生活,神代也理所当然地每周将你叫进他的卧房数次。怜司应该心里也有底,但他直到最后都没说什么。

起初你怕神代又会掐着你的脖子侵犯你,但他说:"阳子,别担心,你已经是我的家人了,我不会对你动粗的。"而神代也真的不再掐你的脖子,不再动粗,只是正常地和你"激烈"上床。

与神代翻云覆雨,使你感到了深深的愉悦。

说白了,就是你从神代身上感受到了爱。

没错,是爱。

神代不只对你投注情欲,也毫不吝惜地向包含怜司在内的全家人投注亲情之爱。

餐桌正是最好的证明。他的餐桌上确实洋溢着"幸福"。

然而,假若你停下来仔细环视,就会发现四周的景象有些异样。那是一片巨大的沼泽,位居中心的神代,将周遭的人一个个吞没。

神代说"想为弃民们打造一个避风港",但他经营的非营利组织"Kind Net"却将那群被社会遗弃的人关在恶劣的"避风港",借此赚钱。

此外,神代一个月会带梶原他们去"狩猎应召"一两次。你也曾是受害者,因此你知道抢钱并非他们的主要目的。狩猎一次顶多能抢到几万块,风险、劳力与收获不成正比,这一点神代不可能不清楚。

即使如此,他们还是乐此不疲,说穿了就是为了"狩猎"。神代一方面索求你的肉体,对你投注爱情,另一方面也像个钓客般在清晨的街头物色应召小姐,加以强暴。

不,说不定不只是强暴。那天你活下来可能只是命大。你没跟着他们一起出门狩猎，所以不清楚详情，但如果神代对待猎物的方式与上次绑架你时一样，闹出人命也没什么好意外的。话说回来，即便闹出了人命，只要他们把尸体处理干净，没有人会为少了一名应召小姐而大惊小怪，顶多认为她逃走了。

神代很享受狩猎应召的乐趣，包括花力气寻找猎物、绑架女人，以及承担误杀猎物的风险与麻烦，这一切都令他乐在其中。

他不正常。

可是，你一开始就知道他不正常。

正因为这男人不正常，他才会参与你的杀人计划。

怜司绝对料想不到，与他同住在一个屋檐下的"家人们"正一步步地准备杀死他，而他在神代家的每一天也让他逐渐改变，变成一般人眼中更好、更讨喜的人。

看来，神代编造的那个搜索页的"工作"，为怜司的生活制造了动力与干劲。

自从来到神代家，怜司的作息跟三餐都变规律了许多。

神代并没有亏待怜司。怜司与其他家人都是他的好儿子，他肯定怜司，称赞怜司，还每天让他吃好吃的东西，有时也会训他几句。只要怜司开心，他也开心。

怜司变得越来越平易近人，尽管依然喜欢喝酒，却不再喝醉闹事，饮酒量也逐日减少。此外，他跟神代以外的家人也打成了一片，尤其跟年纪比他小的山井最合得来，两人常常一起出去玩。

假如他原本就是这样的人，该有多好。

看着怜司日渐改变，你心中不禁浮现一丝无奈。

假如从前的怜司不对你施暴，个性稳重老实，你根本不会想杀了他。

某一天，你趁着与山井独处时私下问他："你会不会不想杀掉怜司？"

你想，山井跟怜司感情这么好，说不定会顾念情谊。

不料，山井满不在乎地答道："老实说，心里真的有点难受，但是也没办法啊。公私要分明，毕竟老爹已经在他身上花了很多钱了。"

他说得没错。

现在的怜司是杀了可惜的"好怜司"，但以前的怜司是死不足惜的"坏怜司"。将怜司变好的人是神代，如果不是神代为了杀人取财而接近他，"好怜司"根本不可能出现在这个世界上。

那就没办法了。

感情的问题必须先放到一边，怜司这个人非杀不可。既然已经花钱做了准备，不把人杀掉，将钱拿回来怎么行？怎么说得过去？怎么能接受？谁不能接受？当然是神代。

虽然提议杀人诈领保险金的人是你，但安排详细计划的人是神代。他决定7月下手杀人。

木已成舟。

此时此刻，你对怜司的感情只能放在心里。公私要分明。

大家多少都抱着相同的想法吧。

随着日期越来越接近，不只是你跟山井，梶原跟渡边也流露出一丝对怜司的不舍。当然，怜司完全被蒙在鼓里，只觉得"大家对我真好"。

唯有神代从头到尾都将怜司视如己出，但杀他的决心也无比坚定。

就像在用爱悉心照料一只食用猪。

原来如此，是动物啊。

你想通了。

对神代而言，人类就是动物。宠物、家畜、猎物，他随心所欲地为每一只动物的重要性评分排序，生杀大权由他说了算，动物们只能任他操控。因此，即使早已决心下手，他也能视对方如亲人手足，亦能把其当成摇钱树或猎物。就算是曾经践踏过的对象，他也会安置在自己身边疼爱。

　　神代嘴上说"大家都是一家人"，其实他根本没把其他人放在眼里。受他豢养的人，恐怕不只怜司。

　　然而……无论是否意识到这一点，大家应该都很清楚，神代就是这种人。

　　一旦神代决心杀人，神仙出马也救不了。

22

进一步调查后,警方发现与神代同住的人之中有一名女子,是他的情妇,案发当晚他们独处一室,后来该女子便消失无踪。

这天的搜查会议在开会前便弥漫着一股异样的氛围。

奥贯绫乃还没踏进会场，就感觉到里头杀气腾腾的。

干部们个个面有难色，交头接耳。搜查总部如果呈现这种状态，不是找到了新线索，就是案情出现了大的进展。难不成找到八木的藏身处了？

"好久不见了。"

忽地有人唤住绫乃。她回头一望，是张熟面孔。

"楠木先生？好久不见……"绫乃讶异地报以问候。

楠木一马。他是警视厅搜查一课杀人犯搜查第四组的组长。

这个男人为什么出现在这里？

警视厅的人出现在警视厅没什么好奇怪的，但他管理的第四组并不属于这个搜查总部。

"偏偏在这种地方遇见你，我们还真有缘。"楠木贼笑着说道。

不是冤家不聚头。他是绫乃的第一个男人，两人曾有一段维持了至少五年的地下情。

他看起来比上次见面时苍老了许多。他的黑发中浮现出几丝霜白，鱼尾纹变深了，脸颊也有点下垂。这也难怪，毕竟他快五十岁了。

反正他一定也觉得我——绫乃脑中刚浮现出这念头，楠木便一针见血地说："你也变成老太太了。"

绫乃瞪了他一眼，他才赶紧解释："不是，你别误会，我是指你看起来很'资深干练'。有用的女人没几个，像你这种人才，埋没在家里实在太可惜了。我很高兴你回到职场。"

他就是这种男人。完全不知"细心"为何物，言谈中尽是些贬低女性的话语。

他们第一次上床时，知道绫乃是处女，让他喜出望外，从此便老是把"是我让你变成了女人""是我调教有方"这些话挂在嘴上。不，他现在肯定也这么想。

现在想想，跟他交往简直是人生中的污点，但二十岁的绫乃确实喜欢这男人。当时的绫乃就像把第一眼见到的动物当成母亲的雏鸟，盲目地爱上了这个年长干练的男人，完全不在意他的人格品德。

说穿了就是幼稚。所以长大后，绫乃对他的爱意就冷却了。

绫乃发现，工作能力强不等于人品好。楠木的某些地方令人无法苟同，某些地方甚至令人嗤之以鼻。他利用"年长男人"与"年轻女子"之间的阶级关系，营造对自己有利的局面，嘴上说着甜言蜜语，实际根本没把绫乃放在眼里。

或许楠木的工作能力强，但是他不仅人品差，歧视女性，还不诚实。交往那几年，绫乃知道这人同时也在对其他年轻女警下手。

后来，绫乃对楠木的不齿与厌恶超过了尊敬和爱意，便提出分手。楠木一口答应，但态度令人火冒三丈。他们的关系越来越差，楠木也露出了真面目：原来他完全不想放弃家庭跟工作，只是把绫乃当成发泄欲望的出口。

对绫乃而言，对楠木的期待幻灭，就等于对警界的期待幻灭。

之后，她和一名与楠木以及警界人士南辕北辙的男人结婚，而且辞职时没有半点犹豫，甚至觉得痛快多了——虽然到头来她又回到了警界。

"呃，楠木先生，你为什么在这里？"绫乃问。

楠木轻佻地耸耸肩："来处理一些事情，待会儿开会你就知道了。啊，对了，发现铃木阳子的户籍有疑点的人，就是你对吧？"

"嗯，算是吧。"

其实，只要追查她的来历，任谁都能发现疑点。

"谢了，帮了我一个忙。"楠木扬起嘴角。

以前我曾对这男人的笑容动心过吗？不太记得了。现在看来，那只是令人厌恶的中年男子的笑容罢了。

如楠木所言，会议开始后，绫乃就了解了他话中的含意。

会议开始，担任搜查主任官的搜查一课管理官在讲台上说道："我们发现了重要线索。宫木主任，请说。"

负责统筹调查关系人人际关系的搜查一课刑警起身开口道："呃，根据调查结果，第二名死者新垣清彦与第三名死者沼尻太一，以及被推测为犯罪执行者的八木德夫，三人之间有一项共同点——"

众人纷纷交头接耳。

假如铃木阳子的亡夫们之间有共同点，案情将有重大突破。

"他们三人过去都是游民或是准游民，接受某非营利组织的帮助，也领过生活补助金。那个非营利组织叫'Kind Net'，相信在座的有些人还记得，他们的代表理事在去年遇害。'Kind Net'恐怕与这次的连环保险金杀人案件关系匪浅。"

交头接耳变成了哗然，绫乃也不禁发出一声惊呼。

"江户川非营利组织代表理事命案"——那桩案子的重要参考人，一名女子，在绫乃印象中到现在仍下落不明。

难道说……

"肃静！"

管理官大喝一声，等众人安静后才开口。

"因此，这次的会议，我们也请来了负责侦办'Kind Net'代表理事神代命案的第四组组长楠木先生。请。"

讲台尾端的楠木应声起立。

原来如此，难怪他也来了。

楠木轻轻一鞠躬，说道："我是第四组的楠木。呃，首先关于'Kind Net'，他们并非正当的非营利组织，而是所谓的'围栏党'。他们不是流氓，但是员工多半都是小混混，总之，就是那种组织。刚才所说的那三个人——新垣、沼尻跟八木，他们本来都是游民，在路上被'Kind Net'的员工拦住，然后受到'Kind Net'控制。我们组查到的名单里也有他们的名字。我们经过详细调查发现，他们不再领取生活补助金并脱离'Kind Net'后，就发生了目前总部正在追查的车祸。"

绫乃记得自己曾在周刊杂志上看过"Kind Net"滥用生活援助制度行诈骗之实的报道。

"这是我个人的意见，"楠木先发出声明，然后接着往下说，"恐怕'Kind Net'就是利用那些受到控制的游民来犯下连环保险金杀人案的。"

所有人都倒抽一口气。

"楠木先生，那件事还没取得佐证，目前你只能说出有根据的线索。"

管理官出声提醒，楠木只好耸耸肩。

"抱歉。'Kind Net'的老大，也就是代表理事神代武，在去年10月遇害，很遗憾，目前我们还没有将嫌犯逮捕归案。"

楠木将"Kind Net"代表理事命案的大略情况娓娓道来，也一并谈到了被害人神代武的为人。

命案发生在去年10月，铃木阳子的推测死亡时间也是去年10月。

被害人神代武如果还活着，今年应该是五十五岁。根据户籍记载，他出身于兵库县，经历尚不清楚，就连他什么时候来的东京都查不出来。他自称企业家，长年从事游走于犯罪边缘的工作，也跟暴力组织有来往，但他不曾正式加入任何暴力组织。大约七年前，他成立了非营利组织"Kind Net"，榨取游民的金钱。

命案现场——江户川鹿骨的民宅——是神代的住处，他与数名同伙和手下住在一起。经左邻右舍证实，出入神代家的人员确实较复杂。

神代于去年10月21日深夜至22日凌晨这段时间遭到杀害。清晨时分，一名女子拨打110向警方报案，表示"家里有人死了"。待警方赶到现场，神代已陈尸客厅，身上有多处刀伤。

进一步调查后，警方发现与神代同住的人之中有一名女子，是他的情妇，案发当晚他们独处一室，后来该女子便消失无踪。

检调认为，这名报警的女子可能知道某些线索，于是将她列为重要参考人（也就是重要嫌犯），并追查她的下落。

然而，与神代同住的手下们没有人知道那名女子的下落，也没有人知道她的来历与本名。神代家有几件女性衣物及化妆品，但没有任何足以证实其身份的证件或照片。

左邻右舍曾见过那名女子好几次，许多人还以为她是神代的妻子。邻居表示，那名女子为中等身材，年龄在三十岁到四十岁之间。

众人开始议论纷纷，楠木用不输给周围人的音量大声说："这次获悉两起案件有关后，我便拿着铃木阳子的照片又去询问了街坊邻居，结果邻居跟附近的超市店员都说'就是这个女人'。我们所追查的女子，就是铃木阳子。"

场内再度出现一阵喧嚣。

被告梶原仁（非营利组织"Kind Net"员工，三十八岁）的证词

是的……案发时，鹿骨的房子里总共住了六个人。我、老爹、阿裕、边哥、阳子姐跟八木先生。没错，老爹就是神代先生，阿裕是山井，边哥是渡边先生。

老爹说，住在一起的人就是一家人。事实上，我们也像一家人。我真的把老爹当成自己的亲生老爸。对。我刚出狱时无处可去，是老爹收留我，给我地方住，然后我就开始帮老爹做事。对，就是"Kind Net"。老爹说："我们来当围栏党吧！"于是我提议成立个非营利组织，这样听起来比较体面，办事也会方便许多，而且比较容易申请生活补助。

那天是阳子姐的生日，老爹跟阳子姐说想在家独处，所以我们去外面喝了个通宵。不，我一点都不觉得奇怪，因为老爹真的很喜欢阳子姐，他们就像一对真正的夫妻。

啊，我倒觉得八木先生说要分开行动有点怪怪的。他明明就是个酒鬼，却说与其去银座喝酒，不如去台场泡温泉。不过，人偶尔就是想换换口味嘛，反正我也没那么想跟八木先生喝酒。

是的，之后我们去银座喝到天亮，回家后发现家里都是警察。起初我以为是一般的搜查，因为老爹的事业都游走在犯罪边缘，就跟"Kind Net"一样。

结果，竟然是老爹被杀了……

我当然吓了一跳。

不过，冷静想想，下手的人一定是阳子姐，而且说不定八木先生也是共犯。对，从那之后，八木先生的电话就打不通了，我想他们一定是联手杀了老爹，然后逃之夭夭了。

我觉得他们很可恶，但假如他们被抓，"换钱"的事情就会暴

露，到时会连累我们，所以索性先装傻。

　　警察完全没问到八木先生，说不定根本不知道有这个人。这下正好，我们就顺理成章地闭口没谈他。其实，我们本来想连阳子姐的事也一起隐瞒，可是她在鹿骨的房子里住了很久，邻居一定看见过她，警察好像也知道有女人跟老爹同居……总之，我们承认有阳子姐这个人，但一概表示不知道她的本名跟来历。我跟阿裕、边哥都对好了口供。

　　咦？哦，对，"换钱"就是指杀人诈领保险金。用人的命换理赔金，所以叫换钱。这是老爹取的代号。

　　可是，想到这个点子——提出这个点子的人是阳子姐。

　　大概是五年前吧，她当时是应召小姐，嗯，对，是2009年冬天。老爹他……呃……出去玩的时候认识了她。

　　她向我们提议杀人诈领保险金。是，一开始是她提议杀了那个跟她同居的失业牛郎的。对，他叫河濑干男。

　　她跟河濑干男假结婚，为他投保了寿险。她说只要把杀人事件伪装成交通意外，就算是开车撞人的驾驶者，也不需要坐牢。

　　阳子姐以前做过保险工作，弟弟又死于车祸，这些经验给了她灵感。

　　老爹听了之后一口答应，但他觉得干一次就收手太可惜，便想出了一个利用"Kind Net"的肥羊大叔们连干好几票的方法。

　　是的，就是选出一个有驾照又好骗的大叔，利用他开车撞人，同时假装把他当成我们的家人，让他降低戒心，然后再杀了他。老爹说只要改变车祸发生的县市，警察就不会察觉其中的关联，我们想干几票就能干几票。

　　对，八木先生也是。他以为自己杀了沼尻先生后，就是我们的一分子了，但其实他是我们下一个"换钱"的对象。

　　拟定计划的主要是老爹。我……我只是听命行事而已。真的。

我一点都不想帮老爹杀人，只是他对我有恩，所以我不好意思回绝，况且……

是的。况且，听了老爹的话，我认为"换钱"并不是什么坏事。

被我们拿来"换钱"的那些人，老爹说他们是"潜藏在社会中的弃民"，他们本来就是流浪汉，是一群被社会舍弃的人。他们活着也没什么用处，像过街老鼠一样人人喊打，连待在公园都会被警察赶走，只能躲在暗无天日的地方，被整个社会漠视。把这些大叔捡回来杀掉，让他们真正消失在社会上，其实也没什么不好吧？如果有人要指责我们，那家伙就是伪君子。

我觉得事情就是这样。啊，不是，我是说"那时"，现在我认为杀人是不对的，是非常可怕的行为。是的，我知道自己犯下了大错，悔不当初，所以才会一五一十地将事情全部说出来。

我真的不知道阳子姐跟八木先生的下落。

老爹被杀了，我当然很不甘心，可是警察在调查老爹跟"Kind Net"，所以我不能轻举妄动。我也没去找他们，真的，我连国分寺的公寓在哪里都不知道，而且直到被抓才知道阳子姐死了。

我当然没有杀害阳子姐。

―――――――――――――――――――――

23

◇

　　如果世界上有神，假如他从天上看人间，大概是一条单行道吧。世界是自然现象的集合体，星球的运转轨迹早已注定，万事万物的结局也早已定案。没有分歧，没有选择，只是一条单行道，而人类就是在单行道上滚动的石头。
　　这就是神眼中的世界，但人类不是神，无法预知万事万物的结局。换个角度想，就是任何事都未成定局。

阳子——

你们预定杀害怜司的日子即将到来。

根据天气预报，2010年夏天将是冷夏，不料却是气象观测史上前所未有的盛夏。全国的梅雨季提早一星期多结束，中暑昏倒的事件频发，死亡人数激增，伤亡扩散速度堪称空前绝后。

7月23日，你们决定在深夜动手，因此，正确说来是24日——

挑日子的人是神代。因为这天是学校放暑假前的最后一个周末，三鹰市将举办烟火大会，警察届时会特别分派人手去巡逻跟指挥交通，无暇他顾。

你听了大感佩服，原来犯罪老手顾虑的层面如此广。

三个月前，你在位于三鹰前一站的吉祥寺某家网吧开始上大夜班，一周上班一次。如此一来，你就能在怜司出车祸时制造完美的不在场证明。你对怜司说，神代朋友的工厂少了个大夜班工读生，所以你去那里帮忙。

你原本以为家里的某个人会负责开车撞死怜司，但直到前几天，神代才告诉你负责动手的另有其人。

"抱歉瞒着你，可是我觉得由你不认识的人动手，比较不会出纰漏。"

执行者是"Kind Net"旗下的游民新垣，为了不启人疑窦，神代前阵子就派他住在了杀人地点附近，要他假装自己是司机。

你觉得不大对劲。

没错，这项计划的关键在于彻底隐瞒你跟犯罪执行者之间的关联，你们之间的关系越浅越好，因此，挑选陌生人来执行任务倒也不奇怪。

只是，这也意味着要找新人来参与计划。你不知道这个姓新垣的男人可不可信，只知道随意增加人手似乎不是好主意。

如果只是要找个跟你没有关联的人，从神代家挑个人不就得了？从住民票到户籍，神代家的任何人跟你在个人证件上都没有任何关联。从增加成功率的角度考虑，找陌生人执行任务的优点并无法掩盖增加人手的缺点。

然而，你并没有发表意见。

既然找新垣加入已成定局，如今不可能再踢掉他。神代在犯罪这方面比你专精许多，这让你觉得此事毋庸置疑。

或许挑选执行者就跟挑日期一样，当中有些你参不透的道理。

7月23日当晚，你们一家子如常围桌吃饭。

神代帮怜司挑选的最后晚餐正是怜司爱吃的寿司，不用说，捏寿司的人当然是神代。

不知道神代究竟在哪里学来的一手好厨艺，只见怜司对着入口即化的美味寿司大快朵颐，吃得津津有味。

神代家的大客厅里，这晚依然洋溢着欢笑。

神代给怜司敬酒，怜司也欣然干杯，酒酣耳热之际，他照例又开始大谈"日本的历史"跟"日本人"，然后慷慨激昂地聊起最近从网络博客上学来的敢死队话题。

"现在的日本，是他们舍生取义换来的！有些外国人说敢死队是一种自杀式恐怖袭击，岂有此理！他们是为祖国跟心爱的人奋战、凋零的战士！我们日本人应该尊敬他们，抬头挺胸地活下去，这样才能抚慰他们的在天之灵！"

你听了怜司此番言论，不禁心想：啊，这人真单纯啊。他居然有脸将那群人跟自己相提并论。

怜司身上散发出耀眼的光辉，嘴边飘散着迷人的芳香。

"身为这个家的一分子，我愿意为了老爹跟各位上刀山下油锅，死而无憾！"

怜司铿锵有力的发言听在众人耳里实在讽刺。你只能挤出尴尬的笑容，山井、梶原跟渡边的表情也很复杂，只有神代笑容满面。

"太感人了，干男，你真是个铁铮铮的日本男儿啊！"

"嘿嘿。"怜司腼腆一笑，"啊，对了。如果大家有空，今年8月15日，不妨一起去神社吧。"

"哦，好啊，当然好。日本人当然要去神社啊！"

"就是说嘛。"

"你们没意见吧？"

你没有回答神代的问题，只是看着客厅的时钟说"啊，我该走了"，然后离席。此时刚过晚上九点。网吧的上班时间是十一点，但是通车到吉祥寺得花不少时间，因此你习惯在这个时间出门。

踏出客厅时，你身后那伙人正好说定8月15日要去神社，怜司开心地说："我很期待。"

你心头一宽，至少你没有对怜司开空头支票。

从吉祥寺站徒步五分钟即可抵达你上班的网吧，它就位于井之头大道旁的砖造商业大楼二楼。

大夜班通常在刚换班时最忙，赶搭末班车的客人刚走，赶不上末班车的客人马上进来把网吧当旅馆，简直兵荒马乱，打扫跟收银都忙得焦头烂额。

这一天的大夜班有三个工读生：你、在附近读大学的二十岁大学生，以及从同一所大学毕业的二十三岁打工族。你在人生经历上算前辈，但在打工资历上，他们比较资深。

刚开始时，你打扫包厢和收银的动作太慢，有时会挨客人骂，有时会搞砸事情，但习惯后做起来倒也不难。

你像个机器人般埋首打扫跟收银，唯有今天，你希望工作越忙越好，最好忙到让你没空想东想西。

你回过神来时，已经是半夜两点了。客人不再进进出出，网吧的时间就此停滞，直到黎明才会再度流动。

计划差不多该启动了。

他们会将醉醺醺的怜司绑起来塞进面包车，载到三鹰那条小巷。至于梶原，则会先去跟司机会合，然后一同前往现场。

接着，他们会让怜司躺在地上，大家合力压住他的身体，司机再开卡车碾过他的头。

然后，他们会将现场布置成怜司在路边喝酒醉倒的模样，之后所有人马上离开，只有司机留在原地打电话报警——

你一闲下来就开始胡思乱想。

你想屏除杂念，索性到开放座位区整理书柜，此时一个穿着粉红色运动服的小女孩忽然从走廊转角冲出来，差点撞到你。她年纪很小，大概才三四岁。

"站住！"

女孩的妈妈从后面追过来，一把抱住她。

"不好意思。"

女子向你鞠躬。

她红褐色的脸上冒着疹子，和以前的小纯一模一样，你一眼就看出那是异位性皮肤炎。她怀里的孩子也瘦巴巴的，脖子上冒着相同的疹子。

两人的头发都有点湿湿的，大概刚从转角的淋浴间走出来。

女子抱着小孩，匆匆走进禁烟区。

按照规定，未满十八岁者不得在深夜进入网吧，但若有家长陪伴，这家店其实不会特意刁难顾客。

你记得上星期换班时，那对母女也来过，而且穿着跟今天一样的运动服。

是常客吗？不，她们八成已经把这里当成家了。

无家可归的人把网吧当成临时居所的情形其实并不少见。一般出租公寓需要支付押金跟礼金[1]，算一算大概等于五个月的房租，付不出来的人要么当游民，要么就只能住在网吧。从前阵子起，这些住在网吧的人多了个称号，叫"网吧难民"。

那对母女究竟过着什么样的生活？她们也失去了重要的依靠吗？她们是神代口中"潜藏在社会上的弃民"吗？

不，或许并非如此。

她们可能只是连续两个周末都出来玩，却两次都错过了末班车，只好连续两周住在网吧。说不定她们是一对幸福的母女，没有失去任何依靠。一定是这样的。

你一边在脑中任意猜测陌生人的境遇，一边回到柜台。今天担任值班经理的打工族对你说："河濑太太，该休息了。"

"好。"你还不习惯这称呼，迟疑了一下才搭腔。

你对外宣称自己叫河濑阳子，去年11月与河濑干男结婚，夫妻定居在三鹰市。由于经济不景气，为了多少贴补些家用，你从三个月前开始来这家网吧上薪水较高的大夜班，一周打工一次。

---

[1]. 感谢房东出租房子的谢礼，约为1~2个月的房租，退租时不退还。——译者注

大夜班的同事通常都是年轻男子，今天这两人也不例外。你们没有共同话题，因此上班时只谈公事不谈私事，你也乐得轻松，不必编故事跟他们闲话家常。

你进入后头的休息室，房间一隅有只塑料大篮子，里面有几十本漫画，都是从开放座位区的书柜上下架的破旧漫画。

你拿起其中一本，那是三十年前红极一时的少女漫画，剧情极度浪漫甜蜜，那时你还是小学生。

一对处女跟处男在三角关系中几经波折，最后所有人都欢喜地大团圆。在书里，任何难关都不算难关，每个人都有幸福结局。女主角没有流离失所，没有经济困难，没有卖身，更没有策划诈领保险金杀人案，她与最爱的男人过着幸福快乐的生活。这根本是天方夜谭。

看着看着，你心头涌现一股斗志。这种漫画就是能带给人正面积极的能量。

别担心，一定能顺利成功的。

你如此说服自己。

"遭遇车祸的男性已不治身亡。"听筒另一端的男人含糊而淡然地说着。

早上八点十分，你接到这通电话。

从网吧下班后，你并没有回到位于鹿骨的房子，而是回了"三鹰Ester"。按照计划，无论警方有什么反应，你都必须在此处扮演一名与丈夫同住的妻子，直到车祸处理完毕。

尽管情绪亢奋，上大夜班终究使你昏昏欲睡，你正在狭小的客厅打盹时，电话响了。

打电话来的男子自称警察，他说昨晚有一名男性在车祸中死亡，疑似是你的丈夫河濑干男。

计划成功了。神代他们以及那个你从未见过的司机新垣,杀了怜司。

"被害人带着河濑先生的手机,既然他彻夜未归,很有可能是河濑先生本人。当然,也有可能是别人捡走了河濑先生的手机。无论如何,都得请您来确认一下。能不能劳驾您来医院一趟?"

你尽可能心平气和地对听筒另一端的男子说:"好。"

你离开公寓,到三鹰车站前招出租车,然后将警察告诉你的医院名称转告司机。

车程不远,才十分钟左右,跳表跳两次就到了。

儿童公园对面那幢冰冷的白色四方形建筑物,你一眼就看出那是医院。

你前往柜台说明来意,背后忽然传来话音:"您是河濑太太吗?"从声音听来,是方才打电话来的男子。

你回头一望,说话的是一名穿着polo衫的消瘦男子。他大概四十几岁,五官集中在脸的中央,眼尾上扬,生着一张类似螳螂的昆虫脸。

"有劳您了,敝姓原岛,隶属于三鹰分局交通课,负责侦办这起车祸。"

他的说话方式与电话中相同,语调僵硬。

"事不宜迟,请往这边走。"

你乖乖跟着原岛前往一楼尽头的小房间。平时,医生就是在这里向患者与家属解释病情的。房间中央有张六人座的大桌子,墙壁上挂着白板。

桌上排列着几样你熟悉的东西,分别是昨天怜司穿的T恤、牛仔裤、运动鞋跟手机。

原岛问你:"这是车祸被害人身上的手机与衣物。这是您先生的东西吗?"

你逐一仔细端详每样东西,T恤的领口跟肩膀部分染上了暗红色的血迹。

"是的，手机跟衣服……都是我先生的。"

"确定吗？"

原岛沉静地再次询问你。

你默默点头。

我演得如何？像个对丈夫的死亡感到茫然无措的妻子吗？

你不知道怎样的态度才正确，只好僵着一张脸，定定俯视着桌上的物品。

原岛在你身后说道："谢谢您。如果这是您先生的遗物，那么我想被害人确实是河濑先生。原则上，我必须请您认尸……"

原岛顿了顿。

你回过头，只见螳螂男正牢牢地盯着你。

"遗体的头部受到了严重损伤，家属看了可能会于心不忍。我们绝对不会为难您。您决定怎么做呢？"

你们本来就决定要碾碎怜司的头，这样才能保证万无一失。

要不要去认尸？

你迷惘了。发自内心地感到迷惘。

你一方面想亲眼见证怜司的死，一方面又不想目睹尸体的惨状。该怎么做才不会启人疑窦呢？

怎么办——

你的脑袋还没反应过来，嘴巴却先开了口。

"我、我要认尸。"

"您不介意？"

"是的。"

"请稍等一下。"原岛匆匆走出房间，片刻后，他带着一名年轻男性护理师入内。

这名戴着眼镜、身材微胖的护理师省略自我介绍，朝你一鞠躬后便切入正题。

"来，这边请。"

太平间位于医院后方的另一间平房内，它跟医院一样采用冰冷的白色水泥墙，大门上镶着毛玻璃，门口摆着一碟避邪用的盐锥。这座不高的长方形建筑物宛如一具大棺材。

你尾随护理师入内，顿时冷得直起鸡皮疙瘩。这不是心理作用，而是冷气真的很强，室内外温差可能高达十摄氏度以上。

走廊上没有窗户，光线昏暗，门跟长椅以等距离罗列于两侧。

以前（没错，已经超过二十年了）小纯过世时，你也曾跟着母亲一同造访老家医院的太平间。

当时的太平间位于地下室。你母亲进去认尸，你在走廊等待，直到数天后的葬礼，你才见到小纯的遗体。

前方的护理师停下脚步，说了声"请"，接着开门进入房间。

房间大约八叠大，墙壁是低调的乳白色，你右手边的墙边有座小神龛，正对面有一扇类似货物输送口的对开门。

房间中央有一张盖着白布的担架床。

白布下显然有具尸体，尸体的头正对神龛，下方似乎铺着干冰，微微冒出白色雾气。

"请确认。"原岛说。

你站到担架床侧边，护理师小跑步绕过来说了声"请"，然后掀开了盖在尸体脸上的白布。

那是一张奇妙的脸。

尽管看得出是怜司，这张脸却比你印象中更细长、更扁平。原本高挺的鼻梁碎了，右耳也裂开了，白皙如陶瓷的肌肤上少了好几块皮，肌肉纤维显而易见。

原来脸部被车压烂是这种下场。

怜司那张俊秀的脸庞被毁了。

怜司死了。

单纯的怜司。全心全意相信神代跟你的怜司。可怜的怜司。

"啊！"你不禁悲呼一声，紧接着泪如雨下。

你不是在演戏，也不是假哭。

生理反应比心理的快了几秒。不久，一股悲伤油然而生，令你心如刀割。

明明向神代提议杀害怜司的人是你，尸体的惨状却仍令你哀伤。

"您没事吧？"

护理师递给你一块白色小方巾。

你拿起方巾捂着脸，号啕大哭。

"这是您先生，没错吧？"

你听见原岛的声音，抬头一望，只见身旁的螳螂男对你满怀同情。

"是。"你挤出声音点头。

"这样啊……谢谢您。"

原岛朝护理师使了个眼色，他才赶紧将白布盖回怜司的脸上。

"河濑太太，请往这边走。"

你顺着原岛指的方向来到走廊。

"请坐。"他示意你坐在走廊的长椅上。

你用护理师给你的方巾捂着眼睛，反复深呼吸数次。每深呼吸一次，你的心情便越来越平静。

原岛并没有坐下，只是站在你旁边，万般惶恐地朝你一鞠躬。

"辛苦您了，请节哀顺变。我知道您很难过，但方便请您到附近的派出所谈谈吗？"

这番话将你从悲伤中拉回现实世界。

对了，按照计划，你必须加强这名警察对你的印象。

神代说，警察对一般民众的态度通常取决于第一印象，只要没有强而有力的证据，印象就不会改变。

你得努力扮演一个结婚不到半年便痛失丈夫的可怜女子，好说服这名螳螂警察。

"事情处理得差不多了，阳子，回家吧。我想念你的身体啊。啊，对了，你的生日快到了吧？我们刚好认识一周年，干脆办个庆祝周年兼庆生的庆功宴吧。"

杀害怜司两个多月后，时值10月中旬，神代说了以上这番话。

以结论而言，计划非常成功。

警察深信这是一起意外，没有解剖怜司的尸体，车祸隔天就办好了返还遗体的手续。

警方跟检方数度传唤你接受侦讯，但多半只是问你希望司机接受什么样的惩罚。

"其实，我先生也不应该睡在路边。"你表明不希望肇事者过度受到苛责，问话者听闻此言，总是露出松了口气的表情。他们大概从一开始就认为司机不会遭到起诉吧。果不其然，以汽车驾驶过失致死嫌疑被捕的新垣清彦，最后得到不起诉处分。

车祸信息已被记录于"汽车安全驾驶中心"，保险理赔所需的意外证明文件也确定已发出。换句话说，警方已用白纸黑字证明"这是一起不折不扣的意外"。

你立刻申请了寿险跟共济保险的身故理赔。合约载明，两年内的意外将被视为"早期意外"，但保险公司没有刁难你，一个月后便支付了身故理赔保险金。寿险跟共济保险加起来共计七千多万。

然后，新垣投保的汽车强制责任险也给付了最高理赔金额——三千万元。

计算意外身故赔偿金时，必须加上被害人丧失劳动能力的损害赔偿，也就是"所失利益"。你虽然以"自由业"为名目帮怜司投保寿险，但事实上他是失业状态，没有所得。即使如此，"所失利益"也不会是零。没有所得的人跟低所得的人，将来也有可能赚得更多，考虑到这一点，只要身为劳动年龄人口，所失利益就会以各年龄层的平均所得来计算。因此，假如受害人具有劳动能力，汽车强制责任险通常都会支付最高额的赔偿金。

身故理赔加上赔偿金，共计约一亿元。

连一块钱都赚不到的男人，居然能用命换来这么多钱。

钱一入账，你马上就到金融机构谎称"我得帮老公还债"，分成几次将所有钱提领了出来，交给神代。

所有手续办好之前，你一直住在"三鹰Ester"，一次都没有回过位于鹿骨的神代家。从去年年底假结婚搬入此处定居到现在，出入这一户的人只有你。左邻右舍可能会认为你独居，但只要警方视本案为意外，就不会调查被害人遗孀的生活圈。

你一个礼拜大约会和神代他们在外头见一两次，以便给钱和报告近况。

如此这般，计划越来越接近终点时，你却突然如梦初醒，萌生了一个疑问：

接下来我该怎么办？

起初——对，你从神代手中幸存下来，进而向他提议杀人诈领保险金时，满脑子只想着一件事：只要杀死怜司拿到钱就好了。

你对神代说："我会给你很多钱，帮我杀人！"可是，你们从未具体讨论过该如何分配。

与神代的"家人们"同住在一个屋檐下，和他们打成一片的不仅是怜司，你也同样融入了这里。而且，他们跟怜司之间的关系顶多是黄鼠狼与鸡的关系，但你跟他们共享了杀人计划，老大神代又视你如妻子，你们之间的羁绊可比怜司多多了。

当过流氓的渡边尽管满脸横肉，个性却很随和，乐意与大家分享流氓时代的奇闻趣事；有过两次前科的梶原脑袋最好，颇受神代信赖；

最年轻的山井，个性就像外表一样孩子气，他活泼开朗，是天生的开心果。

跟他们朝夕相处久了，你开始将他们当成自己真正的家人。计划成功后该怎么分钱？该做些什么？你压根儿没想过这些细节，只是一心一意希望全家人合力达成目标。

计划启动后，你暂时离开了神代家，一天的大部分时间都独自待在"三鹰Ester"，想不到这竟使你心生寂寞与不安，仿佛患了思乡病。

神代那句"回家吧"令你备感温馨。

从今以后，我依然是他的家人。

同时，你也对自己身陷万劫不复的沼泽感到绝望。

从今以后，我只能当他的家人了。

一踏入神代家的玄关，那股熟悉的味道便告诉你：你回来了。

你回来的那天晚上，神代说要好好庆祝一番，便请大家品尝了珍藏的A5级黑毛和牛丁骨牛排，以及珍藏了二十年的高级葡萄酒。

全家人好久没有围桌吃饭了。

不过，其中却混进了个陌生人。这名瘦削的眼镜男大约四十几岁，气色很差。

"阳子，你没见过他吧？这是阿清，也就是这回最劳心劳力的新垣清彦先生。"

他就是撞死怜司的司机。通过警方处理车祸及强制汽车险理赔时，你听过这名字好几次，但就如神代所言，之前你从未见过他。

"阿清跟我们一起干了这么大一票，他也是我们宝贵的家人。"神代说。

"你好，敝姓新垣。"新垣露出腼腆的笑容，朝你点头致意。

你边吃饭边听新垣聊身世。他原来在规模还算可以的公司上班，却被坏上司恶整，导致罹患忧郁症，被公司炒鱿鱼。失业使他心力交瘁，病情每况愈下，最后无力再找新工作，沦为游民。"Kind Net"找上了流浪度日的他，他就这样成了组织的一分子。

你不知道是新垣的天性使然，还是忧郁症的影响，总之他没什么主见，说话也嗫嗫嚅嚅的，缺乏自信。

这个人是我们的家人？

坦白说，你完全没有真实感。

他的气质跟大家差太多了。

与神代、梶原、山井还有渡边相较，怜司跟他们好歹有些共通点，但这个新垣看起来简直人畜无害。即使同桌吃肉，他的样子也像是混在一群掠食者中间的草食动物，显得格格不入。

话说回来，这个人不是杀了怜司吗？

就算外表再和善，此人还是以车祸之名行了杀人之实，这才是真相。

新垣不像怜司那么爱喝酒，但也颇好杯中物，一杯接一杯地干掉血红色的葡萄酒。

酒过三巡，新垣的话变多了，而且一醉就哭，只见他声泪俱下地说："我想每个男生应该都一样，像我小时候就很喜欢电视上的变身英雄，也就是那些正义使者……所以长大后，我也立志当个英雄。可是啊，入了社会，却被坏蛋整得很惨……真是丢脸丢到家了。不过，老爹不嫌弃我，把我捡了回来，还让我当正义使者，呜呜，我真的很感谢老爹！"

"哪里的话，阿清才是大功臣啊！多亏你鼓起勇气，不惜弄脏双手，我们才能替天行道。你才是勇敢的正义使者，是英雄啊！"

新垣边哭边露出得意的笑容，频频向神代道谢。

你看得一头雾水，但也不敢轻易接话，只好随口应和。直到你中途离席去洗手间，梶原才若无其事地跟过来，向你解释来龙去脉。

原来新垣以为怜司是三年前杀害神代父母与哥哥的强盗杀人犯。

尽管神代查出怜司是凶手，但由于没有证据，所以警方完全没有动作，于是神代决定私下报仇。而你则是神代家的伙伴，为了收集情报而接近、讨好怜司，甚至不惜与他结婚——

这故事简直编得乱七八糟，但既然新垣杀了怜司，可见他对此深信不疑。即使心中有疑虑，他也会找理由说服自己。上当的人都是这副德行。

只是，见了新垣本人后，过去曾有过的疑问再度浮现在你脑中：

为什么神代不惜编谎话也要拉拢这个男人？

他看起来脑袋也没多聪明，找渡边来当司机，说不定风险还比较低。

直到深夜，谜底才揭晓。

"阳子，one more time。"

神代咧嘴一笑，竖起食指。

"庆功宴"结束后，神代叫你去卧房，跟你来了场睽违已久的性爱。他在床上依然强势激情，那微胖却结实的身材，以及粗糙的体毛，都带给你无与伦比的奇妙愉悦。

两度翻云覆雨后，神代一边用面纸将两人的体液从阴茎上擦掉，一边对你说了那句话。

One more time。再来一次。

"我们再干一票吧。就像对待干男那样，把阿清拿去'换钱'吧。"

日本法律规定，女性结束婚姻后，得经过半年才能再婚。神代希望到时候你能跟新垣假结婚，帮他投保，然后再用同样的手法杀掉他。

只是，这次要转移到东京以外的地方作案，登记结婚时，也得将户籍地设在那边。女性只要结婚改姓，将户籍转到其他县市，就能变换身份。此外，警方派来调查车祸的人也不会是同一个，顺利的话，没有人会发现同一个人的丈夫接连死于相同的意外。

你觉得神代想出的"换钱"这暗号，真是太贴切了。

这的确是"换钱"。用人命来换钱。

他什么时候产生了这种念头？

恐怕很久以前神代就打算把怜司杀掉后再重施故技干一票。至少拉拢新垣加入计划时，他已经盘算好了。

你没有选择的余地。

既然神代决定杀人，他势必会贯彻到底。神代这男人，就是这种人。

"'Kind Net'的肥羊还有很多库存，我们想捞几笔就能捞几笔。"

原来他打算杀掉代罪羔羊，不断靠着人命"换钱"。

这片沼泽深不见底。

你不禁扑哧一笑。

"这哪是 one more time 呀。"

"哈哈，对，是 many times 才对。"

神代也笑了。他露出真诚而灿烂的笑容。

新加入的新垣住在怜司以前的房间。这名自诩为正义使者的男人，万万没想到自己会睡在坏蛋（而且还是自己的手下冤魂）睡过的床上。当然，他也绝对料不到自己再过不久就会遭殃，步上坏蛋的后尘。

新垣也接下了神代交代给他的"工作"，跟从前的怜司一模一样。只是他不会用计算机，想必神代找了其他事情给他做。新垣每天早上都跟梶原他们出门，说不定他真的在"Kind Net"帮忙办事。

但这份"工作"的最大意义，只是为了豢养新垣，让他相信自己是这个家的一分子，以便下一个代罪羔羊开车撞死他。

新垣全心信赖神代与家里的每个人，因此向他借驾照跟健保卡简直易如反掌。

怜司死亡半年后，2011年2月，你在法律上成为自由之身，于是再度用对付怜司的手法与新垣假结婚。

神代选择了埼玉县狭山市入间川附近的小巷作为下次的作案地点。

你在那一带名为"共同住宅田中"的便宜公寓租了房子，将自己与新垣的住民票地址迁入该处。

一个月后，你再度与小别了一阵的鬼魂重逢。

2011年3月11日——

这一天在许多人心中留下了不可磨灭的烙印。你造访"共同住宅田中"，以便为新垣办理投保寿险的手续。

后来，你才知道事情发生于下午两点四十六分。

中午刚过不久，你将如期收到的信件摊在房间桌上，看着看着，开始昏昏欲睡。

此时，一阵突如其来的强震摇醒了你，仿佛有双巨大的手抓住房子，在猛烈地左右晃动。

你马上察觉这是地震，但你这辈子从未经历过如此剧烈的强震。

这种廉价公寓不可能做什么耐震补强，房子嘎吱作响，挂在天花板上的日光灯罩在前后甩动，简直就像荡秋千。那种东西如果掉下来砸到头，后果恐怕不堪设想。你趴在榻榻米上，爬到没有窗户的墙边。

"欸，这是怎么回事啊！""地震？"

你听见了邻居的嚷嚷。墙壁好似中年男子的啤酒肚，大幅膨胀，弯曲。

这幢公寓会不会倒塌？

被大自然的力量玩弄于股掌带给你直觉上的恐惧，而想象自己被瓦砾压成肉酱则是精神上的恐惧。

这两种恐惧使你的情绪异常亢奋。

我会不会死？

世界要毁灭了吗？

你抱着不祥的预感蜷缩在房间角落，五秒、十秒、好几十秒。你本来以为地震已经停止，想不到房子再度剧烈地晃动起来。

地震总共持续了三分二十秒，这是你后来才知道的。直到头上的日光灯不再进行钟摆运动，你才知道地震真的停了，但是身体仍能感觉到晃动。

你一边努力让三个半规管恢复正常，一边摇摇晃晃地站起来，走出房间。

走廊上有位六十岁左右的娇小女性，似乎是从隔壁的Ａ室冲出来的。

这是你第一次跟邻居打照面。

"好大的地震啊。"她说。

"是啊。"你答。

"真是吓死我了，我还以为死定了呢。"那位女性大吐了一口气。

啊，原来是这么一回事呀。

你露出一抹微笑。

"这只是自然现象。"

你喃喃说着。

地震使得电车停驶，不知何时才会恢复通车，许多道路也禁止通行，因此，你当天没有回鹿骨，而是住在了"共同住宅田中"。

租屋处附近有座横跨入间川的小桥，桥边有家小饭馆，傍晚你在那里一边吃着过咸的炒蔬菜定食，一边看电视里的临时插播新闻。直到这时候，你才了解地震的规模多么庞大。

老旧的小饭馆里摆着一台格格不入的大型液晶电视，屏幕上播放着地震后的空拍画面，画面上显示了灾区沿岸城镇的惨状。海上的黑水宁静而坚定地向陆地逼近，逐步吞噬宛如迷你模型的城镇。不，这是空拍画面带给你的错觉,其实城镇一点都不迷你,而且黑水是海啸,这条昂首吐芯的大蛇肯定使得城镇哀鸿遍野。

然而,此等惨状通过讯号传递到远方的四方形屏幕上时,真实性已减弱不少,变成了一幅纯粹传达事实的平面影像。

四十多岁的老板夫妇跟年长的常客虽然看着电视,却笑着说起了风凉话。

吃完饭后,你回到租屋处,由于无事可做,你索性躺在被窝里打发时间。

不知是不是情绪太过亢奋的缘故,直到深夜你仍睡不着,而且觉得时间过得很慢,仿佛自己被全世界抛弃,独自品尝这孤单的夜晚。

躺着躺着,你又开始觉得身体在摇摇晃晃,莫非身体还忘不了地震的感觉?你似乎看见日光灯在空中摆荡,墙壁在扭曲变形。

世界并没有震动,而是你的世界受到了撼动。

对,这里是我的世界,是独一无二、只属于我的世界。

你听见啵啵的笑声。

一只橘红色的金鱼飘浮在摇晃的日光灯旁。

"姐姐,你终于发现了。"

"是啊。"

"其实,你大概很久以前就知道真相,只是现在才察觉。"

"小纯,你说得没错,一切都是自然现象。"

"是啊。"

"无论是生死或是人心,一切都是冥冥中注定的,毫无道理可言。"

"是啊。"

"因此,没有一件事是我能做主的。如何诞生,如何生存,如何死亡,连一根头发落往何方,我都无法干涉。"

"是啊。"

"不仅无法做主,我也无法猜透。"

"是啊。"

"世界万物——一切的自然现象究竟何时发生？我不知道。说不定某天突然发生像今天这种大地震，然后我就死了。人也可以翻脸跟翻书一样快。每个人随时都有可能背叛别人，我也随时有可能背叛自己。今天的好事，明天可能就变成了坏事。我不了解世界，也不了解自己。"

"是啊。"

"面对世界上的任何事情，我们既无能又无知，因此，没有一件事情是有意义的。何谓美丑，何谓是非，都是人类擅自解读的，没有正确答案。"

"是啊。"

"换句话说……"

你字斟句酌，寻找最贴切的字眼。

如果世界上有神，假如他从天上看人间，大概是一条单行道吧。世界是自然现象的集合体，星球的运转轨迹早已注定，万事万物的结局也早已定案。没有分歧，没有选择，只是一条单行道，而人类就是在单行道上滚动的石头。

这就是神眼中的世界，但人类不是神，无法预知万事万物的结局。换个角度想，就是任何事都未成定局。

这就是我的世界。

身为无知的人类，反而能逆转早已注定的命运。

既然无法做主，无法预知任何结局，那就有无限的可能性。

无知又无能为力，不就代表选哪个选项都没差别，因此选择范围无限大？

"就是自由。"

"是啊，姐姐，你是自由的。"

自由。

这就是你归纳出来的结论。

人类这种自然现象的本质就是自由。人可以做任何事,也可以不做任何事。善恶好坏因果报应,都只是无意义的标签罢了。

"小纯。"

"干吗?姐姐。"

"你是自由的,所以你才放弃生存,放弃战斗,对吧?"

"是啊。我放弃了。我有放弃的自由啊。"

"我不会放弃。我会挺身而战。我自由,所以我奋战;我自由,所以我要活下去。"

"没错啊。姐姐,你很了解前因后果嘛。人不是通过战斗争取自由,而是人生来自由,所以才要战斗;人生来自由,所以才要活下去。姐姐,你能自由地活下去,自由死亡,自由战斗,自由放弃,所有的选项都在你面前,不必管法律与道德,想选什么就选什么。这是一个无法选择的世界,可是你拥有无限的选择。"

"是啊。小纯,谢谢你,我会做出选择的。"

"再见。"鬼魂说道。

啊,原来如此。小纯,我们得永别了。

当你再度睁开眼时,橘红色的金鱼已经消失。

此后,你再也不曾见过它。

三一一东日本大地震是震中位于三陆冲的芮氏观模九的超级强震,不仅引发了海啸及后续余震,还破坏了东北地方无数城镇,夺走了许多人命,最后甚至造成了福岛县沿岸的核电厂炉心熔毁,以及反应炉建筑物的爆炸。

政府与电力公司刻意掩盖真相,对社会大众说谎,使得民间谣言四起,到处充满悲伤和不安。

人类无法与大自然匹敌,在大自然面前,人类与人造物在物理、社会及精神各方面简直不堪一击。

地震过去三天后，由于核灾使得电力不足，东京实施分区轮流停电，许多店家与机构都减少了夜间照明。

夜晚越来越漆黑，但你决定先弄清楚自己的立场。

你与神代武这名罪犯正着手进行连环保险金杀人案，你跟神代及他的同伙并非单纯的共犯，而是同为神代家族的成员。你住在神代家，与他情同夫妻，与其他人融洽地同桌吃饭，仿佛一家人。你对这种生活感到很满意，并认为江户川鹿骨区的神代家就是你的避风港。

然而，另一方面，你也受到控制——受到神代的控制。

神代家族是只属于神代的王国，神代的意见胜过任何人的意见，而且他一旦开口，只许成功，不许失败。神代与家族成员之间有明确的支配关系，但恐怕梶原、山井跟渡边完全没有"自己受人操控"的自觉，因为听命于神代对他们而言是天经地义的事情。就像白天与黑夜取决于地球的自转，人类的活动模式取决于白天与黑夜，没有人会认为这叫作"控制"。他们不认为依神代的想法去行动叫作"被支配"，只认为这是事实。即使心有不甘，他们也不会违抗神代，只会摸摸鼻子作罢。大家都认为神代就是这种人。

造物主是远古时代的主宰，而神代则是这个家的主宰。

但是，这不是真的。在这个充满自然现象的世界，何来主宰？

你必须尽快抛开这种虚妄不实的想法，否则必将大祸临头。

神代从来不把任何人放在眼里，即使是家族成员也不例外。尽管现在你备受宠爱，但世事难料，一旦神代认为杀了你有好处，他绝对不会心软。

无论神代家多么舒适，别忘了那可是沼泽。你绝不能在神代的怀中安然睡去。

在日常生活中，你在卧房与他翻云覆雨时，确定神代跟你们一样，只是普通的凡人。

你和神代一起看棒球转播，发现他支持的队伍并非百战百胜；或许是上了年纪吧，他偶尔会膝盖痛，一年大概也会感冒一次；他那毛茸茸的身体上其实有盲肠手术的疤痕；他的床上功夫很强，但也无法百分百控制射精；至于爱抚的技巧，你更是遇到过比他厉害的男人。

他并非全能。

神代是凡人，而不是那种人。

换句话说，他是可利用的自然现象。就像雨水能储存在水库里，太阳光能转换成电力，或是饲养家畜可以方便日后宰来吃。

你现在看待神代的眼神，恐怕就跟他看待其他人的眼神一样。当然，你会隐藏得很好，假装自己是只受到控制的家畜，完全没有改变。

你要利用神代。

他懂得很多，只要你问他，他知无不答。

你会不着痕迹地问他，学会那些技巧。

发生命案时，警方会如何调查？如何逃过警方的调查？弃尸藏尸的最好方法是什么？你给神代的现金，他藏在什么地方？

你当然不会一次问一堆问题，主要都是趁着做爱后聊枕边话时诱使他谈起从前的丰功伟业，然后尽可能自然地问出你要的信息。

一点一滴地学，一点一滴地收集情报，终将聚沙成塔。

起初，你只是萌生了一种模糊的危机意识，认为自己不能再任人宰割，但你的想法逐渐改变，你开始思考：我该拟定什么样的计划，才能逃离神代的控制？

另一方面，身为神代的家人，你对自己的职责一点都不马虎。

2011年12月，这个周末是年终聚会的高峰期，也是警方最忙的时期。

新垣清彦在埼玉县狭山市的马路上被卡车撞死，一切都按照神代的计划进行，犯案手法与程序也跟杀害怜司时一模一样。

你事先在二十四小时营业的便利商店打工，以便制造不在场证明。新垣的头被卡车轮胎碾碎，司机作证时说："被害人睡在马路上，所以我才会不小心撞死他。"现场没有目击者，新垣的尸体中也检验出了酒精成分，而且附近的地上还有喝到一半的酒瓶。

此时，在人类无能为力的自然现象中，唯有一种东西，你学会了自由操控它的方法。

那就是悲伤。

你随时都能满怀悲伤，哭泣就像转开水龙头一样容易。你不需要回想悲伤的回忆，而是通过注视万物悲伤的一面来酝酿情绪。无论是盛开的花朵，还是在公园嬉戏的孩童，你真心认为一切事物的本质就是悲伤，并为之落泪。

因此，即使对方是从头到尾都跟你没有深交的新垣，而非曾一度与你相恋的怜司，你也能对着他的尸体悲从中来，流出真诚的泪水。

与怜司的车祸相同，警方分析后认为这是一起意外，你也顺利地拿到了身故理赔跟强制汽车责任险的赔偿金。

撞死新垣的司机同样是"Kind Net"旗下的游民，他叫沼尻太一。他跟新垣一样感激神代的提携，而且被骗得团团转，误以为自己是替天行道的正义使者。原本是神代家成员的新垣，这回成了将神代的父母逼上自杀之路的诈欺师。

想当然，第三次杀人计划再度展开。

沼尻加入神代家，开始在鹿骨的神代宅邸与你们同住。神代给他的房间，正是怜司跟新垣曾住过的房间。

而新垣死亡约半年后，你为自己跟沼尻办理了假结婚手续。

第三次犯案。

接下来，作案地点是茨城县的取手市。

樱花盛开时，沼尻在这片土地上被一名叫八木德夫的男司机开卡车撞死。

八木是第三个犯罪执行者，也理应成为第四个受害者，不过你看上了他。

2013年10月21日晚上到22日凌晨这段时间——
你在迎来四十岁生日的夜晚，与八木合谋杀害了神代。

24

绫乃的耳机里忽然传出声音。
"目标已离开房间。"发话者是守在八木房间所在楼层的町田。
大厅里弥漫着一种一触即发的紧张感。
井上将香烟捻灭,对绫乃使了个眼色。绫乃点头,两人同时起身。
"各就各位!"负责发号施令的井上一声令下,搜查员纷纷就位。

5月，札幌这天的气温高达二十五摄氏度以上，甚至比东京还热。

前来支援的札幌分局巡查说"从4月下旬起天气便突然变热，以前从来没发生过这种事"。不仅如此，关东也频频下起局部豪雨，看来气候变化使日本暖化的说法并不是无中生有。

札幌红灯区薄野附近的南三条有家商务旅馆，叫作"Alto Inn 南三条"。奥贯绫乃浅坐在大厅的沙发上注视着电梯门，井上则在绫乃对面抽烟。

以井上为首的六名来自东京的便衣刑警驻守着大厅，门厅外面跟后门则由前来支援的札幌分局警员看守。

绫乃一行人在追查铃木阳子案的过程中挖掘出"一都二县连环不明杀人案"，后来总部更发现去年10月发生的"江户川非营利组织代表理事命案"与"一都二县连环不明杀人案"有关，于是两个搜查总部合并，绫乃也继续参与调查。

目前的证据显示，非营利组织"Kind Net"与铃木阳子恐怕就是连环保险金杀人案的主谋。

"Kind Net"以非营利组织之名行诈骗之实，剥削弱势群体，更要求铃木阳子与"Kind Net"旗下的游民假结婚，接着诱骗其他游民将之杀害，借此反复牟利。但后来他们发生内讧，代表理事神代遇害，铃木阳子与八木德夫逃亡。之后铃木阳子便躲在国分寺一幢名为"Will Palace 国分寺"的公寓里，并死于该处。以上是搜查总部的推测。

警方从铃木阳子的尸体中检验出了安眠药的成分，因此她可能是自杀，也可能是他杀——不是服药自杀，就是被迫服药后遇害。很遗憾，科学搜查研究所无法根据这具被猫吃得支离破碎的尸体推断出其准确的死因。

假如是他杀，最可疑的嫌犯首推与她一同逃亡的八木德夫，不然就是参与连环保险金杀人案的"Kind Net"成员。

"Kind Net"有将近二十名成员，但与连环保险金杀人案关联最深的就是住在神代家的梶原、山井与渡边三人。他们连日来接受了密集侦讯，原本三人对此一问三不知，但彼此之间的说辞终究产生了矛盾。

总部将下落不明的八木视为重要参考人，发出通缉令，很快便查出了他的藏身处。

八木每隔数日就会换旅馆，但他在房客名单上填写的是本名，于是暴露了行踪。总部在两天前得知八木已在"Alto Inn 南三条"住了几天，于是赶紧派搜查员前来追捕。

饭店员工说，八木并没有成天躲在房里，反而频繁外出，可见他还不知道自己已被通缉。

因此，绫乃一行人并未决定破门而入，而是选择守株待兔，要趁八木离开房间时逮捕他。这家旅馆是箱型构造，只要守住前后门，谅他插翅也难飞。

绫乃的耳机里忽然传出声音。

"目标已离开房间。"发话者是守在八木房间所在楼层的町田。

大厅里弥漫着一种一触即发的紧张感。

井上将香烟捻灭，对绫乃使了个眼色。绫乃点头，两人同时起身。

"各就各位！"负责发号施令的井上一声令下，搜查员纷纷就位。

电梯门两边各站了两人，准备逮住从电梯出来的八木。此外，稍远处也有两人守着，以防他试图逃走。

绫乃走到电梯门右侧。

"目标要进电梯了，我会跟他一起下来。"

电梯的楼层显示灯开始变换数字。

六、五、四、三、二、一。

电梯停在了大厅所在的一楼，电梯门应声开启。

一名穿着格子衬衫跟牛仔裤的男子现身。是八木，绝不会错！他身高将近一百八十厘米，微胖，肌肉并不结实，看起来没有运动习惯。他今年四十七岁，但外表略显苍老。

八木背后有两名伪装成一般房客的搜查员，其中一人是町田。如果八木想折返逃跑，他会利用自己的高壮身躯挡住八木的去路。

八木一出电梯门，便被两个杀气腾腾的男人（还有一个女人）左右包夹，他吓得睁大了眼睛。

井上站在他面前，问道："你是八木德夫吧？"

八木下意识地向右转身，町田依计划挡住他的去路，双手紧扣住他的肩膀。紧接着，两旁的搜查员也抓住他的手，硬是将他转向井上那边。

"再问你一次，你是八木德夫吧？！"井上怒吼。

八木这才用蚊子般的声音啜嚅道："是……"

被告八木德夫（待业，四十七岁）的证词六

是的，撞死沼尻先生后，我才住进鹿骨那幢房子。对，确定不起诉之后才搬过去的。

一开始阳子姐不在。只是，对，我听说沼尻先生的太太阳子姐其实是神代家的一员,而且是神代先生的女人,她是为了收集情报才接近沼尻先生的。沼尻先生死后,她留在取手收拾善后。

是,在保险公司处理强制汽车责任险的赔偿金时,我在文件上看到过她的名字,所以知道有这么一个人,只是没见过她。不,这时我还不知道他们的目的是赔偿金跟保险金,单纯以为是神代先生想报仇。

车祸发生两个月后,阳子姐才回到神代家。是啊,那一天大家开了庆功宴,神代先生还介绍我给大家认识……

听闻她是神代的女人时,我本来以为她是个花枝招展的人,想不到还挺朴素的。啊,不过她人很好,跟她在一起能让人放松,是个好女人。

我在那个家跟大伙度过了一阵子平凡的生活,直到去年10月初,阳子姐私下跟我说"我有重要的事要告诉你"……对,她全都告诉我了。

她说:"接下来你会被拿去'换钱'。"

起初我完全不信,结果阳子姐拿出了我撞死的那个沼尻先生跟大家开心地吃饭的照片,还有以阳子姐为受益人的寿险保单复印件。她不只帮沼尻先生投了保,还有之前的新垣跟河濑……

阳子姐说她想洗手不干,可是神代先生绝对不会放过她,她还哭着说"除了杀他,我没有其他办法"。

我当时脑袋一团混乱。看了照片跟寿险保单之后,我认为阳子姐没有说谎,而且回想起来,神代先生所说的话确实有不少奇怪的地方。

所以……阳子姐说她会负责杀神代先生,只是需要我帮忙。神代先生是个身强体壮的大男人,她一个人应付不来,但两个人一起对付他就简单多了。

是的,没错。最后我相信了阳子姐,决定帮忙……

其实我很怕动手杀人，但是我更怕死。

10月21日是阳子姐的生日，她说当晚想跟神代先生在家独处。不，并非每年都这样，只是那天她在餐桌上提议，而神代先生也说"好啊，偶尔为之也不错"。神代先生跟其他人似乎完全没有起疑。

因此，那一天家里只有他们两人，梶原他们三人说要去银座喝酒，我说我比较想泡温泉，所以一个人跑去台场的大型温泉会馆过夜——对，那是借口。我假装出门，实际上躲在阳子姐房间的衣橱里。

对，所有的计划——不，所有的步骤都是阳子姐想的。

我一直躲在衣橱里，不知道躲了多久，直到半夜，手机才发出震动。阳子姐给我传了条什么都没写的短信，那叫空白短信对吧？那就是暗号。

阳子姐跟神代先生快要那个的时候……啊，对，就是上床。对不起。阳子姐说她会趁着上床前脱衣服的时候传空白短信给我。

我离开衣橱，蹑手蹑脚地从房间走到走廊上，然后听到了声响……是的，他们不是在卧房做，而是在客厅。这也是计划之一。

我悄悄打开门，看到他们正忙着做那件事……他们在沙发上做，神代先生背对我，体位是女下男上。

我小心翼翼地走进客厅，神代先生似乎完全没注意到我，大声喊着："太棒了！阳子，太棒了！"我第一次看到神代先生的裸体，他背上的毛又黑又浓密，简直不像人类，反而像动物。我很担心这种玩意起不了作用，但骑虎难下，只能硬着头皮上了。

呃，啊，对，是电击棒。阳子姐去秋叶原的防身用品店买了电击棒，然后交给了我……

我豁出去了，一鼓作气拿着电击棒往神代先生的背上压。

那声音真的很大。啊，是神代先生的声音，只是听在我耳里不像人类发出的，吼吼吼吼，好像打雷似的。我很害怕，只好一直用电击棒电他,不敢松手。

神代先生被电得全身痉挛,从沙发上滚到了地上,原本在他身下的阳子姐趁机站了起来。啊,对,她也是一丝不挂。

阳子姐……她就像人偶或者说机器人,脸上一点表情也没有。她快步走向客厅的壁龛,拿起那两把展示用武士刀之中较短的那把,然后拔出来默默刺了神代先生好多下。

一切都在照计划进行,但是我看了还是吓到腿软。

神代先生毛茸茸的身体"唰——"地喷出好多血,转眼间变成了一片血海。呃,不,我不知道她到底刺了哪里、刺了多少下,只知道她乱砍了一通,不,应该说乱刺了一通。

阳子姐从头到尾面无表情,真的就像机器一样埋头猛刺。神代先生的叫声与其说是惨叫,其实更像雷鸣或风声。那种重低音实在不像人类的声音。

是的,老实说,那看起来不像是人类在杀人。

25

铁锈味来自血液中的血红素……
吼叫声来自空气的振动……所有的现象都能从物体与物体之间的关系得到解释。
那声音应该是某种话语……听起来像是在生气,也像愤怒,也像在笑。

阳子——

你用刀子刺入神代的身体，看着喷洒出来的鲜血，不禁察觉了两件事。

啊，这个人果然是凡人。

啊，生命到头来只是一具皮囊。

利刃遵从物理法则，将力量集中于刀尖，切开神代的皮肤、肌肉与血管。大量的血液也遵从物理法则，四处飞溅，滴落。

铁锈味来自血液中的血红素，至于食物的腐臭味，则是由于神代肚破肠流，导致消化中的食物与粪尿四溢。

吼叫声来自空气的振动，使空气振动的是神代的喉咙。痛苦至极的神代从大脑发出讯号，并运用肌肉使喉咙发出声音。所有的现象都能从物体与物体之间的关系得到解释。

那声音应该是某种话语，但你听不出来。听起来像是在生气，也像愤怒，也像在笑。

无论如何，这都跟你没有关系。

从八木按照计划从后面冒出来电击神代那刻起，你脑中只想着要拿刀刺神代，刺到他完全不动为止。

这是必要程序。这只是破坏物品的必要程序——你学会如此告诉自己。

待神代不再出声，身体也不再动弹后，你将刀子插进他的胯下，然后去神代的书房打开了桃花心木办公桌的活动柜。神代说他把钱藏在这里。抽屉底部有一层隐藏空间，里头有一堆连绑钞纸都没拆开的纸钞。你拿出十沓塞入运动提袋，交给八木。

这是他的酬劳，也是应急的跑路费。八木收下提袋，面色苍白地逃之夭夭。

在偌大的宅邸之中，只剩下你跟神代独处。你冲了个澡，把身上的血洗掉，在自己的房间将头发吹干，然后换上了新的衬衫跟牛仔裤。

你拿出小型波士顿包跟托特包，准备打包。波士顿包用来装藏在书房的纸钞，能塞多少就塞多少；托特包里则装了三件薄羊毛衫与你所有的个人证件，以确保整个家里都找不到关于你的蛛丝马迹。接着，你照了照全身镜，检查自己背着两个包包的模样有无任何可疑之处。看来应该还算正常。

你将书房的东西物归原位，最后用宅邸内的家用电话报了警。

"家里有人死了，地点是江户川鹿骨——"

你对总机的反应充耳不闻，重复了一次必要信息就挂了电话。如此一来，至少警方会过来看看状况。

假如梶原他们赶在其他人之前发现尸体，或许会先处理尸体，然后才来找你。你不认为他们能轻易找到你，但有了警方的介入，他们肯定会先想办法隐瞒杀人诈领保险金一事，不会花心思对付你。

你从玄关处走向清晨的寂静住宅区。

你先走到了新小岩车站，然后搭出租车前往涩谷。出租车驶离站前圆环时，你似乎听见了警车的鸣笛声，但不确定是否跟你的报案电话有关。

在涩谷下车后，你穿上羊毛衫，再次搭出租车去六本木。从六本木下车后，你换掉身上的羊毛衫，第三次搭上出租车去新宿。

即使是大清早，闹区的行人仍然不少，你不厌其烦地换衣服，换搭出租车，只要五官与发型不引人注目，就没有人能追查到你的下落。

你在新宿搭乘中央线前往国分寺。"Will Palace 国分寺"是你特地为了今天而准备的公寓。

26

我看过一大堆为钱杀人的人,倒是从来没见过为了良心而杀人的。

八木被移送到东京接受侦讯，态度顺从无比，十分配合。

有了他的供词，"Kind Net"所犯下的连环保险金杀人案总算得以露出全貌。

涉案者共有五人，分别为神代武以及与他同住的梶原仁、山井裕明、渡边满和铃木阳子。他们利用八木这种受"Kind Net"管理的弱势群体反复犯案。

此外，八木也承认与铃木阳子合谋杀害了神代武。但他强调自己只负责帮忙，用武士刀乱刀刺死神代的人是铃木阳子。神代遇害后，他们分头逃亡，因此，他不知道铃木阳子躲在国分寺，也否认杀害铃木阳子。

八木被捕后，梶原、山井跟渡边也放弃挣扎，逐渐松口，坦承涉案。他们一开始不愿意详细谈到八木跟铃木阳子的模样，果然是心里有鬼，害怕泄露杀人诈领保险金一事。

案情大致上如搜查总部所料，但八木、梶原、山井与渡边全都否认与铃木阳子的死有关。警方原本就没有证据能证明铃木阳子死于他杀，如今所有人都否认涉案，更让案件难以成立。

因此，搜查总部的人多半认为铃木阳子是自杀。

铃木阳子由于一再参与诈领保险金杀人案而心生愧疚，索性杀了神代以终止罪孽。她原本躲在事前准备好的国分寺公寓，但到头来还是选择了服安眠药自杀。养一大堆猫不是为了湮灭证据，而是因为精神失常，跟绫乃当初猜想的一模一样——以上是众人的推论。

当然，这一切都是猜测，没有任何证据。

随着八木被捕，所有还活着的关系人已全数归案，连环保险金杀人案与神代命案的侦讯也很顺利，可望成功"结案"。警方高层的人也认为，不必特地追查铃木阳子的死因。

总部将供词视为主要证据，大幅删减调查资源。事情告一段落后，6月上旬，搜查总部决定缩小规模。

绫乃与町田这种由分局派来的成员从此无用武之地，只得回归分局。

铃木阳子的死是一切的开端，结果还来不及查个水落石出，案件便走向尾声。

绫乃离开搜查总部当晚，楠木说"重逢也是有缘，最后跟我喝杯酒吧"，而绫乃也按捺着厌恶感答应了。因为她有话想对这个男人说。

楠木问她想去哪家店，绫乃说只要是生蚝酒吧就好。

"哦？你变成熟了。"楠木揶揄地笑了笑。

他用手机上网搜寻，看上了一家位于四谷的店。走出地铁四谷站后，那家店就位于新宿大道上的综合大楼三楼。店里气氛很好，门口有个装设了紫外线灯的大水槽。

店内播放着轻柔的流行乐，座位被设计成小包厢，很适合聊天谈事情。

两人点了店里的招牌香槟，以及不同产地的生蚝拼盘、凯撒色拉。

入口即化的生蚝与香槟相得益彰，无论坐在对面的人是谁，都影响不了食物的美味程度。绫乃一边暗自祈求"神啊，请让这个中年男子食物中毒吧",一边与楠木对饮。

绫乃耐着性子听楠木滔滔不绝地抱怨与自夸,直到出现空当,她才赶紧提问。

"楠木先生,你也认为铃木阳子是自杀吗?"

她真心想知道楠木对铃木阳子之死有何看法。这个男人虽是烂人,但也是个干练的警察。

"哈哈,怎么可能?"楠木露出苦笑。

"你认为是他杀?"

"大概吧。我还没放弃让这个案子正式成立呢。"

楠木的眼神瞬间变成刑警的样子。

他身为总厅的组长,此后将继续留在搜查总部担任要职。

"证据呢?"

"钱。"

"钱?"

"没错。铃木阳子的银行账户里只有一百万元左右,她陈尸的租屋处也不像藏有大笔金钱。照理说,铃木阳子逃亡时应该从神代家拿走了很多钱,但那笔钱就是找不到。"

八木说,铃木阳子在临别之际给了他一只装有一千万元的包包,事实上,他在北海道被捕时,身上还留有八百多万的现金。这笔钱就是神代藏在家中的钱。铃木阳子的确很有可能也带走了同样的金额,甚至更多。

但就是没有证据。

神代似乎在手边留了很多现金。例如他家的书房,警方在那里就搜出了近两亿的纸钞。家里没有账簿,所以梶原他们虽然知道家里有钱,但连大概有多少都不知道。神代一手管理所有的金钱,因此,其他人既不知道准确的数字,也不清楚铃木阳子拿走了多少钱。

绫乃也跟楠木一样,认为铃木阳子死于他杀,但还是刻意问道:

"可是,大家说她自杀是出于良心的苛责,因此不卷款潜逃应该还算合理?"

楠木冷笑一声。

"我看过一大堆为钱杀人的人,倒是从来没见过为了良心而杀人的。"

"换句话说,铃木阳子杀了神代后卷款潜逃,然后被某人杀害,钱也被抢走了?"

"对。除此之外,没有其他可能。"

"那么……你觉得那个'某人'是谁?"

"是八木。"

楠木斩钉截铁地说。

八木与铃木阳子合谋杀害神代后,八木又杀了铃木阳子。接着他独吞了所有钱,并将大部分钱藏了起来,只带着一千万作跑路费——以上是楠木的看法。

若是他杀,这的确是最合理的猜测。

"那家伙看准自己不会被判死刑。无论是诈领保险金杀人案还是神代命案,他都只是遭人利用而已,牢饭肯定不会吃太久。等他服完刑,就能用预先藏起来的钱吃香喝辣。想得美,我一定会逼他招出来的!"

目前没有证据,因此,警方只能用供词让铃木阳子死亡一案成立,想必楠木今后会严格侦讯八木吧。

可是……

绫乃试探性地说出自己的意见:"凶手会不会另有其人?"

楠木皱起眉头反问:"另有其人?"

"是啊,我是指还没被警方盯上的人……说不定那个人唆使铃木阳子杀害了神代,也唆使她卷款潜逃。"

"我懂了。你的意思是有人教唆铃木阳子杀人,然后又杀害了铃木阳子,独吞了所有钱?"

绫乃点头。

虽然再怎么勉强都称不上证据，但铃木阳子在杀害神代的前一年就租下了"Will Palace 国分寺"，总让人觉得不单纯。既然那里是用来避风头的，那么杀害神代的计划很可能早就启动了，而且她死在该处，背后势必有个幕后黑手。

楠木忽地扬起嘴角。

"照你这么说，每件事都有个幕后黑手，那根本没完没了嘛。"

绫乃很快就听出了他话中的嘲讽。

"不，我可是很认真地……"

"好了，我知道，我觉得你很棒啊。"

楠木摩挲绫乃的掌心。

她突然感到背脊一阵发凉。

"我们换个地方吧。你也很寂寞，对吧？"

她原本就知道楠木邀她喝酒打的正是这个主意。然而，即使早有心理准备，她还是对这种下流的举止感到嫌恶，觉得真不甘心。

"不必了！"

绫乃将手抽了回来。

楠木摆出一张臭脸。

"喂喂，你干吗？想害我丢脸是不是？"

她想起离婚时父亲说过的话。

——你这个女儿丢尽了我的脸！

丢脸？不合你意，就是丢脸？

不过，说起来……我对自己的女儿似乎也怀抱过同样的想法。

绫乃从包包里的钱包中抽出一张万元纸钞，重重拍在桌上。

"你什么意思？"

没什么意思啊。两个熟人出来喝酒，各付各的，就这样。

我希望你以刑警的角度听听我的意见，所以才会应邀而来。我今天就要离开搜查总部了，但还是希望仍在侦办本案的你能听听我的意见。

既然你还没放弃让案子成立，就更应该听了；既然你想找出铃木阳子真正的死因，就更应该听。我真的希望你能听听我的意见。

可是你不愿意。我从你的态度中就看得出来。你连想都不想就嘲笑我，那我再待下去也没意思，还不如回家。我从一开始就完全没打算跟你上床！

这些话若是说出口，眼泪就会不争气地掉下来，绫乃死也不想这样。因此，她决定默默离开。

"等一下。"

绫乃躲开楠木的手，匆匆走向门口。

"你在想什么啊，绫乃？！"

楠木在绫乃背后呼喊。从这人口中听到自己的名字真不舒服。

绫乃走出店面。楠木喊归喊，却也没追过来。他就是这种男人。

她从综合大楼的门厅处走到外头。城市的喧嚣不绝于耳，她眼前一片蒙眬，雨水从黑漆漆的天空中倾盆而下，将新宿大道化为一条河流。来往的行人拉长了脸撑着伞，匆匆走过街头。

镇日笼罩着乌云的天空，曾几何时，竟下起了倾盆大雨。

27

快了。
快结束了。
有开始,就有结束。
四十年前,从你的出生开始说起的这个故事,将以你的死亡作结。
届时,将不会再有人呼喊你的名字。
阳子——

快了。

快结束了。

有开始，就有结束。

四十年前，从你的出生开始说起的这个故事，将以你的死亡作结。

届时，将不会再有人呼喊你的名字。

阳子——

神代是否看穿了你的企图？

事到如今，也无从求证了。

从结果看来，他应该完全被蒙在鼓里。否则，他怎么会按计划死在你手中呢？

具体而言，你从2012年年初就开始计划杀害神代了。那时新垣清彦刚死在狭山市。

你联络了一个女人。她跟你称不上是朋友，但好歹认识。

仔细想想，那女人明明主动跟你交换了电话号码，还说"下次一起出去玩"，却一次都没联络过你。接到你的电话，她的语气很是开心,此后你们便时常通电话,也会约出来见面。

这个女人带给了你希望。正确说来,是她身上的某种东西带给了你希望。

多亏有她,你才萌生了杀害神代逃亡的念头。

你悄悄租了公寓。从国分寺车站南口步行十分钟就可以到达"Will Palace 国分寺",这里的管理员经常不在,房间的隔音设备好到连弹钢琴都吵不到邻居,而且还能养宠物。签约时,房东太太问你为什么搬过来。你回答说:"因为我离婚了……"你没有说实话,但也不算说谎。

为了不让神代他们起疑,你没有更动住民票,并把保证公司充当你的保证人[1]。你办了新的户头,房租跟水电瓦斯费都采用自动扣缴的方式支付。神代给了你很多"零用钱",而且不过问用途,用这些钱缴房租和水电费绰绰有余。考虑到警方日后的调查,你每个月会将二十万左右的现金汇入该户头,也不忘偶尔提领出来,制造生活的假象。

此外,你还考了驾照,买了一辆车。这件事很难瞒天过海,因此,你索性说自己想开车,直接央求神代让你考驾照。神代不疑有他,一口答应:"哦,好啊,去考驾照吧。考上后我再买车给你。"还让你去上了驾训班。

神代真的很疼你,你心想。

尽管神代没有把你当人看,却的确爱着你。

人们常说"养老鼠咬布袋",人类不懂得怀疑家里的宠物,神代也不懂得怀疑你。所以,他才会连做梦也想不到,你竟然瞒着他准备偷偷反咬他一口——大概吧。

从结果看来,情况确实如此,但你实在不敢肯定自己是否真的骗

---

[1]. 在日本租屋时需要保证人,其主要职责是在房客欠租时承担责任,以保障房东权益。保证公司便是以公司形象为房客承担保证人的责任。——译者注

过了神代。

为了防止事迹败露，你小心地注意每个环节，但不确定自己的态度是否够自然。此外，你刚告诉八木德夫真相的那阵子，他的形迹变得相当可疑，吓得你出了一身冷汗。

你们发出的讯号虽弱，但数量惊人。

神代阅历丰富，尤其擅长骗取他人的信任以榨干肥羊。这样的男人怎么可能对所有的讯号都视而不见，傻傻地被骗？

你怎么想都觉得神代是明知有诈，却故意不戳破。

但那更不可能，毕竟那对神代而言无异于自杀。但这只野兽绝不可能多愁善感到想自杀或自取灭亡。

无论神代是否知道真相，你都无法释怀。要是换成小纯，他大概会说："死人口中问不出真相，别白费力气了。"

总而言之，你顺利杀了神代，也成功逃亡。

然而，这只是暂时的，你还不能高枕无忧。

虽然梶原他们极力隐瞒诈领保险金杀人一事和你的存在，但没人能保证他们不会说漏嘴，况且八木也有可能畏罪自首。

或许，有人会仔细地追查你的户籍，从你可疑的婚姻史中发现犯案痕迹。

如果想完美脱逃，就必须甩开关于你这个人的一切。

因此，你找来了那个女人。

"我问你，这两天要不要来我家？啊，嗯，在国分寺。有些好消息不方便在外面说。对对，是赚大钱的好消息。咦？放心啦，很安全。总之你就听听看嘛。谢谢，对了，有件东西麻烦你带过来——"

这一年半以来，你不时地请她吃饭，博得了她的信任。

她是你的希望。

那女人曾经与你在同一家应召站工作，花名叫树里——没错，就是我。

28

所有人都坦承涉案,但也强调自己不是主谋,只是遭到了利用。

绫乃为自己排休,想尽量来法庭旁听。由于这是她挖掘出来的案子,她当然希望能见证到最后一刻。

但是,她更想知道铃木阳子是什么样的女人,做了些什么。

被告八木德夫（待业，四十七岁）的证词七

我不清楚阳子姐到底刺了几刀。

其实我真的很害怕，但就是无法移开视线，只好从头看到尾。

声音，神代先生的声音在不知不觉间消失了，阳子姐将刀子刺进他的下腹部，就这么插在那里。

然后，阳子姐说要去拿钱，光着身子走向神代先生的书房……对，她好像知道神代先生把钱藏在那里。

接着，她给了我一个装了纸钞的包包。里面大概有一千万，用这些钱躲一阵子风头应该绰绰有余。

是的，我带着装了钱的包包先跑了。不，我不知道。阳子姐说她要先把身上的血洗干净再走……

我想尽量逃远一点，就一直往北逃，最后逃到了北海道。我身上有钱，所以每隔几天就换一家旅馆住。

可是，我还是很害怕，怕得不得了。杀了沼尻先生后，神代先生邀我同住，还说我是他的家人，所以我觉得自己很安全，天塌下来也有神代先生帮我扛。结果现在一个人浪迹天涯，无论躲到哪儿，我都觉得自己逃得了一时，躲不过一世。

阳子姐说得没错，梶原他们不会说出真相，所以媒体从来没报道过我的事情，但我还是无法安心……不仅如此，我一天比一天焦虑，老是想起沼尻先生跟神代先生。坦白说，逃亡的日子比现在难挨多了。

　　是，我当然也想过入住旅馆时应该编个假名字，可是……不知怎么搞的，每次都不小心填了本名。我自己也搞不懂，或许我希望早点被抓吧。

　　咦？对，我不知道。我在警方的侦讯中回答过好几次了，我不知道阳子姐的下落，当然也不知道她租了国分寺的公寓。

　　我说过了，我当然没有杀害铃木阳子小姐。

　　"我说过了，我当然没有杀害铃木阳子小姐。"

　　他的声音微弱而坚定，响遍狭小而静谧的法庭。

　　八木德夫否认杀害铃木阳子。

　　奥贯绫乃在旁听席只能看见他的背影。不知是经过律师的指点，还是他本就仪态大方，只见他腰杆挺得笔直。越过他的肩头，绫乃看见了三位穿着黑色法袍的法官，以及六名身穿各式便服的陪审员。

　　到头来，楠木似乎还是无法取得八木的供词。在一连串案件中，铃木阳子的死终究无法被当成案件来调查。

　　这样也好，绫乃心想。先不说八木，无论起诉任何嫌犯，都将成为冤狱。

　　八木德夫身为杀害神代与沼尻太一的正犯，将依两项杀人罪被起诉；至于梶原、山井和渡边三人，则依据河濑干男、新垣清彦和沼尻太一等三起命案被起诉。

　　所有人都坦承涉案，但也强调自己不是主谋，只是遭到了利用。

　　绫乃为自己排休，想尽量来法庭旁听。由于这是她挖掘出来的案子，她当然希望能见证到最后一刻。

但是，她更想知道铃木阳子是什么样的女人，做了些什么。

她想听听跟铃木阳子接触过的人，以及与她合谋犯罪的人亲口说些什么。

八木的辩护律师继续质询被告。他一再确认并强调，用来起诉八木的两起案件中，沼尻命案已被视为意外车祸处理，也已判定不起诉。在近代法中，有"一事不再理"原则，一旦案件已做出裁决，即使后来发现新证据，也不能再次审判同一案件。辩护律师主张，对于沼尻命案的起诉，可能已违反"一事不再理"原则。

律师质询花费了太多时间，因此，今天开庭原本预定要进行的结案陈词和求刑将被延到下次。如果顺利，下次开庭就将宣布判决结果。关于"一事不再理"原则与量刑，陪审员将如何判断？绫乃一点头绪也没有。

绫乃离开地方法院时正值日暮，霞之关街头被染成了一片朱红。斜对面的警视厅背对着夕阳，投下长长的影子。绫乃头也不回地迈步而去，沿着皇居的护城河走向有乐町。

绫乃漫无目的地在家电量贩店及购物中心闲逛，走过精品店时，她瞧见一对年龄与自己相仿的夫妻正带着小孩挑儿童草帽。

她忽然想起：那孩子的生日快到了。

与自己分隔两地的女儿。尽管血脉相连，她们却已不再是一家人。

她前夫说："就算离婚，你还是这孩子的母亲啊。"前夫希望能定期见面，但绫乃没有答应。她不会再跟他们见面了。

离婚后，前夫的父母搬来与他同住，共同养育小孩。他们一家子都是品格高尚的老实人，在他们的教育之下，那孩子一定能健康快乐地长大。既然如此——

既然如此，我根本不需要见他们。

那孩子总有一天会恨我。恨这个女人对她又骂又打，伤害她至深，而且还逃避身为母亲的责任，一走了之。

绫乃一直以为自己选择离婚，是因为不想伤害家人，尤其是女儿。

我完全不适合拥有家庭，也无法好好爱自己的女儿。她跟我在一起只会受伤，因此我宁愿一个人。与其在身边为她招来不幸，倒不如独自在远方为她祈求幸福。

但是，她发现其实并非如此。

其实，她厌恶面对自己的亲骨肉。

小孩不听话时，她总会透过孩子看到自己。她无法忍受自己。

我并非无法好好爱自己的女儿——

为什么呢？我在调查铃木阳子的案件时，无意中察觉到了这一点。可是我束手无策，即使我选择独自活下去，它还是会永远纠缠着我。

绫乃进入眼前的咖啡厅，打算提早吃晚餐。她点了培根生菜西红柿三明治与玫瑰果茶，自从去过Q县那家Café Miss Violet后，她就爱上喝花草茶了。

回家的路上，她乘车来到东京车站，再转搭由东京发车的中央线列车。电车朝着西边奔驰，窗外的天空逐渐被染黑。

天色昏暗的薄暮已转为伸手不见五指的夜幕。

你活在世上的这四十年,铃木阳子这个女人从生到死的经历,一幕幕闪现在我脑海中。
我听见了。
我听见有人在呼唤你。
——阳子。

呼喊声越来越狂乱。
凄厉地响彻云霄，仿佛能贯穿全世界。
那熟悉的声音来自四十年前生下你的女人。
你的母亲正呼喊着你的名字。

——阳子、阳子、阳子！

"好棒啊，这公寓真好！"我环视着房间说道。
"房租多少？"
"八万。"你如实回答。
"多摩地区的房租也这么贵？"
"嗯，不过隔音做得很好，也能养宠物。"
"哦？可是你好像没养宠物。"
"接下来我打算养宠物，毕竟一个人住还是有点寂寞。"
你辞去"幽会人妻"的工作后，我也跟着离职了，辗转换了几家应召站。
你问起我的近况，于是我谈到了上个月起在品川的应召站上班的事。那家店的主要客群是外国人。

"客人几乎都是外国人。我的花名是'花',花朵的花。"

这阵子兴起一股外国有钱人来日本红灯区游玩的风潮,每家外国客应召站都门庭若市。

"外国客人都比日本人体贴,给了好多小费——"你兴味盎然地听我说话。

"对了,你说的'赚大钱'是什么?"我猴急地问。

"先喝一杯吧,我准备了一些你喜欢的东西。"你拔开红酒的软木塞。这是我喜欢的黑皮诺红酒,下酒菜也是我喜欢的烟熏干酪。

"哇,谢谢!"

我想,当初我对你真的一点戒心也没有。

红酒里掺了安眠药,照理说味道应该怪怪的,我却毫不在意地大口畅饮。

药物对我的神经产生了作用,让我越来越醉。

"欸,你今天有带那个护身符吗?"

护身符?哦,你说护身符啊。

我父母在我七岁时自杀,这是他们的遗物。以前我对你提过这件事,也让你看过护身符。久别重逢后,你时常问我护身符是不是寸步不离地带在身上。

"当——然——带了呀——"

我口齿不清地回答。

不久,我就睡着了。我无缘听你解释怎样才能"赚大钱",当然,那只是你编来诱骗我的借口罢了。

你戳戳我的脸颊,确定我熟睡后,便搜起我的包包。我信任你,所以将你说"非带不可"的健保卡也带来了。接着,你在包包的侧袋找到了一个大护身符。

你将之取出,打开来看。

护身符里有一张折好的日本和纸,约有掌心大小。

你摊开和纸,里头有一条接近黑色的深褐色干燥物。这是我的 DNA 集合体,能证明我这个人的存在。

以前我告诉过你,护身符里的脐带是我跟父母间唯一的联系。

你注视着和纸上的文字。

> 董
> 昭和五十年十二月八日生
> 感谢你能出生,成为我的女儿
> 希望你的人生幸福美满

这是我——橘董——的本名跟生日。上头的祈福词大概是我母亲写的。

你顿时怒火中烧。

对我这个在你面前熟睡的女人怒火中烧。

这个女人举目无亲、孤苦伶仃地在孤儿院长大,之后潜伏在夜之国度卖身度日;这个女人从不在任何地方停留,独自辗转换过好几家应召站;这个女人即使某一天突然消失,恐怕也无人在意;不过,这个女人的户籍倒是很干净。

她是潜藏在社会上的弃民。

她是被抛弃的女人。

然而——

这个女人出生时却受到疼爱,受到祝福。

你将事先准备好的绳索套在我的脖子上。

一切即将改写。

你与我。

两个在阴暗无光的夜之底层仅仅交错过一刹那的弃民,其人生跟历史,都将改写。

你变成我。

我变成你。

你——不,我用力拉紧绳索。

动手的人是我,被杀的人是你。

死在这间"Will Palace 国分寺"505号房的人是铃木阳子,是你。这条脐带跟祈福词都是你的。

要改写了。

铃木阳子是你,而不是我。

橘堇是我,而不是你。

我们要将这个抛弃我们的世界骗得团团转——

从这天起,我花了五天的时间买来十一只猫,跟你的尸体关在同一间房间。此外,我还买了猫咪用品跟猫食,以营造养猫的假象。每只猫我都是在不同的宠物店购买的,以免暴露行踪。

我将你跟猫关在房间里,将所有门窗都关上后,上锁离开了此地。

那间密室里的猫咪们应该会把证据吃得一干二净,也让你成为"你"。

接着,我驾驶着事先准备好的车前往Q县,前往你母亲——铃木妙子——所居住的"常春庄"。

若想完全杀掉你,除了脐带,可不能留下任何能验出DNA的东西。因此,铃木妙子非消失不可。

要想带她出来,恐怕得花点工夫。

现在的我跟你长得一模一样,所以铃木妙子肯定会认为我是她女儿,我也会扮演好你的角色,随便编个借口骗她上车。不过,你跟母亲的关系可称不上好。

尽管你一直按月接济她,她却认为那是耻辱,对你一点谢意也没有。就算你骗她要出去兜风，她也不会轻易答应。

上次见到她时，她消瘦了不少，用蛮力带走也不是不行，但万一拉扯中被邻居撞见，说不定会有人对警方说："我看到一个很像铃木太太女儿的人硬是把一脸不愿意的铃木太太带走了！"那就糟糕了。

而且，这回也不能像杀神代一样找人帮忙。

总有一天，会有人知道你杀了神代，但我并不在意。然而，绝对不能有人知道我杀了你，绝对不行。

没有坚不可摧的诺言，也没有永不泄露的秘密。

换句话说，若想保证万无一失，我必须一个人下手。

总之，必须带走铃木妙子。最坏的情况顶多就是用蛮力逼她上车。即使有人撞见，也不会马上联想到你与我之间的关联。留下铃木妙子这一活口，风险只会大幅提高。

不过，事实证明，想了半天只是穷紧张，铃木妙子二话不说就跟我走了。

铃木妙子见到我并没有认为我是你。

该说是黄昏的终结，还是黑夜的开始呢？傍晚时分，我造访了铃木妙子的住处，只见厨房另一边的卧室里铺着垫被，一个瘦巴巴的女人坐在上面问："谁啊？"

铃木妙子比上次见面时更瘦小了，而且似乎有点失智，精神不大正常。

我没报名号，只说："我们出门吧。"

铃木妙子笑逐颜开，问道："要回家吗？"

"对啊。"我笑着回答，"一起回家吧。"

一起回家吧。

我带着铃木妙子走到了公寓附近的投币式停车场，让她坐在黄色小轿车的副驾驶座上。这是我考上驾照时买来的车。

铃木妙子见状，开心嚷着："这车子好可爱啊！"她的言行举止显示出退化到幼儿期的征兆，不过我对此类症状也不大清楚。

我坐上驾驶座，发动引擎。

夜幕低垂，星斗渐亮。

我早已决定好目的地。

那座山位于Q县与邻县边境，现在是淡季，登山客不多。

"安全带要系好才行。"

我伸手将铃木妙子的安全带系好。安全带得拉到最短才能将她小小的身躯牢牢固定。

"太紧了。"

"忍耐一下。不扣好的话很危险。"

"讨厌！"

铃木妙子不满地嘟起嘴，我径自踩下油门。

考到驾照还没满一年，我还不习惯开车，万一出车祸就麻烦了。我尽量选择宽广、视野佳的大马路，以安全驾驶为最高原则。

铃木妙子怔怔地看了半晌窗外的夜景，接着打起盹来。

开了两小时夜车后，我们终于抵达了目的地。

此处位于半山腰。山路九弯十八拐的，其中一处弯道旁有处依着悬崖的小广场。

据地图所示，悬崖下面是一片原始森林。

以前神代说过，弃尸最好的方式就是把衣服剥光，丢到山里。

山上的尸体很快就会被野生动物或虫吃得只剩下骨头，难以辨识身份。与其随意沉入水中或埋在土里，不如丢弃在偏僻荒凉的地方。

我要在这里抛下铃木妙子。

我将车停在广场上，解开自己的安全带。然后，我将副驾驶的位置调到最后面，腾出一块空间，钻到铃木妙子跟前。

我近距离地端详铃木妙子的睡脸。

面黄肌瘦、皮肤松弛，脸上满是皱纹与老人斑。从前人人称赞的美人坯子，如今已不复存在。

铃木妙子慢慢地睁开了双眼。

她似乎醒了。只见她睡眼惺忪地左右张望，轻轻发出"咦"的声音。

见我整个人挡在她面前，她不禁惊呼一声："干吗？"

我没有搭腔，只是直直地盯着她。光线太暗，我看不清楚，不知这双灰色眼眸里是否映照着我的身影。

"咦？奇怪，你是谁？"

铃木妙子慌了起来。或许她已忘记自己为何身在此处。

我依然没有说话，微微勾起嘴角。

她发觉大事不妙，脸上一阵青一阵白，开始扭动身子。但是，系得紧紧的安全带可不会放她走。

我沉默而缓慢地伸出双手，扣住她的脖子。

"不要！"

铃木妙子大嚷，但我当然不以为意。

她的脖子真的很细，细到能被我的双手完全圈住。

生命。

铃木妙子——你母亲——的生命，就在我的双手之中。

"不要啊！"

事到如今，她也该明白接下来会发生什么事了。铃木妙子拼命摇头，尖声大叫。

"阳子！"

此时，她唤了你的名字。

我不知道她是在呼唤你，还是在呼唤脑中那个女儿。

"阳子！"

铃木妙子再度呼唤。

我加重力道，掐住她的脖子。

铃木妙子奋力挣扎，不停地扭动。这个瘦巴巴的女人哪来这么大的力气？她从安全带的缝隙中伸手扣住我的肩膀，想将我推开。她的指甲深深陷入我的肉里，好痛。

我铆足全力，铃木妙子也铆足全力。她的脑袋八成搞不懂现在的状况，只是依据生存本能，赌上性命试图抵抗。

我接受她的抵抗，同时也拼命掐紧她的脖子。要比就来比，即使力尽而亡，我也不在乎。

我们就像高中的棒球选手，彼此互不相让，尽力迎战对手。

不过，胜负的走向已成定局。

既然两人都使出了全力，那么肯定是体力、位置都占优势，并且持续进攻的我获胜。我胜券在握，对方一点胜算也没有。

我忽然想起神代说过的话。

践踏拼命抵抗的人才有价值啊！

当时你认为这种想法很差劲，如今你总算明白个中滋味了。与对手拼个你死我活，直到其中一方毁灭为止，这感觉确实很棒，这就是战斗的本质。

"阳子，阳子，阳子。"

她的声音——她的生命，狂乱而凄厉地发出呐喊，响彻云霄。

我一边掐着她的脖子，一边回想。

你活在世上的这四十年，铃木阳子这个女人从生到死的经历，一幕幕闪现在我脑海中。

我听见了。

我听见有人在呼唤你。

——阳子。

30

月亮浮在公寓对侧的天空,轮廓浑圆,接近满月。
你就在那里吧?
绫乃伸出手来,当然,她什么都够不着。
空空如也。

从东京发车的中央线列车抵达国分寺时,天色已黑。中途在三鹰站换车时,奥贯绫乃没有搭特快车,反而选搭了摇摇晃晃的快速列车。

走出国分寺南口后,她没搭出租车和公交车,徒步穿越站前商圈与大马路,来到住宅区。

不到十分钟,那幢建筑物便映入她的眼帘。公寓外墙以白色为基底,缀以深咖啡色墙板。

"Will Palace 国分寺"。

绫乃走到公寓前方,仰望铃木阳子租过的505号房——五楼的边间。

房间内一片漆黑。尽管房间已被打扫干净,但凶宅恐怕没那么容易租出去。

"是不同的人。"上星期绫乃值班时,鉴识组的野间如此说道。

在北区的荒川河河滩,有个游民被四名未成年少年殴打致死。这四名少年都受过父母或兄弟的虐待,只好找更弱的人出气。这种弱弱相残的戏码好似怀旧流行曲的歌词。

这名遇害的游民身上有驾照,上头的地址是Q县三美市,持证者为"铃木康明"。铃木康明是铃木阳子的父亲,某一天突然失踪,警方于 2000 年 10 月接获报案。

但是,那位游民的脸跟驾照上的照片并不相像。难道是流浪太久,导致容貌改变?还是两人根本就是不同的人?驾照上的照片太小,很难跟死人的脸孔比对,因此,警方决定采用 DNA 鉴定。科学搜查研究所还留有其女铃木阳子的 DNA 样本。

"然后呢,他们就开始鉴定 DNA——"

深夜时分,绫乃在刑警办公室一边处理堆积如山的文件,一边跟值班的同事们抬杠,野间趁机谈起了总厅的熟人告诉他的事。

"结果是不同的人。两人是父女的可能性是零,也就是说,那个游民不是铃木阳子的父亲。反正驾照一定是从别的地方捡来的。说不定铃木阳子的父亲也是个游民,就这样死在路边了。"

警方原本以为那名游民是铃木阳子的父亲,但经过 DNA 鉴定后,证实不是同一人。

那么,何不反过来想想?

假如那名游民其实是铃木阳子的父亲?

假如警方在公寓找到的那具尸体其实是陌生人的尸体?

假如杀害铃木阳子的"某人"其实才是铃木阳子本人?

计划周详的死亡;利用猫来湮灭证据;明明是一对姐弟,却只有姐姐的脐带被保存了下来;失踪的母亲——一切的疑点似乎都有了答案。

现在,该向谁诉说这项发现呢?谁会相信呢?

不,别傻了。

一连串案件已被视为"结案",法院已开始审理,而且即将宣布判决结果。如果有什么决定性的证据倒还好,但就凭脑中的推测,实在没必要自找麻烦。

起风了。一阵清凉干爽的风吹过夜晚的住宅区，宣告换季。

好厉害。

绫乃觉得铃木阳子好厉害。

身为警察，实在不应该佩服她，但绫乃着实钦佩这名甩开一切、从重重劫难中逃出生天的女子。

月亮浮在公寓对侧的天空，轮廓浑圆，接近满月。

你就在那里吧？

绫乃伸出手来，当然，她什么都够不着。

空空如也。

浑圆的银月浮在空中，洁白到简直让人觉得夜空破了个洞。

唯有它高高在上，发出孤傲而冰冷的光芒。

尾 声

◇

我连声再见都没说,便把她的尸体丢下了悬崖。

只见人偶般白皙的身体缓缓下沉,但我还没来得及眨眼,它便倏然没入黑暗之中。

声音停止了——

阳子，已经没有人呼唤你了。
但是，我双手中的生命仍然还有微温。
这名老妇的喉咙微微颤动，发出不成声的气音。
又过了一会儿。
我再度掐紧铃木妙子的脖子，这回还加上了身体的重量。
人的脖子乍看起来脆弱易折，其实里面的骨头坚固得很，没那么容易断。因此，我要压碎它。我要施加重量，让里面的血液跟空气无法流通，一鼓作气压碎它。
既然我选择一战，就绝不能手下留情。
铃木妙子的脸与我近到不能再近。她的青春美貌一去不复返，面容皱得有如一团被揉烂的纸团，眼球骨碌一转，翻出白眼。
生命之火即将熄灭。
她快死了。
铃木妙子快死了。
你——铃木阳子——的母亲就快死了。

我要杀了她。没错，我要亲手杀了她。

一股无以名状的炽热冲击着我的胸口。

它猛然蹿到喉咙处，使我脱口说出："谢谢！"

那是一句谢词。

"谢谢！谢谢！谢谢！"

怎么回事？我在胡说什么？

"妈妈，谢谢！谢谢你生下我！"

啊，这不是我说的。

铃木阳子。

这是你说的。

"我根本不想被生下来！可以的话，我也想生在别人家啊！至少我想当个男孩子！我想要你爱我啊！可是即使如此——"

发话者是眼前这个人十月怀胎生下的女儿。

那女儿生下来就受到了诅咒。被那句"其实我比较想要男孩子"的咒语诅咒了。

那女儿被迫降生于这个荒谬的世界，成为某人的孩子。

"——即使如此，我还是谢谢你生下我！这条命是你给的！多亏有你，我才能活在这世上！"

在这个无法做主、无法猜透、毫无道理可言、一切都是自然现象的世界，身为一个人，我依旧无法抹灭内心的渴望。

这团烈火高声歌颂着自由。

"妈妈，我要活下去！我要杀了你，杀了自己，然后活下去！我要渴求，争夺，给予，然后活下来！我会挺身而战，直到你给的这条命消失为止！"

我热泪盈眶。

我的眼前一片蒙眬，什么都看不见。唯有双手掌心的触感提醒我：这里还有一个人。

她的脖子细瘦得犹如丝线。

老妇已是风中残烛。

她是我的生母,也是为我生下全世界的人。

"谢谢!谢谢!谢谢!"

我感激涕零,亲手了结了她的生命。

这块以晶莹剔透的白色为基底的画布,上面有几条形状不规则的纹路,以及咖啡色的渲染图案。

铃木妙子的裸尸上满布了皱纹与斑点,以人体而言略显丑陋老朽,但若把它当成一件物品,就能感受到一种奇妙的风情与美感。

我连声再见都没说,便把她的尸体丢下了悬崖。

只见人偶般白皙的身体缓缓下沉,但我还没来得及眨眼,它便倏然没入黑暗之中。

我回到车上,将驾驶座的椅背放到最低,倒头便躺下了。

我的全身充斥着一股畅快的疲惫。方才紧紧掐着她的脖子不放的双手,如今疲惫不堪,一点力气也没有。

睡魔悄然降临,我也毫不抵抗,小睡了片刻。

醒来时,天空已浮现鱼肚白。

鸟啼声听起来好吵。

我稍稍伸了个懒腰,扣回安全带,发动引擎。鸟啼声逐渐消失。

我踩下油门,驱车前进。

想收工还早呢。

首先,我得处理掉铃木妙子身上的衣服。上面没有染血,也不是什么有特征的衣物,用塑料袋装起来丢到垃圾场就好。

接下来我得处理这辆车。这也很简单,很多车商交易时都不会特地检查卖家的身份,也不在意车主是谁。

然后,我必须换掉这张跟你一模一样的脸。只要有钱,凭现在的美容整形技术，我可以轻易变脸，整到连你家乡的朋友都认不出来。

我将改头换面，成为跟你大相径庭的全新的自己。

我将成为全新的橘堇。

我用力踩踏油门，全力奔驰。

窗外的景色不断更迭。

无法做主的世界已被我甩至身后。

我向前奔驰。

奔向何方？

奔向我的避风港。

如果没有，打造一个就行了。

对了，新人生新气象，来打造避风港吧。

打造一个容得下我跟其他人的避风港。

打造一个无忧无虑的舒适港湾。

每个人都能在这里稍事歇息，找到自己的归属。

我的资金多得是。

我奔驰，奔驰，卖力奔驰。

黎明时分，透过挡风玻璃，我看见远方仍高挂着明月，朝阳将天空染成"堇"这个字所代表的紫罗兰色。

好美的自然现象。

那就是我全新的天空。

甩开一切，朝着目的地前进吧！